S0-BWV-913

LAS
MODERNAS

RUTH PRADA
LAS
MODERNAS

PLAZA JANÉS

Papel certificado por el Forest Stewardship Council®

Primera edición: febrero de 2022

© 2022, Ruth Prada, representada por la Agencia Literaria Dos Passos
© 2022, Penguin Random House Grupo Editorial, S. A. U.
Travessera de Gràcia, 47-49. 08021 Barcelona

Printed in Spain – Impreso en España

ISBN: 978-84-01-02631-7
Depósito legal: B-18.889-2021

Compuesto en M. I. Maquetación, S. L.

Impreso en Liberdúplex, S. L.
Sant Llorenç d'Hortons (Barcelona)

L026317

*Para Jorge, que estaba convencido de que este libro
era estupendo antes de que empezara a escribirlo.
Y para Rita, sin ella no habría podido terminarlo*

No puede, en rigor, la educación actual de la mujer llamarse tal educación, sino doma, pues se propone por fin la obediencia, la pasividad y la sumisión.

EMILIA PARDO BAZÁN

Soy partidaria de instruir a la mujer y proporcionarle medios para trabajar, como único modo de dignificarla, haciéndola independiente y capaz de atender por sí sola a sus necesidades.

CARMEN DE BURGOS

Cuidarnos y hacer que nuestras vidas sean más fáciles y agradables, estas son las funciones de las mujeres en todo tiempo y lugar y para lo que deben ser educadas desde la infancia.

JEAN-JACQUES ROUSSEAU

MADRID, 10 DE MARZO DE 1929

Un grupo de estudiantes saltó a la calzada delante del autobús, que al frenar de golpe levantó de sus asientos a las chicas que iban a bordo. Las cabezas de Catalina y Manuela entrechocaron al volver a caer sentadas pero no dijeron nada, se quedaron mirando por la ventanilla: una bandera roja se mecía provocadora en la fachada de la Universidad Central. A sus pies, la calle parecía un avispero desquiciado, con gente corriendo en todas direcciones, dos grupos de jóvenes enfrentados a gritos junto a la entrada y, de pronto, una racha de viento que levantó del suelo una espiral de octavillas.

Dentro del autobús se había hecho el silencio.

El conductor miró hacia atrás para decir que se volvía a la Residencia en ese mismo momento, que se agarraran, que iba a salir marcha atrás.

—Nosotras nos bajamos —dijo una de las gemelas y ambas se pusieron de pie—. No pensamos ir a la huelga.

Catalina seguía con la vista fija en la ventanilla, mirando a una chica sin sombrero que gesticulaba rodeada de otros estudiantes debajo de la bandera y, sin pensárselo, también se puso en pie.

—Yo me bajo, Manu —cogió la carpeta y se la dejó en el regazo a su compañera—, ¿me la llevas a la Residencia?

Y salió por el pasillo detrás de las gemelas, haciendo oídos sordos a las que se pusieron a gritarles que no se bajaran, que estaban locas, y de un salto se vio en la acera. Ninguna compañera había salido detrás de ella cuando el autobús encendió el motor y empezó a avanzar marcha atrás entre bocinazos.

No había dado ni un paso y ya se estaba arrepintiendo. «En qué estaría pensando, santo Dios», se dijo sin saber qué hacer en medio de ese tumulto. Lo único que tenía claro era que no quería que la confundieran con esas esquirolas que iban a entrar en clase a pesar de la huelga. Se quedó rezagada de las compañeras que caminaban decididas hacia la entrada de la universidad. Se agachó a coger del suelo la página de un periódico.

Hojas Libres.

Miró alrededor temiendo que alguien la viera con una publicación clandestina en la mano.

España ve aproximarse el momento de su liberación.

Trató de seguir leyendo, pero un chico que pasó a toda prisa le dio un golpe en el hombro. Al doblar la página vio que en el pie venían los nombres de Miguel de Unamuno y Eduardo Ortega y Gasset. Se la guardó en el bolsillo.

En ese momento oyó unos gritos que se acercaban por la calle San Bernardo. Un tropel venía corriendo y tras él se oía un estruendo de cascos de caballos contra los adoquines. Catalina saltó al otro lado de la calle y se pegó contra la pared. Enfrente de ella, el piquete de estudiantes que bloqueaba la entrada de la universidad se revolvió contra los guardias civiles que llegaron agitando porras desde sus monturas. Se le heló la espalda contra el muro de piedra, miró a los dos lados buscando refugio y se echó a correr a la derecha para tratar de alcanzar la primera bocacalle. Entonces sonó un disparo y se quedó rígida; se agachó pegada a la pared haciéndose un ovillo con la cabeza entre los brazos. Justo encima de ella oyó el relincho de un caballo, tan cerca que al levantar la vista vio el pecho del animal encabritado sobre las patas traseras. El pánico le agarrotó los músculos. El caballo hizo un gesto extraño cuando un tirón de la rienda lo obligó a girarse hacia un lado y sus cascos rebotaron a un palmo de ella. El guardia civil lo espoleó y salieron al galope calle arriba, hacia donde unos estudiantes estaban prendiendo fuego a las maderas de una barricada.

Catalina se incorporó; un hormigueo de terror hacía que le temblaran las pantorrillas mientras veía porras que cruzaban el aire sin ton ni son entre los estudiantes. Bramidos contra Primo de Rivera se alzaban sobre el tumulto.

Al otro lado de la calle, un chico levantó los brazos y dio un salto tratando de esquivar un golpe. Él también la vio en ese momento. «¡No te muevas!», quiso decirle a José, pero soltó un grito al ver que ya estaba cruzando la calle, entre relinchos y blasfemias, para llegar a su lado. Ella dio un paso al frente, estiró un brazo y casi lo había agarrado cuando una sacudida en la espalda la lanzó contra el bordillo. Sintió un destello blanco que le iluminaba la cabeza por dentro y acto seguido, el silencio.

Lo siguiente de lo que fue consciente fue de la presión que tiraba de ella por debajo de los brazos y la arrastraba mientras oía un desorden de suelas restallando a su alrededor. José la estaba exhortando para que se levantara del suelo; trató de obedecerle pero no era capaz, no le respondía el cuerpo. Un dolor de cabeza agudo como un estilete le nublaba la visión del ojo izquierdo, que apenas podía abrir, mientras intentaba fijar la vista en su amigo, que la estaba agarrando por la cintura para ayudarla a incorporarse.

Cuando consiguió ponerse de pie, el pánico le dio las fuerzas que le faltaban para echar a correr calle arriba arrastrada por José, más lejos, un poco más, hasta que el estruendo se empezó a amortiguar en la distancia, y al doblar una bocacalle se pudieron parar a coger aire, él con la mano apoyada en la pared para recobrar el resuello. A Catalina se le doblaron las piernas y se fue escurriendo con la espalda contra el muro hasta que se quedó en cuclillas; se echó la mano a la frente donde le dolía —en algún momento había perdido el sombrero— y se asustó al notar la hinchazón y el tacto pegajoso en los dedos.

—No te alarmes —José había sacado un pañuelo y se lo empezó a pasar con mucho cuidado—, la brecha está en la ceja, tranquila, no te muevas.

Ella dejó que le hiciera, intentando descifrar hasta qué punto tenía que preocuparse por la sonrisa forzada que ponía su amigo, sus pupilas dilatadas al limpiarle la sien, las manchas de sangre que iban emborronando la tela blanca. Olía a pólvora y al humo de las hogueras.

Las facciones de José empezaron a desdibujarse y sintió miedo. Miedo a perderlo todo. Había sido tan difícil hacerse un sitio en este mundo, había recorrido tanta distancia para llegar hasta aquí... Le estallaba la cabeza. El tiempo había pasado en un suspiro. Ese tiempo era una vida entera. Dejó de esforzarse en fijar la vista, cerró los ojos y apoyó la nuca contra la pared. Notaba una presión en la frente mientras su amigo le limpiaba la herida.

Se le fue la cabeza.

Se vio a sí misma un año antes en el dormitorio de su casa leyendo aquel artículo, pero a la que veía leyendo ya no era ella.

UNA VILLA EN EL BIERZO

Todas las mañanas, los sonidos de la casa se repetían en el mismo orden: unas pisadas seguras que recorrían el pasillo, se paraban en el vestíbulo el tiempo justo para coger el sombrero y el gabán, y el golpe seco al cerrarse desde fuera la puerta de la calle. A continuación el taconeo nervioso subiendo la escalera del torreón y el chirrido de las patas de la butaca que su madre cambiaba de posición hasta conseguir el punto de vista que le interesara ese día: girada hacia la colegiata, enfrentada a los soportales donde estaba la farmacia o en diagonal a la calle Mayor. Después de los exasperantes crujidos se hacía un silencio que podía durar dos, tres, cuatro horas, las que pasara doña Inmaculada con un ojo puesto en el ventanal y el otro en las puntadas que hacían una filigrana en la tela ajustada al bastidor.

Así empezaban todas las mañanas, también esta de domingo en la que don Ernesto había salido a primera hora y desayunaba en la terraza del café Central mientras ojeaba el diario —como acababa de ver Catalina al pasar junto a la ventana—, y no hacía falta subir al torreón para comprobar lo que estaba haciendo su madre, porque llevaba meses afanada en bordar el ajuar para una boda que, de momento, era ella la única que anhelaba. Porque ninguno de los candidatos que le presentaba a Catalina le llegaba ni al elástico de los calcetines del hombre que ella soñaba. Básicamente, porque todos los aspirantes que pasaban por esa casa, las tardes que doña Inmaculada recibía, eran hijos de La Villa, y Catalina aspiraba a un marido que la llevara lejos de ahí, tenía que ser un hombre interesante y mundano.

Las patas de la butaca de su madre en la planta de arriba volvieron a chirriar y Catalina se encogió de hombros. Dejó de prestar atención a los sonidos de la casa y cogió la revista que le habían traído la tarde anterior. Pasó las páginas y la dejó sobre el tocador abierta por el artículo que había empezado a leer en la cama.

Marzo, 1928. Las estudiantes de la Universidad de Madrid. Continuó leyendo donde lo había dejado:

Indudablemente, la Residencia de Señoritas no ha sido la consecuencia sino la causa de que haya tantas muchachas en la universidad.

Se entretuvo mirando las fotos de ese artículo en las que se veía a unas chicas, poco mayores que ella, que parecían ajenas a la cámara del fotógrafo que las estaba retratando, más atentas a lo que se traían entre manos. En una imagen se veía a una muchacha con una bata blanca vertiendo líquido en una probeta. En otra, una joven levantaba su raqueta mirando hacia el fondo de la pista de tenis. En la última tres chicas sentadas al aire libre estaban concentradas en sus lecturas; una de ellas llevaba un brazalete con forma de serpiente que a Catalina le pareció muy audaz. El aspecto de todas esas muchachas era normal, no se podía decir que fueran especialmente bonitas o sofisticadas. Su atractivo, pensó, residía más bien en su actitud.

Continuó leyendo.

En esta magnífica institución, la señorita De Maeztu está incubando una generación de mujeres nuevas. De mujeres fuertes, animosas, trabajadoras, valientes.

Dejó la revista abierta a un lado y cogió el cepillo para desenredarse el pelo. Lo pasó por su melena una, dos, tres veces y siguió contando; tenía que llegar hasta cien si quería tener un cabello sano y brillante. Se quedó abstraída mirando en el espejo del tocador el reflejo de su imagen moviendo el cepillo arriba y abajo, arriba y abajo, arriba y abajo. Se detuvo cuando sonaron unos golpes y la puerta de su dormitorio se abrió.

—Cata, ¿no pensabas desayunar hoy? —Demetria entró con una bandeja en las manos y cerró la puerta con un golpe de cadera—. Que ya dieron las diez. Anda, no vayas a hacer que tu madre se enfade.

—¿Qué me traes? —Catalina dio un mordisco al bizcocho de limón recién horneado—. ¡Ay, Deme, qué bueno te ha salido! —dijo y se le entornaron los ojos al sentir esa sabrosa calidez que la colmaba cuando su ama estaba cerca.

Le dio otro bocado al bizcocho y pasó una página de la revista.

—Dame el cepillo. —Demetria se había colocado detrás de ella para peinarla.

Miró su reflejo en el espejo mientras le desenredaba un nudo del pelo, el blanco almidonado de su mandil, los carrillos redondos como melocotones, el moño cada día un poco más plateado.

Demetria se inclinó para ver las fotos de la revista que estaba abierta sobre el tocador.

—No sé por qué ahora a todas las muchachas les da por cortarse el pelo —dijo señalando con el cepillo las fotografías de las alumnas de esa Residencia.

—Deme, ¿tú crees que a mí me quedaría bien el pelo a lo *garçon*?

—Ay, niña, tú estarías guapa aunque te pusieras un cuerno, pero sería un pecado que te cortaras esta melena tan bonita que Dios te ha dado. —Le pasó la palma suavemente por la cabeza.

Catalina le dio un sorbo al café con leche y siguió leyendo en voz alta mientras Demetria le hacía las trenzas.

Las muchachas que estudian en Madrid, pero que no son madrileñas, tienen aquí un hogar. Un hogar cómodo, confor-

table, con buenos sillones y buenos libros. Un hogar que es un poco como la prolongación de la universidad, donde se completa la formación intelectual de las chicas.

Catalina cogió un frasco de agua de colonia de la que hacía su padre en la farmacia y se perfumó.

Demetria empezó a canturrear mientras dejaba bien apretados los mechones para que no se le deshicieran las trenzas. Abrió el primer cajón del tocador, sacó los lazos de terciopelo verde y remató las trenzas con dos lazadas. Después se acercó a la ventana y se quedó mirando la plaza con los brazos apoyados en el alféizar. Las campanas de la colegiata empezaron a repicar y todo el dormitorio vibró con su tañido.

—Anda, espabila. —Abrió el armario y le dejó el vestido nuevo de cuadros encima de la cama—. Empieza a vestirte, no vayas a llegar tarde —le dijo mientras salía con la bandeja del desayuno.

Antes de que sonaran las campanas por segunda vez, Catalina ya estaba vestida esperando a su madre en el pasillo. Mientras se colocaba el sombrero, vio la puerta de su dormitorio entornada y se acercó a mirar lo que hacía: la vio delante del espejo colocándose el collar de perlas, su único adorno, que destacaba sobre el vestido negro largo hasta los tobillos. Un vestido que era igual a todos los que llevaba desde hacía seis años, cuando se había puesto de luto por el niño.

Desde entonces, doña Inmaculada había perdido el interés en las modas; siempre estaba muy atareada con sus labores, con la urgencia de terminar de bordar un manto para la Virgen, calcetando jerséis para los huérfanos de la inclusa, haciendo colchas de ganchillo.

Colchas como esas de lana color granate que cubrían las camas.

—Anda, ya las has estrenado, quedan preciosas —comentó Catalina señalando las camas de sus padres. Dijo eso pero en realidad las colchas no le gustaban. Eran oscuras y pesadas, como todo lo demás en esa habitación. Como todo en esa casa que parecía una prolongación de la colegiata, con los rincones atestados de imágenes barrocas de arte sacro, cortinas espesas que dejaban los cuartos en penumbra y retratos de los antepasados, muchas generaciones de retratos de la familia materna colgados en las paredes del palacete.

—Hala, vete a buscar a tu padre, que yo bajo enseguida.

«Encantada de salir de esta habitación».

Catalina bajó ligera las escaleras, salió al jardín por la puerta de atrás y se llenó los pulmones de ese cielo sin una nube. Unas voces llegaban de entre los árboles y fue en su busca recorriendo el camino que bordeaba el muro de piedra. Tomás apoyaba un codo en el mango del rastrillo mientras se fumaba un pitillo escuchando atento a su padre.

Cuando su padre ocupaba un espacio, el entorno se quedaba levemente difuminado y su presencia brillaba. En ese momento, la luz de la mañana le iluminaba la piel, pero Catalina sabía que aunque se produjera un eclipse repentino, esa presencia seguiría brillando. Don Ernesto era amable y carismático y su hija le admiraba. Hoy llevaba un traje de tres piezas color azul noche, el sombrero levemente ladeado y esas arruguitas que le salían junto a los ojos cuando estaba de buen humor.

—Hija, acércate, mira cómo están los cerezos.

La floración se había adelantado; ahí estaban de repente las copas de los árboles repletas de flores blancas. Don Ernesto cogió un haz de flores y se lo mostró a su hija:

—Mira, este racimo se llama umbela, que viene del latín, *umbra*, sombra, porque parece un paraguas.

—Qué flores tan lindas, ¿verdad? Con sus cinco pétalos y sus cinco sépalos.

Cualquier momento era bueno para hacerle ver a su padre lo atenta que estaba siempre a lo que él le explicaba.

Durante toda su vida, lo que más ilusión le había hecho a Catalina era que su padre le dedicara tiempo solo a ella, cosa que ocurría muy de vez en cuando. De modo que, si algún domingo por la tarde don Ernesto le proponía ir de excursión, ella corría a coger su capazo y los dos salían juntos de La Villa. Si se dirigían hacia el soto de castaños, su padre le explicaba los tipos de setas que se daban en ese suelo. Si llegaban hasta el hayedo, don Ernesto se paraba en uno de los manantiales y le contaba la historia fascinante de esas plantas de un verde intenso que tapizan las rocas y se llaman hepáticas. Cuando el paseo era largo y llegaban hasta la cima de alguna montaña, era posible que vieran una manada de rebecos, o de cabras montesas, y Catalina regresaba feliz a su casa con el capazo lleno fresas silvestres o de arándanos o con algún ejemplar de boletus.

Catalina se estiró para coger unas flores del cerezo.

—Papá, ¿se pueden usar para hacer perfumes?

—Pueden usarse, claro que sí —estaba diciendo don Ernesto cuando la voz de doña Inmaculada atravesó los árboles hasta el fondo del jardín como una lanza afilada.

—¡A misa, que no llegamos!

Todavía no habían sonado las campanas por tercera vez y solo tenían que dar la vuelta a la esquina por la plaza para llegar a la colegiata, pero a doña Inmaculada le gustaba poder tomarse su tiempo saludando a los vecinos con los que se encontraban. Y para la gente de La Villa era un honor que los señores De León, tan sencillos pese a su alcurnia, se pararan a interesarse por su salud o la de sus familiares.

Catalina sabía que a su madre le gustaba dejarse ver porque ese era su único paseo semanal del brazo de su marido. Y como don Ernesto a veces se iba de viaje, había domingos que no disfrutaba de ese paseo.

Cuando llegaron al atrio de la iglesia, vaya por Dios, los padres de Catalina se pararon con el doctor Álvarez y a ella no le quedó más remedio que saludar a Manolín. Al hablar con el muchacho no podía evitar que los ojos se le fueran a sus mejillas, tan redondas y encarnadas que parecía que siempre estaba congestionado. Pobre, si él supiera lo indignada que se sintió cuando su madre le había dicho que hacían buena pareja, que Manolo era el mejor partido que podía encontrar. Se le frunció el ceño al imaginárselo como posible marido, tan anodino, tan pesado. El chico, evidentemente ajeno a sus pensamientos, le empezó a contar los detalles de un automóvil de importación que se acababa de comprar su padre, una maravilla técnica sorprendentemente veloz, y Catalina se cubrió la cara con la mano enguantada para que nadie viera cómo se le dilataban las aletas de la nariz cuando contenía un bostezo.

Por suerte, el tercer repique de campanas los animó a todos a entrar en la colegiata. Catalina entró deprisa para mojar sus dedos en el agua bendita de la pila, no fuera a ser que Manolín se adelantara y se la ofreciera de su mano, y avanzó entre los feligreses por el pasillo central hasta la primera fila, la que siempre ocupaba su familia durante el culto.

Después de pasar una hora larga en misa, la gente de La Villa salía de la iglesia de un humor excelente y las terrazas de los cafés de la plaza se llenaban en un visto y no visto de familias endomingadas.

Pero la familia De León no se comportaba como el resto de las familias. Y no era por culpa de don Ernesto, siempre dispuesto a invitar a una ronda a los amigos, como hizo ese domingo, que se fue directo a la terraza del café Central levantando el sombrero y devolviendo saludos a cada paso. Catalina pidió para sus adentros que su madre se olvidara de ella, que la dejara quedarse a tomar el aperitivo en la plaza, pero fue soltarse del ganchete de su marido y cogerla a ella del brazo.

—Hala, hija, vámonos a casa, que se me levanta dolor de cabeza con tanto alboroto.

—¿Ni un refresco, mamá?

Catalina giró la cabeza en busca de alguna cara amiga, alguna compañera del colegio, alguien que la salvara, pero nada, su madre caminaba a paso decidido con su crepitar de tafetanes sin soltarla. Presumía de no permitirse diversiones. Las aristas de su cara lo confirmaban.

Se dejó arrastrar sin protestar porque sabía que no serviría más que para recibir el segundo sermón de la mañana.

Cómo echaba de menos a Julieta, la única amiga a la que doña Inmaculada invitaba a su casa de buena gana. Con ella los domingos sí que habían sido días de fiesta. Algunas veces, la madre de Julieta, tan moderna, las había llevado al cinematógrafo, y después ellas buscaban en las revistas a esas actrices a las que querían parecerse y las imitaban. O escuchaban una canción en el fonógrafo hasta que se la sabían de memoria y la cantaban haciendo aspavientos. Un domingo radiante como ese se habrían turnado en el columpio del manzano para tocar las ramas con la punta del zapato, aunque fueran demasiado mayores para esos juegos. Puede que en esos momentos estuvieran subiendo al torreón para fantasear sobre sus vidas de adultas, que iban a ser muy sofisticadas.

Un día, hacía seis años, sor Mercedes había llegado a clase con una niña de la mano a mitad de curso. Les dijo que su nueva compañera se llamaba Julieta y que tenían que ser todas muy amables con ella, porque acababa de llegar de Madrid con su familia y no fueran a pensar que las señoritas de La Villa no sabían comportarse. La sentaron a un pupitre junto al suyo. Cuando salieron al recreo, lo primero que le preguntó Julieta fue por quién iba de luto, y Catalina se dio cuenta de que era la primera vez que podía hablar con alguien de lo de su hermanito, porque cuando volvió al colegio después del entierro, las niñas de su clase la miraron con cara de lástima y le dijeron palabras de condolencia, pero a continuación salieron al patio y se pusieron a jugar, a correr y a chillar, como si no hubiera pasado nada. Las odió profundamente, dejó de hablar con ellas.

Y en su casa todo eran silencios.

Pero con esta niña nueva no le importó hablar. Se sacó de debajo de la blusa la cadena con el camafeo que tenía dentro un retrato del niño y se lo enseñó. Qué pena, le dijo Julieta, parecía un ángel. Ella habría dado lo que fuera porque su hermano no hubiera tenido nada que ver con los ángeles, ni con el cielo, ni con la corte celestial donde le decían que ahora estaba el niño.

—¿Cuántos años tenía?

—Seis, pero era listísimo, ya sabía leer y escribir, le enseñé yo.

—Lo siento mucho. Yo nunca he tenido hermanos.

—Yo tengo una hermana mayor, pero esa no cuenta, ya tiene novio y no me hace ni caso.

Catalina había sacado la comba que llevaba en el bolsillo del mandilón y se había puesto a saltar. Julieta se quedó mirándola, dio un paso atrás para coger impulso y saltó dentro del círculo que hacía la cuerda para saltar frente a ella, con las caras muy cerca, mirándose a los ojos, y al cabo de un buen rato sin fallar, a las dos les dio la risa.

A pesar de todo lo que había pasado, Catalina seguía siendo una buena alumna, siempre la ponían en el cuadro de honor. Aunque ella en realidad sabía que en el fondo era vaga y no tenía intención de perder mucho tiempo estudiando. Se había dado cuenta de que si estaba muy atenta cuando explicaban una lección, se le quedaba sin apenas necesidad de releerla y eso le pareció muy rentable: en clase escuchaba con atención —de paso conseguía que las monjas dijeran que era una niña calladita y muy aplicada— y al salir del colegio tenía todo el tiempo para ella.

Cuando Julieta pidió permiso a sus padres para ir a estudiar a casa de Catalina al salir de clase, les pareció una buena influencia y no le pusieron ninguna pega. De manera que todas las tardes salían juntas del colegio y abrían los libros en la mesa camilla de la habitación de Catalina. Doña Inmaculada pasaba a verlas, mandaba a una doncella que les llevara la merienda y luego oían sus pisadas subiendo al torreón. Entonces se miraban de reojo y al instante una retaba a la otra a hacer alguna de las cosas que les prohibían, que eran muchas, como salir de puntillas hasta el jardín para trepar por las ramas del ciruelo, o subir al desván para rebuscar entre los trastos hasta que encontraban algún tesoro envuelto en polvo y telarañas, o se escondían en el baúl del cuarto de los armarios cuando la doncella de la casa de Julieta venía a buscarla.

Las dos eran ágiles y flexibles y tenían la misma habilidad para hacerse las santas delante de los adultos, a los que tenían bastante engañados. Bueno, en realidad podían engañar a todos menos a Demetria. Su ama era la que les sacudía el polvo de los uniformes del colegio y les volvía a hacer las lazadas de las trenzas antes de que las vieran los padres. Delante de las visitas aparecían las dos serenas y repeinadas, y doña Inmaculada presumía de su mano firme para educar hijas sumisas, piadosas y buenas cristianas.

El día que apareció Julieta en el colegio las sentaron juntas, y así seguirían, juntas siempre, como se habían jurado meses más tarde pinchándose con un alfiler en la punta del dedo para sellar su promesa con sangre. Por aquel entonces, cómo iban ellas a ponerse a pensar que el puente que había venido a construir el padre de Julieta, ingeniero jefe de la obra, estaría acabado algún día y la familia regresaría de vuelta a su hogar en Madrid, cosa que había ocurrido las Navidades pasadas, tras vivir seis años en La Villa.

¿Qué estaría haciendo Juli ese domingo? Quién sabía, pensó Catalina soñadora, en Madrid una podía hacer toda clase de cosas.

LA VISITA

Los golpes del llamador de la puerta se intercalaron con las campanadas del reloj de pared del saloncito decorado en color salmón. A las cinco en punto de la tarde, Catalina estaba ojeando una revista junto a la ventana y le sorprendió que su madre se levantara a recibir a las visitas, porque siempre esperaba sentada a que la doncella las condujera hasta ella, pero no le dio mucha importancia y siguió enfrascada en la sección de moda de *La Esfera*. El «*vestido para la noche de fino encaje negro con hombreras de coral, a juego con una diadema con haces de pluma de garza*» la tenía trastornada. Entrecerró los ojos para imaginarse en dónde se podría poner ella semejante conjunto, que no fuera el casino de La Villa. Ese vestido se merecía la ópera.

La voz de su madre junto a su oreja le hizo dar un respingo.

—Cata, hija, ya han llegado Lorenzo y doña Paquita, saluda.

Catalina se puso de pie y levantó la mano ante Lorenzo con gesto lánguido, con un ademán a lo Louise Brooks al que le sobraban el uniforme del colegio y la trenza anudada con un lazo. Le gustó que el joven diera un golpe de cintura acercando los labios a la mano que le tendía, esos modales la hacían sentirse una dama.

Una doncella llegó con la bandeja de la merienda y los cuatro se sentaron a la mesa, Catalina frente a Lorenzo y doña Inmaculada de cara a doña Paquita, quien empezó a hablar de su hijo como el cura que quiere convencer a sus feligreses de que pueden alcanzar el paraíso.

—Como le digo, doña Inmaculada, Lorenzo me lleva sacando toda la carrera las mejores notas. Ya no le queda nada, en junio se licencia —comentó la señora mirando con el rabillo del ojo a Catalina, que parecía más atenta a los picatostes que a la conversación de las señoras—. Aunque ahora no es momento de hablar de estudios, ¿verdad, hijo? Ahora toca prepararse para la procesión, que Lorenzo va a salir llevando el paso.

—No sabe usted lo que aprecio yo a los hombres que están unidos a la Iglesia, doña Paquita —dijo la madre de Catalina mientras miraba al chico con una sonrisa de aprobación.

Catalina también se quedó mirándolo. A Lorenzo el traje le quedaba un poco holgado, parecía que el sastre hubiera previsto que le fuera a ensanchar la espalda. Como queriendo compensar su falta de envergadura, se había dejado un bigotillo que le daba un aspecto todavía más desvalido.

—Sale con la Virgen de las Angustias —le dijo doña Paquita a su anfitriona mirándola con una sonrisa cómplice. Todo el mundo sabía que el manto que llevaba la Virgen en esa procesión era el resultado de muchos meses de trabajo de doña Inmaculada, un bordado en hilo de oro sobre terciopelo que era su mayor orgullo.

Catalina había terminado la merienda y apoyaba la cara en una mano con mirada soñadora. Su leve sonrisa debió de estimular a Lorenzo, que había roto a hablar explicando los detalles del paso que tendría el honor de cargar, un grupo escultórico de talla barroca en madera policromada. Como la mirada de Catalina seguía enfocada en él, el muchacho continuó describiendo otros pormenores de la procesión y les aclaró el lugar exacto que ocuparía, el tercero por la izquierda, porque vestido de nazareno sería difícil de reconocer. Las señoras lo escuchaban con atención saltando con la vista de él a Catalina, que seguía ensimismada con su mirada de algodón dirigida hacia el chico, ahora recostada sobre el respaldo de la silla. Estaba tratando de decantarse entre el *vestido de fino encaje negro con hombreras de coral* o el *de tul rosa con cuerpo rebordeado de perlas*, una decisión difícil de tomar, aunque no tan complicada como conseguir que su padre se lo regalara en su próximo cumpleaños.

A las seis en punto, doña Inmaculada se puso de pie y les dijo a sus invitados que tenían que disculparla porque era la hora de rezar el rosario. Doña Paquita, saltándose las normas que todas las señoras de La Villa conocían, abrazó a la anfitriona antes de despedirse, a lo que ella respondió manteniendo el cuerpo rígido como el tronco de un nogal. Lorenzo se levantó de un salto para llegar junto a Catalina antes de que se levantara para poder retirarle la silla. Ella le obsequió con otra sonrisa y los acompañó hasta la puerta, donde una doncella ya esperaba con los abrigos en la mano.

—Hasta pronto, bonita —dijo doña Paquita mientras salía.

—Hasta pronto —repitió Lorenzo.

—Hasta otro día —respondió Catalina y regresó al salón del que acababa de salir su madre. Cogió la revista que había dejado junto a la ventana y recortó una de las fotos de las páginas de moda. Se había decidido por el vestido de fino encaje negro con hombreras de coral. Estaba deseando que llegara su padre para pedirle el regalo. Dejó la foto encima del piano y se sentó a tocar la *Marcha turca* de Mozart.

Antes de las ocho de la tarde, Catalina se sentó en el sillón que estaba junto a la ventana y se quedó mirando hacia el otro lado de la plaza, donde estaba la farmacia. Al cabo de unos minutos salieron su padre y los dos mancebos, que se quedaron charlando en la puerta mientras uno de ellos bajaba la persiana metálica. Al instante la escalera del torreón crujió y las pisadas de doña Inmaculada se acercaron por el pasillo. «Vete a lavarte las manos para la cena», le dijo, y a Catalina se le crisparon los nervios de oír por enésima vez la misma frase, como si su madre fuera incapaz de decir algo que no fuera una obviedad por una vez en su vida.

Se fue a su habitación y cogió la jofaina para llenar el lavabo, pero se quedó mirando el agua y no se lavó las manos. Se miró en el espejo y se giró imaginándose con el vestido que había elegido. Bailó por la habitación. Después salió para ir a cenar; desde el comedor le llegaba la charla animada de sus padres. Cuando estaba a punto de entrar oyó a su madre diciendo «que sí, que la niña está muy ilusionada», y se quedó escuchando detrás de la puerta.

—Pero ¿estás segura? —oyó que decía su padre.

—Tendrías que haber visto con qué cara lo miraba.

Por un instante Catalina pensó que el vestido ya era suyo.

—Pues si le gusta ese chico, adelante —continuó su padre—. No está nada mal, un farmacéutico que con el tiempo se podrá hacer cargo de la botica.

—No podría haberse fijado en un muchacho mejor.

A Catalina se le quedó la mano rígida agarrada a la manija de la puerta. Solo reaccionó cuando oyó la campanilla que su madre utilizaba para avisar al servicio de que estaban listos para cenar y entró en el comedor.

Durante esa Semana Santa Catalina se hallaba tan abatida que fingió estar enferma. Hasta se le quitaron las ganas de comer, y muy mal se debía de sentir para tener el estómago tan cerrado que no le entraban ni las natillas de Demetria. Su madre mostró preocupación porque se estaba perdiendo las procesiones y los Santos Oficios, una pena muy grande. Doña Inmaculada en esos días florecía, era como si la Pasión de Cristo a ella la llenara de vitalidad. Pero Catalina no tenía ganas de nada. Se metió en la cama y se pasaba las horas con un nudo en el estómago, sin probar bocado, pensando cómo salir del atolladero. Por nada del mundo quería disgustar a su padre, a quien veía muy animado cuchicheando con su madre como en los viejos tiempos. Estaba muy cariñoso con ella, la visitaba en su dormitorio y le llevaba revistas para que se entretuviera. Le ponía la mano en la frente por si tenía calentura y le preparaba reconstituyentes en la botica que la obligaba a tomarse dos veces al día para que se le abriera el apetito. A ella la calentura le subía cuando se imaginaba el futuro que le esperaba si se casaba con Lorenzo o con cualquier otro al que su madre considerara un buen partido. Lo más probable era que se quedaran a vivir en ese mismo caserón, cómo se iban a buscar otra casa con la de habitaciones vacías que había en el palacete, allí podrían criar hasta una docena de niños. Se imaginaba yendo a la colegiata con su madre hasta el día del Juicio. Su sueño de llevar una vida sofisticada, de fiestas y veraneos, empezaba a alejarse como la popa de un vapor que sale del puerto.

Catalina había puesto dos almohadas y varios cojines en su cama para que los barrotes de bronce no se le clavaran en la espalda y pasaba el tiempo con el escaso entretenimiento de ojear revistas o hablar un poco con Demetria cuando subía a traerle la comida que no se comía. Llevaba tantos días en la cama, totalmente apática, que ya no sabía cómo ponerse. Las páginas de moda, la sección del cinematógrafo y los artículos sobre los suntuosos edificios de la recién inaugurada Gran Vía de Madrid, sus temas favoritos, se los sabía de memoria.

Abrió con desgana una de las revistas y se animó al reconocer el título del artículo que ya había visto hacía unos días sobre la Residencia de Señoritas. Siguió leyendo donde lo había dejado.

La Residencia de Señoritas, con amplio jardín en la calle Fortuny...

Catalina se había incorporado y leía atentamente la entrevista que le hacían a la secretaria de la Residencia, la señorita Eulalia Lapresta:

—*Ya hemos anotado antes que aumenta el número de alumnas.*

—*Ya lo creo. El primer año teníamos en el mes de octubre veinticuatro alumnas. Aquel curso se terminó con treinta y cinco... Una observación curiosa. El primer año de funcionamiento del grupo todas las alumnas se preparaban para la escuela superior del Magisterio...*

—*¿Y este año?*

—*Para la escuela superior, dos alumnas nada más. Las restantes para carreras universitarias, y con preferencia, para Farmacia.*

La mirada de Catalina se quedó rebotando en las dos últimas palabras, «*para Farmacia, para Farmacia*». ¿Cómo no se le había ocurrido antes? Ella también podía ir a la universidad a estudiar Farmacia, ¿por qué no? Fíjate cuántas chicas de provincias lo estaban haciendo, no era ninguna locura. Con lo bien que se le daba la botánica. Si hasta había hecho un cuadro con flores que había secado entre las páginas de los libros. Las había observado, sabía perfectamente cómo funcionaban. Y la de horas que se había pasado mirando a su padre hacer fórmulas magistrales en la botica. Eso era lo suyo, estaba claro. Ella también podía ser una estudiante. Ya se veía viviendo en Madrid, en ese chalé que se veía al fondo de la fotografía en la que unas chicas jugaban al tenis.

Universitaria y sofisticada, eso es lo que quería ser.

Saltó de la cama, tiró del llamador para que vinieran a prepararle el baño y eligió su vestido más austero para bajar a cenar con sus padres.

LA FÓRMULA

Catalina no quería ver a su madre esa mañana para evitar que la retuviera en casa, así que se quedó escuchando detrás de la puerta de su habitación y en cuanto oyó los crujidos en la escalera que subía al torreón, se puso el sombrero y el abrigo y salió disparada. Cruzó la plaza y justo antes de entrar en la farmacia giró la cabeza un segundo para mirar el torreón. Allí estaba, en el balcón más alto de la casa con la frente pegada al cristal, doña Inmaculada controlando la vida de La Villa desde su atalaya mientras bordaba. Y Catalina presintió que ese día alguna flor diminuta esperaría sin mucha esperanza las puntadas que completaran sus pétalos de hilo dorado.

Al entrar en la farmacia, Catalina se detuvo unos segundos para saludar a los mancebos y a las clientas a las que estaban atendiendo, después cruzó el mostrador y entró en la rebotica. En ese momento su padre estaba concentrado en una báscula, mirando cómo una montañita de polvo azul en un plato y las pesas de bronce en el otro subían y bajaban hasta quedar perfectamente equilibradas. Después de introducir los polvos con una espátula en un tarro de porcelana alzó la vista hacia su hija.

—Necesito tintura de almizcle, detrás de ti, en la primera balda.

Catalina se giró hacia la pared forrada de estantes llenos de tarros y pasó la vista por las etiquetas.

—¿Vas a hacer un perfume? —preguntó mientras le acercaba el botecito de cristal.

—Agua de colonia, no doy abasto.

—Ya me gustaría saber hacerla —dijo mientras se quitaba el abrigo y ojeaba la fórmula escrita en una libreta abierta sobre la mesa—. ¿Puedo ayudarte?

—Toda ayuda es bienvenida —respondió don Ernesto acercándole a la nariz un tarro—. ¿A qué te huele?

—A alcohol y un poco a rosa.

—Exacto. Aquí hay alcohol con agua de rosas, es la base, ahora tienes que ir añadiendo todas estas esencias. —Le mostró los tarros que tenía preparados—. Coge la báscula de precisión, tienes que poner mucha atención a las medidas.

Catalina se acercó la báscula, tan delicada como una caja de música con bailarines de latón. Abrió con la punta de los dedos el cajón que ocupaba la base y miró la colección de micropesas, algunas tan diminutas como obleas de papel de fumar. Repasó la fórmula de la libreta.

—Tienes mejor aspecto, pero sigue tomándote el reconstituyente durante unos días —le dijo su padre.

—Me encuentro mucho mejor —respondió mientras intentaba conseguir la medida exacta de esencia de bergamota.

—Me alegro, pero tienes que comer más, te has quedado muy delgada.

Don Ernesto se acercó a mirar la báscula y se ajustó los anteojos de montura dorada tan fina como las patas de una araña.

—¿Por dónde vamos?

—Ahora tengo que añadir esencia de limón. —Catalina cogió con unas pinzas una pesa diminuta. Cuando los platillos de la báscula se equilibraron alzó la vista hacia su padre—. Me pasaría la vida aquí contigo.

—¡Anda, las cosas que se le ocurren a esta muchacha! —Don Ernesto respondió divertido, palpándose los bolsillos del pantalón para ver dónde había guardado la pitillera—. Ya verás cuando te cases lo poco que te acuerdas de esta rebotica.

—Para eso falta mucho tiempo, papá.

Catalina buscó entre los tarros que estaban sobre la mesa el de esencia de espliego.

—Pues en un mes cumples dieciocho, la edad a la que se casó tu hermana.

—Yo no tengo tanta prisa como mi hermana. —Catalina repasaba con el dedo las líneas de la fórmula en la libreta—. cero con seis gramos de esencia de canela —leyó en voz alta.

—¿Y qué pasa con Lorenzo?

Don Ernesto se había encendido un cigarrillo y seguía con la vista los movimientos de las manos de su hija, tan suaves como precisos.

—Con Lorenzo no pasa nada, papá, no sé de dónde sacas esas ideas.

—Pues de tu madre, ¿de dónde las voy a sacar? —Don Ernesto se levantó para coger de la estantería un bote con corteza de naranja—. Te lo dejo aquí, que también lo vas a necesitar. —Volvió a sentarse.

Catalina echó la última medida de esencia de romero y añadió el almizcle. Se quedó mirando a su padre.

—Agítalo un poco, ahora hay que dejarlo macerar.

—Yo creo que se me va a dar muy bien el trabajo en la farmacia. —Catalina añadió al preparado una corteza de naranja.

—Todo se te da bien, te pareces a mí.

Don Ernesto sonreía mientras colocaba en orden decreciente unos morteros de bronce. Su instrumental resplandecía sobre la mesa de trabajo como las valiosas alhajas que se alinean en un joyero.

—De eso te quería hablar, papá.

—A ver con qué me vienes.

—Te lo digo a ti porque a mamá no le va a gustar.

—No sé en qué estás pensando, pero si a tu madre no le va a gustar no puede ser nada bueno.

Se giró para sacudir la ceniza en un cenicero de pie alejado de la mesa. Ahora la miraba con la espalda recta, sin tocar el respaldo de la silla.

—Cuando acabe el colegio, me gustaría ir a Madrid a estudiar Farmacia.

Don Ernesto se apoyó en el respaldo para observar a su hija. Su mirada se desvió hacia el líquido ámbar y se quedó ahí flotando durante unos segundos. Después volvió a mirarla.

—¿Cómo se te ha ocurrido semejante idea?

—A mí me parece una buena idea, así en el futuro no tendrás que dejar la farmacia en manos de un extraño.

—¿Sabes que a tu madre le puede dar un colapso solo de pensarlo? —Se levantó para apagar el cigarrillo sin dejar de mirarla.

—A ella la tendremos que convencer entre los dos.

—Espera un momento, que todavía no he dicho que sí —le dijo mientras se volvía a sentar—. Tú no sabes las cosas que pueden pasar en una capital como Madrid. ¿De dónde sacas ese atrevimiento?

—Papá, solo quiero ir a la universidad. Muchas chicas estudian Farmacia, yo creo que son los mejores estudios para una mujer.

Don Ernesto cogió una pipeta que había al alcance de su mano, colocó un extremo sobre la mesa y la hizo girar entre sus dedos hasta que pareció reparar en las huellas que estaba dejando en el tubo de cristal; sacó un pañuelo del bolsillo para limpiar la pipeta y la volvió a dejar en su sitio.

—Tú no tienes ninguna necesidad de trabajar. —Alzó de nuevo la vista para mirarla—. Encuentra a un buen chico que administre tu patrimonio y dedícate a criar a tus hijos. No necesitas más.

Don Ernesto ahora tenía entre sus manos la libreta y pasaba las hojas como si en alguna de esas fórmulas estuviera la solución del problema que le estaba planteando su hija.

—Piensa en lo bien que nos iría, por favor.

Catalina sabía que si ahora su padre cambiaba de tema no había nada que hacer. Pero don Ernesto cerró la libreta y la escrutó con la mirada, como si acabara de descubrir que su hija había crecido varios centímetros sin que él se hubiera percatado.

—¿Te has parado a pensar quién podría ocuparse de ti? Mira, si tuviéramos familia en Madrid te aseguro que no me parecería una idea tan descabellada, pero comprenderás que no te vamos a dejar ir a vivir a una pensión de estudiantes. Te lo digo por experiencia, una señorita como tú no pinta nada en ese ambiente.

—Precisamente de eso te quería hablar. En Madrid hay una Residencia de Señoritas para chicas que van a la universidad. —Catalina se acercó al perchero y sacó las hojas de la revista que llevaba en el bolsillo del abrigo—. La dirige María de Maeztu, papá, en casa he visto libros de su hermano Ramiro, tú sabes bien quiénes son.

—Pues claro que sé quién es Ramiro de Maeztu, un gran hombre. No sabía que tuviera una hermana.

—Por favor, lee esto. —Catalina extendió en la mesa frente a su padre las hojas de la revista.

Don Ernesto empezó a leer mientras su hija colocaba en la estantería los tarros de las esencias, milimétricamente alineados con las etiquetas a la vista. Todas las paredes de la rebotica estaban forradas de muebles de madera, con cajones cuadrados en la parte inferior y estantes en los que descansaban en orden los albarelos de cerámica y botes de cristal. Repasó las palabras escritas en los lomos: árnica, hoja de belladona, extracto de opio, tartrato potásico, cicuta-veneno… Se dio la vuelta para mirar a su padre mientras leía, rodeado de balanzas, morteros y probetas, con una bata blanca que le sentaba tan bien como el traje inglés que llevaba debajo. Dio una vuelta por la rebotica y al pasar por detrás de su padre se paró a mirarle la coronilla, ese círculo casi perfecto sin pelo que recordaba desde que era pequeña; sintió ganas de darle un beso justo en el centro, pero siguió rodeando la mesa hasta que volvió a quedar frente a él. Se estiró las mangas de la blusa, enrolló un dedo en el hilo que sobresalía y dio un tirón para cortarlo. Después cogió una banqueta de madera y se sentó frente a su padre, con los codos sobre la mesa y el mentón apoyado en las palmas, dándose toquecitos con los dedos en las mejillas mientras esperaba. Se quedó observando las manos de su padre, el anillo con el león del escudo de la familia brillando en el anular, mientras iba pasando las hojas de la revista.

Cuando por fin terminó de leer el artículo, don Ernesto dobló las hojas y se las guardó en un bolsillo del pantalón. Se levantó y acercó la nariz al bote con agua de colonia antes de enroscarle la tapa. Catalina estaba erguida en la banqueta siguiéndolo con la mirada. Don Ernesto metió las manos en los bolsillos de la bata.

—Creo que no va a ser fácil convencer a tu madre —dijo por fin.

Cuando salió de la farmacia, Catalina alzó la vista hacia el torreón y vio que su madre seguía junto a la ventana. Se la imaginó ansiosa por conocer el motivo de su salida tan de mañana, pero en lugar de volver a casa entró en uno de los comercios de los soportales. Después cruzó la plaza hacia la colegiata y mientras sentía aquella mirada que se le clavaba en la espalda, pensaba en lo mucho que le interesaban las fórmulas magistrales y casi se había olvidado de su intención de alejarse de La Villa por el peligro de acabar con algún Lorencito elegido por su madre. A la puerta de la iglesia se detuvo un momento para darle una moneda a un mendigo. Atravesó el pórtico y se dirigió a la capilla de santa Rita. Desenvolvió el cirio que acababa de comprar en el comercio de los soportales y lo acercó a otro que ardía para encender la llama. Se arrodilló en un reclinatorio ante la imagen y empezó a rezar.

«Santa Rita, patrona de los imposibles, intercede por mí, te lo ruego. Si conseguimos convencer a mi madre, me ofrezco a ir en procesión descalza hasta la ermita. Y para que así sea, voy a rezar diez padrenuestros y diez avemarías. Amén».

Querida hermanita: acabo de recibir una carta de mamá y estoy que no doy crédito a lo que me cuenta. ¿De verdad te quieres ir a vivir a Madrid tú sola? Ya me ha dicho que papá está de acuerdo porque dice que tienes mucha vocación y que, con el tiempo, te harás cargo de la farmacia. Perdona que te lo pregunte, pero esa vocación ¿desde cuándo la tienes? Porque yo nunca te oí hablar de nada parecido, más bien pensaba que querías encontrar al hombre adecuado cuanto antes para casarte.

No sé si te das cuenta, pero mamá lo está pasando muy mal con ese capricho tuyo de dejarla sola sin necesidad. Vigílala, porque me ha dicho que ni ganas de comer tiene con el disgusto que le has dado, que solo imaginarse que andarás todo el día entre hombres, una niña tan inocente como tú, le pone los nervios de punta, pobre, con lo delicada que ha sido siempre. ¿Tú de estas cosas te das cuenta? Porque si lo ves, no entiendo cómo puedes ser tan egoísta.

Ay, Cata, todavía eres muy joven y tienes la cabeza llena de fantasías. Los negocios son cosa de hombres, ¿qué ganas tienes de meterte en esos líos? Con lo tranquila que podrías estar, que seguro que todos los chicos de La Villa están deseando que les hagas caso y tú puedes elegir al que quieras, con lo guapa que eres. Piénsatelo. Cata, todo esto te lo tengo que decir porque mamá me ha pedido que te hable seriamente y te cuente las cosas como las veo. Y ya sabes lo que pienso, que nada puede darle más satisfacción a una mujer que criar a sus hijos. ¿Sabes que Juanín ya habla de corrido? Está que te lo comes. Y Mateo empezó a andar y se pasa el día detrás de su hermano. No pueden ser más distintos, a Mateo se le está poniendo el pelo rubio y ondulado, como el de mi suegra. Que por cierto está con nosotros desde la Pascua; que no digo que me moleste, porque los niños la adoran y es muy cariñosa con ellos, pero cuando está no salimos porque ella no es de salir, y Juan no quiere dejarla sola en casa, así que llevo dos meses sin ir a un teatro ni a ningún sitio. En fin.

Este verano, cuando vayamos, tendremos tiempo de hablar largo y tendido. Me gustaría mucho poder ir para tu cumpleaños, pero Juan no puede plantearse un viaje en esta época del año. En agosto sí que iremos, si Dios quiere.

Os echo mucho de menos.

Ya te lo he dicho, que me encantaría estar contigo el día de tu dieciocho cumpleaños, te haría un peinado bonito y me lo pasaría en grande observando cómo todos se quedan embobados viendo lo guapa que estás y lo mayor que te has hecho. Pero ya te digo que va a ser muy difícil, aunque la niñera se podría quedar perfectamente con los nenes, pero a Juan no le gusta que no la supervise, podría pasarles algo en mi ausencia y no me lo perdonaría en la vida. Por eso no puedo ir.

Abraza de mi parte a los padres y tú recibe todo el amor de tu hermana que mucho te quiere,

ISABEL

P. D.: Dile a Demetria que le di a mi cocinera su receta del asado y no le ha salido ni por asomo como a ella.

LA CARTA Y LA CATAPLASMA

Dejó la cartera del colegio en una silla y corrió a abrir la alacena para coger chocolate antes de que apareciera Demetria por la cocina. Se metió una onza en la boca y se sentó a saborearla mirando al jardín. Se merecía ese premio —aunque luego la riñera su madre por dejar que le salieran granos— por la nota que había sacado en el examen de Ciencias. Apretó el chocolate con la lengua contra el paladar para que se fuera derritiendo. Cuando viera ese diez escrito en rojo, su madre iba a quedarse sin argumentos para mantener que la universidad no era sitio para ella, pensó Catalina, y se levantó a robar otro trocito de chocolate aprovechando que nadie andaba cerca.

Era raro que la cocina estuviera tan tranquila a esas horas. Se asomó a las escaleras esperando encontrarse a Demetria o a la doncella bajando en ese momento, pero todo seguía en silencio. Ni un bizcocho en el horno, ni el agua al fuego, ni la bandeja preparada para la merienda de su madre y las amigas. Tragó el chocolate que le quedaba en la boca, cogió la cartera de los libros y subió a ver qué pasaba. Por el pasillo no andaba nadie; asomó la cabeza al saloncito, que también estaba vacío, lo mismo que el comedor. Recorrió el pasillo hasta el fondo y vio la puerta del dormitorio de sus padres entornada.

—Mamá, ¿qué te pasa? —Catalina se acercó a la cama donde su madre yacía con los ojos cubiertos por un paño blanco.

Demetria estaba escurriendo otro en una palangana con agua y le hizo un gesto para que no hablara. Cambió el paño por el otro fresco y dijo en un susurro:

—Señora, cuando llegue Carmina de la botica le traigo el remedio, ahora descanse. —La arropó con la manta y le hizo un gesto a Catalina para que saliera de la habitación con ella.

Recorrieron el pasillo de puntillas y bajaron a la cocina.

—Hija, que tu madre se ha puesto malísima —dijo Demetria todavía en voz baja, como si a esa distancia las pudiera oír—. No sé qué ha pasado, pero en cuanto tu padre salió para la farmacia después de comer, le empezaron a dar las palpitaciones.

—Pero, Deme, ¿tú te sigues creyendo sus numeritos? Si cada día monta un drama. —Catalina se sirvió un vaso de agua y se sentó a la mesa—. ¿Qué hay de merienda?

—Ay, niña, qué poca compasión tienes por tu pobre madre. —Demetria sacó un queso de la fresquera—. Pues que sepas que me asusté tanto que tuve que mandar a buscar a tu padre, imagínate, para que viniera a verla, y lo noté muy preocupado; marchó corriendo a la botica a hacerle un remedio.

—¿Solo hay queso para merendar? —Catalina se levantó a abrir la alacena y echó una ojeada—. ¿No quedan madalenas?

La puerta que daba al jardín se abrió en ese momento y entró Carmina con un paquete que le entregó a Demetria.

—Que dice el señor que le des una píldora ahora y que le pongas una cataplasma en la frente y que se quede descansando hasta que él llegue —dijo la chica a toda prisa.

—Cata, en cuanto termines de merendar, subes a hacerle compañía a tu madre. —Demetria abrió el paquete y salió de la cocina con el bote de las píldoras en una mano y la cataplasma en la otra.

Ella se quedó sentada a la mesa comiendo tranquilamente el pan con queso mientras oía a Carmina trajinando en la despensa. «En cuanto den las seis, ya verás cómo me llama para que vaya a rezar el rosario con ella», pensó, y se quedó mirando a un pájaro que saltaba de rama en rama del manzano. «Estaba claro que después de recibir la carta de la Residencia se iba a hacer la mártir», abrió la fresquera y sacó la jarra de leche, «a ver quién se traga sus numeritos si cada día monta uno».

Estaba terminando de merendar cuando oyó unas voces graves que llegaban del vestíbulo y subió a toda prisa a ver quién era. Su padre acababa de entrar con el doctor Álvarez y los dos iban hacia el fondo del pasillo. En cuanto entraron en el dormitorio salió Demetria y cerró la puerta tras ella.

—Ay, qué malita está que habéis tenido que llamar al médico —dijo Catalina en tono guasón.

—Me dan ganas de darte un azote, niña, por tomarte todo a broma. Como le pase algo a tu madre te vas a arrepentir.

—Deme, por Dios, como si no la conocieras. Está montando un drama porque me voy a Madrid, pero sabes de sobra que no le pasa nada.

Demetria le dio la espalda y la dejó con la palabra en la boca. Ella empezó a preocuparse.

«Ay, Dios santo, a ver si va a ser verdad que se ha puesto enferma justo ahora. ¿Le habrá dado tiempo a mi padre a escribir la carta? Como no haya salido ya, es capaz de no mandarla de momento. Y como tarde en mandarla, igual luego ya no quedan plazas en la Residencia». Una sombra le oscureció el ánimo. Se fue al saloncito y se sentó a esperar.

Pasaron varios minutos hasta que volvió a oír las voces de los dos hombres que iban hacia el vestíbulo y cuando su padre se despidió del médico, se acercó a preguntarle qué pasaba. Don Ernesto le pasó un brazo por el hombro y entraron en el salón. Había preocupación en su voz.

—Cata, a tu madre ahora no se le pueden dar disgustos.

—No le voy a dar ningún disgusto, papá.

—Es mejor que no menciones el tema de Madrid de momento.

Catalina se puso muy nerviosa.

—No se lo menciono. —Se palpó la ropa y sacó el examen de Ciencias que llevaba doblado en un bolsillo—. He sacado un diez en el examen, papá, ¿me lo firmas?

Su padre ojeó el papel y lo dejó encima de la mesita.

—A tu madre le ha dado una arritmia, Cata, no la podemos preocupar.

Ella apretaba los puños dentro de los bolsillos de la chaqueta.

—Claro, papá, la voy a cuidar mucho; ¿qué puedo hacer para que mejore?

—Quédate con ella en la habitación sin hacer ruido por si necesita algo.

Catalina se fue hacia la puerta, pero no se decidía a salir. Dio media vuelta y se sentó en el reposabrazos del sillón de su padre.

—Me preocupa una cosa.

—No te alarmes, hija, vamos a esperar a ver cómo reacciona con el tratamiento.

—No, que si le escribiste a la señorita De Maeztu confirmando que me matriculo.

Don Ernesto se levantó del asiento airado.

—Pero ¿sigues pensando en tus cosas cuando tu madre está tan enferma? —La miraba como si no la entendiera—. ¿Qué clase de hija eres?

Catalina se levantó avergonzada mirando al suelo y salió al pasillo. Notaba el calor que le subía a las mejillas y las llenaba de vergüenza. Y de rabia. Qué torpe era, lo había estropeado todo, había enfadado a su padre. Arrastró los pies por el pasillo hacia el dormitorio. «Por el amor de Dios, Catalina, sé una buena hija», se dijo, pero no podía alejar la carta de sus pensamientos. Abrió con cuidado la puerta y se sentó en un sillón junto a la cabecera de la cama. Doña Inmaculada descansaba con una cataplasma sobre la frente.

—Mamá —se acercó a ella para hablarle en un susurro—, me quedo aquí contigo por si necesitas algo.

—Cierra esa cortina, anda, que me molesta la luz —le pidió.

El reloj del saloncito dio las seis y doña Inmaculada no pidió el rosario.

—Quítame esta cataplasma, que no me hace nada.

Se la quitó, humedeció un paño en la palangana y se lo pasó por la frente.

—Tengo la boca seca.

La incorporó apoyada en un almohadón y le acercó el vaso de agua.

—Qué jaqueca, Dios mío, no hagas ruido.

Catalina se apoyó en el respaldo del sillón y cerró fuerte los ojos. Se sentía culpable por haber pensado que la enfermedad era una farsa y, sin embargo, no podía sentir lástima. Porque en su cabeza no cabía más palabra que Madrid y su madre, ahí sin moverse, le estaba ganando la batalla.

Doña Inmaculada seguía inmóvil, de vez en cuando dejaba escapar un quejido y ella se incorporaba a mirarla, pero no le decía nada.

Y así pasó Catalina lo que quedaba del día, en penumbra, calladita, pegada a la cabecera de la cama de su madre. Preocupadísima.

La Villa, 2 de julio de 1928

Mi querida Julieta, estoy tan contenta que tengo ganas de gritar, ¡en septiembre me voy a Madrid! Mi padre ya le ha escrito a la Srta. de Maeztu confirmando que me matriculo. Y tú me dirás, ¿cómo es posible, con tu madre tan enferma? Pues resulta que mi madre ha tenido una recuperación bastante rápida que ahora te voy a contar con detalle (y no me digas que deje de escuchar detrás de las puertas, bonita, que te conozco).

La semana pasada, don Eladio vino a visitar a mi madre, que seguía en cama, y lo primero que ella le espetó es que no sabe qué pecado cometió para que le haya salido una hija así de atrevida, de las que prefieren vivir lejos de sus madres, sabe Dios de qué manera. Le dijo (no te imaginas el tembleque que me entró) que no iba a permitir que su hija fuera una de esas desgraciadas que destruyen su fe con libros perniciosos y que tienen la desfachatez de querer igualarse a los hombres. Que quién va a querer a una chica así, que tengo todas las papeletas para acabar siendo una solterona y ella no va a consentir que me eche a perder de esta manera. Toda esta perorata le soltó de carrerilla. Y lo que le contestó don Eladio, bendito sea, era lo último que me podía esperar: le quitó hierro al asunto y le contó que él tiene un hermano, profesor en una escuela de la Fundación Sierra Pambley, que mandó a su hija a Madrid a estudiar Filosofía y Letras, que la muchacha sigue siendo tan linda y hacendosa como siempre y que en septiembre, Dios mediante, se va a casar en la catedral de León y que él oficiará la ceremonia. Don Eladio le pidió a mi madre que tenga fe en la Virgen y que le rece para que me acompañe, que ella sabrá guiarme.

Imagínate el efecto que le hizo a mi madre esta historia viniendo de su propio confesor, la alivió tanto que hasta se le pasó la jaqueca y al día siguiente ya se pudo levantar de la cama. Y yo, como podrás suponer, pendiente de ella todo el día para que no recaiga, animándola a terminar la comida del plato, vigilando las ventanas para que no se siente en medio de una corriente, colocándole el bastidor para que no haga esfuerzos…

En fin, que ha mejorado mucho, tanto que el sábado pasado ya reunió las fuerzas suficientes como para hacer su último intento de celestina y volvimos a tener visita de amiga con hijo. Por suerte, el muchacho estaba más interesado en la colección de sellos de mi padre que en mí, porque se llega a poner zalamero y estallo. Si es que la pobre tiene un ojo para buscarme novio que vaya por Dios. Igual te acuerdas de él, es aquel que una vez se montó en el columpio y le cayó una manzana en la cabeza. Ahora prepara notarías.

Ay, Juli, no te puedes hacer una idea de la angustia que pasé hasta que mi padre se decidió a darle a mi madre la nota que nos mandó la Srta. de Maeztu con la lista del ajuar que me tengo que llevar a la Residencia.

Pues nada, que yo ahora, para tener a mi madre contenta, subo al torreón y me pongo a bordar a su lado mientras ella me marca la ropa del ajuar, y ahí me quedo toda la mañana dale que te pego, con cara de santa, pensando en Madrid. Si te digo la verdad, de Madrid solo me acuerdo del Jardín Botánico, de la Puerta del Sol y de un carrusel precioso que había cerca de la estación del tren. ¿Me vas a llevar a conocer sitios? ¿Qué está de moda? Bueno, eso si tienes tiempo, que como ahora eres una señora con novio…

Ay, amiga, que solo me queda aguantar un poco más en esta charca de aburrimiento. Sí, ya sé que tú aquí te lo pasaste muy bien, pero creo que era porque sabías que te ibas a volver a Madrid. Si alguien te hubiera dicho que el resto de tu vida iba a ser colegiata, chocolate con picatostes y, como mucho, que te lleve tu marido al casino de vez en cuando, te subirías al desván y te tirarías por la ventana, te lo digo en serio.

Es que todavía no me puedo creer que voy a vivir en la capital, con la cantidad de cosas que se pueden hacer ahí. Yo, paseando por semejantes avenidas y yendo a la universidad. Por cierto, no sé cómo se visten las chicas para ir a clase, supongo que habrá que ir recatadas, con la cantidad de hombres que hay. Mira estos recortes que te mando, son los vestidos que me quiero hacer, ¿te parecen apropiados? El que tiene la falda tableada me lo hago seguro porque me encanta, dime si alguno no te parece bien.

Bueno, querida, que estoy deseando abrazarte. Dales muchos recuerdos a tus padres de mi parte.

Recibe todo el cariño de tu amiga,

CATALINA

P. D.: Una cosa más, si pasas por la zona donde está la Residencia échale un ojo y me cuentas, ¿lo harás?

UNA ESQUINA DEL MANTEL

Don Ernesto daba toques con los pulgares sobre el volante mientras silbaba. Conducía en mangas de camisa y el apresto de la tela iba perdiendo rigidez a medida que avanzaban. Sin corbata, ni chaleco, ni cadena de reloj estaba extraño, parecía un hombre joven. Se asemejaba al hombre que había sido muchos años atrás. Catalina recordó una imagen de cuando todavía era una niña pequeña: su padre estaba en mangas de camisa, como ahora, y tenía a su hijo pequeño en brazos. Ernestín reía mientras su padre silbaba; cuando dejaba de silbar, el niño se ponía serio y entonces su padre silbaba más fuerte y el niño reía a carcajadas.

Empezó a sentir que una desazón le subía por las tripas y le dejaba un hueco por dentro, un hueco como el que tanto la había asustado de pequeña cuando retiraron de su habitación la camita de su hermano y en el suelo había quedado un vacío inmenso que no se atrevía a cruzar. Un vacío que quería atraparla y ella se tenía que sentar encogida contra la pared y se quedaba fría, mirando desconcertada ese hueco, sabiendo que no podía salir a buscar consuelo en el regazo de su padre porque ya no era él, era un hombre derrotado. Todos los remedios de la farmacia no habían servido para salvar al niño.

Para ahuyentar esa melancolía, Catalina empezó a tararear la canción que silbaba su padre. Así continuaron un rato, uno silbando y la otra tarareando cada vez más alto, hasta que fue su padre quien soltó una carcajada.

Se estaba tan a gusto en ese auto, los dos solos con el mundo entero para ellos, mientras iban dejando atrás los sembrados que dibujaban en la tierra figuras geométricas, tarareando.

Catalina se había mareado en la carretera que se retorcía entre las montañas al salir de La Villa. Era complicado salir del valle, avanzando a trompicones de curva en curva, esquivando vacas por el camino, para acabar recorriendo un tramo que hacía equilibrios agarrado a una ladera. Cuando no pudo más, su padre paró para que vomitara en una cuneta.

El tormento había terminado y ahora avanzaban serenos por la ancha meseta. Era un día espléndido de septiembre. Catalina abrió la ventanilla para ver a qué olía ese paisaje y el aire inmenso de la llanura le llenó los pulmones de un bienestar desconocido. Su padre conducía su C6 recién estrenado y ella iba a su lado arrellanada en el asiento tapizado de terciopelo azul, mirando a lo lejos un pueblo que se apiñaba alrededor de una iglesia. Sacó una mano por la ventanilla y jugó a surcar el aire como el delfín que nada alegre junto a un navío.

La felicidad habría sido completa si un hilo de compasión no la mantuviera unida al recuerdo de su madre, que se había levantado antes de que amaneciera para comprobar que en la cesta que llevaban para el viaje no faltaba la tortilla de patatas con zanahoria que le gustaba a su hija, ni las uvas recién traídas de la viña sin las que don Ernesto no podía terminar una comida en esa época del año. Catalina estaba tomando un café en la cocina esa madrugada cuando vio aparecer a doña Inmaculada envuelta en una toquilla para supervisar los preparativos de los criados soñolientos. Sus órdenes eran eficaces y enérgicas mientras les indicaba la manera de colocar los bultos en el maletero, pero la voz le falló cuando pidió que tuvieran especial cuidado de no rayar la maleta que le acababa de comprar a su hija. Ahora se sentía culpable por no haber alargado un poco más el abrazo de despedida.

Pasó un dedo por el acero cromado del salpicadero y le preguntó a su padre para qué servían esas esferas.

—Cuando esta aguja llega a la izquierda, hay que cambiar el aceite del motor. Esta otra marca la velocidad a la que vamos, cincuenta kilómetros por hora.

—Algún día me gustaría conducir.

—¡Lo que se le ocurre a esta niña! Bastante me costó convencer a tu madre de que vayas a la universidad como para que ahora me vengas con más moderneces.

—Ya lo sé, papá, ha sido difícil pasar el verano con ella tan disgustada. El otro día me senté a su lado a bordar y me dio tal sopapo porque no hacía las puntadas apretadas que se me clavó la aguja en el dedo y se manchó la tela con una gotita de sangre. No te puedes imaginar cómo se puso, me tiró el bastidor y se fue llorando.

—Tienes que entender que le da mucha pena que te vayas tan lejos.

—No, papá, le da vergüenza que me vaya a estudiar y me mezcle con hombres como una cualquiera.

—Pero tú tienes la cabeza bien puesta y nunca harás nada de lo que te puedas arrepentir, ¿verdad que no?

—¡Pues claro que no, por quién me tomas!

—Tienes que hacer todo lo que te mande la señorita De Maeztu. Y estudiar mucho, si suspendes tendrás que volver a casa.

—Mi madre cree que voy a volver hecha una sufragista con gafas. Está segura de que no habrá hombre que se quiera casar conmigo, dice que de tanto estudiar voy a acabar pareciendo un marimacho. Tú eso no lo crees, ¿verdad?

—¡Menuda tontería! Tú seguirías siendo adorable aunque estudiaras tres carreras —dijo don Ernesto y se le marcaron aún más las arrugas que le salían junto a los ojos cuando estaba alegre.

Catalina acarició el terciopelo del asiento, tan suave como el vestido que le habían regalado en su cumpleaños y que esperaba tener ocasión de estrenar muy pronto. Por lo que había leído en el reglamento de la Residencia, una vez al mes las dejaban salir de noche y si su padre lo autorizaba, podría asistir a las fiestas que organizaban en la Residencia de Estudiantes, la de los chicos. En cuanto pudiera, se cortaría el pelo para poder lucir el escote en la espalda de su primer vestido largo. A lo mejor, los padres de Julieta la invitaban a alguna fiesta o mejor aún, la llevaban a la ópera, donde podría ver a las personas más elegantes de la capital bajo espectaculares lámparas de araña que harían brillar las joyas de las señoras, abrigadas con estolas de piel, mientras bebían cócteles en el ambigú en compañía de hombres apuestos vestidos de esmoquin…

—Estás muy callada, ¿no te estará entrando morriña?

—No, padre, estaba pensando en el laboratorio Foster; ¿sabías que en la Residencia tenemos un laboratorio para hacer prácticas las estudiantes de Farmacia y las de Química?

—Es una de las razones por las que me pareció buena idea que fueras a la Residencia de Señoritas, ya puedes aprovecharlo, no sabes la suerte que tienes.

—Claro que sí, voy a hacer muchas prácticas en el laboratorio y cuando vaya de vacaciones te ayudaré en la rebotica.

Por ese tramo de la carretera avanzaban en paralelo a un río que discurría entre árboles, al fondo de una suave pendiente.

—Creo que será mejor que vayamos pensando en parar para comer algo, ¿qué te parece? —propuso don Ernesto—. Vamos a buscar un sitio por allí abajo —dijo mientras iba aminorando la marcha para tomar un desvío.

Giró a la derecha por un camino de tierra y aparcó a la sombra de unos árboles. Al bajar del coche estiró los brazos hacia atrás y arqueó la espalda para desentumecerse. Después abrió el maletero y sacó la cesta de la comida mientras Catalina buscaba una manta de viaje bajo las chaquetas que habían dejado en el asiento trasero. Avanzaron un poco junto al río.

—Aquí estaremos muy fresquitos. —Catalina extendió la manta al pie de un álamo—. Papá, descansa mientras preparo las cosas.

Abrió la cesta y sacó el mantel que cubría la comida. Lo extendió junto a la manta en la que se había tumbado su padre y miró con emoción todo lo que les habían preparado. Abrió una fiambrera de aluminio y el aroma de la tortilla de patatas con zanahoria hizo que acercara la cara hasta casi besarla, con los ojos entrecerrados. La puso en el centro del mantel. En un paquete había rodajas de salchichón y chorizo ahumado que colocó en un plato haciendo dos círculos perfectos, como le había enseñado su hermana, porque no se puede presentar la comida de cualquier manera. Su hermana, pobre, que les había escrito apesadumbrada para decir que no podría ir a verlos ese verano porque, otra vez, estaba embarazada y su marido no quería que viajara.

Abrió otra fiambrera llena de uvas y sacó un queso tierno. Por último, le ofreció una servilleta a su padre, que se incorporó sobre un brazo.

—Te digo yo que ni en el Ritz se come tan bien. —Don Ernesto pinchó un trozo de tortilla con el tenedor.

—¿Tú has comido alguna vez en el Ritz?

—Sí, más de una. En una ocasión nos pusieron caviar, son unas bolitas negras que saben a mar.

—¿Mamá estaba contigo?

—No, no, iba yo solo —dijo desviando la mirada hacia una esquina del mantel—. Pásame el queso, anda, que te voy a cortar un poco.

Comieron despacio, saboreando cada bocado, como si hubieran salido a hacer un pícnic y no tuvieran prisa por regresar a casa. Cuando terminaron, don Ernesto se volvió a tumbar en la manta haciendo una almohada con los brazos.

Un saltamontes llegó al mantel de un salto. Catalina cortó una hierba y se la ofreció, «come tú también, bonito», pero el saltamontes siguió su camino.

Después se acercó al río para enjuagar los platos que habían usado, los envolvió en una servilleta y guardó todo en la cesta. Se sentó con la espalda apoyada sobre el tronco del árbol mientras su padre dormitaba, enrollando hierbas con un dedo, pensando en la vida que le esperaba. Se debatía entre la ilusión por llegar y la pena de que ese viaje terminara.

Pocos minutos después, su padre abrió los ojos y se incorporó.

—Aquí se está muy bien, pero será mejor que nos movamos.

Cruzar los campos abiertos de esa llanura luminosa hacía que a Catalina le entrase una sensación de libertad que no sentía en el valle en el que había crecido, oprimido entre unas montañas que atrapaban todas las nubes que pasaban flotando despreocupadas y, al descargar, dejaban los cuerpos cubiertos de melancolía.

—¿Cuánto faltará para llegar a Madrid?

—Ya hemos hecho más de la mitad del camino, sobre las siete llegaremos, si todo va bien. La señorita De Maeztu me dijo que con llegar antes de las diez no había problema, tú tranquila.

—No, si yo estoy tranquila: si llegamos tarde, me voy contigo a dormir al hotel.

—Bueno, no sé si podrá ser, solo he reservado una habitación. —Don Ernesto le dio a la manivela para subir su ventanilla y pisó el pedal del acelerador—. Verás cómo llegamos a tiempo de que puedas cenar con tus compañeras. La cena es a las nueve, si no recuerdo mal.

Catalina se giró para coger su bolso del asiento trasero y sacó el reglamento de la Residencia que les habían enviado por correo. Le echó una ojeada, aunque casi se lo sabía de memoria.

—Papá, ¿cómo serán las otras chicas de la Residencia?

—Pues habrá de todo, como en botica.

Ahora que estaba a punto de tocar su deseo con la punta de los dedos empezaba a entender lo que significaba el vértigo.

—Gracias por hacer un viaje tan largo para llevarme.

—Qué mejor manera de estrenar el auto que llevando a mi hija a Madrid.

—De todas formas, va a ser una paliza para ti hacer mañana el viaje de vuelta.

—Bueno, creo que voy a aprovechar para arreglar unos asuntos.

—Creí que regresabas mañana.

—Será mejor que aproveche el viaje, ¿no te parece?

—Sí, claro. ¿Mamá sabe que te vas a quedar unos días?

—Mañana le mando un telegrama. —Don Ernesto volvió a pisar el pedal del acelerador y el viento terminó de deshacer la trenza de Catalina.

Su corazón iba bombeando ansiedad hasta dejarla repartida por todos los costados de su recién estrenado cuerpo de adulta.

MADRID

Ya se había hecho de noche y seguían parados en la carretera esperando que un operario les diera paso. Habían tenido que detenerse en tres ocasiones por las obras y, aunque a don Ernesto siempre se le había llenado la boca hablando de las mejoras de las infraestructuras acometidas por Primo de Rivera, ese día parecía que más bien lo sacaban de quicio, a juzgar por la forma que tenía de golpear el volante con los nudillos. Desde lo alto del puerto de los Leones, después de catorce horas de viaje, las luces de la ciudad que se veían a lo lejos parecían una quimera.

Cuando la apisonadora que les cortaba el paso empezó a desplazarse hacia un lateral de la vía, don Ernesto encendió el motor y lo hizo rugir apretando el acelerador hasta que el automóvil que estaba delante se puso en marcha.

Entraron en la capital pasadas las diez de la noche y la ciudad resplandecía. A la altura de la Gran Vía, los cines mostraban orgullosos los carteles de los estrenos, los cafés batían sus puertas para dar paso a la clientela y una mujer con tocado de plumas alzó la barbilla para lanzar al aire el humo de su cigarrillo justo cuando pasaban a su lado. Un poco más adelante se tuvieron que detener porque la gente que salía de un teatro invadía la calzada. Un automóvil protestó con su bocina y una joven vestida de lamé dorado soltó una carcajada. Los viandantes empezaron a recuperar su lugar en las aceras y ellos pudieron seguir avanzando entre la algarabía. La expresión de la cara de Catalina mirando alrededor era muy parecida a la que ponía de pequeña cuando la llevaban a la feria.

El paisaje cambió completamente cuando se adentraron en el barrio donde estaba la Residencia de Señoritas. Allí las calles ya estaban en silencio y envueltas en penumbra y solo algunas ventanas iluminadas a cierta distancia de las aceras daban a entender que se trataba de una sucesión de chalés. Aparcaron frente a la verja del número 53 de la calle Fortuny agotados y entumecidos. El baúl con el colchón y la ropa de cama lo habían enviado por tren, así que solo tuvieron que sacar del maletero una maleta y la sombrerera de Catalina. Mientras atravesaban el jardín apenas se oía el rumor de una fuente y las voces apagadas de una conversación que llegaba desde una ventana abierta en la primera planta.

Don Ernesto llamó al timbre y al instante abrieron la puerta. Los estaban esperando. La mujer que los atendió, la señorita Lapresta, la secretaria del centro, se disculpó en nombre de la directora por no haberlos recibido personalmente, como acostumbraba a hacer con las alumnas nuevas, pero se acababa de retirar a descansar dadas las horas. Don Ernesto pidió perdón por hacerla estar esperando tan tarde y la secretaria se apresuró a decirle que ni lo mencionara, que todavía tenía que esperar a otra alumna.

Llegaban con el tiempo justo para que Catalina se acomodara en su dormitorio antes de que se apagaran las luces de la Residencia, así que la despedida de su padre fue muy breve, apenas un pórtate bien y escríbenos pronto. Y un abrazo. La cara de Catalina acurrucada contra el cuello de su padre, una presión de brazos fuertes alrededor de su espalda que apenas duró un instante, un beso en la frente y, al separarse, la mirada al suelo para contener las lágrimas.

Y ahí se quedó, en ese vestíbulo sin criados, obligada a coger ella misma su maleta para seguir escaleras arriba a la mujer, que le estaba preguntando cómo había sido el viaje. Larguísimo, pero muy contenta de estar ya en la Residencia. Al llegar a la segunda planta le indicó dónde estaba el cuarto de baño y le mostró su dormitorio; le dijo que habían colocado su colchón en la cama que estaba junto a la ventana y le preguntó si necesitaba algo. No se le ocurrió nada.

Cuando se quedó sola, Catalina cerró la puerta y se sentó en una silla, atenta a los sonidos. Le dolía la espalda y quería tumbarse, pero antes tenía que hacer su cama. Nunca había hecho una. Abrió las puertas del armario ropero y vio que en la balda de arriba habían colocado la ropa de su ajuar y el de su compañera. Así que la parte izquierda del armario era la suya. Sacó un juego de sábanas y una colcha y se peleó un rato con la cama hasta que le quedó medianamente estirada. Después colgó sus vestidos en las perchas, colocó lo demás sin mucho orden en los cajones y puso la maleta encima del armario. Se detuvo a curiosear un poco las cosas de su compañera. Las mantas no eran zamoranas, como las suyas, sino que estaban hechas con un tipo de lana suave como el armiño. Las sábanas blancas tenían las iniciales E. M. E. bordadas en hilo azul marino que, en ese contexto, le pareció un color atrevido. Intentó imaginársela, pero no se pudo hacer una idea de cómo sería la dueña de ese ajuar.

Cerró el armario y la habitación le pareció la celda de un convento recién encalada: ni paredes empapeladas, ni esquineros con figuritas de porcelana, ni tocador con espejos. Nada le recordaba a su casa.

Se metió en la cama y permaneció alerta. El silencio de la noche sonaba distinto, como si tuviera eco en ese cuarto desnudo. Una congoja se empezó a arrastrar por el interior de su pecho. Instintivamente alargó el brazo para tirar del llamador, pero recordó que de ahora en adelante Demetria no iba a subir con un vaso de leche caliente a darle las buenas noches.

ESME

Catalina se despertó al amanecer. Se incorporó un poco y vio una melena muy oscura que asomaba entre las sábanas de la cama de al lado. Paseó la vista por la habitación y vio una bolsa de viaje abierta que desparramaba su contenido sobre la mesa de estudio y una bata azul colgada en el perchero. Otra de las novedades que se había instalado en el cuarto durante la noche era una maleta que estaba entre las dos camas. Se tumbó de lado para observarla. Los cantos metálicos estaban desgastados y la superficie estaba cubierta de etiquetas: Hôtel de L'Europe, Lausanne; Grand Hôtel du Midi, Montpellier; Hotel Palace, Vidago… Qué barbaridad, pensó, cuántos viajes, ni que fuera la hija de Caruso. Se quedó un rato tumbada mirando al techo. Después se levantó, cruzó la habitación con los pies descalzos y se puso de puntillas para alcanzar su maleta, que asomaba despreocupada sobre el armario, ajena a su falta de mundo, con sus cantos relucientes y su cuero sin un rasguño. La empujó para alejarla de la vista hasta que tocó la pared del fondo y volvió de puntillas hasta su cama a esperar que su compañera se despertara.

El sonido estridente de un timbre que estaba encima de la puerta la sobresaltó. Su nueva compañera se tapó la cabeza con la almohada y permaneció ahí debajo durante unos minutos. Después se fue incorporando hasta que se quedó sentada y la miró entre los rizos enmarañados.

—Mmm, buenos días —la saludó—, ayer llegué tardísimo.

—Buenos días. No te oí, debía de estar muy dormida. ¿Por qué habrá sonado ese timbre?

—Es la chicharra, avisa de que falta media hora para el desayuno.

—Ah, tú no eres nueva.

—¡No, qué va! Es el tercer año que estoy en la Residencia —dijo mientras se retiraba el pelo hacia atrás y se lo recogía con una cinta. Después pareció entrarle prisa de repente, porque se levantó de un salto y cogió al vuelo un neceser que estaba encima de la mesa—. Ay, qué tarde, me voy al baño. Me llamo Esme, ¿y tú?

—Me llamo Catalina de León —contestó, pero sus palabras iban dirigidas a la coleta de su compañera, que ya salía del dormitorio.

Catalina también cogió sus cosas y salió detrás de esa chica, como si lo que ella hiciera fueran las normas de un reglamento que acababa de adoptar. Mientras recorría el pasillo, oyó unas voces excitadas que salían del cuarto de baño.

—Esme, pero ¿cuándo has llegado?

—Hija, siempre apareces la última. —Varias voces alborotadas se alegraban de ver a su compañera.

—Llegué de madrugada, dos días de viaje, creí que no se acababa nunca.

La puerta del cuarto de baño estaba abierta y Catalina se quedó en el umbral mirando. En torno a Esme se había formado un pequeño corro que duró unos segundos y luego las chicas volvieron a colocarse frente a los lavabos alineados contra la pared de azulejos blancos para continuar con lo que estaban haciendo. Dos de las estudiantes se parecían muchísimo, tenían el mismo pelo liso y la misma nariz curva, con idénticos camisones amarillos. Otra que llevaba una toalla enrollada en la cabeza se puso a recoger sus cosas y le dejó el sitio a Esme. En el primer lavabo, una chica con una estupenda melena pelirroja se estaba empolvado la cara como el panadero que espolvorea harina antes de amasar.

—No se pueden tener más pecas —dijo mirándose en el espejo mientras se daba masajes circulares por la cara—. A ver si es verdad que estos polvos las acaban quitando; odio el verano.

—¿Te has enterado? —Una de las gemelas hablaba al reflejo de Esme en el espejo mientras se cepillaba el pelo—. María Eugenia no viene este año. —Detuvo el cepillo para esperar la reacción de Esmeralda, que arqueó las cejas y también dejó de peinarse por un instante, devolviéndole la mirada a su vez en el espejo.

—¿Cómo que no viene, si este año termina la carrera?

—Se casa.

—¿Justo ahora? —Esme se giró para mirar de frente a la chica—. ¿Con lo contenta que estaba en junio con las notas que sacó? Me parece increíble que lo deje. —Se dobló sobre el lavabo para mojarse la cara.

—Su novio le dijo que o se casaban ya o que se fuera buscando a otro, porque no iba a ser él quien se quedara esperando. —La gemela más habladora guardó su peine en el neceser—. ¿Qué querías que hiciera?

—Por mí como si se mete a monja —dijo Esme mientras se secaba la cara.

—Se casan en diciembre, me lo dijo Trini, la ha invitado.

—Pues que le aproveche. —Esme recogió sus cosas y al darse la vuelta para salir reparó en Catalina—. No te quedes ahí pasmada que te dejan sin desayuno.

Catalina ocupó el lavabo que acababa de quedar libre. Las otras chicas fueron saliendo y se quedó sola. Se sorprendió a sí misma recordando su colegio con algo parecido al cariño; a sus compañeras, tan consideradas con ella; a las monjas, casi afectuosas. Se dio toda la prisa que pudo y volvió corriendo al dormitorio.

La maleta de Esme estaba abierta y había un montón de ropa sobre su cama. Catalina sacó del armario su vestido nuevo de cuadros verdes y mientras se lo ponía observó con el rabillo del ojo a su compañera. Se estaba pasando los dedos por el flequillo. Llevaba la melena corta, pero era tan abundante y con tantos rizos que parecía imposible de domar. Se había puesto un vestido azul marino con las mangas de rayas azules y blancas, de estilo marinero. Parecía un grumete recién salido del barco, con la piel tan tostada que si la viera doña Inmaculada diría que estaba más renegrida que una campesina en la época de la siega. Pero a Esme ese tono de piel le sentaba bien.

—¿Te han contado ya las normas? ¿No? Pues las habitaciones tienen que estar ordenadas y las camas hechas cuando bajamos a desayunar. Mañana se inaugura el curso en la universidad y el autobús nos vendrá a recoger a las ocho y media, como todos los días. Vámonos a desayunar, que yo tengo que subir volando a ordenar todo esto.

Catalina volvió a salir corriendo detrás de su compañera, con los zapatos sin abotonar, taconeando por el pasillo. En el borde de las escaleras se agachó para abrochárselos y luego trató de alcanzar a Esme, que se había encontrado con una amiga al pasar por la primera planta y bajaban hablando a toda velocidad, como si necesitaran contárselo todo antes de llegar abajo. Las siguió por las escaleras, como el paje que custodia las espaldas de su señora, dos peldaños por detrás. Cuando entraron en el comedor, Esme y su amiga se dirigieron con paso seguro hacia dos mesas distintas y Catalina se quedó en el medio, sin saber dónde sentarse. Había bastante barullo. Por lo visto, todos los sitios estaban adjudicados y muchas alumnas ya sabían dónde sentarse, pero las nuevas, como ella, iban de mesa en mesa preguntando. Una voz se alzó por encima de las demás para poner orden y leyó algunos nombres junto con el número de mesa que debían ocupar. A ella le tocó la mesa número tres. Buscó la que tenía ese número y vio que una de sus compañeras de mesa era la pelirroja que acababa de ver en el cuarto de baño intentando taparse las pecas con polvos; se llamaba Manuela, dijo cuando se fueron presentando todas las chicas.

El comedor de la Residencia le pareció muy agradable, con sus amplios ventanales adornados con cortinas de cretona que alguien había descorrido para que entrara la luz de la mañana. Desde su sitio se veía la fuente del jardín cuyo rumor había oído la noche anterior. En la sala había mesas redondas, en cada mesa estaban sentadas seis alumnas recién llegadas de las vacaciones de verano y las conversaciones creaban un murmullo agitado como el agua de un torrente.

Pasó la mirada por sus compañeras de mesa, que desayunaban con movimientos reposados y las espaldas erguidas. Por su aspecto, no parecían tan modernas como se había imaginado. Una de ellas, Clarita, era menuda y llevaba dos trenzas tirantes con lazos en las puntas; qué infantil. Otra, que se llamaba Juana, parecía la más veterana de todas y desprendía autoridad —de hecho, era la responsable de esa mesa—, se sujetaba el pelo a los lados de la frente con demasiadas horquillas; qué poco garbo. En cuanto a lo que llevaban puesto, no eran más que blusitas de algodón y faldas oscuras de lo más corriente. Estaba claro que ella era la que más destacaba por su estilo, con ese vestido de cuadros verdes que su modista había copiado, y le había salido perfecto, del que lucía una modelo en la *Estampa*. Catalina untó mantequilla en una rebanada de pan.

—Pues no os creáis que Nueva York es para tanto. Me imaginaba los rascacielos más altos —dijo Juana.

La rebanada de pan de Catalina se quedó suspendida en el aire, aunque su boca ya estaba abierta.

—Pero, Juana, ¿cómo no van a ser altos los rascacielos? —se asombró Clarita.

—Eso sí, las americanas son bonitas y muy elegantes —continuó explicando Juana—. Pero bueno, lo más gracioso es que en North Hampton corren ardillas por las calles como por aquí corren los gatos. Son monísimas, con unas colas que abultan más que ellas.

—¡Ay, qué ricura! —dijo Manuela.

—Y lo prácticas que son las americanas. No os creáis que se complican la vida con la limpieza, allí necesitan mucho menos servicio. ¿Me acercas la leche, por favor?

—¿Y cómo es eso?

—Nada de cera, ni escobas, ni fregado de suelo. —Juana se sirvió más café y dio un sorbo a su taza.

—Pues ya me explicarás cómo se las apañan para tener la casa limpia. Que aquí no seremos tan avanzadas, pero a limpias no nos ganan. —Clarita se puso muy digna.

—Pues muy fácil. Ellas barnizan los pisos como si fueran muebles y no tienen más que pasar un trapo para quitar el polvo. Así de fácil. Se lo tengo que contar a María la Brava, nos vendrá muy bien ahorrar algo por ese lado. —Juana apuró su café con leche—. Me voy, que tengo que pasarme por secretaría, en la comida os cuento más. —Y salió del comedor la primera.

Catalina se quedó mirándola mientras se alejaba hacia la puerta. Con su pelo pegado a la cabeza y vestida con tan poca gracia, quién lo diría, Juana había recorrido las calles de Nueva York, las mismas por las que paseaba Louise Brooks marcando estilo. ¿Habría visto a alguna estrella del cine? Tenía que preguntárselo.

—¿Quién es María la Brava? —preguntó Catalina a sus compañeras.

—Es la directora de la Residencia, María de Maeztu. Cuando la conozcas ya entenderás por qué la llamamos así —le explicaron.

—Pronto la conoceréis, siempre invita a las nuevas a cenar con ella. —Clarita se giró hacia Manuela—. ¿Tú qué carrera vas a estudiar?

Cuando Manuela dijo que iba a hacer Farmacia, Catalina la miró con renovado interés. Mira por dónde, la de la hermosa melena pelirroja y gesto dulce iba a ser su compañera de clase. Salieron juntas del comedor y mientras subían las escaleras, Manuela le contó que para ella estar viviendo en la Residencia era un sueño que no se acababa de creer. Le dijo que estaba ahí por el empeño de los profesores de su instituto, que habían presionado a su padre para que la enviara a Madrid, aunque ella no daba un real por que lo consiguieran porque su padre estaba totalmente en contra de que las mujeres anduvieran por el mundo ocupándose de asuntos que no estaban hechos para ellas, y decía que los libros las convertían en unas petulantes. Al final accedió a dejarla ir a estudiar a Madrid, con un humor de mil demonios, con la amenaza de mandarla de vuelta a casa al primer tropiezo, pero acabó transigiendo y le reservó plaza en la Residencia.

Le habían dado una oportunidad y la iba a aprovechar; como se llamaba Manuela que de ahí no la movían, dijo agarrándose a la barandilla de la escalera.

Subieron a la segunda planta y se pararon delante de la habitación de Manuela. Su compañera de cuarto estaba encaramada a la mesa desplegando una tela con un estampado de rosas.

—¿Te gustan, Manu? Son las cortinas que hicimos mi compañera y yo el año pasado. —Manuela asintió y se acercó a echarle una mano—. Como ya terminó la carrera, me dejó que me las quedara.

Catalina les dijo que les estaba quedando una habitación muy acogedora y se dirigió a su dormitorio. Al entrar, vio que Esme ya estaba terminando de ordenar el equipaje. Sus vestidos estaban colgados en la parte que le correspondía del armario. Los sombreros, alineados en la balda. En la estantería había colocado unos libros, un retrato enmarcado y un jarroncito con dibujos azules. Había puesto la maleta junto a la suya encima del armario.

—Qué rápido has ordenado la habitación —le dijo al ver que ya estaba terminando de colocar la ropa interior en uno de los cajones.

—Ya, por la cuenta que me trae. No sabes la cantidad de veces que me toca deshacer equipajes.

Catalina no quiso preguntarle por qué tenía que deshacer tantos equipajes. No quería ser como las compañeras de su colegio, que nunca habían salido de La Villa y abrían mucho los ojos cuando ella les contaba que una vez había estado de veraneo en San Sebastián. No quería ser como esas niñas que la rodeaban en silencio mientras les contaba que las olas no le daban ningún miedo y que allí todos los niños, incluidos los hijos del rey, se tiraban desde las rocas. A Catalina, de pequeña, le gustaba que la admiraran.

—Esme —dijo cambiando de tema para alejar esos pensamientos—, las de la habitación de enfrente están poniendo unas cortinas.

—Ya, a principios de curso a todas les da por la decoración.

—¿Podemos decorar como queramos? —Catalina miró alrededor—. Podríamos hacer algo.

Esme se encogió de hombros.

—Como quieras —dijo mientras sacaba un libro de la estantería.

—¿Qué carrera estudias?

—Derecho.

—Anda, no sabía que las mujeres pudieran estudiar Derecho.

—¿En qué mundo vives? —Esme se dejó caer de espaldas en la cama y se la quedó mirando—. ¿No has oído hablar de Victoria Kent? Porque es una abogada famosa y vivió en esta Residencia. Lo que no podemos hacer las que estudiamos Derecho es presentarnos a oposiciones. Pero todo se andará.

EL TÉ AQUÍ ES SAGRADO

Catalina estaba parada frente al tablón de anuncios tratando de decidir a qué clases apuntarse aparte de las de Inglés, que eran obligatorias tres días por semana. Esme le había recomendado que fuera a Filosofía con la Zambrano, porque esa mujer te enseñaba a pensar. Pero a ella lo que le sobraban eran pensamientos, no creía que necesitara ayuda en ese sentido. Tampoco quería sumar lecturas a todo lo que iba a tener que estudiar. Dio un último vistazo a los listados y eligió una materia en la que no estaba muy ducha, le vendría bien un refuerzo.

—Buenas tardes, vengo a apuntarme al curso de Mineralogía —le dijo a la señorita Lapresta, que estaba sentada al otro lado de un escritorio cubierto de cuadernos y carpetas.

—Mineralogía con la profesora Josefa Pascual —dijo abriendo un cuaderno para tomar nota—. ¿Cómo te llamas?

—Catalina de León.

La señora fue repasando con el dedo un listado y al llegar al final volvió a empezar desde el principio.

—No te encuentro en la lista.

Catalina cayó en la cuenta de que aquí en Madrid nadie conocía a la ilustre familia De León.

—Bueno, perdone, me apellido Fernández de León.

—Ah, Fernández, aquí estás. —Hizo una anotación junto a su nombre.

—Es que todo el mundo me conoce por el apellido De León.

—Catalina Fernández, apuntada al curso de Mineralogía, las clases son los martes y los jueves de siete a ocho de la tarde, justo después de la hora del té.

—Me viene bien, yo no voy a ir a tomar el té, que no me gusta, prefiero merendar algo en mi cuarto.

—Catalina, la hora del té es sagrada en esta casa. —La secretaria Lapresta, todavía joven pero con un mechón blanco en la sien, estaba seria—. Se sirve a las cinco y media en el salón del piano. Las alumnas deben ser puntuales a las horas de las comidas, ¿has leído el reglamento de la Residencia?

—Sí que lo he leído, pero no sabía que era obligatorio tomar té, es que en mi casa las infusiones solo se toman cuando alguien está enfermo, pero ya me acostumbraré.

—¿Alguna otra duda?

—Sí, quería preguntarle: si me invitan unos amigos de la familia a una fiesta por la noche, ¿a qué hora tengo que llegar?

—Solo se dan permisos para salir de noche una vez al mes, con el consentimiento por escrito de tus padres y la supervisión de la directora. La hora de llegada es la una. —La secretaria había apoyado las manos sobre el cuaderno que acababa de cerrar, con los dedos entrelazados—. ¿Alguna cosa más?

—Sí, ¿tengo que pedir permiso para salir por las tardes?

—La directora valora mucho que las alumnas hagan uso de la biblioteca el mayor número de horas libres que tengan. ¿Has ido a verla? Está en el edificio de la calle Miguel Ángel, el que se ve desde el jardín. —La secretaria se levantó y le hizo un gesto para que se acercara con ella hasta la ventana para mostrárselo, por detrás de la pista de tenis—. Pero puedes salir de la Residencia cuando necesites, no tienes que pedir permiso. Hay confianza plena en las estudiantes porque todas se esfuerzan al máximo por aprovechar todo lo que les ofrece esta casa y lo demuestran sacando las mejores notas.

—Pues claro, lo primero es estudiar y sacar buenas notas. Ahora mismo pensaba ir a la biblioteca.

La secretaria alzó la vista hacia el reloj de pared.

—Son las cinco y veinte, mejor deja la biblioteca para después del té.

—Claro, claro. En cuanto termine el té me voy a estudiar a la biblioteca. Muchas gracias.

Catalina se levantó y salió de la habitación notando la mirada de la secretaria que le enfriaba la nuca hasta que cerró la puerta tras ella. Tenía diez minutos libres. Salió al jardín y bordeó la pista de tenis hasta el otro extremo, desde donde se veía la parte de atrás del espléndido palacete donde estaba la biblioteca, un edificio de grandes ventanales con molduras blancas coronado de mansardas. Paseó por la pista y vio en el suelo una pelota olvidada que le trajo a la memoria unas fotografías que había visto en una revista de Lili Álvarez, la campeona de tenis que había jugado en Londres luciendo una falda pantalón que era un escándalo. Se imaginó a sí misma con el atrevido atuendo y pensó que si doña Inmaculada la viera así vestida la cogería por una oreja y la dejaría encerrada en el torreón por lo menos hasta Navidad. Decidió apuntarse también a tenis.

Recogió la pelota del suelo y la botó en la pista. Después hizo un gesto como si tuviera una raqueta en la mano y lanzara hacia el otro extremo. Entonces vio que una chica venía desde el jardín del edificio vecino con unos libros en la mano y se quedó esperando a que se acercara.

—Hola, ¿vienes de la biblioteca? —le dijo dando unos pasos hacia ella—. Me han dicho que está en ese edificio, qué bonito es.

—Sí, es el Instituto Internacional, nosotras lo llamamos la casa de las americanas porque las profesoras son de Estados Unidos; ¿a que es una preciosidad? —La chica se dio la vuelta para contemplarlo junto a Catalina—. La directora, miss Huntington, es amiga de la señorita De Maeztu y han llegado a un acuerdo para que lo podamos usar nosotras. Ahí también está el salón de actos. Y la biblioteca es una maravilla, hay miles de libros, es que no sabes cuál elegir. Hoy he cogido este —dijo y se lo mostró a Catalina—: *The New Dress*.

—¿Está en inglés? —Catalina miró a la chica con más interés—. En mi colegio solo dábamos francés.

—En el mío también. —La chica se puso a andar y Catalina caminó a su lado—. Pero el año pasado me tocó compartir habitación con una americana que no hablaba ni pizca de español cuando llegó y no veas lo que avancé con el inglés. Bueno, me voy corriendo, que tengo que dejar los libros en la habitación y no quiero llegar tarde al té.

A las cinco y media el salón del piano ya estaba lleno de estudiantes y las camareras estaban distribuyendo teteras y fuentes de tostadas y galletas. Catalina buscó con la mirada a su compañera de habitación y la vio en una esquina sentada con otras dos chicas, las tres inclinadas con las cabezas casi juntas observando algo. Se dirigió hacia ellas y al llegar miró por encima de sus hombros, había un dibujo sobre la mesa. Esme alzó la vista hacia ella.

—Hola, Catalina. —La siguió con la mirada mientras ella se acercaba una silla—. ¿Te sientas con nosotras? Ah, vale. Te presento a mis amigas, Adela Tejero y Pepita Carabias.

Las chicas la saludaron y después continuaron enfrascadas en el dibujo que estaba en la mesa. Catalina las observó un momento. Pepita era la que había visto por la mañana colgando las cortinas en el cuarto de Manuela; le pareció muy mona, con un moderno vestido color crema con ribetes marrones y el pelo cortado a lo *garçon*. Pero la otra, Adela, le resultó demasiado rara y excéntrica, tanto que le sorprendió que Esme se mostrara tan atenta a lo que explicaba esa chica que llevaba las uñas pintadas de negro, un flequillo demasiado corto y unas sombras bajo los ojos tan oscuras que parecía que no había dormido en semanas. «Las pintas que lleva», pensó, y acercó su silla un poco más a la de Pepita, que hablaba con mucha gracia.

—A mí me parecen hadas —estaba diciendo Pepita.

Catalina también miró el dibujo. Estaba hecho a carboncillo y representaba una mano que sujetaba un lápiz que estaba dibujando unos duendecillos de orejas puntiagudas. Muy original.

—Son brujas buenas, se me aparecen a las doce de la noche, cuando me pongo a dibujar —les estaba explicando Adela.

Catalina entendió el porqué de las ojeras de esa muchacha de aspecto enfermizo, que se ponía a dibujar cuando era noche cerrada y además veía brujas.

Una camarera se acercó con una bandeja con los servicios de té y Adela retiró su dibujo para guardarlo en una carpeta que estaba apoyada contra la pared. Esme cogió la tetera y se ofreció a servirles. Las chicas cogieron galletas y siguieron hablando.

—Este lo publicas, seguro —dijo Pepita mordisqueando una galleta y luego se giró hacia Catalina—. Adela se ha puesto un nombre artístico, Delhy, como la capital de la India. Delhy Tejero.

—Todavía no lo puedo publicar porque no está terminado. Hasta les estoy poniendo nombre a las brujas, quiero hacer una serie con ellas. —La artista seguía explicando su proyecto, pero Catalina ya no prestaba atención a sus palabras porque estaba demasiado ocupada escudriñando su aspecto. Dudaba si sería española a pesar de su acento castellano. Más bien parecía india o mora. O gitana. No podía apartar los ojos de Adela.

—¿Sabes, Cata? Delhy está triunfando —dijo Esme y la aludida hizo un gesto de no estar de acuerdo—, empezó vendiendo dibujos a las compañeras de la Residencia y ahora se los compran las revistas.

—¿Qué revistas?

—Las mejores, *Estampa*, *Blanco y Negro*... —le siguió explicando Esme mientras Adela apuraba su té como si no estuvieran hablando de ella.

—La *Estampa* es mi revista favorita. —Cata empezó a sentir interés por Delhy.

—¿Sí? Pues dile a Pepita que te lleve algún día, su primo es el director de esa revista.

—¿En serio, Pepita? —A Catalina se le balanceó la taza y casi se mancha la falda—. Me encantaría ir, tiene que ser un sitio precioso, con tantas actrices, esos modelos tan bonitos que sacan...

—Bueno, no te imagines que te vas a encontrar a las actrices sentadas a las mesas de la redacción cuando vayas, bonita —le dijo Esme y las demás soltaron una carcajada—. Otra novata que se cree que va a codearse con la gente famosa ahora que está en Madrid, infeliz.

Catalina desvió la vista hacia el piano, avergonzada. Las tres chicas se pusieron a hablar entre ellas y se sintió como una niña a quien los adultos no prestan atención. Las escuchaba, pero no sabía cómo participar en la conversación, no quería decir otra tontería y que pensaran que no merecía la pena hacerle caso. Trataba de mantenerse erguida, pero la espalda se le arqueaba sobre la taza que había dejado apoyada en el regazo. Envidió a los caracoles, que llevan su refugio a cuestas para cobijarse cuando vienen mal dadas. Pero ella no tenía caparazón y seguía en esa esquina, expuesta a unas miradas que ni siquiera le dirigían, con la sensación de que el mundo se había olvidado de ella.

Por segunda vez ese día recordó su colegio con ese sentimiento que acababa de descubrir, la nostalgia. En La Villa nadie se atrevería a ignorarla de esa manera. Ella era Catalina de León, su familia vivía en un palacete con torreón. Su madre era dueña de montes enteros cubiertos de viñedos. Los feligreses que entraban en la colegiata daban un rodeo alrededor de la sepultura de sus antepasados para no pisarla. Además, Dios la había premiado con una inteligencia fuera de lo normal, estaba harta de oírselo decir a las monjas. A medida que se iba hablando a sí misma, su columna iba perdiendo la curvatura hasta quedar tan erguida como un cirio ante un retablo. Se cogió la trenza, que descansaba sobre su pecho derecho, y la lanzó con un golpe de muñeca hacia la espalda. Así cómo la iban a tomar en serio si parecía una niña, pensó, en cuanto tuviera ocasión se cortaba esa trenza.

Dio un sorbito a su taza de té y acto seguido mordió la tostada con mantequilla para tapar el sabor amargo. Todas a su alrededor parecían encantadas con sus infusiones, no entendía cómo a nadie se le ocurría pedir un chocolate.

De repente sus compañeras dejaron de hablar y el murmullo general bajó de intensidad. Levantó la mirada para ver qué pasaba y vio a una señora rubia y menuda que avanzaba a paso rápido por el centro del salón, con un sombrerito en la nuca que parecía a punto de caer y una abultada carpeta en el regazo. Varias alumnas se levantaron alegres a saludarla, otras se habían girado en sus sillas para mirarla y ella dirigía sus palabras complacida a unas y a otras. El sol de la tarde entraba por las ventanas iluminando el centro de la sala donde se había parado la mujer. Por un momento la escena le pareció una reproducción de la Virgen rodeada de ángeles de Bouguereau. Pero la estampa mística se descompuso cuando la mujer siguió avanzando hacia una mesa donde estaba sentada la señorita Lapresta, y la marea de murmullos fue subiendo hasta alcanzar el nivel que tenía antes de que la mujer entrara por la puerta.

—¿Quién es? —Catalina dejó su plato encima de la mesa.

—Es la directora —respondió Esme.

—¿María la Brava? —Catalina puso cara de que no le cuadraba—. Pero si parece un ángel.

Pepita se inclinó hacia ella.

—Que no te oiga llamarla así.

—Es una mujer muy especial, ya la conocerás —le dijo Delhy mirándola con sus ojos enormes.

—Seguro que te invita, suele hacer cenas privadas con cuatro o cinco alumnas, para conocernos mejor. —Pepita cogió otra galleta y le dio un mordisco—. Es estupenda, la verdad.

—Pero que no se te ocurra hacer el tonto, saltarte clases, suspender —le advirtió Esme—, porque no se anda con contemplaciones, te pone en un tren y te manda de vuelta a tu casa.

Catalina se quedó pensativa.

Una de las estudiantes se había sentado al piano y empezó a tocar una sonata de Schubert. Esme se levantó a hablar con el grupo de chicas que se habían acercado al piano y Delhy volvió a sacar su dibujo para comentarlo con Pepita. Catalina todavía tenía en la mano la taza con el té que no conseguía terminar. Se quedó mirando a la directora, que se había apoyado en el respaldo de su silla con los ojos cerrados y no se sabía si estaba escuchando la sonata o había aprovechado el momento para echar una cabezada.

Catalina también se apoyó en el respaldo de su silla y miró alrededor. Le pareció que todas esas chicas actuaban con el aplomo de quien conoce el mecanismo de una maquinaria en la que ella, de momento, no sabía qué lugar ocupaba. Se bebió de un trago el té frío que le quedaba y se acercó a mirar las partituras que estaban encima del piano. Si conseguía sentarse a tocar a la hora del té, serían las otras chicas quienes se acercarían a rodearla. Dio gracias a sor Mercedes por empeñarse en que llegara a interpretar algunas piezas con cierta dignidad.

—¿Tocas el piano? —oyó que le decían y se dio la vuelta.

Era Manuela. Catalina agradeció con una sonrisa que alguien le dirigiera la palabra. Qué maja, esta pelirroja.

Salieron juntas del salón de té y deambularon por el jardín. Se quedaron charlando un rato junto a la verja y luego, un poco temerosas, se aventuraron fuera. Les pareció que la señora que se había parado en la otra acera las miraba, ¡dos chicas solas por la calle! Pero la mujer estaba pendiente de un niño que la alcanzó corriendo y los dos entraron en una casa. Qué sensación de libertad tan alentadora. Ellas podían seguir caminando por la calle Fortuny —se sentían independientes y osadas—, podían girar a la derecha y caminar por Miguel Ángel hasta el Instituto Internacional, que imponía un poco por su majestuosidad, pero como iban juntas se atrevieron a entrar, a subir las escaleras, a recorrer los pasillos, a inspeccionar la biblioteca, madre mía, cuántos libros. Volvieron a salir a la calle y dieron la vuelta a la manzana por el lado contrario hasta la Residencia.

—Dios santo, Catalina, ¿te das cuenta de que podemos andar libremente por las calles y nadie nos mira mal? —Se sentaron en un banco del jardín—. Se me ocurre salir a pasear sola por mi pueblo y el domingo el párroco dedica su sermón a las perdidas que andan por las calles buscándose problemas.

—Cómo me gusta Madrid, aquí nadie te puede cortar trajes porque ni siquiera saben quién eres. —Catalina se quitó el sombrero y echó la cabeza hacia atrás para que le acariciara la cara el suave sol de la tarde.

—Ay, Catalina, qué suerte que no tienes que esconder la cara, a mí me da un rayo de sol y me salen diez pecas. —Manuela se bajó un poco más el ala de su sombrero.

Catalina la miró divertida.

—A mí me gusta cómo te quedan las pecas, en serio, te hacen una cara muy simpática. —Pero a continuación le tocó un brazo y se puso más seria—. No te preocupes, cuando vaya a mi casa le pido a mi padre que te haga un remedio en la botica contra las pecas.

—¿Tu padre es boticario? —Manuela la miró interesada—. De modo que tendrás farmacia cuando termines la carrera, tú ya tienes la vida resuelta.

Catalina no se había parado a pensarlo, podían pasar muchas cosas hasta que ella terminara la carrera, pero ahora que estaba empezando a experimentar esa desconocida sensación de autonomía, no tenía ninguna gana de regresar a La Villa.

—¿Tú qué planes tienes?

Manuela se irguió en el asiento.

—Mi único plan de momento es estudiar como una loca para sacar buenas notas, comportarme como una santa y que mi padre no tenga la más mínima excusa para mandarme de vuelta a casa. —Manuela apoyó un brazo en el respaldo del banco, en esa postura le daba el sol en la nuca—. Desde que cumplí doce años le ayudo en la tienda y no lo soporto, tiene la mano muy larga, me da coscorrones delante de los clientes por menos de nada, me muero de vergüenza.

—A mí me costó sudor y lágrimas convencer a mi madre, ni en sueños quería dejar a su niña sola por el mundo como una cualquiera. —Catalina cogió la hoja de un árbol que había caído en el banco y la giró entre los dedos—. Gracias a que mi padre conoce a varios maestros de la Fundación Sierra Pambley, una fundación que ha montado escuelas de oficios por mi zona y está relacionada con la Institución Libre de Enseñanza, como esta Residencia, por eso le pareció una garantía mandarme con la señorita De Maeztu. Mi padre es un ángel, pero a mi madre no hay quien le quite de la cabeza que a las mujeres los libros nos acaban torciendo, dice que se nos suben los humos, que Dios nos ha hecho distintos y va contra natura que queramos ocupar el lugar de los hombres. —Lanzó lejos la hoja del árbol que había arrugado en la mano.

—Ya, qué harta estoy de oír ese tipo de cosas. —Manuela miró su reloj de pulsera—. ¿A qué hora abren el comedor? Tengo hambre.

Se levantaron para entrar en la Residencia.

—Ni en mis mejores sueños me habría imaginado que llegaría a vivir en esta casa. —Manuela alzó la vista hacia el mirador acristalado que descansaba sobre columnas en la fachada del edificio—. ¿No te parece un lugar precioso?

—Sí que lo es, además me resulta un sitio muy alegre. —Catalina se quedó mirando la buganvilla que trepaba por las columnas de fundición hacia el mirador—. ¿Tú cómo conseguiste que te dejaran venir a estudiar?

—Si estoy aquí es gracias a mi madrina, que es rara y rica y ha viajado mucho. Ahora es ella la que me paga la Residencia. Cuando era pequeña le ofreció a mi padre pagarle una asignación mensual si me dejaba ir al instituto, porque él quería que me pusiera a trabajar ya, pero como la tienda solo da para ir tirando, le pareció más rentable aceptar la paga que le ofrecía mi madrina, dinerillo contante y sonante todos los meses —dijo Manuela frotando la punta de los dedos—. Pero de todas formas me hacía ayudarle a despachar al salir de clase, así que tenía que estudiar por las noches, aunque eso no me quitó las ganas, todo lo contrario, saqué premio extraordinario de bachillerato. Y entonces mi profesor de Física también le insistió a mi padre para que me dejara venir a Madrid. Pero te digo una cosa: está esperando que cometa el más mínimo error para no dejarme seguir estudiando, le encantaría que tuviera que agachar la cabeza mientras me repite que soy una soberbia por querer ponerme por encima de las demás.

—Y tu madre, ¿qué opina?

—Mi madre no tiene opinión. Como se le ocurra llevarle la contraria a mi padre, le mete un sopapo que no le quedan ganas de volver a abrir la boca en una temporada. Me duele en el alma. El día que yo trabaje y gane dinero me la llevo a vivir conmigo.

—Pues la mía presionó todo lo que pudo para que no viniera a Madrid porque en La Villa me iban a poner de vuelta y media. Pero mi padre... A mi padre le importan un bledo los dimes y diretes, fue él quien me ayudó a preparar los exámenes de bachillerato por libre.

Seguían hablando al pie de la escalera. Manuela empezó a subir los peldaños y Catalina la siguió pensando en la suerte que tenía con el padre que le había tocado, con lo poco que le preocupaba el qué dirán, porque en estos momentos sería la comidilla en las tertulias del casino y en los corrillos de las señoras, el boticario mandando a estudiar a su hija pequeña, la primera que hacía semejante cosa en La Villa.

—Por cierto, Manuela, ¿tu pueblo dónde está? —le preguntó mientras cruzaban el vestíbulo.

—En La Rioja, tierra de vino.

—¡Anda, en el Bierzo también tenemos viñedos!

—¿Y eso dónde está?

Una chica tan leída y no sabía dónde estaba el Bierzo. A Catalina le parecía imposible que alguien no supiera algo tan básico.

—Pues está en León, en la esquina entre Galicia y Asturias —le aclaró, y empezó a pensar que a lo mejor no iba a ser la única vez que tendría que dar explicaciones sobre su lugar de procedencia. Al fin y al cabo, a la Residencia llegaban chicas de toda España y tampoco es que ella tuviera muy claro dónde estaba Teruel, por ejemplo.

En el rellano de la primera planta se cruzaron con Juana —la saludaron con el respeto debido a una compañera tan veterana—, continuaron charlando por las escaleras, siguieron con sus confidencias mientras entraban juntas en el cuarto de baño a lavarse las manos, y a la hora de la cena ya podían decir, con total honestidad, que eran amigas.

COMO PÁJAROS QUE BUSCAN SU BANDADA

«Me estás poniendo nerviosa».

Manuela le acababa de pedir que le sujetara la carpeta mientras volvía a abrir el estuche donde llevaba una estilográfica, un lápiz y un sacapuntas; era la tercera vez que lo revisaba. Estaban a la puerta de la Residencia esperando el autobús que iba a llevarlas a la Universidad Central. Las veteranas formaban un grupo compacto de chicas con dominio de la situación. Las novatas, como ellas, giraban a su alrededor como satélites deseosos de entrar a formar parte de ese universo de conocimiento y madurez.

Catalina y Manuela se sentaron juntas en la primera fila y se quedaron mirando por la ventanilla cómo se alejaba la Residencia. El autobús avanzó tranquilo por Fortuny y por las avenidas de ese barrio de casas con jardines, pero a medida que se acercaban al centro las calles se estrechaban, los edificios eran más altos y la excitación de las dos iba en aumento. ¿Habrá más chicas en clase? Ojalá. ¿No te parece demasiado corta esta falda? Qué dices, si te tapa las rodillas. ¿Serán muy duros los profesores? Pues claro, esto es la universidad. ¿Cómo será eso de estar entre tantos chicos? Habrá que acostumbrarse. Mejor ignorarlos. No, mejor que haya alguno guapo.

Las veteranas que estaban en el último año de carrera les habían contado que cuando ellas empezaron, cinco años atrás, las cosas eran muy diferentes. Entonces las chicas que estudiaban en la Central eran tan pocas que ni siquiera había aseos para ellas. En cambio ahora era rara la clase donde no había alguna chica. A ese ritmo, acabaría habiendo mujeres en todas las carreras. Así que ánimo.

Cuando giraron para incorporarse a la calle San Bernardo, Catalina le dio con el codo a Manuela para que volviera a mirar por la ventanilla: afuera se veía un bullicio de estudiantes, jóvenes saludándose con gestos exagerados, juerguistas que daban voces como si en lugar de dirigirse a su primer día de clase regresaran de una noche de farra.

El autobús aminoró la marcha al pasar junto a la estación de metro de Noviciado y unos cuantos chicos que lanzaban silbidos y agitaban las manos las fueron escoltando hasta la entrada del enorme edificio de la Universidad Central. Por las ventanillas abiertas oyeron sus voces que coreaban «abran paso a las señoritas de la Residencia».

—Cata, me muero. Estos nos comen vivas.

—Qué va, mujer, mucho ruido y pocas nueces. Ya verás —respondió simulando aplomo, pero entreteniéndose más de la cuenta al recoger sus cosas para dejar que las veteranas salieran antes y fueran ellas quienes lidiaran con ese jaleo. Para su sorpresa, cuando las primeras chicas empezaron a salir del autobús el alboroto bajó de intensidad y avanzaron serenas entre dos filas de chicos a los que solo les faltaba desenvainar unas espadas para salvaguardarlas. Catalina entonces tiró de su amiga para no ser las últimas en salir del autobús.

Pero la agitación del tropel de chicos que se agolpaba a la entrada del edificio empezó a ir en aumento a medida que el resto de las chicas se apeaban. Nunca se había sentido tan observada como en ese paseíllo. Nunca había oído la clase de piropos que lanzaban los del fondo de esa caterva. Uno gritó:

«¡ay, qué curvas, y yo sin frenos». Otro hizo el ademán de pasar un capote ante una de las veteranas, «si como caminas cocinas, me como hasta la olla». Y uno engominado salió del pelotón para acercarse a ella y le dijo «guapa, ¿buscas el tocador de señoras? Pues aquí me tienes». Ella se caló el sombrero y levantó el mentón como si no los oyera. «Qué ordinario, por Dios, este debe de ser el típico paleto de Madrid».

Dentro del vetusto edificio de la Universidad Central donde iban a empezar sus clases —y que también albergaba las facultades de Derecho y Filosofía y Letras—, Catalina y Manuela siguieron la corriente de estudiantes que se dirigían hacia la puerta de un salón enorme. Al entrar, la visión resultaba inquietante: cientos de hombres jóvenes abarrotando el paraninfo y en un rincón, un grupo minúsculo de sombreritos *clochés* apiñados. Hacia allí se dirigieron, como pájaros que buscan su bandada. Se sentaron en un extremo del banco de las chicas.

En el estrado ya se estaban acomodando los profesores.

Se hizo el silencio y el señor Bermejo, el rector de la universidad, les dirigió unas palabras de bienvenida. Cata intentó concentrarse en lo que les decía el venerable profesor, que les habló de la universidad, de su larga historia, de los nombres ilustres que habían pisado esas mismas aulas. A continuación, otro profesor, bastante más joven, tomó la palabra. Empezó recordando su gran emoción el primer día que había pisado ese paraninfo, veinte años atrás; evocó su paso por la facultad de Derecho, sus estudios de doctorado. Catalina contuvo un bostezo y miró su reloj de pulsera. «Qué pesado, que vaya terminando, por favor, que queremos ver la clase que nos toca», pensó mirando al techo. El paraninfo era una estancia suntuosa cubierta por una magnífica cúpula dividida en paneles. Se fijó en que en cada panel estaba representada la alegoría de una disciplina. Justo encima de sus cabezas estaba la de Farmacia.

—Manuela, mira —le indicó en un susurro a su compañera—. Esto es una señal.

Mientras abordaba su discurso otro profesor de voz exaltada, Catalina echó una ojeada a su derecha por debajo del ala del sombrero, pero solo alcanzaba a ver los perfiles de tres o cuatro chicos sentados en la primera fila. Normalitos. Demasiado envarados.

De pronto los aplausos la devolvieron a la realidad. Ella también aplaudió con ganas, con ganas de alejarse de ese acto solemne y de descubrir por fin qué tipo de compañeros iba a tener en clase, y de conocer a los formidables profesores que le iban a dar clase ese curso en la universidad.

Catalina y Manuela salieron del paraninfo entre un revuelo de alumnos que se fueron dispersando por los pasillos. Sus compañeras de la Residencia también se desperdigaron y ellas se quedaron solas ante el umbral de su aula. Era muy grande y escalonada. Catalina se agarró del brazo de Manuela. «Se me están bajando las medias, ¿las ves muy arrugadas?». Dos chicos pasaron junto a ellas y se giraron para mirarlas.

Vamos allá.

Muchos bancos ya estaban ocupados y todos los ojos de la clase las siguieron mientras subían los escalones del pasillo central. Cuando estaban por las filas del medio, un chico se cambió de asiento para dejarles sitio a su lado y las dos se sentaron justo en el momento en que todas las miradas cambiaban de trayectoria: otra chica se había parado en el umbral de la clase, estaba rígida y apretaba una carpeta contra el pecho. Catalina se levantó agitando una mano para que las viera y la chica casi corrió hacia ellas.

—Qué alegría me ha dado veros, chicas. —Se dejó caer en el sitio que le dejaron libre—. Menos mal que no soy la única mujer de la clase.

Catalina y Manuela se presentaron. La recién llegada les dijo que se llamaba Almudena. Hablaba con un acento castizo.

Tres chicas en una clase de… Catalina miró hacia las filas de atrás. Debían de estar rodeadas por cincuenta o sesenta chicos.

A su izquierda estaban Manuela y Almudena. A su derecha, el chico que les había dejado sitio a su lado. Le sonrió. Él le dijo que se llamaba José. Tenía los ojos de un azul muy celeste y la piel como el pétalo de un lirio, tan tersa que parecía imposible que en algún momento le fuera a salir la barba. Resultaba chocante que esa cara aniñada hubiera alcanzado un tono de voz tan grave. La mano que sujetaba la estilográfica era larga y de huesos prominentes, como el resto de su persona.

—Ahora tenemos clase con el de Química, que es un hueso —le informó.

Bueno, Catalina no esperaba que los profesores de la universidad fueran a ser unos cándidos.

—El de Botánica nos va a llevar de excursión a coger plantas, tenemos que hacer un herbario.

Perfecto, una excursión siempre sería más entretenida que estar en clase.

—El año pasado solo había una chica en este curso.

—Qué barbaridad, José, lo sabes todo de esta clase. —Catalina se abanicó con un cuaderno y se giró hacia el otro lado para enterarse de lo que le estaba contando Almudena a Manuela.

La primera clase fue la encarnación de todos los temores de Catalina. Don Roberto, el de Química, no había terminado de dar los buenos días y ya tenía la pizarra llena de fórmulas que no eran fáciles ni de copiar. Si se oía un murmullo, él bajaba el tono de voz y era imposible entender lo que decía. Manuela levantó la mano para preguntar y el señor actuó como si esa mano fuera transparente. Las chicas no apartaron la vista de sus cuadernos en toda la hora copiando fórmulas y teoría, echándose miradas de soslayo que indicaban que no entendían muy bien lo que hacían.

—No voy a poder con esto. —Manuela dejó caer la frente sobre la tabla del pupitre en cuanto el profesor salió por la puerta.

—Pero bueno, Manu, si tú fuiste premio extraordinario de bachiller. ¿Cuántos en esta clase te crees que pueden decir lo mismo? Si tú no puedes con esto, no puede nadie. —Catalina le estaba tirando del hombro para que se incorporara.

—Cata, que al primer suspenso mi padre me manda de vuelta a casa.

—No vas a suspender. Ni yo tampoco. En cuanto lleguemos a la Residencia nos apuntamos a las prácticas en el laboratorio Foster.

—Haríais bien apuntándoos al laboratorio de vuestra residencia. Para las prácticas en el de la universidad tienen preferencia los varones. —José participaba en la conversación de las chicas como si le hubieran invitado.

—¿Tú por qué lo sabes todo? —Catalina giró la cabeza hacia él aunque con el cuerpo seguía arropando a Manuela.

—Porque mi hermano estaba el año pasado en esta clase. Las chicas no tenéis posibilidad de conseguir prácticas en este laboratorio, la única que estaba en la clase de mi hermano suspendió Química. Y creo que Física también.

Manuela volvió a hundir la cabeza entre los brazos apoyados en el pupitre.

—Yo solo os lo digo porque así son las cosas.

—Pues te podrías callar un rato.

—Vale, vale. Pero que sepáis que estoy de vuestra parte. Y que podéis contar conmigo si a alguno de estos se le ocurre meterse con vosotras —dijo trazando una parábola con el dedo estirado para señalar al resto de la clase.

Catalina siguió la trayectoria de ese dedo que le daba la oportunidad de fijarse en los chicos que las rodeaban, la mayoría vestidos con trajes sobrios que parecían haber elegido para parecer mayores, algunos incluso se habían dejado bigote. Uno de la fila de atrás estaba dando golpecitos sobre el pupitre con una pipa y cuando vio que lo miraba le dio un codazo a su compañero de mesa mientras le decía: «¿Necesitas algo, princesa?».

«¿Se puede ser más petulante? —pensó ella—. A este mejor ignorarlo. Entre tantos como hay en la clase, habrá alguno agradable, digo yo».

Catalina abrió su cuaderno porque el siguiente profesor acababa de entrar. Esa clase resultó más llevadera. El de Botánica, el señor Robles, era un profesor normal que hablaba con un tono de voz adecuado para que todos le oyeran y que empezó con una introducción a la botánica muy apropiada para entrar en materia. Como les había adelantado José, el profesor les anunció que saldrían al campo a buscar plantas para hacer un herbario. Y antes de dar por finalizada esa primera clase del curso, se dirigió a ellas:

—Ustedes tres, señoritas, si me traen una autorización de sus padres, también podrán acompañarnos.

EL REENCUENTRO

El jueves de esa semana, cuando se estaban tomando el postre a la hora de la comida, la chica de secretaría voceó el nombre de Catalina desde la puerta del comedor. Le hizo un gesto con el brazo apremiándola para que saliera porque tenía una llamada telefónica. Ella soltó la servilleta y se llevó una mano al pecho porque algo grave tenía que haber pasado para que sus padres le pusieran otra conferencia. Salió a toda prisa y cogió temerosa el auricular que estaba descolgado sobre la repisa.

—Dígame.

—Catalina, Cata. —Se oía un ruido en la línea como si frotaran piedras.

—Sí, ¿con quién hablo? —contestó alzando la voz.

—Soy Julieta, ¿me oyes?

—¿Julieta? Ay, Juli, qué alegría. ¡Que ya estoy en Madrid! —Catalina se sentó en el borde de la silla con la espalda muy tiesa y una sonrisa que le abarcaba la cara entera—. ¿Qué tal estás? ¿Cuándo nos vemos?

—Te llamaba por eso, porque el chófer de mi padre está libre esta tarde y me puede acercar a tu resi, es que no puedo esperar un día más sin verte. ¿Te dejan salir?

—¡Claro que me dejan! —dijo apoyando un brazo en la repisa—. A ver, esta tarde tengo prácticas en el laboratorio y clase de tenis, y tengo que estar a la hora del té porque aquí es…

—¿Cómo dices? ¿Te dejan salir esta tarde?

Ahora el ruido en la línea parecía un desprendimiento de gravilla.

—Tengo un par de horas libres. Vente ya, ¿me oyes? ¿Puedes estar aquí antes de las cuatro? —dijo poniéndose de pie mientras alzaba todavía más la voz; al darse la vuelta vio que la chica de secretaría, que estaba sentada a un escritorio lleno de papeles, le hacía gestos como si estuviera botando una pelota para que hablara más bajo, porque daba tales gritos que dos alumnas estaban asomando la cabeza por la puerta para ver qué pasaba.

—Salgo volando, Cata, en nada estoy ahí.

Catalina colocó el auricular en el aparato y, sin que se le desdibujara ni un ápice la sonrisa, salió al vestíbulo en el momento en que sus compañeras de mesa salían del comedor. Se abalanzó sobre Manuela para decirle que Juli, su amiga de Madrid, iba a venir a verla, y subió corriendo a su cuarto para arreglarse un poco. Se cambió la blusa que había llevado a la universidad por otra de seda color vainilla, se echó perfume, se puso el sombrero de fieltro blanco y bajó a esperar al jardín porque el día no podía estar más radiante.

Cuando Julieta cruzó el portalón, Catalina saltó del banco donde la estaba esperando y corrió hacia ella como corren las niñas. Primero se abrazaron, después se separaron para mirarse a la cara durante unos instantes y luego volvieron a abrazarse. Y no era para menos, llevaban nueve meses sin verse, desde que la familia de Julieta se había ido de La Villa cuando su padre terminó la obra del puente que había tardado más de cinco años en construir, los años en los que ellas dos fueron inseparables.

Catalina se quedó pasmada al ver el cambio que había experimentado su amiga durante esos meses. La miraba y le costaba reconocerla, con ese maquillaje que hacía que su boca pareciera un pequeño corazón color cereza, ese pelo de ondas impecables a la altura del lóbulo de la oreja, ese conjunto de dos piezas tan encantador. A su lado no podía más que sentirse anodina, anticuada, infantil. Se lo dijo. Que se había convertido en una auténtica mujer de mundo mientras que ella seguía pareciendo una colegiala.

—Cata, eso se arregla en dos patadas. —Julieta abrió su bolso y rebuscó en el billetero—. Mira, cuando tengas tiempo, vas a este salón de belleza —le dio una tarjeta de visita—, que te queda aquí al lado, en Serrano, y preguntas por Mery. Ya verás qué manos tiene. Si es que tú, con un buen corte de pelo y un poquito de maña para sacarte partido, vas a parecer otra.

Catalina guardó la tarjeta. En cuanto tuviera un rato libre, se iba pitando a ese sitio, ¿sería muy caro?, aunque se quedara sin una peseta para el resto del mes.

Se echaron a andar sin rumbo cogidas del brazo. A Julieta todavía le interesaban los cotilleos del colegio y Cata le contó, bajando un poco la voz, que Merceditas, imagínate tú, la que cantaba el avemaría en la colegiata como un auténtico ángel, pues que no había dejado el colegio en primavera porque tuviera tuberculosis, como le había contado; acababa de volver del sanatorio, mira qué casualidad, justo cuando su madre, ya sabes lo mayor que es esa señora, decía que había tenido un bebé. Que Merceditas se quedó embarazada y eso que no se le conocían más salidas de su casa que a los ensayos del coro de la iglesia. Ahora paseaban el carricoche las dos juntas.

—Fíjate tú.

—Bueno, Juli, lo que a mí me interesa, ¿cuándo voy a conocer a tu novio? —dijo Cata parándose en la acera para enfatizar su interés.

—Pronto, el día de mi cumpleaños.

—Pero si todavía faltan semanas.

Demasiado tiempo para Cata, que se moría por ver con sus propios ojos al hombre que había encandilado a su amiga de esa manera. Pero no le iba a quedar más remedio que esperar, porque Julieta se tenía que ir con su madre una quincena al balneario a tomar las aguas, le explicó.

—Justo ahora que llegas tú la tengo que acompañar, qué faena. —Julieta le apretó fuerte el brazo—. Y bueno, que no me quiero ir de Madrid, que Luis anda yendo y viniendo y cada reencuentro es, cómo te diría, tórrido.

—Jo, guapa, ya me imagino.

—Es que me desabrocha un botón de la blusa y dejo de responder de mis actos.

—Ay, Dios, ¿y dónde os metéis?

—Pues no es fácil, es un arte, pero Luis siempre se las apaña para encontrar el lugar. —Julieta se echó a reír—. El domingo pasado, que habíamos ido al baile del Palace con mis primas, nos escondimos en un cuarto de la ropa blanca y ¿sabes qué? Nos pilló una camarera.

—¡No!

—Sí, hija, sí. Pero fue ella la que se puso como un tomate al vernos y salió pitando. —Alzó una mano para que un automóvil se detuviera mientras ellas cruzaban—. Yo iba tan achispada, nos habíamos tomado tanto champán, que me caí en una pila de sábanas.

Julieta hablaba con un desparpajo que hacía reír a Catalina, pero su risa era nerviosa, en realidad se sentía un poco abrumada. Si a ella la pillaran así, toqueteándose con un hombre, se le caería la cara de vergüenza. ¿Habría que hacer ese tipo de cosas para no parecer una pazguata? Bueno, ya iría viendo. Madre mía, qué vidas llevaban en Madrid, qué ganas de ir a esos bailes, de conocer a la gente que frecuentaba su amiga, de ponerse guapa. Se sintió un poco mejor cuando Julieta la llamó moderna, porque ninguna de sus amigas iba a la universidad y mira, ella, que vivía en un pueblo tan pequeño, tan atrasado, tan lejos de todo, había tenido el valor de plantarse en Madrid para estudiar una carrera. Se veía venir, desde pequeña era la más intrépida de todas las amigas.

—No seas exagerada, no es para tanto —dijo Catalina tomándoselo como un halago, aunque sintió un pequeño resquemor al ser consciente, por primera vez, de que alguien fuera a pensar que ella era una pueblerina.

Julieta estaba tan radiante, tan genuinamente feliz de volver a estar con ella, que nada iba a enturbiar ese reencuentro. Catalina le contó con todo detalle cómo habían sido sus primeros días de clase poniendo el acento en lo exigentes que eran los profesores, para que su amiga siguiera mirándola con cierta admiración —había que compensar la falta de estilo—. Le habló también de la cantidad de clases que tenían en la Residencia por las tardes, las de Inglés con una americana, las prácticas del laboratorio, le contó que iban a ir con la señorita De Maeztu al Museo del Prado...

—¿Tú qué haces por las tardes?

—Ahora están de moda los bailes en el Ritz y en el Palace, vamos mucho. —Giraron por Rafael Calvo y se quedaron paradas delante de la vaquería—. Y, bueno, lo normal, los teatros, el Retiro, esas cosas.

—A mí me gusta Buster Keaton, me troncho. —Catalina prefirió no mencionar que desde que Julieta se había ido de La Villa, su madre solo le había dejado ir al cine una vez, y eso porque estaban de visita sus tíos, y su primo se empeñó en ir a ver esa película.

Mientras caminaban de vuelta a la Residencia, Catalina metió la mano en el bolso para comprobar que la tarjeta de visita seguía ahí y se prometió que la próxima vez que se vieran, a Julieta le iba a costar reconocerla.

Madrid, 6 de octubre de 1928

Mis queridos padres, primero de todo quiero pediros perdón por no haber escrito antes, pero si digo que no he tenido ni media hora de descanso en toda la semana me quedo corta, ni un minuto me ha quedado libre hasta hoy, que es sábado.

Padres, sentaos cerca de una lámpara porque se os puede hacer de noche leyendo esta carta, tengo muchas cosas que contaros. Lo más importante es que me estoy adaptando de maravilla a la vida en esta Residencia. El dormitorio que me ha tocado es amplio y soleado y tenemos una mesa lo suficientemente grande como para estudiar las dos sin molestarnos. Mi compañera de cuarto, que se llama Esmeralda, es de las veteranas y estudia Derecho. La llamamos Esme (dice que no le gusta tener nombre de piedra preciosa) ~~y está muy morena porque se pasó el verano en un barco con sus padres recorriendo varios países.~~

La vida en esta casa es muy ordenada, estaríais encantados viendo la disciplina y el cariño con que nos trata la señorita De Maeztu, que ya nos conoce a todas por el nombre y sabe de dónde venimos y qué estudiamos. Y no es fácil porque somos muchas, varias docenas; ¿os imaginabais a tantas chicas yendo a la universidad?

La calle Fortuny es de lo más tranquila y agradable y se respira aire puro; aquí una ni se acuerda del bullicio que hay por el centro de Madrid. Para que os hagáis una idea, justo en la calle de al lado hay una vaquería donde podemos pararnos a beber un vaso de leche recién ordeñada; seguro que no pensabais que teníamos vacas tan cerca.

Y ahora os cuento cómo es nuestra rutina diaria. Por las mañanas vamos a la universidad y volvemos a la resi para la comida. Mamá, el comedor está puesto que es un primor, con las mantelerías blancas como la nieve y usamos la cubertería completa. Hay una encargada de mesa que se ocupa de servir a las demás y mantener el orden; la de mi mesa se llama Juana ~~y ha estudiado con una beca en Estados Unidos~~. Con respecto a la comida, podéis decirle a Demetria que, aunque no es tan sabrosa como la suya, está bastante bien y hambre no voy a pasar.

Por cierto, aquí hacen una sopa fría con tomates y pepinos que está muy buena, se llama gazpacho y parece ser que se come mucho por el sur, ya le llevaré la receta a Demetria. Así es nuestro menú:

Desayuno: Café con leche y pan con manteca.
Almuerzo: Sopa, legumbres o paella de arroz, dos huevos, plato de carne con patatas fritas y fruta.
Merienda: Té con leche, galletas y pan con manteca.
Cena: Puré de féculas, huevos o frito con verduras, plato de carne o de pescado y postre de cocina.

Yo no suelo dejar nada en el plato, siempre tengo hambre. ~~A lo mejor influye que me paso el día corriendo y estoy aprendiendo a jugar al tenis con Esme, que es una campeona y me hace sudar a base de bien.~~

Por las tardes vamos a un edificio que aquí lo llaman el de las americanas, que está a la vuelta de la esquina y es grande y hermoso como un palacio. Allí nos dan clases de Inglés y de las materias que haya elegido cada una, y también está la biblioteca y el paraninfo donde vamos a tener conferencias todos los sábados. Papá, el primero que viene es el hermano de la directora, estaré muy atenta para contarte con detalle de qué nos habla. ~~Me he quedado muy asombrada al ver la lista de conferenciantes porque también hay algunas mujeres que van a venir a hablar de temas tan varoniles como las leyes y la filosofía. A este paso un día habrá hasta ministras.~~

Una cosa muy interesante de esta Residencia es que por las tardes nos reunimos en el salón grande a tomar el té con la directora. Estas reuniones son para que nos conozcamos todas las estudiantes, ya sabéis que las que aquí vivimos, venimos de todos los puntos de la geografía y la señorita De Maeztu quiere que nos hagamos amigas y así aprenderemos a ser tolerantes con los que no son como nosotras.

Mi dormitorio está en la segunda planta y como os decía, es amplio y ventilado, pero no está muy vestido todavía porque aquí nos dejan que nos encarguemos nosotras de la decoración. He ido a ver cómo están las otras habitaciones y las tienen muy ~~modernas~~ acogedoras. Esme dice que lo de decorar lo deja en mis manos, que ella estaría tan pancha aunque viviera en la celda de un convento, así que por estos asuntos no vamos a discutir.

Hay otra chica de la Residencia, Manuela, que tiene el dormitorio justo enfrente del nuestro y también empieza estudios de Farmacia. Yo agradezco tener con quien ir a clase, porque el primer día iba un poco nerviosa, aunque ya me voy acostumbrando y lo de ir a la universidad me empieza a parecer de lo más normal.

Os tengo que dejar porque ha entrado Esme con dos compañeras y están armando un jaleo que ya no sé ni lo que escribo. En cuanto tenga otro rato libre os sigo contando.

Os abraza con mucho cariño vuestra hija

CATALINA

P. D.: Casi me olvido, los padres de Julieta me han enviado una nota para invitarme a su fiesta de cumpleaños y dicen que su chófer vendrá a recogerme a la Residencia.

Catalina releyó la carta llena de tachones. Tenía que ser cauta, las cosas relacionadas con el extranjero mejor evitarlas de momento, que su madre estaba convencida de que todo lo malo llegaba de fuera. Y nada de moderneces.

Ahora tenía que pasar la carta a limpio. Cogió más cuartillas y cuando terminó, escribió en un sobre su propia dirección por primera vez en la vida. Mientras pasaba la lengua por la goma del sobre se sintió adulta y emancipada. Empezaba a refrescar. Cerró la ventana y giró la silla para quedar frente a Esme y sus amigas, que se habían repantingado en las camas.

MINERALOGÍA

—¿Qué ha dicho después de dúctil? —susurró José al oído de Catalina.

—Séctil, el mineral se secciona formando virutas.

Catalina siguió tomando notas de la explicación del profesor y al desviar la vista hacia el cuaderno de su compañero se dio cuenta de que estaba perdido. Le subrayó una palabra con un dedo y le dijo en voz baja:

—Esto está mal, no está hablando de dureza sino de tenacidad.

—¿Qué?

—Tenacidad, la resistencia que opone un material a ser roto, molido o… —le estaba diciendo por lo bajo cuando la voz estridente del señor Salinas la cortó en seco.

—Señorita, ¿es que no puede usted estar callada ni la hora que dura la clase? —El de Mineralogía, más que dejar sobre la mesa, golpeó en ella el libro que tenía en la mano.

José se puso de pie.

—Señor Salinas, la culpa es mía, Catalina solo estaba tratando de ayudarme porque me había perdido.

—¿Me está usted enmendando la plana? ¿Está diciendo que su compañera no se ha puesto a cotorrear durante mi explicación?

José se quedó callado. Catalina se estaba hundiendo en su asiento mientras sentía la cara como una cerilla encendida. El profesor se sacó un pañuelo del bolsillo y se quitó las gafas para darles brillo.

—Pues si le interesan más las explicaciones de su compañera que las mías, adelante, que le siga dando ella la lección —dijo mientras se volvía a poner las gafas y entonces alzó la voz—, ¡pero fuera de esta clase, los dos!

Catalina se puso de pie con la cabeza gacha y salió a toda prisa sin recoger sus cosas. Al llegar a la puerta del aula estaba tan azorada que intentaba abrirla empujando y entonces sintió a José, que venía detrás, poniendo una mano sobre la suya en la manilla para tirar de ella. Cuando se vio en el pasillo, se llenó los pulmones de aire como si acabara de salir de un pozo.

—Catalina, lo siento, este hombre es imbécil.

—La culpa la tengo yo por hablar.

—Tú no tienes la culpa de nada, venga ya, si lo único que estabas haciendo era echarme una mano.

El pasillo estaba en silencio, todas las puertas de las clases permanecían cerradas. Los dos estudiantes lo recorrieron hasta el fondo y salieron al patio. Se sentaron en el borde de la fuente y se quedaron mirando al suelo.

—Lo siento mucho, es que no os pasan ni una.

—¿A qué te refieres? —Catalina se giró para mirarlo.

—A vosotras, que son más exigentes con vosotras. —José cogió una china del suelo y la lanzó contra las ramas del arbusto.

—Ya, no sé, no se fían, pero es normal, tendremos que demostrar que no somos unas atolondradas.

—No entiendo que tengas tan poca rebeldía, con lo lista que pareces.

José se había puesto de pie y la miraba de frente con una expresión de enfado que sorprendió a Catalina y a la vez la enterneció. «Ojalá le salga la barba —pensó— y empiece a crecer a lo ancho».

—Pero, José, ¿por qué te enfadas tanto si ni te va ni te viene?

Bueno, es que sí que tenía motivos para estar indignado. Y se los contó durante esa hora que estuvieron los dos solos en el patio.

José se había vuelto a sentar junto a ella en el borde de la fuente y apoyó los antebrazos en los muslos, encorvado, con los ojos fijos en un adoquín del patio, mirando al pasado. Le empezó a contar lo de su melliza.

—¿Tienes una hermana melliza? Qué suerte, me encantaría, debe de ser una relación muy especial.

Y tanto. La conexión con su hermana era muy fuerte. A lo que iba, la historia de Conchita. La cosa empezó un verano que estaban de vacaciones en Santander, ellos tendrían unos ocho años. Un tío de la familia fue a hacerles una visita y les preguntó a todos los niños qué querían ser de mayores. José no recordaba lo que habían dicho sus hermanos, pero Conchita, al ver que a ella no se lo preguntaba, se acercó a su tío y le dijo que de mayor quería ser capitán de barco.

—Las niñas no son nada, le dijo mi tío, y no veas cómo se puso ella, totalmente indignada. Y todos diciendo ¿a esta niña qué le pasa? Pero a mí me dio que pensar, y cuando a los catorce años la sacaron del colegio, fui el único que intentó convencer a mis padres para que la dejaran seguir estudiando, pero ellos nada, que no iban a permitir que la niña se acabara torciendo.

—Lo dices como si fuera algo raro, lo que no es normal es lo mío.

—Vale, pues a mí me sentó a cuernos que se tuviera que quedar en casa. Qué quieres, parece que soy el Stuart Mill de la familia.

—¿Qué es un *estuarmil*?

—John Stuart Mill, Cata, el economista inglés, el que escribió *La esclavitud de la mujer*.

—No me suena de nada.

—Pero ¿tú no vives en la Residencia de la Maeztu? Creí que ahí aprendíais este tipo de cosas, ¿no erais vosotras las más modernas?

Catalina se palpó los bolsillos y sacó un lápiz y la agenda.

—Escríbeme el nombre, a ver si tienen el libro en la biblioteca.

José se lo apuntó.

Después le pidió que siguiera hablándole de su hermana, porque se estaba poniendo en sus zapatos, y solo imaginar que la hubieran dejado a ella sin colegio para quedarse en casa con su madre le parecía un tormento.

—Y que no la pillen leyendo un libro —continuó José.

—Mi madre es igual, antilibros.

—Ahora le ha dado por los mapas, esta un día coge un barco y se larga, si no al tiempo. —José se agachó para agarrar un palo del suelo—. ¿A que no sabes lo que ocurrió la semana pasada?

—¿Cómo quieres que lo sepa?

—Bueno, pues resulta que Conchita se enteró de que un cartógrafo daba una conferencia en la universidad. No me lo dijo ni a mí, pero vino a la conferencia. Y mi hermano Andrés, que es imbécil —José partió en dos el palo que tenía en la mano—, la vio por aquí esa tarde y se fue corriendo a casa a decírselo a mi madre.

—¿Y qué pasó?

—Que mi madre la estaba esperando zurciendo calcetines con uno de esos huevos de madera. Todavía no se le ha cerrado la brecha que le hizo en la frente.

—Hijo, mi madre cuando se pone nerviosa también me da sopapos.

Empezaron a oír barullo de estudiantes por el pasillo. Era el cambio de hora, tenían que volver a clase. Catalina se sacudió la falda. No se atrevió a decirlo, cómo iba ella a faltar a una clase, pero le habría encantado salir de la universidad con su compañero, entrar en un café del barrio y seguir hablando. Era la primera vez en su vida que se planteaba que ella podría tener un amigo.

Siempre había oído decir que un hombre y una mujer no pueden ser solo amigos.

EL CUMPLEAÑOS

Estaban sentadas de frente en la mesa. Estiraron las manos para tocárselas y se miraban llenas de ternura cuando Julieta se mordió los mofletes para poner los labios en forma de pico. Catalina tuvo que taparse la boca para contener la carcajada, exactamente igual que cuando estaban en el colegio y su amiga la hacía reír a traición delante de una monja.

Los invitados charlaban, dos sirvientas con cofias relucientes servían el consomé y alguien había llenado las copas de vino, la suya también. Miró a los padres de Julieta, que estaban a lo suyo, y aprovechó para dar un buen trago. A lo mejor en Madrid era normal, a Julieta también le habían llenado la copa, pero si su madre la viera en este momento estaría convencida de que iba camino del alcoholismo. Aunque buena falta le hacía entonarse, lo acababa de pasar fatal.

La mañana había empezado bien, los padres de Julieta habían enviado a su chófer a buscarla a la Residencia y las compañeras que paseaban por el jardín vieron cómo frenaba el soberbio Hispano-Suiza y él fue a buscarla. El tormento llegó después, cuando en el portal de su amiga el conserje le indicó con un gesto que ella también podía entrar en el ascensor. No se persignó para que nadie pensara que era una novata, pero al ponerse en marcha ese cajón de madera, se agarró con fuerza a su bolso y durante el trayecto, que se le hizo más largo que un viacrucis, iba mirando con temor las expresiones de sus acompañantes por si había que alarmarse por los extraños sonidos que emitía el artilugio mientras se alejaba del suelo. Cuando por fin salió al rellano en la cuarta planta, tomó aire como si acabara de salir del fondo de un río y tuvo que pellizcarse las mejillas para recuperar el color antes de llamar al timbre.

Pero el reencuentro con su amiga había sido maravilloso. Julieta le había dicho al verla las palabras más bellas que una amiga le podría decir jamás: que ese corte de pelo le quedaba mejor, en serio, que a Louise Brooks.

Después la agarró de la mano para llevarla al despacho, donde le dijo que estaban los hombres de la familia en ese momento. Antes, encendió la luz del pasillo y extendió una mano, todavía temblorosa, para que Catalina viera su anillo de compromiso, un círculo de pequeños brillantes como gotas de escarcha alrededor de su dedo.

Los hombres dejaron sus copas en la mesa y se levantaron al verlas entrar. El padre de Julieta le pasó un brazo por el hombro a Catalina mientras le presentaba a los demás, y ella agradeció ese gesto de cariño, porque estaba nerviosísima con todas esas miradas masculinas centradas en ella.

—Por fin conocemos a la famosa Catalina, lo que nos ha hablado Juli de ti —la saludó Luis con un cariñoso apretón de mano.

Pues sí que era apuesto el novio de su amiga. Olía a una mezcla de madera y limón, una fragancia muy sugerente. En lugar de corbata, llevaba un pañuelo de seda anudado al cuello, muy chic. Su traje no tenía el más mínimo doblez, parecía que se lo habían planchado puesto. No era muy alto. Quizá, un poco estirado, pero encantador. Era fácil de entender el enamoramiento de Julieta. A continuación le presentaron a

Avelino, el hermano de Luis, que llevaba la mano vendada con el brazo en cabestrillo y la saludó con una inclinación de cabeza.

Después del primer encuentro en el despacho, pasaron al comedor y le presentaron al resto de los invitados. A Catalina la sentaron entre una señora robusta cuyo nombre no recordaba y el joven más imponente que había visto en mucho tiempo, quitando las páginas del cinematógrafo de las revistas. Se llamaba Álvaro.

En ese momento Álvaro estaba ocupado charlando con la chica que tenía a su izquierda y ella tenía que atender a la señora que estaba al otro lado y que mostraba gran interés por su vida. ¿Así que eres amiga de la infancia de Julietita? Sí, señora. ¿De la época en que vivieron en esa zona que está por el norte? Se llama el Bierzo. ¿Con qué obra estaba Nicolás, una carretera? No, señora, dirigió las obras del puente nuevo, un puente magnífico. No sé cómo aguantaron los pobres tanto tiempo en un pueblo pequeño lejos de Madrid, fueron por lo menos cuatro años. En realidad fueron cinco, le contestó Catalina y miró hacia el otro lado, a ver si Álvaro estaba disponible, pero seguía dándole la mitad de la espalda. No le quedó más remedio que continuar hablando con la mujer, que la observaba tan fijamente que Catalina no sabía si le había quedado comida entre los dientes o si es que la señora sufría algún tipo de miopía. La seguía bombardeando con sus preguntas.

—Así que has venido a celebrar el cumpleaños de tu amiga de la infancia, qué detalle tan bonito, venir desde tan lejos.

—No he tenido que venir, ahora estoy viviendo en Madrid.

—¡Anda, qué bien! ¿Y cómo es eso?

—Estoy estudiando en la universidad.

Silencio.

La señora parecía sentir un interés renovado en su comida. Quería más mayonesa. Llamó con un gesto a una de las doncellas.

—¿Y cómo se te ocurrió ir a la universidad? —Ahora no apartaba la vista de sus langostinos, como si temiera que alguno fuera a saltar del plato.

—Mi padre tiene una farmacia. Algún día yo me haré cargo. —Catalina buscó con la mirada a Julieta, pero estaba muy entretenida charlando con su novio.

—¿No tienes hermanos que se puedan hacer cargo de la farmacia? —La señora se limpió las comisuras de los labios con la punta de la servilleta antes de dar un sorbito a su copa.

—Desgraciadamente, el único hermano que tuve falleció de niño.

—Que Dios lo tenga en su gloria. Bueno, en caso de extrema necesidad, entiendo que una familia permita que su hija vaya a la universidad. Pero es una pena que tengas que sacrificarte, con lo mona que eres, seguro que encontrabas un buen partido.

La señora le comentó algo al coronel que estaba sentado enfrente, su marido. Por suerte, en ese momento Álvaro se giró hacia ella y le preguntó si le gustaban los langostinos.

—Oh, sí, me encantan los langostinos.

—A mí también, me gustan mucho —le dijo mirándola a los ojos y manteniendo la mirada hasta que ella la desvió hacia el mantel y apartó una miga con un dedo.

—Catalina.

—¿Sí?

—Me gusta tu nombre, es nombre de reina.

—Gracias —respondió asintiendo, porque la verdad era que se sentía como una reina, con su vestido rosa palo tan apropiado para una comida en la elegante casa de su amiga. Levantó la vista hacia Julieta, que ahora sí la estaba mirando y le guiñaba un ojo con una amplia sonrisa.

—Álvaro —llamó Julieta—, cuídame a Cata, que es la mejor amiga que tengo —dijo antes de volverse para susurrarle algo a su novio.

Al oír el nombre de su hijo, la señora Goded —Catalina acababa de recordar el nombre de la mujer— se irguió en la silla como si una chincheta le hubiera pinchado la espalda y se giró otra vez hacia ella.

—Bueno, bueno, mira qué chica tan decidida que va a la universidad. ¿Y con quién vives? ¿Tienes familia en Madrid?

—No tengo familia aquí, vivo en la Residencia de Señoritas.

—No sé cómo las Teresianas se han subido a ese carro. ¿Qué va a ser del mundo con este feminismo dislocado que arrastra a las jóvenes fuera de casa? —La señora sacó un abanico de su cartera—. La mujer tiene que ser la compañera, no la rival del hombre. Pero bueno, tú no tienes la culpa, bastante sacrificio el tuyo para hacerte cargo del negocio de la familia.

Catalina no tenía ganas de continuar esa conversación, así que no le aclaró que no vivía en la residencia de las Teresianas. Ni le explicó que ella no tenía ninguna necesidad de hacerse cargo de la farmacia, estudiaba porque le daba la gana; si esa señora supiera el patrimonio que tenía su familia se caería de espaldas. Si hubiera tenido ganas de pararse a pensar, Catalina se habría dado cuenta de que le molestaba que alguien pusiera en duda su derecho a estudiar una carrera. Pero en ese momento tenía otras prioridades de las que ocuparse.

—No le hagas caso a mi madre, es una antigua —le dijo Álvaro en voz baja y Catalina se volvió hacia él aliviada—. ¿Te gustan las carreras de caballos?

—Pues no sé, nunca he ido a una.

—¿Cómo que no? Esto hay que solucionarlo. —Y mirando hacia el otro lado de la mesa añadió—: Luis es un jinete estupendo, ¿no te lo ha dicho Julieta? Podríamos ir a verlo todos juntos a alguna carrera.

—Oh, me encantaría.

—No tanto como a mí —le dijo Álvaro y Catalina sintió que su mirada la cubría como un manto de terciopelo. Tuvo que beber medio vaso de agua fresca para rebajar el calor que le subía hasta las mejillas.

Pero no, no podía ser verdad, la mole de la derecha se había vuelto a girar hacia ella. Señora, tenga piedad, que solo estaba intercambiando unas impresiones con su hijo, le hubiera gustado decirle.

—Bonita, debes tener mucho cuidado con la vista, estudia siempre con luz natural porque sería una pena que unos ojos tan bonitos tuvieran que esconderse detrás de unas gafas. Ya sabes que el exceso de estudio no nos favorece nada a las mujeres.

—Le haré caso.

—¿No te terminas la carne? Hay que comer mucha carne para estar lozana, de lo que se come se cría. —La señora Goded volvió a coger el abanico y lo batió contra su pecho provocando un crispante tintineo de pulseras.

Por suerte, anunciaron que la tarta la servirían en el salón y los comensales se levantaron. Julieta cogió del brazo a Catalina, que al llegar al umbral se quedó inmóvil un instante: la habitación hacía rotonda formando un enorme mirador con vidrieras de colores; el mobiliario estaba lleno de ondulaciones y motivos florales. Era como entrar dentro de la ilustración de un libro de botánica. Cata nunca había visto un salón tan bonito.

Una doncella había traído un carrito con la tarta y lo colocó en el centro de la estancia. Encendieron las velas y los invitados se pusieron alrededor para ver cómo Julieta las soplaba. Alguien descorchó una botella de champán y todos extendieron sus copas para brindar por ella. Después, las señoras se sentaron en una esquina alrededor de una mesa con tapete para jugar al bridge y los caballeros se colocaron junto a la chimenea para fumar sus cigarros. La misma doncella volvió a aparecer con una caja envuelta con un lazo color lavanda que acababan de traer y se la entregó a Julieta.

—El regalo de mi madrina —le dijo a Cata mirando la tarjeta—. ¿Te acuerdas de los camisones de felpa que me mandaba a La Villa, porque creía que allí nos moríamos de frío? Espera un momento porque lo llevo a mi habitación, ahora vuelvo.

Catalina se quedó esperando, dando sorbitos a su copa de champán mientras admiraba el hermoso retrato de la madre de Julieta que estaba colgado encima de la chimenea. Frente al fuego, los hombres se estaban acomodando en las butacas. El padre de Luis —con un pasador de condecoraciones en la pechera— le encendió el cigarro a su hijo menor antes de sentarse.

—Avelino, hijo, cuéntales cómo fue.

El joven se ajustó el cabestrillo.

—No es para tanto, cualquiera habría hecho lo mismo.

—Déjate de humildades, que no eres un cura —lo interrumpió su padre—. Aquí, mi hijo, que ha prestado más servicios en un mes que algunos veteranos que llevan años afiliados al Somatén.

Catalina se apoyó ligeramente en el respaldo de un sofá con la mirada alzada hacia el retrato y afinó el oído. Sobre el Somatén había oído muchas cosas y muy dispares: para unos, se trataba de un cuerpo de voluntarios formado por buenos patriotas, valientes dispuestos a mantener el orden y acabar con los criminales. Pero en la universidad había oído otro tipo de comentarios sobre ese cuerpo que no lo dejaban en buen lugar; tendría que estar más atenta la próxima vez que oyera hablar de ese tema, porque no se había quedado con el meollo de la cuestión. Seguro que José podía explicárselo.

Frente a la chimenea se empezaba a formar una nube de humo de los cigarros de los caballeros. Catalina seguía mirando el retrato con la oreja puesta en lo que contaba Avelino. Según su relato, dos noches atrás, mientras paseaba con un amigo, fueron testigos de cómo un automóvil atropellaba a un pobre farolero. Al darse cuenta de que el conductor daba marcha atrás para salir a la fuga, se lanzó hacia el vehículo, consiguió abrir la portezuela y sacar al chófer a rastras, y durante el forcejeo se rompió un hueso de la mano, a pesar de lo cual consiguió inmovilizarlo contra el suelo hasta que llegó una pareja de la Guardia Civil. Mientras tanto, su amigo, también del Somatén —alguien interrumpió el relato para elogiar a esos defensores del orden, a esos patriotas—, como iba diciendo, su amigo se había ocupado del herido y entre los dos lo llevaron en volandas al auto de Avelino, que condujo hasta la casa de socorro con la mano rota, y al llegar allí...

Catalina no pudo oír más. Julieta acababa de poner un disco en el gramófono y la estaba llamando. Al oír la música, el resto de los jóvenes se fueron acercando y su amiga les empezó a contar a los demás cómo se habían hecho amigas el mismo día de su llegada al colegio en La Villa. Les explicó con mucho énfasis las anécdotas de aquellos años maravillosos, jugando al escondite por los corredores del palacete de su amiga, subiéndose a los árboles del jardín cuando nadie las veía o asomadas al torreón disfrazadas de princesas.

Cuando se acabó el disco, Julieta se entretuvo buscando alguno de música moderna y Álvaro aprovechó para acercarse a Catalina, aunque Matilde, la chica que había estado sentada a la mesa junto a él, no se separaba ni un palmo.

—Luis, ¿cuándo es tu próxima carrera en el hipódromo? —Álvaro les sacaba una cabeza a los demás, para mirarlo había que doblar el cuello hacia atrás.

—En dos semanas.

—Pues allí nos tendrás para animarte. —Al sonreír, Álvaro mostraba la dentadura entera.

—Sí, sí, no nos la podemos perder. —Matilde se dirigía a Álvaro, pero él en ese momento se había girado para coger otra copa de la bandeja que les ofrecía una camarera.

—Cata, te pasaremos a buscar a la Residencia y nos podemos quedar a comer en el hipódromo, ¿qué te parece? —Julieta hacía un gesto afirmativo con la cabeza mientras se lo preguntaba.

Luis cogió la copa vacía de la mano de su novia y la dejó sobre una mesa. Después se sentaron en un sillón de dos plazas. Mientras charlaban, Julieta estiraba la mano y sonreía hacia su anillo.

Cata también buscó un asiento y Álvaro cogió al vuelo una silla para sentarse junto a ella. Matilde se quedó dudando unos momentos, mirando alrededor, y después cruzó el salón con el mentón levantado hasta el rincón donde las señoras jugaban a las cartas. Catalina vio cómo se inclinaba para hablar con la madre de Álvaro, que tardó en levantar la vista del tapete y después siguió hablando con las cartas apoyadas sobre el pecho.

—Cuéntame qué te parece vivir en Madrid. —Álvaro sacó de un bolsillo interior una pitillera de plata y se encendió un cigarrillo.

—Es casi mejor de lo que me imaginaba. —A Catalina le habría encantado tener un cigarrillo en la mano en ese momento para hacerse la mujer de mundo—. Estoy cerca de Julieta, que para mí es una alegría enorme, como te podrás imaginar. Y realmente estoy a gusto en la Residencia de Señoritas, es un sitio encantador para vivir.

—No sabes cuánto me alegro. Espero que no quieras volverte a La Villa. —Álvaro se incorporó a medias para acercarse un cenicero sin dejar de mirarla—. Julieta nos había hablado mucho de ti, estábamos deseando conocerte —se acercó un poco más hacia ella—, pero no me imaginaba que en un pueblo tan pequeño hubiera chicas tan… no sé… sofisticadas.

Catalina se pasó la punta de los dedos desde el flequillo hasta el final de su corta melena. Al desviar la vista descubrió a Matilde mirándolos desde el otro extremo del salón.

—Bueno, no tan sofisticada, nunca he ido a un hipódromo, ni a la ópera.

—Eso ya está solucionado. —Ladeó la cabeza para lanzar una bocanada de humo en diagonal a su cara—. No hagas planes para dentro de dos domingos porque te iré a recoger a la Residencia. Y otro día, si tú quieres, podemos ir a la ópera.

—Bueno, no hace falta que te molestes, no creo que sea muy divertido sacar a pasear a la amiga de una amiga. —Se lo dijo sonriendo y mirándolo a los ojos.

—Para mí sería un placer ser el primero en llevarte a la ópera.

No le dio tiempo a responder, la madre de Álvaro venía hacia ellos.

—Alvarito —dijo poniendo una mano en el hombro de Catalina—, no te levantes, bonita. Hijo, ¿te importaría llevar a Matilde a casa? No se encuentra bien, la pobrecita, y le he dicho que a ti no te importa acercarla con el automóvil —y girándose hacia su esposo, que se había desabrochado los primeros botones de la chaqueta—; tu padre se acaba de servir otro coñac y no lo vamos a molestar ahora. Gracias, hijo, voy a terminar la partida.

Álvaro aplastó la colilla contra el cenicero y frunció las cejas para mirar hacia la puerta del salón por la que en ese momento estaba saliendo Matilde.

—Mi prima es una inoportuna, no sabes cuánto lo siento. —Se levantó y estiró las puntas de su chaleco—. Hasta pronto, Catalina, no olvides lo que hemos hablado —dijo inclinándose ante ella. Después se despidió del resto.

Catalina lo miró mientras se alejaba, hasta que lo perdió de vista tras la puerta del salón. A nadie le podría sentar mejor un traje que a aquella espalda, pensó. Después miró con rabia hacia el rincón de las jugadoras de cartas.

Julieta apareció y se sentó en el reposabrazos de su sillón; le habló en un susurro.

—Esa chica, tan sosita como es, siempre se las arregla para tener a Álvaro en la palma de la mano. El mes pasado creíamos que se comprometían, no te digo más. ¿Te imaginas? ¡Que Álvaro es el mejor amigo de Luis, así que me tocaría aguantarla!

—Pero son primos, ¿verdad?

—Son primos, sí, la madre de Álvaro se la mete hasta en la sopa.

—Me dijo que me vendrá a buscar a la Residencia para ir al hipódromo y también me habló de ir a la ópera. —Cata palpó nerviosa su brazalete, como si temiera perder alguno de sus granates.

—¿En serio? —Julieta se le acercó un poco más—. Con Álvaro hay que andarse con cuidado, le gusta dejarse querer. —Julieta le puso una mano bajo el mentón y la miró sonriendo—. Aunque no me extraña que hoy no haya tenido ojos más que para mi amiga, sabía que le ibas a gustar, lo conozco.

Catalina iba arrellanada en el asiento trasero del Hispano-Suiza. Apoyó la cabeza en el cristal de la ventanilla y vio cómo se encendía el alumbrado público de la avenida. Apenas le iba a quedar tiempo antes de la cena para leer el tema de Mineralogía que le iban a preguntar al día siguiente en clase, seguro. Aunque en realidad lo que deseaba era que Esme estuviera en la habitación para contarle todo lo que había pasado en casa de su amiga. Ella, que tenía tanto mundo, le podría decir qué hacer con un hombre como Álvaro.

Después tendría tiempo de estudiar un rato antes de acostarse.

LA VERGÜENZA Y LOS MÉRITOS

Era la primera vez que Catalina asistía a una de esas reuniones desde aquel primer sábado en la Residencia que le daba vergüenza recordar.

Aquella noche de sábado su dormitorio se había llenado de chicas, las mismas con las que estaba ahora, y todas habían llegado alborotadas con alguna aportación. Catalina recordaba la botella de vino dulce que trajo Pepita, la caja de mantecados de Delhy, el sabor del tabaco y el revoltillo que todo eso había formado en su estómago.

Esme había abierto una cajita metálica y le había mostrado su contenido.

—¿Un cigarrillo?

Catalina no se lo podía creer, iban a fumar. Lo aceptó como si estuviera acostumbrada a que le ofrecieran cigarrillos ingleses y lo encendió procurando no tragar el humo para no toser. Estaban las dos asomadas a la ventana, Esme levantaba un poco la barbilla para echar el humo con la vista puesta en la luna llena; ella trataba de ensayar poses sofisticadas fumando y pensaba que se tendría que comprar una boquilla para resultar más elegante, entonces le dio un ataque de tos que la dejó doblada sobre el quicio de la ventana. Esme le había dado unas palmadas en la espalda y a Catalina le pareció que se reía de ella cuando le dijo «pero, alma de cántaro, ni que fuera la primera vez que fumas». Para suavizar la carraspera, las chicas le habían dicho que se bebiera un vaso de vino de Málaga.

Aquella noche todas estaban recostadas en las camas comentando los planes del siguiente fin de semana. Hablaban de apuntarse a una excursión a la sierra y le pedían ropa prestada a Esme que, como era tan deportista, tenía varios pantalones y botas de montaña. Catalina no se había puesto un pantalón en su vida, si doña Inmaculada la viera con semejante indumentaria la mandaría directa a confesarse por tamaña desvergüenza. Al recordar a su madre, cayó en la cuenta de que el día siguiente era domingo y no sabía a qué iglesia iban a misa sus compañeras. Se lo preguntó a Esme.

—Yo no voy a misa, soy atea —le respondió mientras cogía un mantecado de la caja—. Qué ricos están.

Pero bueno, ¿llevaba tantos días compartiendo habitación con una atea y no se había dado cuenta? Miró la fotografía de los padres de Esme, que les sonreían desde la repisa, y pensó que si supieran que su hija iba a ir al infierno no estarían tan felices. Miró a las compañeras, que charlaban tan tranquilas, como si no hubieran oído la barbaridad que acababa de escuchar. Después volvió la mirada hacia Esme y la escrutó para ver si descubría algo en lo que no se había fijado hasta entonces. Ese día llevaba un pañuelo de seda anudado a un lado de la cabeza para sujetar los rizos; iba vestida de verde y sus ojos color musgo brillaban. Era una chica con mucho carácter, un poco extravagante, quizá, pero cómo se iba a imaginar que era una atea.

Catalina se había dejado caer en una silla con un brazo estirado sobre la mesa, enfrascada en esos pensamientos. Agarró la botella y se volvió a llenar el vaso de vino dulce. Le dio unos sorbos. Pepita estaba a su lado, sentada a los pies de la cama probándose una bota de Esme. A Catalina le gustaba mucho

Pepita porque era estilizada y bonita como un anuncio de Perfumerías Gal.

—Yo mañana voy a misa en la iglesia de San Fermín, es a donde solemos ir las católicas.

—¿Cómo que las católicas? ¿No somos todas católicas? —Catalina se acabó el vaso de un trago.

—Pero bueno, si aquí están viviendo unas cuantas inglesas y americanas, esas son protestantes —le explicó Pepita.

—Ave María Purísima. —Catalina se había descubierto a sí misma diciendo el latiguillo tan propio de su madre y se arrepintió al instante.

—Cata, hija, que aquí hay libertad de creencias, tenemos que respetar a las que no piensan como nosotras. —La voz de Pepita sonaba como la de quien trata de convencer a un cachorro—. Pero ¿tú no fuiste a la reunión de la directora con las nuevas? Siempre explica estas cosas al empezar el curso.

—No me enteré de la reunión. Sí, ya sé, hay que leer los anuncios que cuelgan en el vestíbulo, pero ese se me pasó.

Catalina recordaba la noche hasta ese momento. Sabía que se había vuelto a llenar el vaso de vino y que se lo bebió asomada a la ventana con una mano apoyada en el alféizar para mantenerse derecha, y que las conversaciones se fueron convirtiendo en un rumor que no entendía. Recordaba haberse dado la vuelta y sentir que la habitación giraba a su alrededor mientras trataba de mantener el equilibrio para ir hasta su cama describiendo un arco innecesario. Alguien había llegado a tiempo con una papelera y ella había conseguido vomitar dentro.

Lo siguiente que recordaba era el bochorno que la abrumaba al despertar por la mañana. Ella, borracha.

Durante unos días se sentía tan patética que sufría a las horas de las comidas temiendo que sus compañeras de mesa se hubieran enterado de que había dormido vestida después de vomitar en la papelera. Hecha unos zorros. Como una cualquiera. Y el suplicio era insufrible cuando aparecía en el comedor María la Brava, tan querida por todas, tan atenta con ellas, que siempre se paraba en alguna mesa para interesarse por sus estudios y todas querían llamar la atención de la directora, todas menos ella; Catalina entonces miraba su sopa como si buscara un tesoro escondido entre los fideos y balbució cuando tenía que contestar alguna de sus amables preguntas. Sentía la culpa atravesada en la garganta.

El comedor se había convertido en un lugar amenazador. El mismo que tanto le había gustado el primer día, con sus amplios ventanales abiertos al jardín y sus alegres mesas redondas que invitaban a conversar. Con lo que había disfrutado aprovechando esas charlas en la mesa para dejar caer, como si viniera a cuento, que en el palacete de su familia el escudo de armas estaba debajo del torreón, y que el torreón competía en empaque con la fachada de la colegiata, y que en la nave de la colegiata estaban enterradas cuatro generaciones de antepasados suyos. Todo para labrarse una reputación que las hiciera pensar que ella no era una pueblerina más. Pero ahora hacía lo posible por desviar la conversación hacia Juana en cuanto alguna le dirigía una mirada: entonces sacaba el tema de Estados Unidos y Juana tomaba el testigo encantada porque sus anécdotas en el Smith College eran infinitas.

Por lo demás, Catalina se pasaba todas las horas libres en la biblioteca sentada en la esquina más apartada, de espaldas a la puerta. Si las chicas de la mesa de al lado se ponían a cuchichear, se encogía pensando que la miraban con el rabillo del ojo y la criticaban. Vivía con el permanente temor de que María de Maeztu la acabara llamando a su despacho para decirle que hiciera las maletas y se volviera a su casa, y todas las experiencias que tenía que vivir en Madrid terminarían antes de empezar. Si alguna compañera se acercaba, ella bajaba la vista para no tener que hablar. El sentimiento de culpa la desbordaba. Por eso se sorprendió la tarde en que Esme y Pepita recorrieron la biblioteca hasta esa esquina para estudiar con ella y la saludaron despreocupadas, enfrascadas en un asunto sobre el que se pusieron a hablar en susurros para no molestar a las demás. Se habían sentado enfrente con un libro de Derecho entre ambas y comentaban en voz baja uno de los artículos. Estaban tan enzarzadas discutiendo que elevaban la voz sin darse cuenta. Catalina les preguntó de qué estaban hablando y Esme le leyó un artículo del Código Civil:

—«El marido debe proteger a la mujer y esta obedecer al marido».

Catalina la miró asintiendo.

—¿Te parece normal? —le preguntó su compañera.

Pues sí, le parecía normal, ¿qué tenía eso de raro?

—A ver este cambio cómo lo ves: «El marido y la mujer se deben protección y consideración mutua».

Catalina se quedó pensativa mordiendo la punta del lápiz. Se giró en la silla y miró alrededor a todas las estudiantes que estaban en la biblioteca, con las manos en la frente memorizando códigos, concentradas en sus cuadernos resolviendo problemas, leyendo periódicos con mucha atención. Pues sí, pensó que esas chicas se merecían toda la consideración.

Salieron las tres juntas de la biblioteca y siguieron hablando del tema mientras paseaban por el jardín. Esme y Pepita le aclararon que lo de cambiar ese artículo del Código Civil no había sido idea suya, era algo que habían discutido en un curso que les había dado la Campoamor en el Lyceum Club. Clara Campoamor, sí que sabía quién era, la había visto en algún periódico. Pero lo que más le interesó de la conversación fue saber que sus amigas eran socias del Lyceum; sobre ese Club sí que había leído en la prensa, había visto fotos, sabía que las mujeres más importantes de la ciudad se reunían en sus salones. Pensó que le encantaría ser socia, pero como en aquel momento estaba más preocupada por que no corriera el rumor de su borrachera, lo había dejado pasar.

Hasta esa noche en que sus temores habían quedado en

poco más que un recuerdo. Parecía que todas se habían olvidado de lo que ocurrió en su dormitorio el primer sábado que pasó en la Residencia.

Hasta ella empezaba a pensar que no había sido para tanto.

Esta noche estaban en la habitación de Adela bebiendo anís y comiendo pastas. Bueno, Catalina al anís solo le había dado un traguito, pero se atrevió a fumar un cigarrillo delante de todas; para algo había estado practicando a escondidas, para que vieran la desenvoltura con la que fumaba ahora. Durante varias semanas había evitado esas reuniones que se improvisaban algunas noches en los dormitorios, pero ahí estaba, en la habitación de Delhy, una chica que la tenía fascinada porque vendía sus dibujos a las revistas más modernas. El nombre le quedaba de maravilla porque era la más exótica de la Residencia: con esas uñas oscuras, su atrevida capa negra y el brazalete con forma de serpiente enroscada en la muñeca. Cuando volviera a La Villa, llevaría esas revistas en las que publicaba ilustraciones su compañera y les contaría a las visitas que era amiga de una artista.

Delhy cogió una pasta y le dio un mordisco mientras se sentaba ante el escritorio para seguir dibujando. Catalina miró por encima de su hombro: era un dibujo hecho a tinta en el que aparecían esos seres diminutos de orejas puntiagudas que ya había visto un día en el salón de té.

Esme se levantó de la cama, donde estaba recostada junto a otras dos chicas, y se acercó al escritorio para mirar el dibujo que estaban comentando: Delhy se había puesto a colorear esa ilustración de figuras estilizadas y luminosas. A Esme le pareció una delicia, como el resto de los dibujos de la serie de las brujas que estaba haciendo; le dijo que podría llevárselos a las del comité de artes plásticas del Lyceum para que la conocieran. «¡Que sí, Delhy, que esta serie se merece una exposición!» Esme hablaría con ellas porque, de todos modos, se iba a pasar por el Club para recoger un paquete de ropa que le había ofrecido una de las socias para llevárselo a una familia necesitada.

Ahora que Esme había vuelto a sacar el tema del Lyceum Club, a Catalina le pareció el momento apropiado para hacer méritos para que la admitieran como socia. Su compañera estaba contándoles a las demás la historia de esa familia que había sufrido una desgracia, de esos niños que necesitaban que les echaran una mano, y les explicaba que en el Lyceum le iban a dar ropa de abrigo para llevarles a esos pobres que vivían en condiciones miserables. Las chicas estaban atentas a la historia que les contaba Esme, hasta Delhy había dejado de dibujar para escucharla, y aunque Cata se había perdido algunos detalles de la tragedia que las tenía tan compungidas, intervino para decir que menuda desgracia, que había que echarles una mano, que ella iría con Esme a llevarle a esa familia toda la ayuda que pudieran conseguir.

—¿Cuándo pensabas ir al Lyceum? —le preguntó a su compañera.

—El lunes sin falta.

—Pues cuenta conmigo, todavía me quedan unos cuantos medicamentos que traje de la farmacia que les podemos llevar con el paquete de ropa. Faltaría más.

EL HIPÓDROMO

Álvaro le ofreció el brazo para caminar entre la gente que atestaba la explanada situada al lado de la pista. Los cuatro amigos paseaban junto a las mesas colocadas al pie de la tribuna y encontraron sitio en un lugar privilegiado, muy cerca del palco regio, donde en ese momento se podía ver al rey rodeado de militares y algunas damas. Álvaro levantó su sombrero para saludar a alguien que estaba en un extremo del palco y después apartó una silla para que se sentara Catalina, pero ella ni se dio cuenta; se había quedado inmóvil mirando hacia la barandilla tras la que se podían ver los abrigos desabrochados —hacía un día radiante— y los vestidos a juego que lucían las hijas del rey esa mañana. Pasados unos instantes, Julieta le cogió la mano y tiró suavemente de ella para que se sentara a su lado. Luis no se llegó a sentar, besó a su novia en la frente y fue a prepararse para la carrera.

—Qué emoción —dijo Catalina mirando a todos lados—, ¿me prestas los prismáticos?

—Toma, Cata, ya verás qué belleza de caballo tiene Luis.

Algunos jinetes ya habían salido a la pista y paseaban sujetando las riendas de sus monturas con tanto orgullo como una madre avanzaría hacia la pila bautismal exhibiendo a su criatura. La muchedumbre emitía un murmullo sordo que permitía escuchar los cascos de los caballos sobre la tierra.

—¿Te has fijado en los abrigos que llevan?

—¿Cómo dices? —Julieta no apartaba la vista de la pista.

Pero Catalina estaba mirando en dirección contraria, hacia las dos jóvenes, más o menos de su edad, que en ese momento charlaban animadas con los brazos apoyados sobre la barandilla del palco.

—Cuando le diga a mi madre que estuvimos a un palmo de las infantas —dijo devolviéndole los prismáticos a su amiga—, le va a costar creerlo.

Catalina imaginó el relato que les contaría a su madre y a las visitas cuando fuera a La Villa en Navidad. Les explicaría cómo era el ambiente en el Hipódromo de la Castellana, de lo más distinguido. Fue posando la mirada en las mesas que los rodeaban para hacer acopio de detalles: familias con niños vestidos de marineros, un grupo de amigas con sombreros a la última, algunos caballeros con bigotes anchos, como el que lucía el rey... Porque, ¿sabéis?, les diría, la familia real es muy aficionada a las carreras, yo misma los vi en su palco, tan cerca que si me estirara los podría tocar con la punta de los dedos. Ese día estaban las dos infantas, rubias, elegantísimas. Todo esto les diría y las visitas tendrían que salir corriendo a confesarse del pecado capital que estaban cometiendo, la envidia de imaginarla frecuentando a la alta sociedad de Madrid, ella que hasta hacía nada iba vestida con su anodino uniforme escolar. También les hablaría de sus propios acompañantes, por supuesto. Porque había ido al hipódromo con su amiga Julieta, la hija del ingeniero, y con su prometido, un jinete magnífico. A Álvaro, de momento, mejor no mencionarlo. Las visitas se quedarían sin saber lo esbelto que era, que tenía la espalda ancha como un remero y que cuando soplaba un poco de aire, como en este momento, le caía el flequillo en un lado de la frente y para colocarlo hacia atrás se pasaba la mano con los dedos abiertos entre el cabello, en un gesto que podría ver repetido miles veces sin cansarse, pensó mientras lo miraba con ojos como albercas de miel.

Después de colocarse el pelo que le caía sobre la frente, Álvaro se inclinó hacia Catalina.

—Y qué me cuentas de la universidad.

—Pues muy bien. —Catalina guardó sus guantes en la cartera—. Lo que más me gusta es la botánica y las prácticas de laboratorio.

—Muy interesante. —Le cogió una mano y le dio la vuelta para mirar la palma—. Espero que tengas cuidado en el laboratorio con estas manos tan adorables.

—Claro. —«Que no se me olvide comprar crema de manos», pensó.

—Supongo que tus compañeros de clase serán gente educada y no los típicos gamberros. —Álvaro sacó su pitillera—. Si se meten contigo, avísame, que voy a ponerlos en su sitio.

—¡Qué va! Se portan de maravilla. Es gente decente.

—Nunca había conocido a una chica tan decidida como tú, me quito el sombrero. —Álvaro dio unos toques con el cigarrillo contra la pitillera antes de encenderlo—. Pero ándate con cuidado, que nunca se sabe hasta dónde le alcanza la decencia a un hombre.

—Yo también tenía miedo cuando llegué a la universidad por si alguno se sobrepasaba, pero nos tratan como a reinas, te lo digo en serio.

—Ya. —Se sacudió una brizna de tabaco que le había caído en el pantalón y se quedó mirando hacia la pista.

—De todas formas, una chica de la Residencia también estudia Farmacia y vamos juntas a todas partes, por si acaso.

—Así me gusta —dijo Álvaro mostrando su impecable colección de dientes y Catalina se sintió aliviada.

Julieta se había puesto de pie para mirar con los prismáticos hacia la pista.

—Ahí está Luis.

Los tres guardaron silencio unos momentos, pero la carrera todavía no empezaba. Catalina volvió la mirada hacia el palco regio.

—Me han dicho que la reina juega al tenis.

—Es que la reina es inglesa. —Álvaro lanzó su colilla al suelo y le hizo un gesto al camarero que se acercaba con una bandeja a la mesa de al lado—. ¿Os apetecen unos vermús?

Catalina pensó que mejor no les contaba a sus amigos que se había apuntado a clase de tenis y que la profesora, americana por cierto, le había dicho que no se le daba nada mal. De todas formas, dejó de parecerle buena idea pedir una raqueta de regalo de Reyes.

Unos conocidos que buscaban sitio se pararon un momento a saludar a sus amigos y mientras escuchaba la conversación que mantenían con Álvaro, añadió un nuevo detalle a su descripción, por si en el futuro había motivos para contarlo ante las visitas: Álvaro veraneaba con su familia en Biarritz, así de cosmopolitas eran. Cogió su vermú y le dio un sorbito. En ese momento las conversaciones se interrumpieron y en el hipódromo no se oyó ni el relincho de un caballo. Dieron el pistoletazo de salida y Julieta se agarró la pechera del vestido como queriendo dejar espacio a sus pulmones agitados. «Vamos, Azabache, corre», le oía decir a su amiga, y trató de distinguir el caballo negro de Luis entre los demás caballos negros que corrían en tropel, pero no lo veía. Cuando Julieta relajó su mano y se apoyó en el respaldo de la silla, Catalina se dio cuenta de que entre los tres jinetes que se habían adelantado al pelotón no estaba Luis. Entonces se oyó el rugido de la multitud jaleando a los adelantados y en un visto y no visto la carrera había terminado.

—No pasa nada —dijo Julieta—. Luis no contaba con ganar, si ahora casi no tiene tiempo de entrenar.

Luis llegó quejándose de la organización de la carrera, iba a tener que hablar con el director del hipódromo porque había sido una vergüenza. Estaba claro que aunque no pensara ganar, lo de haber quedado el penúltimo lo había puesto de mal humor. Julieta le dijo a Catalina que mejor se iban las dos a dar un paseo mientras los hombres hablaban de sus cosas. Se cogieron del brazo y se dirigieron hacia una tribuna lateral donde había un puesto de chucherías. Llegar hasta la tribuna era como caminar contra el viento con un paraguas abierto, no avanzaban. Se encontraron con un matrimonio anciano que felicitó a Julieta por su reciente compromiso. Justo después se pararon junto a la mesa de las muchachas que llevaban sombreros a la última, una de las cuales era pariente de Julieta. Todavía se quedaron varadas un rato más saludando a otras personas, parecía que por ese lado del hipódromo todo el mundo se conocía. Para regresar a su mesa, dieron un rodeo por el otro lado de la pista comiendo almendras garrapiñadas.

Julieta tenía algo importante que contarle.

—Ay, no me asustes.

—Para nada, Cata, yo misma estoy que no me lo creo.

Julieta le contó que Álvaro se había quedado prendado, qué digo prendado, prácticamente enamorado de ella desde el día que la conoció en su cumpleaños. Y lo sabía de primera mano, nunca había estado el amigo de su novio tan interesado en charlar con ella, prácticamente todas las tardes pasaba por su casa o hacían planes los tres juntos. Solo los tres, Cata, porque a Matilde últimamente no la saca de casa, y eso que antes no se le despegaba. Era como si sus sueños de la infancia estuvieran a punto de hacerse realidad; «¿te imaginas a las dos casadas con dos amigos íntimos?», le dijo cruzando los dedos de las manos como si fuera una plegaria. Julieta sí se lo imaginaba, las dos yendo juntas de vacaciones a San Sebastián y a Biarritz, vigilando a sus hijos en la playa. Y teniendo en cuenta que sus profesiones los mantendrían alejados mucho tiempo de casa, ellas siempre se tendrían la una a la otra para lo que hiciera falta. Pero, le advirtió, debía jugar bien sus cartas.

—No dejes que pierda el interés, que Álvaro es de los que un día pueden estar muy ilusionados y al día siguiente se desinflan.

Catalina se paró y miró a su amiga alarmada. Julieta sonrió apretándole el brazo que llevaban en ganchete y siguió caminando.

—Tranquila, mujer, que lo más difícil ya lo has hecho; ahora dale una de cal y otra de arena.

—Pero ¿eso cómo se hace? Ay, Juli, que me estás poniendo más nerviosa.

—Mira, yo solo te lo digo para que no metas la pata.

En cuanto vio que se acercaban, Álvaro se levantó de un salto y se fue hacia ellas para regresar a la mesa caminando entre ambas. Catalina sintió el calor de la mano que le presionó suavemente la espalda y al levantar la vista y ver cómo la miraba con esa sonrisa tan franca, pensó que solo le podrían pasar cosas buenas a su lado.

Burgos, 8 de noviembre de 1928

Querida hermanita, tienes que perdonarme por no haberte contestado antes, pero es que no he tenido fuerzas ni para coger la pluma. Pero no te preocupes, no es que tenga problemas de salud, me he recuperado muy bien, es solo esta melancolía que según el doctor es normal después de un parto, aunque yo con los anteriores no noté nada. El niño es muy bueno, se pasa el día durmiendo, tendrías que ver qué carita de ángel. Cuando lo miro me olvido del disgusto que me llevé porque no fuera niña, ya estaba fantaseando con lo guapa que la iba a poner. Pero ahora estoy muy contenta con Marquitos. ¿Te has dado cuenta de lo del nombre? Ya tenemos a Juan, Mateo y Marcos, solo nos falta Lucas. Que conste que lo de ir a por los cuatro evangelistas no fue cosa mía, es cosa de mi suegra, que vino para el bautizo y aquí sigue.

Ay, hermana, qué pocos ánimos tengo. Y lo peor es que Juan se exaspera porque sigo sin levantarme de la cama aunque el médico diga que estoy totalmente recuperada; ¿cómo le hago entender que no tengo fuerzas para andar por la casa? Porque si salgo de la habitación, Benilde se pasa el día detrás de mí preguntándolo todo, que si trae del mercado filetes o merluza, que si prepara la merluza a la cazuela o rebozada, que si hace papilla de fruta para los niños o de verdura. A mí con que lleve un plato a la mesa me vale. Pero entiendo que a Juan no le gusten los menús que prepara porque no tiene ni idea de cómo se combinan los platos. Un día de estos va a estallar y eso sí que no quiero que pase por nada del mundo.

Ahora son las cinco de la tarde y sigo en la cama, pero te prometo que esta mañana hice un esfuerzo y me levanté. Abrí las cortinas y el día estaba tan soleado que me puse a escribir en la butaca que tengo junto a la ventana, la que me traje de La Villa. Me sentía mejor, me animé pensando en la sorpresa que le iba a dar a Juan cuando llegara del despacho. Mi intención era arreglarme, en serio, pero no quepo en los vestidos. Tendría que ponerme uno de embarazada y no quiero que Juan me vuelva a ver hecha una mesa camilla. ¿Habré perdido la cintura para siempre? Me dan ganas de meter la cabeza debajo de la almohada y no volver a salir más.

Bueno, querida, como ves no tengo mucho que contarte estos días. Mejor cuéntame tú, que me quedé intrigada con eso de que las chicas de la Residencia os podéis hacer socias del Lyceum Club; ¿has ido ya a verlo? ¿Qué te ha parecido? Vino a visitarme Solita y dice que en la Unión de Damas Católicas no se habla de otra cosa, les han prohibido hacerse socias de ese club porque dicen que ahí hay lecturas prohibidas que se las dejan leer a cualquiera, y que a santo de qué se van a juntar tantas mujeres que no quieren la presencia ni de un sacerdote. Pero he visto el artículo ese que salió en *La Esfera* y no entiendo a qué vienen esos miedos, además, está decorado con mucho gusto. Si te digo la verdad, ya me gustaría que hubiera un club para señoras en Burgos, que sería la primera en hacerme socia para ir a pasar las tardes. Es que con Juan no puedo contar para que me saque porque trabaja demasiado. Y no me quejo, pobrecito, cómo andará, que hay días que no llega a casa hasta la hora de la cena, si es que llega.

Cata, por favor, dile a mamá que estoy muy bien, a ver si deja de preocuparse tanto, que recibo carta suya día sí, día también.

Escríbeme pronto y cuéntame todo lo que pasa por Madrid.

Un abrazo muy fuerte de tu hermana,

ISABEL

LOS MISERABLES

La ropa que colgaba de las cuerdas en aquel patio dibujaba un mapa de la miseria. De las ventanas salían llantos de niños de pecho y ruidos de cacerolas que entrechocaban. Para llegar hasta las escaleras, tuvieron que sortear a unos niños que se peleaban con saña mientras una mujer asomada a la barandilla de la corrala le gritaba amenazas a su hijo. Llevaban un paquete de ropa usada que había donado una socia del Lyceum; Catalina pensó en lo chocante que resultaría ver colgadas esas prendas de buen paño junto a los trapos color pardo o de un blanco amarillento que ondeaban en las ventanas. Iba un paso por detrás de Esme, arrepentida de haberla seguido hasta esa casa que olía a una mezcla de colchones húmedos y leche agria; habría salido de allí espantada si no hubiera sido ella misma quien insistió en acompañarla. Se había ofrecido a llevarle a esa familia necesitada el hatillo con remedios de la farmacia que tenía en la mano.

El trayecto del tranvía había durado media hora, pero cuando se apearon le pareció que estaban a un continente de distancia. Esa plazuela de Lavapiés era bullanguera, con puestos ambulantes, mujeres de pañoleta y mandil regateando para meter algo en sus cestas, mendigos haciendo sonar sus latas para atraer más monedas, y niños desharrapados por todas partes. El día estaba plomizo y el ambiente sería completamente gris si los tenderetes no exhibieran sus mercancías de colores brillantes: verde col, naranja calabaza, anhelado rojo carne. Cata y Esme también se pararon a comprar algo de comida en los puestos de la plaza. Después cogieron una bocacalle y caminaron en silencio durante varios minutos mientras empezaba a caer una lluvia fina; la calle era estrecha y en las esquinas había montones de basura codiciada por perros que eran todo colmillos y costillas afiladas. Un poco más adelante, unos golfos estaban arrancando los tablones que delimitaban un solar y de pronto echaron a correr hacia ellas provocando un estruendo de tablas arrastradas; un hombre había salido vociferando de una taberna, y aunque tenía una gordura que apenas le permitía doblarse, se las apañaba para ir cogiendo piedras del suelo que les lanzaba a los granujas.

Catalina trataba de mantener el ritmo de Esme, que aceleró el paso en el último tramo. «Ya hemos llegado», le dijo al entrar en la corrala y a Catalina le habría gustado entregar el donativo allí mismo, en el patio, y volver a casa, pero Esme ya estaba subiendo las escaleras y ella la seguía un paso por detrás; se sentía amenazada por los ojos que las vigilaban desde todos los rincones de los corredores. Al llegar al primer rellano tuvo que dar un tirón para zafarse de la mano de un mocoso que la agarró de una manga.

Si la viera ahora su madre pensaría que por fin se le había ablandado el alma, que al final dedicaba parte de su tiempo a la caridad cristiana. Pero Catalina estaba segura de que su madre nunca había estado en un arrabal como ese, porque en La Villa no había esta clase de arrabales. Allí las señoras se reunían para coser mandilones para los niños de la inclusa o recaudaban limosnas para la construcción del hospital de pobres, pero procuraban hacer sus actos de caridad sin alejarse mucho de sus casas. Esto era otra cosa. Ya estaba pensando en la descripción que haría de esta bajada a los suburbios de la ciudad la próxima vez que fuera al Lyceum para demostrar que ella también merecía formar parte del comité social. Aunque todavía tenía que ver cómo acababa esta experiencia; cabía la posibilidad de que prefiriera formar parte del comité musical del Lyceum Club.

Hizo de tripas corazón y siguió subiendo hasta la última planta, donde estaba el pasillo de las buhardillas. Esme se paró ante una de las puertas, tan bajas que para entrar había que agacharse, y la golpeó con los nudillos. No oyeron respuesta. Catalina se quedó mirando hacia el fondo del pasillo, donde estaba la puerta entreabierta del retrete, y se estremeció de asco al ver salir una cucaracha enorme y acharolada. De buena gana habría cerrado la puerta de esa cloaca de una patada, pero solo pensar en acercarse le pareció demasiado repugnante. Se tapó la nariz y la boca con la mano enguantada mientras esperaban.

Esme se estaba impacientando. Volvió a llamar y abrió la puerta sin recibir respuesta. Aunque eran las cuatro de la tarde, en la buhardilla ya había oscurecido. Apenas entraba una luz grisácea por la única ventana que daba al corredor. Esme dejó su cesta encima de la mesa y encendió una vela.

Entonces los vieron.

Vieron a un niño que estaba sentado sobre un jergón y a una niña, algo mayor, que dormía a su lado con una manta raída enroscada en las piernas. Hacía frío, manchas de moho estampaban las paredes y Catalina sintió que se le estremecía la espalda.

—Hace mucho que no se despierta —el niño habló con voz cansada.

Esme se quitó el abrigo de un tirón y se agachó sobre el colchón sin sábanas. Pasó un brazo por detrás de la espalda de la niña y la incorporó mientras le tocaba la cara y le susurraba «Angelita, despierta, bonita». Estiró la manta para taparla y le puso su abrigo encima para que entrara en calor.

Catalina estaba quieta en el medio de la habitación, palpando nerviosa el camafeo que llevaba escondido debajo del jersey.

—Cata, por Dios, muévete. Enciende la cocina, mira a ver si encuentras leña.

En un saco quedaban algunas astillas, pero eran las últimas.

—Pon agua a calentar.

En la buhardilla no había agua.

—¡Pues baja con ese botijo a la fuente del patio!

Catalina cogió el botijo y bajó corriendo. Cuando regresó con el agua, el niño estaba sentado a la mesa bebiendo un vaso de la leche que habían traído y Esme, de rodillas en el suelo, le estaba probando unas botas. Levantó la vista hacia ella.

—¿Sabes hacer una sopa? No, qué vas a saber, ya la preparo yo. Intenta despertar a la niña y que se tome el reconstituyente que has traído. A ver, Juanito, ¿hoy habéis comido algo?

—Hoy no.

—¿Y ayer?

—No me acuerdo.

Esme sacó de la cesta unas verduras y un hueso de jamón y empezó a preparar la sopa. Le dio un bollo de pan al niño, que lo agarró con ansia y le dio mordiscos hasta llenarse los carrillos. Le pidió que masticara, que se iba a atragantar, y mientras trajinaba en la cocina no apartaba la vista de lo que hacía Cata.

Catalina estaba buscando en su hatillo el reconstituyente. Se agachó y se quedó en cuclillas junto al jergón sucio. Con una rodilla en el suelo trató de incorporar a la niña para darle una cucharada. Al pasarle un brazo por la espalda notó una malla de huesos ligeros, como si estuviera sujetando a un ave sin alas. Angelita entreabrió los labios y cuando Cata estuvo segura de que se había tragado el remedio, la volvió a dejar acostada.

La arropó con la manta, que estaba agujereada. Quién sabe la cantidad de chinches que habrían anidado en la borra de ese colchón destripado, salpicado de manchas. A pesar de la desazón que estaba sintiendo, le entraron ganas de cantar. Era una canción tonta, una nana que le cantaban de pequeña y que ella le había cantado a su hermano muchas veces, asomada a su cuna de sabanitas blancas.

«A las puertas del cielo»
Sacó del paquete que habían llevado unos calcetines de lana.
«venden zapatos»
Levantó un poco la manta, buscó un pie de la niña y le puso un calcetín.
«para los angelitos»
Buscó el otro pie y también se lo abrigó.
«que están descalzos»

Angelita estiró una mano y agarró la de Catalina. Le dieron ganas de decirle: tranquila, bonita, ya verás que pronto te pones mejor. Pero a veces los niños no se despiertan, aunque duerman en colchones de pura lana con sábanas de hilo recién lavadas. Hay veces en que los remedios de la farmacia no sirven de nada, ni siquiera cuando es el propio padre el que prepara fórmulas intentando mantener el pulso firme cuando pesa las cantidades en la balanza. El recuerdo de su hermano le llegó tan nítido como si aquello hubiera ocurrido el día anterior y no hubieran pasado siete años desde la mañana que lo sacó de su camita y lo metió con ella en su cama para calentarlo, porque se había quedado muy frío y no se despertaba.

Su voz sonó como una súplica.

—Esme, ¿qué hago?

—Intenta que se tome un vaso de leche.

La buhardilla estaba formada por una sola habitación. Junto a la pared de la izquierda estaba puesto el jergón y al otro lado la cocina, con una mesa de madera y cuatro banquetas. En unas baldas colgadas de la pared, forradas con hule de flores azules, estaba la vajilla colocada con enternecedor esmero:

unos platos ordenados por tamaños, las tazas colgadas de unos ganchos y algunos cazos bien fregados. Catalina llenó una taza, se sentó en el jergón junto a Angelita y la incorporó con cuidado. Cuando le acercó la leche a los labios, la niña entreabrió los ojos y después de dar un trago los volvió a cerrar, agotada. Al cabo de unos segundos Catalina lo volvió a intentar y ella, obediente, hizo otro esfuerzo para seguir tragando. Así estuvieron hasta que se terminó la leche y la dejó otra vez tumbada.

—¿Puedes bajar a por más agua, por favor?

Catalina cogió el botijo y volvió a bajar al patio. Ahora apenas la incomodaban las voces de los niños que se dirigían a ella con sus bocas desdentadas. Subió corriendo las escaleras y cuando entró en la buhardilla, la sopa que estaba al fuego empezaba a desprender un aroma acogedor. Juanito estaba recorriendo la habitación con sus botas nuevas, que taconeaban porque le quedaban grandes, pero él las miraba satisfecho a cada paso que daba. Esme se había sentado en el colchón y hablaba con un timbre de voz sosegado que Catalina no le había oído usar en otras circunstancias. «Angelita, ya verás qué calentita», le estaba diciendo mientras la ayudaba a ponerse una chaqueta de lana jaspeada.

Esme se levantó para retirar la olla del fuego y le sirvió un plato de sopa a Juanito.

—Sopla, tontín, que te quemas.

Catalina sirvió otro plato y se lo llevó a Angelita. Se sentó en el jergón junto a ella y la observó mientras le daba cucharadas: tenía los ojos hundidos, como dos peces moribundos en cuencos sin agua. Soplaba la sopa caliente antes de dársela, escrutando con ansiedad esas mejillas tan blancas y rezaba para que se le pusieran coloradas. La sopa caliente hizo efecto, cuando terminó de comer, Angelita se quedó sentada, mirándola.

Catalina se levantó a coger el hatillo de los remedios y le pareció absurdo haberlos metido en esa bolsa con forma de bombonera. La vació sobre la cama junto a Angelita y le enseñó el bote del reconstituyente. Le hizo prometer que se tomaría una cucharada todas las mañanas. También le explicó para qué servían los otros remedios y los dejó colocados en un banquito que había junto a la cama. Por último, abrió el frasco de agua de colonia que había llevado y frotó entre las suyas las manos de la niña para limpiárselas. Angelita entrecerró los ojos para olerse las manos y, por primera vez, insinuó una sonrisa. Tenía unos bonitos dientes recién estrenados. Después se dejó caer y se quedó tumbada de lado, abrazada a ese frasco como si fuera un tesoro perfumado.

Del corredor les llegó un ruido de muebles arrastrados. Juanito corrió a abrir la puerta y la dejó de par en par gritando «¡Pancho, viene Pancho!». Esme salió al pasillo y ayudó al niño a cargar los tablones que acarreaba, más largos que su cuerpo de golfillo escuálido. Cerraron la puerta y colocaron los tablones de pie contra la pared, junto a la cocina. «Tenemos leña para unos días», dijo Pancho. Se acercó a la mesa, pasó la cara sobre el vaho que salía de la olla y agarró el plato de su hermano para servirse. Comía con la cabeza prácticamente hundida en la sopa, con solo estirar la lengua no hubiera necesitado la cuchara. Esme le cortó un trozo de pan con queso.

—Que Dios se lo pague, señorita Esmeralda.

Pancho tendría unos once años y era de huesos livianos y cuello estrecho, como sus hermanos.

—Pancho, mañana tienes que calentar la sopa y le das un plato a tu hermana. Es muy importante que coma, ¿me lo prometes?

—Déjelo de mi cuenta.

—En cuanto pueda vuelvo a veros, portaos bien.

Catalina se agachó sobre el jergón donde estaba la niña acurrucada, con el pelo tapándole la cara. Se lo apartó y vio que tenía los ojos abiertos, mirando a la nada.

Cuando salieron de la corrala, a Catalina apenas le quedaban fuerzas para arrastrar la cesta vacía. Caminaron desganadas por la calle sombría y encharcada. La basura que se amontonaba en las esquinas se había desparramado con la lluvia y Catalina no se cayó de milagro al resbalar porque Esme estiró un brazo y se pudo agarrar a tiempo. Por suerte, el tranvía acababa de llegar a la parada. Había bastante gente, pero encontraron sitio para sentarse juntas, con la cesta como un cascarón vacío entre las dos.

—Cuéntame, Esme, ¿por qué no hay nadie que se ocupe de ellos? ¿Es que no tienen padres?

En el trayecto de vuelta a la calle Fortuny, donde las esperaba una cena con cubiertos de plata, Esme le contó a Catalina la historia desde el principio.

Esme era muy aficionada al teatro, lo sabía bien Catalina porque eso era lo que hacía los domingos: cuando no se iba de excursión a la sierra, se quedaba en Madrid para ir a algún estreno. Podías preguntarle lo que quisieras de la cartelera porque lo sabía todo. Le siguió contando.

—Ya me conoces, parece que no me inmuto por nada. Pero aquel día viendo la obra, te lo digo en serio, se me saltaron las lágrimas. Qué interpretación, madre mía, impresionante.

No podía decir que fuera una obra maestra, pero la actriz había estado tan magistral que había emocionado a toda la sala. En cuanto terminó la representación, Esme salió volando al vestíbulo porque quería comprar un ramo de flores para llevárselo al camerino. Pero el vestíbulo se hallaba vacío, la florista ya no estaba.

—Fue muy gracioso, en un rincón me pareció ver un gran ramo de flores con patas.

Esme se acercó y vio a un niño muy pequeño que sujetaba las flores. Le pidió un ramillete y el niño le explicó que si en lugar de darle la moneda que costaba, le daba dos, se podía quedar con tres ramilletes de flores, que seguro que le compensaba. Era muy pequeño y tenía mucho desparpajo. A Esme le cayó en gracia, le resultaba muy chistoso estar negociando el precio con esa carita tan seria que se asomaba entre las violetas y las margaritas que tenía abrazadas.

—«Así que ahora tú eres la florista de este teatro», me puse a bromear con Juanito. Y él me dijo muy ofendido: «No, señorita, la florista es mi madre». Entonces me explicó que había ido un momento al teatro que hay más arriba, a ver si por allí había más público y vendía algo. Y como en ese momento pasaba la actriz por el vestíbulo, compré los tres ramitos que me ofrecía y salí detrás de ella para felicitarla.

La obra fue un éxito y la vendedora de flores tuvo una buena racha. Esme se convirtió en su cliente más apreciada. Siempre que iba al teatro se acercaba a hacerle alguna monería a Juanito, les compraba un ramito y charlaban. Así se enteró de que la florista tenía otros dos niños y que su marido había emigrado. Tuvo que irse, le explicó Ángela, porque lo habían metido en la cárcel después del golpe de Primo de Rivera, ya se imaginaría que alguien de la CNT, un anarquista que se había significado tanto como lo había hecho su marido, siempre liderando revueltas contra los empresarios opresores, no tenía futuro en este régimen. Tras cumplir la pena, no le quedó más remedio que emigrar porque con sus antecedentes ningún empresario le iba a dar trabajo. Llevaba un año en Argentina, le había escrito varias cartas y en cuanto le empezaran a ir las cosas un poco mejor, en cuanto pudiera reunir el dinero suficiente para los pasajes, se llevaría a su familia con él. Esme dijo que le había cogido aprecio a Ángela, que era una luchadora que trataba de mantener la dignidad, aunque algunas veces perdía la esperanza.

Un día Esmeralda comentó la historia de esa familia en el Lyceum y así se enteró de que el comité social había puesto en marcha la Casa del Niño, una escuela donde las mujeres que trabajaban podían dejar a sus hijos para que los educaran y, además, les daban una alimentación equilibrada y los visitaba un médico. Esme estaba deseando que llegara el domingo para acercarse al teatro y contárselo a Ángela.

—Fue conmovedor ver la cara de esa madre, Cata, cuando le conté que podía dejar a sus hijos en la escuela mientras ella trabajaba. Me hizo repetirle varias veces que de verdad les darían de comer. Dijo que, por fin, Dios bajaba de las nubes para echarle una mano. Al día siguiente quedé con ella y fuimos a su casa. Llevé los papeles de la matrícula porque quería asegurarme de que los niños tuvieran plaza.

Catalina cortó el relato:

—Pero ¿qué le ha pasado a Ángela?

—Te habrás enterado de la desgracia del Teatro Novedades, ¿verdad, Cata? ¿Sabes que en el incendio murieron ochenta personas?

Esme no sabía que esa noche la florista estaba en el Teatro Novedades. Lo supo días después, una tarde que pasó por la Casa del Niño y preguntó cómo les estaba yendo a los hijos de Ángela. Cuando le dijeron que los niños nunca habían llegado a ir a la escuela, continuó Esme, tuvo que agarrarse a una silla porque se le doblaban las rodillas. Tenía que haber ocurrido una desgracia porque a esas alturas conocía bien a Ángela y por nada del mundo hubiera perdido la oportunidad de que sus hijos comieran todos los días y además pudieran estudiar. De allí se fue directa a la corrala. En la buhardilla estaba Angelita intentando hacer de madre. La encontró subida a un banco para llegar a la cocina donde estaba cociendo unas patatas.

—Me pidió por favor que no le dijera a nadie que su madre había muerto en el incendio para que no se los llevaran al hospicio. —Esme hablaba como si pidiera que la perdonaran—. He vuelto en cuanto he podido, Cata, lo que tardé en conseguirles algo de ropa de abrigo.

Catalina se agarró del brazo de Esme y apoyó la cabeza en su hombro con los ojos apretados.

—¿Cómo se puede tener tan mala suerte?

—Cata, espabila. Medio Madrid sobrevive hundido en la miseria.

—Pues esta niña no se va a morir, Esme, como me llamo Catalina.

Esme se separó de su compañera y la miró con extrañeza.

—Si te digo la verdad, no me hacía ninguna gracia que me acompañaras hoy, estaba segura de que te iba a dar todo mucho asquito y que ibas a despotricar.

Era la verdad, Catalina no se pudo enfadar.

—Con lo pesadita que te pusiste con lo de los reyes en el hipódromo. Si te llego a oír contar esa historia una sola vez más, pido cambio de habitación en la Residencia.

Cata se puso colorada.

—Tranquila, que no te vuelvo a molestar. —Cogió la cesta vacía y se la puso en el regazo—. Mañana tenemos que volver a la corrala. Pero antes vamos al Lyceum, hay que hablar con el comité social a ver si se les ocurre qué podemos hacer con estos niños. Podríamos intentar encontrar al padre, ¿no te parece?

—Nos dirán que los llevemos al hospicio.

—¡De eso nada!

ANGELITA

El profesor estaba explicando la forma de prensar las plantas para hacer un herbario. Catalina, que se había sentado ese día en la primera fila, tenía puesta la mirada en las hojas que les mostraba a los alumnos, pero no estaba atendiendo a la explicación porque daba unos molestos golpes con su estilográfica contra la mesa que parecían irritar a su compañero, quien, de repente, se la quitó de la mano y la dejó sobre el pupitre.

Miró el reloj y decidió que no se quedaba a la clase siguiente.

Estaba sentada en la punta de su silla con los libros en el regazo cuando el bedel se asomó por la puerta para avisar del fin de la hora. Saltó de su asiento, salió a toda prisa de la universidad y fue a la parada del tranvía para hacer el mismo trayecto del día anterior, que empezaba en una ancha avenida y avanzaba por calles que se iban estrechando a lo largo del recorrido, hasta aquel barrio que no era más que un entramado de callejas.

Se bajó en la última parada, cruzó la plazuela entre los tenderetes y se detuvo ante un puesto que exhibía unas pastillas de jabón; recordó una frase que su padre repetía a menudo, que «la higiene salva vidas». Compró una. Un poco después, una vendedora de gallinas sentada en una banqueta le ofreció huevos al pasar y la voz de su padre volvió a repiquetear en su cabeza, «tienen mucha proteína»; se llevó media docena y dio gracias por todas las palabras que había retenido de las conversaciones con su padre.

Salió de la plazuela y cogió la bocacalle que llevaba a la corrala.

Era una mañana fría de cielo azul radiante. Le hizo una carantoña a un niño pequeño que jugaba con canicas en el patio de la corrala y saludó a unas mujeres que habían sacado banquetas para coser en la esquina del corredor donde estaba dando el sol. Se obligaba a comportarse de manera despreocupada, porque no había pasado nada —¿cómo iba a haber ocurrido algo malo en tan poco tiempo?—, pero las tripas se le retorcían de temor mientras subía las escaleras. Abrió la puerta y la luz intensa inundó de tristeza la buhardilla. Angelita estaba tumbada en el jergón de cara a la pared, donde las manchas de humedad se exhibían descarnadas. Al oírla entrar, la niña giró la cara hacia ella y le tendió una mano. Catalina se sentó a su lado y le tocó la frente, por si había fiebre, pero tenía la carita fría y una sombra violácea alrededor de los ojos.

—Bueno, preciosa, voy a encender la cocina y ya verás qué prontito entramos en calor.

La niña se dio la vuelta para mirar lo que hacía. Catalina estaba peleándose con las tablas para hacerlas astillas. Cuando consiguió encender la cocina, puso un cazo al fuego, sacó el jabón que había comprado, se remangó y se puso a fregar todos los cacharros sucios que encontró por la buhardilla. Metió unos huevos en un cazo, la única comida que era capaz de preparar, y se puso a barrer el suelo mientras se cocían. Se sorprendió al oír que la niña le decía «me voy a levantar», y dejó la escoba. Angelita retiró la manta y apoyó los pies en el suelo. Se quedó sentada un rato, como si tratara de reunir fuerzas para hacer el esfuerzo sobrehumano de ponerse de pie.

—Me hago pis.

—¿Quieres ir al retrete?

—No, en el orinal, ahí —dijo indicando el rincón donde había una silla con ropa colgada y debajo se veía un recipiente de porcelana desportillada.

Catalina ayudó a la niña a sentarse en el orinal, esperó paciente hasta que terminó, recorrió el pasillo con su carga hasta el retrete, abrió la puerta con un pie procurando no mirar la suciedad que emborronaba las paredes, y lo vació conteniendo las arcadas.

Al regresar se lavó las manos y buscó la ropa que habían llevado la tarde anterior. Estaba toda desperdigada por la habitación, pero encontró unas polainas y una camiseta que podrían servir; las dejó a los pies de la cama y retiró el cazo del fuego. «Ya verás qué fuerte te pones cuando te lo comas», le dijo mientras le quitaba la cáscara a un huevo. La niña le dijo que la sal estaba en el cuenco de barro, en la primera balda, y se sentó sin apartar la vista del plato que le estaba preparando, con los brazos estirados para recibirlo, ese lujo que tan pocas veces se habrían podido permitir en la buhardilla. Mientras se lo comía, Catalina volvió otra vez al patio con el botijo y una jarra. Necesitaba calentar bastante agua.

Después de comerse el huevo y una cucharada de reconstituyente, la niña se quiso levantar de la cama y se sentó en una banqueta junto a la mesa. La miraba como solo un náufrago mira al barco que se acerca.

—¿Sabes qué vamos a hacer ahora?

—¿Qué?

—Voy a llenar el barreño de agua calentita y te voy a bañar.

—No hace falta, señorita.

—Ya verás qué bien.

Angelita dejó que le quitara la ropa. Debajo de la chaqueta llevaba un vestido raído con un remiendo que alguien —la madre, quién si no— había cosido con unas puntadas tan delicadas como las que bordaría doña Inmaculada en un manto para la Virgen. La niña se sentó en el barreño y Catalina la enjabonó entera; su cabeza era una maraña de pelo enredado que, mejor no pensarlo, podría estar infestada de piojos. Se levantó a coger unas tijeras y se lo cortó al ras de la nuca. «Mira qué guapa, ahora llevas el mismo corte de pelo que yo». Le echó agua y el jabón se deslizó por sus hombros demasiado estrechos, por el relieve puntiagudo de sus clavículas, por las ondulaciones que formaban las costillas a lo largo de la espalda. La secó con mucho cuidado, como si temiera que al agitarla todos esos huesos se pudieran desmoronar.

La ayudó a vestirse con ropa limpia.

—Y ahora vamos a sentarnos un ratito en el corredor, que da el sol.

Sacaron dos banquetas y Catalina le fue desenredando el pelo mojado mientras canturreaba.

—A mi madre también le gustaba sentarse al sol, pero casi nunca podía.

Era la primera vez que la oía contar algo de forma espontánea. Cayó en la cuenta de que ni siquiera sabía cuántos años tenía. Pero en ese momento no se lo preguntó porque una mujer salió barriendo de otra buhardilla y fue hacia ellas.

—Buenos días, señorita —dijo apoyando las manos sobre el palo de la escoba—. ¿Cómo está hoy esta niña?

—Buenos días. —Catalina la miró sin dejar de pasarle el peine a Angelita.

—Pues la veo muy recuperada, a la pobrecita. —Se acercó un poco más—. Menuda desgracia lo de esa pobre mujer, que Dios la tenga en su gloria.

Angelita la miraba entrecerrando los ojos porque le daba el sol en la cara.

—¿No están tus hermanos? Qué van a estar, sabe Dios qué herejías estarán haciendo.

—No se preocupe, que ya nos estamos ocupando de ellos.

—Catalina se levantó y se asomó a la barandilla para echar una ojeada al patio, pero en ese momento estaba vacío.

—No, si ya se lo decía yo a las vecinas, que había que esperar antes de avisar al hospicio, que había que ver primero si venía alguien a hacerse cargo.

—Pero ¿ha avisado alguien al hospicio? —Catalina se colocó detrás de la niña y le puso las manos sobre los hombros.

—No creo, me habría enterado. Ya me gustaría a mí poder echarles una mano, pero con cinco hijos que tengo —dijo separando los dedos de una mano— ya me dirá usted cómo les iba yo a dar de comer a todos.

—Pues si alguien le pregunta, le dice que estos niños ya están atendidos.

—Si siempre lo digo yo, apenas cierra Dios una puerta y ya tiene una ventana abierta. —La mujer volvió a coger la escoba para seguir barriendo el pasillo.

—Que los niños no van al hospicio, por si alguien pregunta.

—En ayudando Dios, lo más malo se vuelve mejor.

Catalina le dijo a Angelita que se quedara sentada al sol y ella volvió a entrar. Ordenó un poco el cuarto, pero no encontró ni una sábana para tapar el jergón destripado; le daba angustia pensar que la niña tendría que volver a meterse en esa suciedad. Se acordó de los armarios de ropa blanca de su casa, donde se acumulaban docenas de sábanas inmaculadas. En esta buhardilla, el lujo era una sábana limpia.

Angelita entró arrastrando su banqueta y la acercó a la mesa. Catalina se sentó a su lado, le colocó un mechón de pelo detrás de la oreja y le dijo que se tenía que ir. Entonces la niña cruzó los brazos sobre la mesa y escondió la cara entre ellos. Su voz salió amortiguada cuando le preguntó:

—¿Va a volver, señorita?

—Pues claro que voy a volver. —Le separó los brazos y le hizo levantar la cara para mirarla a los ojos—. No tienes que preocuparte, te lo prometo. Todo va a ir bien.

EL LYCEUM

L legó justo cuando la encargada de su mesa estaba sirviendo las lentejas. Todavía estaba agitada por la carrera que tuvo que dar por Fortuny para llegar a tiempo a la comida, y antes de coger la cuchara se quedó un momento mirando su plato, donde un hermoso trozo de chorizo emergía entre las legumbres. Sus compañeras, con las servilletas blancas como palomas en los regazos, comían con la espalda recta y la despreocupación que daba saber que después de ese plato llegaría otro, y que para terminar podrían elegir la pieza que más les apeteciera del frutero que pondrían en el centro de la mesa.

Catalina tenía el estómago encogido y los ojos se le iban hacia el reloj de pared.

En cuanto terminaron, salió al vestíbulo y se quedó esperando a Esme dando golpecitos en el suelo con la punta de un zapato, hasta que la vio acercarse charlando con una de sus compañeras de mesa y todavía tuvo que esperar un poco más hasta que terminaron de hablar.

Las palabras le salían atropelladas mientras subían juntas las escaleras y le iba contando que esa mañana se había saltado las clases en la universidad para volver a la buhardilla. «Espera, ¿que has hecho pellas y has ido tú solita hasta Lavapiés?». Esme se paró con un pie en el siguiente escalón y se la quedó mirando.

—¿Te has propuesto arreglar el mundo? —le preguntó sorprendida.

—Si el mundo está en esa buhardilla, sí.

—Habló la Louise Brooks filósofa.

—Déjame en paz, ya me arreglaré yo sola. —Las palabras le salieron arrastradas entre los dientes apretados mientras aligeraba el paso escaleras arriba.

—Espera, no te enfades. —Esme también corrió y entró detrás de ella en el dormitorio—. A veces no eres tan previsible.

—¿Nos dejamos de pamplinas, Es-me-ral-da? —Separó las sílabas para irritar a Esme con su nombre completo.

Pero a su compañera no le quedó más remedio que hacer que no la había oído, quería conocer las razones que la estaban transformando de esa manera, le dijo, porque hasta hacía veinticuatro horas se había comportado como si la finalidad de su cabeza fuera mostrarle al mundo lo impecablemente recta que podía ser la línea de un flequillo. Después le pidió —mientras Catalina le daba la espalda y miraba por la ventana— y luego le rogó que le explicara qué había pasado. Al final Catalina, que cuando se enfadaba podía ser muy rencorosa, cedió y le fue contando, con el ceño todavía fruncido, lo peligrosa que se había vuelto la situación en la buhardilla, donde alguien seguramente en esos momentos ya había avisado al hospicio para que fueran a recoger a los niños. Ahí Esme sí que se puso alerta. Con la tasa de mortalidad que había en las inclusas, y conocía bien los datos, Angelita no sobreviviría ni la primera semana en uno de esos depósitos de niños. Estuvo de acuerdo en que no había tiempo que perder.

Esme tenía clase de Filosofía con María la Brava a las siete y no podía ni plantearse faltar. Así que tenían que ponerse en marcha ya. Cogieron sus abrigos y sus sombreros y se los fueron poniendo mientras bajaban las escaleras. En la calle ni siquiera se pararon a esperar el tranvía, salieron por Fortuny en dirección a la Casa de las Siete Chimeneas a paso rápido, casi corriendo, y en veinte minutos ya estaban llamando a la puerta.

A esa hora el Lyceum se hallaba prácticamente vacío. Una camarera colocaba los servicios en las mesas para el té, pero por lo demás no había nadie en la primera sala que estaba junto al vestíbulo. En el salón solo vieron a dos socias que habían dispuesto una fila de cuadros sobre la alfombra; una de ellas se agachó para cambiarlos de orden y apenas levantaron la vista para saludarlas cuando pasaron a su lado de camino a la biblioteca. Allí únicamente había una mujer leyendo. «Estamos de suerte —dijo Esme en voz baja—, es Encarnación, publica en *Blanco y Negro* los cuentos de una niña que se llama Celia, ¿no te suena? Bueno, es que los firma con el seudónimo Elena Fortún. Vamos».

Se acercaron a ella y le pidieron disculpas por interrumpir su lectura, pero la señora apartó el libro con un gesto amable y escuchó atenta el relato de Esme. Era una mujer de unos cuarenta años, de facciones finas y una hermosa frente despejada, que las escuchaba absorbiendo las palabras con la mirada.

Estuvieron hablando casi una hora, concretando los temas más urgentes. Pero ya les adelantó que la Casa del Niño en esos días estaba desbordada, como mucho podrían admitir al más pequeño, aunque lo tendría que consultar. Otra opción era El Refugio, el internado que llevaban las Hermanas de San Vicente de Paúl, donde formaban a los niños mayorcitos para aprender un oficio y eso le vendría muy bien a Pancho, que se pasaba los días en la calle hecho un granuja. Doña Encarnación les dijo que ella misma se encargaría de preguntar cuando fuera a la Casa del Niño porque el internado estaba cerca, en la zona de Cuatro Caminos. Pero lo más urgente era atender a Angelita; les recomendó que se pusieran en contacto con el servicio de enfermeras a domicilio, que era gratuito. Una enfermera les podría decir si lo que tenía la niña era grave o si estaba pasando por un estado de melancolía después de la muerte de su madre. En todo caso, tenían que tratarla.

Por último, les planteó un problema que a ellas ni se les había pasado por la cabeza: la necesidad de pagar el alquiler de la buhardilla para que no pusieran a los niños en la calle.

Salieron del Lyceum con el optimismo de los ignorantes, convencidas de que su empuje sería suficiente para superar todos los obstáculos que en ese momento ni siquiera eran capaces de imaginar.

Recorrieron Barquillo y Argensola preguntándose cuánto podría costar el alquiler de la buhardilla, planteándose hacer una colecta entre las compañeras de la Residencia, seguras de que conseguirían salir del paso. Aunque sabían que a esas alturas del mes las chicas estaban sin una perra gorda, esperando ansiosas a que llegara el día 1 para que les entregaran la asignación mensual que les enviaban sus familias, pidiéndose dinero prestado para alguna compra urgente. De todas formas, malo sería que no obtuvieran entre todas el dinero para pagar el alquiler.

Esa noche, durante la cena, tantearon a sus respectivas compañeras de mesa para saber si estaban dispuestas a colaborar con esa obra de caridad, pero en la mesa de Catalina cambiaron de tema al momento para que no entrara en detalles, no querían sufrir por algo que no iban a poder solucionar, dijo Juana.

Esme le contó a Catalina después de la cena que en su mesa las cosas no habían ido mejor.

Al salir del comedor se fueron directas a la habitación de Delhy, la única que ya estaba ganando su propio dinero, aunque no pudo ser tan generosa como le hubiera gustado porque todavía le debían el pago de la última ilustración que había vendido a una revista. De ahí pasaron al cuarto de Pepita, que también estaba pelada; no podía ofrecerles más que un par de pesetas, pero les dio una idea: ya que sus compañeras no estaban por la labor de rascarse los bolsillos, al menos podrían rascar sus armarios en busca de algo comestible con lo que hacer un paquete para llevar a la buhardilla. Ella misma tenía embutido que le habían enviado de Arenas y que les daba de mil amores; se ofreció a echarles una mano en la ronda por los dormitorios. A Catalina siempre le había gustado Pepita porque era muy salada, estilizada y bonita como las chicas de los anuncios; pero últimamente había empezado a admirarla porque era decidida y resuelta, como les estaba demostrando en ese momento. De hecho, su idea dio buenos frutos esa noche.

Cerca de las doce, cuando todas las luces de la Residencia estaban apagadas, Catalina y Esme hacían recuento sobre la mesa de su habitación. La chica manchega de la primera planta, adicta a las tortas de aceite, les dio varias envueltas en papel de estraza. Puri, la gallega que dormía en el cuarto de al lado, contribuyó con unas latas de sardinas que le había metido su tía en la maleta, convencida de que se haría con ellas los bocadillos que tanto le gustaban, pero la morriña le tenía el estómago encogido, así que se las dio todas. Además del salchichón que les había dado Pepita, otras dos compañeras tenían embutidos que habían traído de su tierra. Por último, Manuela, que calmaba su ansiedad con unas agujas de tricotar, les regaló la mantilla de lana que ponía a los pies de su cama y que de todos modos iba a cambiar por otra que estaba haciendo.

Estaban tan ilusionadas como unos padres envolviendo regalos el 5 de enero.

Ya se habían metido en la cama y seguían organizando las tareas en susurros. Esme se encargaría de volver a la buhardilla al día siguiente para pagar el alquiler; ellas dos aportaron todo lo que les quedaba para terminar el mes. ¡Qué importaba no disponer ni de una peseta para un chocolate con bollos en Molinero! Fue decirlo, sugerir que eso podía significar un sacrificio, y comprender el abismo que las separaba de la corrala, donde las madres vivían con la angustia permanente de conseguir algo que echar a la cazuela para llenar los estómagos de sus hijos.

En el caso de que hubiera una madre que se ocupara de ellos.

Después se quedaron calladas. Catalina se fue adormeciendo con la ilusión de que estaban a punto de solucionar la vida de sus protegidos. Pero esa noche su sueño fue inquieto, se revolvía en la cama entre pesadillas y las mantas acabaron en el suelo. El frío hizo que se despertara antes de que amaneciera. Se arregló y se vistió mientras su compañera todavía dormía, y bajó al vestíbulo para consultar el listín telefónico. Buscó el número del servicio de enfermeras a domicilio y lo apuntó en un papel para telefonear después del desayuno.

Mientras hacía tiempo para que abrieran el comedor se dio cuenta de que en su casillero había un sobre en el que no había reparado la tarde anterior.

Iba dirigido a Catalina de León y por primera vez le chocó no ver escrito su primer apellido, Fernández.

Le dio la vuelta y vio que el remitente era Álvaro Goded.

EL CINEMATÓGRAFO

Catalina se caló el sombrero y se levantó el cuello del abrigo; en esa esquina de la Castellana soplaba un viento frío y empezó a temblar. No debería ser ella quien esperara, pero el ansia había hecho que llegara antes de tiempo y ahora el temor de que Álvaro no fuera a buscarla hacía que se sintiera irritada y desvalida. Estaba evitando mirar el reloj por si le confirmaba que había pasado la hora de la cita cuando oyó una bocina tan cerca que dio un salto atrás; acto seguido recompuso la figura dando un paso adelante al ver que era él quien salía del coche que se había parado a su lado.

—Espera, que te abro la puerta. No llego tarde, ¿verdad?

No, era la hora en punto. Y aunque hubiera tenido que esperar unos minutos se le habría pasado el enfado al verlo. Porque cada vez que se encontraban, Catalina se asombraba de la suerte que tenía. Le hubiera gustado que todo el mundo la viera en compañía de un hombre tan estupendo, pero le había dicho que la recogiera en ese cruce precisamente para que nadie de la Residencia la descubriera entrando en su auto, a solas, con él.

Se arrellanó en el asiento y miró a todas partes haciendo ver que se colocaba el ala del sombrero hasta que comprobó que no había nadie conocido a la vista. Después se relajó y se dejó llevar. No sabía a dónde iban pero, salvo que se le ocurriera llevarla al campo, iba correctamente vestida. Le había costado una montaña de ropa que había quedado amontonada sobre su cama.

Recorrieron la calle de Alcalá hasta la Gran Vía y entraron por esa avenida que para ella era lo más parecido al extranjero que se podía imaginar, con sus cinematógrafos y sus rascacielos y sus comercios exclusivos. Apenas habían avanzado unas manzanas cuando un automóvil que iba delante de ellos frenó para recoger a un hombre cargado de paquetes y tuvieron que esperar mientras el chófer se bajaba para ayudarle a acomodar la carga en el maletero.

Catalina miró fascinada el trasiego de la calle. En la acera de enfrente, una dama elegantísima, con abrigo blanco ribeteado en piel y un sombrero tan calado que le hacía levantar el mentón con gesto altivo, estaba parada en la puerta de la Casa Matesanz, el moderno edificio cuya historia Catalina conocía al dedillo porque había leído en una revista que su interior estaba repleto de toda clase de comercios, y su exterior, no había más que recorrer su fachada con la mirada, era un prodigio de miradores acristalados separados por imponentes columnas. Le hubiera encantado bajarse del coche para ver qué vendían en los comercios de semejante edificio, pero Álvaro pisó el acelerador en ese momento y continuaron la marcha. Una pena, porque apenas unos metros más adelante pasaron ante los famosos almacenes Madrid-París, cuya publicidad había visto tantas veces en las revistas, y si por fuera el edificio era así de soberbio, con sus dos torreones rematados en cúpulas, lo poco que pudo atisbar desde la ventanilla del auto al pasar frente a la entrada fue un inmenso hall del que partía una escalera colosal. ¿Tendría Álvaro la buena idea de aparcar por la zona? Pues no, los planes de Álvaro eran otros, porque siguió conduciendo despreocupado hasta dejar atrás la Gran Vía, contándole anécdotas que la hacían reír, y ella estaba tan contenta de poder pasar la tarde juntos que poco le importaban los comercios y las compras. Bajaron por la calle Marqués de Urquijo —Catalina se iba fijando en los rótulos de las calles para aprenderse la ciudad— y en la esquina con Tutor, Álvaro aparcó.

—Vamos a ver una película que se titula *Una chica en cada puerto* —le informó mientras la ayudaba a bajar del coche.

«Muy bien —pensó ella—, todo lo que digas me parece bien si me sonríes y me pones la mano en la espalda al caminar y yo me agarro a tu brazo cuando el tacón se me tuerce, vaya por Dios, en el borde de la acera, y ya que he probado el tacto de estos músculos poderosos prefiero no soltarme porque, para qué arriesgarse, creo ver baches por todas partes».

Llegaron a la puerta del Cinema Argüelles, donde en ese momento docenas de personas se arremolinaban para ver las carteleras. Atravesaron el amplio vestíbulo del que partían dos escaleras simétricas que llevaban a las plantas superiores, se acercaron a la taquilla y Álvaro compró las entradas. A continuación entraron en una sala inmensa llena de parejas de novios y grupitos de amigos.

Catalina se hacía la despreocupada, pero estaba nerviosa como cualquier chica que va por primera vez al cine con su novio.

¿Eran novios?

El acomodador los acompañó hasta sus asientos justo cuando las luces empezaban a apagarse y de la pianola llegaban los primeros acordes.

Ahora la sala estaba completamente a oscuras.

El proyector se puso en marcha y unas letras en la pantalla lanzaron unos suaves destellos. Álvaro se desabrochó la chaqueta. Su aroma a loción y a tabaco era más intenso en la oscuridad.

Hacía calor en la sala; Catalina se desabrochó el abrigo y separó la espalda del asiento. Notó una mano que tiraba con cuidado de la prenda para ayudarla a quitársela. Una mano que al liberarla de la manga iba rozando la suya, desde la muñeca hasta la punta de los dedos. Cuando volvió a apoyarse en el respaldo sintió el terciopelo del asiento a través de la tela del vestido. Álvaro se acomodó en el reposabrazos y sus hombros se rozaron.

Ella estaba mirando la pantalla pero apenas la veía. Su corazón era como un pájaro tozudo golpeándose contra las costillas. En la sala se empezaron a oír silbidos y tuvo que agarrarse al asiento al ver proyectada la imagen de una chica que se parecía a ella; a decir verdad, era ella la que hacía todo lo posible por parecerse a esa actriz: la misma melena geométrica y oscura, el mismo perfil de carmín en los labios, la piel igual de pálida.

—Tú eres más guapa que Louise Brooks —oyó el susurro junto a su oreja y se le erizó toda la piel del cuerpo, como si un hielo se le estuviera deslizando por debajo del vestido.

Ahora evitaba parpadear para no perderse nada de lo que sucedía en la pantalla. Le parecía una película bastante atrevida, el público daba rienda suelta a su agitación con pataleos y silbidos, y ella estaba fascinada con esa chica descarada que llevaba un brazo tatuado. Había hecho tanto esfuerzo por parecerse a esa actriz desde el día que la descubrió en una revista que ahora se sentía avergonzada porque al verla enfundada en una malla transparente, prácticamente desnuda, estaba descubriendo que también tenía la misma cintura estrecha, los mismos pechos menudos, y empezó a sentir como si fuera ella misma la que se hubiera desnudado ante Álvaro.

La peripecia de la película avanzó hacia otros personajes y se sintió aliviada cuando Louise Brooks desapareció de escena. Se aflojó la tensión que la mantenía con la espalda rígida y se volvió a arrellanar en el asiento. Perdió el hilo de la historia al pensar que Álvaro había elegido precisamente a su actriz favorita, como si le estuviera haciendo un homenaje.

Casi dio un respingo cuando sintió la mano que buscaba la suya en la oscuridad y a Álvaro inclinándose hacia ella, hasta que sus labios le rozaron la oreja.

—Sabía que te iba a gustar. La película.

Álvaro mantuvo su mano agarrada mientras ella seguía mirando de frente; no se atrevía a mover ni un músculo, temía y deseaba lo que pudiera pasar. Le hubiera gustado ser como el personaje que acababan de ver y tener la osadía de girarse hacia él, meterle la mano por debajo de la chaqueta, acariciarle el pecho y descubrir a qué sabía su boca. Tenía ganas de sentarse en su regazo y ovillarse como una gata. Pero permaneció como un busto de mármol, tan rígida que empezaba a sentir un hormigueo en el brazo.

Al final, él levantó su mano, le dio un beso en la palma y la volvió a dejar libre. Catalina no pudo evitar que el aire que estaba conteniendo en los pulmones saliera como un suspiro.

Cuando encendieron las luces de la sala, Álvaro la ayudó a ponerse el abrigo y salieron entre un torbellino de conversaciones y personas alegres.

Todavía era de día.

Pasearon sin prisa por Marqués de Urquijo comentando la historia que acababan de ver. En la esquina había un barquillero con su ruleta roja y su cesta rebosante de canutos de barquillo. Se pararon delante de él y Álvaro le indicó con un gesto que girara la ruleta; ella le dio con tanto ímpetu que los dos se echaron a reír. Continuaron calle abajo comiendo los dulces, que crujían y olían a horno caliente.

A lo lejos se oía una música y algunas personas caminaban en esa dirección. Álvaro se paró un momento con la vista puesta en el final de la calle y encendió un cigarrillo.

—Está tocando una banda en el quiosco del Paseo de Rosales. Vamos.

El sol estaba a punto de ponerse tras los árboles del parque. Era una de esas tardes radiantes en las que el cielo de Madrid se pone generoso repartiendo colores. Siguieron caminando hacia la música por el Paseo de Rosales, cada vez rodeados de más gente, hasta que llegaron al quiosco de los músicos. Estaban de pie, mirando a la banda, tan cerca el uno del otro que cuando alguien empujó a Catalina al pasar tras ella, Álvaro la sujetó por la cintura y empezaron a bailar entre la gente, mirándose sin poder dejar de sonreír. Cuando terminó la canción aplaudieron como locos lanzando bravos. Los músicos pasaron las hojas de sus partituras y el director de la banda levantó la batuta. Se hizo el silencio hasta que sonaron los primeros compases de la siguiente pieza, el pasodoble *Valencia* que estaba tan de moda. El público montó una algarabía y las parejas volvieron a juntarse.

—Vamos a bailar la última —dijo Álvaro mientras ya la abrazaba por la cintura.

«¿La última? —pensó Catalina—. ¿Por qué, si todavía es temprano y podríamos quedarnos un rato más, con lo a gusto que estamos? ¿Por qué le entran las prisas, si me lo estoy pasando en grande?».

Cuando llegó a la Residencia, subió las escaleras despacio, arrastrando la mano por la barandilla. Apoyó un segundo la espalda en la puerta de su dormitorio al cerrarla y se dejó caer sobre la montaña de ropa que seguía encima de su cama, extenuada. Se quedó mirando al techo, donde le parecía seguir viendo un remolino de gente bailando y en el centro, la boca de Álvaro.

Cerró los ojos para evocar todo lo que había pasado.

Se olió las manos para ver si conservaban el aroma a loción y a tabaco rubio.

Se tocó los pechos y se sintió como si él ya los hubiera visto.

Bajó una mano hacia su vientre; estaba caliente y latía.

Un chasquido en el pomo y la puerta del cuarto se abrió de par en par dando un golpe contra la pared. Esme entró como un tornado, como hacía siempre. Venía sudorosa de una de esas excursiones a la sierra que organizaban en la Residencia, con los pantalones manchados de tierra y el chaquetón desabrochado. Los rizos alborotados sobre la frente casi le tapaban los ojos. Catalina se había incorporado sobre los codos.

—Hola, ¿no bajas a cenar?

—Sí, claro que bajo.

—¿Y qué haces tumbada encima de toda esa ropa? ¿Por qué estás tan colorada, estás mala? —Esme no esperaba respuesta, había soltado el chaquetón sobre la cama y estaba quitándose las botas.

Catalina se incorporó para darle la espalda y empezó a meter la ropa en el armario.

—Ay, préstame ese vestido para bajar a cenar.

Catalina se lo lanzó mientras Esme se deshacía de los pantalones y el jersey.

—¿No has mirado el reloj? Son más de las nueve, vamos, que no llegamos.

Mientras bajaban las escaleras a la carrera, Esme le dijo que había recibido una carta del Lyceum.

—Luego la lees. Pero básicamente dice que han conseguido plaza para Angelita en el Asilo de San Rafael.

—Pero ¿sabemos ya qué tiene?

—¿No te lo dije? Está raquítica.

—Bueno, eso se ve a simple vista, parece un jilguero.

—Tiene raquitismo, parece una niña de cinco años.

—¿Y cuántos tiene?

—Ocho, ¿nunca se lo has preguntado? A ver si consiguen sacarla adelante. Por cierto, ¿qué tal con Álvaro?

Catalina dudó un momento antes de contestar.

—Bien, sin más, fuimos al cine.

No quería reconocer que estaba loca por ese hombre, porque ¿qué le había dicho él cuando se despidieron? Que se lo había pasado muy bien, que era un encanto, que hasta pronto… Pero ¿cuándo se iban a ver otra vez? Oh, Dios santo, no lo sabía, tendría que esperar a recibir una llamada de teléfono, tendría que mirar todos los días en su casillero por si le había dejado una nota, tendría que confiar en que estuviera en casa de Julieta la próxima vez que la invitara...

Se le quitaron las ganas de cenar.

EL SANATORIO

Juanito era de Esme igual que Angelita era de Catalina, sus afinidades se habían establecido de esa manera desde el principio. Por eso le tocaba a ella llevar a la niña al Asilo de San Rafael.

«No te lo imagines como un asilo —le habían dicho en el Lyceum al ver su cara cuando le explicaron esa solución para la niña—, es un sanatorio, un buen sanatorio donde tratan el raquitismo a los niños pobres como Angelita». En el Lyceum se empeñaron en darle muchas explicaciones, pero ella habría preferido no tener que escucharlas; no quería oír hablar de parálisis cerebral, de tumores blancos, del mal de Pott, de las enfermedades de los que iban a ser los compañeros de Angelita en ese sanatorio. Nunca había oído tantas palabras siniestras juntas.

Ese día no le daba tiempo a ir a comer a la Residencia, aunque, por otra parte, tampoco tenía hambre. Al salir de la universidad entró en una tahona a comprar un pan para llevar a la buhardilla y siguió caminando hasta la Gran Vía. En la parada del tranvía la gente se agolpaba debajo de la marquesina. Había empezado a llover.

A la corrala no le sentaba bien la lluvia, se ponía melancólica cuando se formaban charcos en el patio y la ropa descolorida colgaba pesada en las cuerdas. Cuando llovía, las mujeres llamaban a sus hijos para que no se mojaran y fueran a coger una pulmonía, y no había trasiego en los corredores ni en las escaleras. Catalina subió hasta las buhardillas. Se paró delante de la puerta e hizo el gesto de limpiarse los pies, pero recordó que en esa casa no había felpudos.

Angelita estaba sentada junto a la mesa, arropada con la mantilla de colores que le había regalado Manuela. Tenía la cara limpia y el pelo recién peinado sujeto con una horquilla. Pancho estaba balanceándose encima de un tablón que había apoyado en una banqueta volcada en el suelo.

—Tengo que hacer leña.

Catalina dejó el pan en la fresquera. En la mancha de humedad que oscurecía esa esquina de la pared había salido la triste flor de un hongo. Desvió la mirada hacia la ventana.

—Me parece que ha dejado de llover, qué bien —dijo simulando animación.

Pancho seguía balanceándose y la miraba con el ceño fruncido.

—Vamos a aprovechar para irnos ahora que no llueve, ¿te parece, Angelita?

Pancho saltó con fuerza sobre el tablón, que se rompió con un crujido.

Angelita se levantó obediente. Había hecho un hatillo con un paño atado con dos nudos. Pancho cogió una parte del tablón partido y le dio un golpe con saña contra el hierro de la cocina para hacerlo astillas.

—¿A dónde la lleva?

—Os lo expliqué el otro día, la llevo a un sanatorio donde la van a cuidar para que se ponga buena. Pancho, tu hermana necesita que la cuiden los médicos; muy pronto estará tan fuerte como tú, ya lo verás. Por cierto, ¿dónde está Juanito?

—No quiero que escandalice cuando se lleve a mi hermana, señorita. Lo mandé a jugar con los mocosos de la vecina.

—Cuida de tu hermano estos días, el domingo viene Esmeralda para llevaros a los Paúles. Habéis tenido mucha suerte, te va a gustar ese internado, aprenderás un oficio. ¿Me prometes que vas a cuidar de Juanito?

—Como me metan en un internado, me escapo.

—Pancho, hazlo por tu hermano, solo será un tiempo. Estamos buscando a tu padre.

—Tonterías.

Los hermanos se despidieron sin arrumacos. Pancho estaba tratando de encender una cerilla húmeda de cara a la cocina. Catalina cerró la puerta suavemente al salir.

Llevó de la mano a Angelita hasta el tranvía y la sentó en su regazo en el único sitio libre que encontraron. Durante el trayecto la niña le dedicaba miradas anchas y confiadas con las que Catalina no sabía qué hacer.

—Bueno, mi reina, ya hemos llegado —le dijo cuando estaba a punto de pararse el tranvía—. Me han dicho que en el sanatorio tienen una escuela muy bonita y las chicas tenemos que estudiar mucho para poder ganarnos la vida. Yo estudio mucho. ¿A que vas a aprender muchas cosas y voy a estar muy orgullosa de ti?

La niña asintió.

Cruzaron la verja y entraron en el jardín arbolado que rodeaba el sanatorio. Angelita se quedó quieta al ver el majestuoso edificio de ladrillo y le apretó la mano con fuerza. Ella le dijo: «Vas a ver cuántos niños, vas a ver qué bonito lo tienen todo», pero tenía que tirarle del brazo para arrastrarla hasta la puerta.

En cuanto entraron en el vestíbulo apareció una monja con la cara redonda enmarcada por una toca resplandeciente como una colina nevada. Su aspecto afable no ablandó la tensión de Angelita, que se colocó a la espalda de Catalina como si tuviera la esperanza de pasar desapercibida.

—A ver esta niña tan guapa, ¿quieres una galleta?

Catalina tiró de ella para que se pusiera a su lado.

—Claro que quieres una galleta de sor Remedios, a todos los niños de esta casa les gustan mis galletas de chocolate. Vamos a buscar una —les dijo mientras les indicaba con un gesto que la siguieran—. Pero antes os voy a enseñar la terraza —continuó sor Remedios—. Hoy hace mal día, pero cuando está soleado sacamos las camas fuera y los niños toman baños de sol, muy buenos para los huesos. —La monja abrió una puerta del pasillo y salieron a una terraza muy larga que se asomaba al jardín—. Aquí se respira aire puro.

Las copas de los árboles llegaban hasta la barandilla de la terraza. Catalina se la imaginó poblada de camitas infantiles donde descansaban niños con la piel dorada por el sol cantando para entretenerse, o jugando a las adivinanzas de cama en cama, y al final miró a Angelita buscando su aprobación, pero la expresión adusta de la niña le hizo suponer que sus pensamientos no iban en la misma dirección.

Volvieron a entrar en el pasillo y lo recorrieron hasta el fondo, donde una puerta daba acceso a un enorme dormitorio. Era un pabellón alargado, con ventanas en ambos lados bajo las que se alineaban dos hileras de camas; las colchas floreadas y los dibujos de colores de las baldosas del suelo alejaban su aspecto del que cabría esperar en un hospital. Catalina miró a Angelita con una sonrisa esperando encontrar su complicidad, pero todos esos colores no consiguieron alterar la expresión taciturna de la niña, que seguía agarrando con fuerza su mano.

A Catalina le extrañaba no haber visto todavía a ningún niño. Sor Remedios le explicó que unos estaban abajo, en las sesiones de hidroterapia; otros estaban en el pabellón de enfermería, los que se recuperaban de alguna operación; y los demás pasaban la tarde en la escuela, porque los doctores venían por la mañana y era cuando les daban los tratamientos. Ya verían qué aula tenían, digna del mejor de los colegios.

Y era verdad: cuando sor Remedios abrió la puerta y pidió disculpas por interrumpir la clase, las tres se asomaron a un aula con los pupitres de madera barnizada, mapas colgando de las paredes y en una esquina, una salamandra que caldeaba el ambiente. Los niños las recibieron con sonrisas radiantes, alegres como todos los niños que agradecen una interrupción durante el tedio de una clase. La visita solo duró unos instantes y la monja cerró la puerta con delicadeza tras ella.

«Qué maravilla —estaba pensando Catalina—, no es nada sórdido, no parece que los niños sufran tormentos. Todo está limpio, hay luz y libros, a Angelita le tiene que estar gustando este sitio». Como si quisiera reforzar esos pensamientos, sor Remedios se paró antes de llegar al vestíbulo y les pidió que esperaran un segundo mientras entraba en un cuarto del que salió con una galleta bañada en chocolate que le tendió a la niña. Pero la niña no parecía fiarse y volvió a esconderse detrás de Catalina sin soltarle la mano.

—Angelita, pórtate bien y dale las gracias por la galleta. —Catalina le dio un tirón para que se colocara junto a ella.

La niña estiró la mano para coger el dulce pero no abrió la boca.

—Los domingos son los días de visita —dijo la monja mirando el reloj que estaba colgado en una pared del hall—. Hala, niña, ven conmigo, que se hace tarde.

Catalina sintió la mano de Angelita crispada en la suya. Sacudió un poco el brazo para deshacerse de ella, pero solo consiguió que se la clavara como una garra. La monja entonces agarró a la niña entre los brazos y la cogió en volandas con una destreza que indicaba la de veces que habría repetido esa maniobra, mientras Angelita pataleaba, arqueaba la espalda y gritaba con una desesperación que parecía imposible que saliera de ese cuerpecillo raquítico.

Al tiempo que la monja se alejaba con ella por el pasillo, la niña iba gritando «no me quiero quedar aquí, se lo suplico».

Catalina se quedó inmóvil mirándolas hasta que las perdió de vista y dejó de oír los llantos. «Es lo mejor para ella, enseguida se va a acostumbrar —se decía apretándose el pecho con una mano—; va a estar bien alimentada, va a aprender cosas en la escuela, sabe Dios desde cuándo no pisa una escuela, aquí va a estar muy bien».

Tardó en moverse del sitio, con la vista fija en el fondo del pasillo, casi esperando que la monja cambiara de opinión y le devolviera a la niña. Pero el pasillo permaneció en silencio.

Cuando salió al jardín el sol se asomaba entre las nubes y olía a tierra mojada y al verdor de los setos. Paseó ante la fachada del edificio hasta el final, con la brisa fresca en la cara, y dobló la esquina para seguir recorriendo el pabellón lateral. Al fondo del jardín había un huerto donde crecían coles y calabazas, con las que se imaginó que prepararían comidas saludables.

Ya estaba más tranquila y dio la vuelta para irse. Mientras caminaba hacia la salida le pareció oír el maullido lastimero de un gato y aguzó el oído por si había algún cachorro atrapado entre los arbustos. Se agachó a mirar junto a una ventana alargada que daba al sótano. Tuvo que apoyar las manos en el suelo para no caerse de rodillas: al otro lado del cristal, a un nivel más profundo, se veía una sala de azulejos blancos con cuatro camillas en las que yacían sendos niños con los cuerpos horriblemente deformados. El que estaba más cerca de la ventana, el que lanzaba quejidos como un animalillo exhausto, tenía la espalda dolorosamente retorcida hacia un costado, y unas piernas tan desproporcionadamente delgadas que apenas se veían dentro de la espantosa estructura de hierros que trataba de enderezarlas.

Los cuerpos de los otros niños también estaban aprisionados dentro de extraños artilugios ortopédicos ajustados con correas.

Y sobre una mesa metálica reposaba una bandeja de material quirúrgico con tenazas, escalpelos y jeringas con unas agujas que hicieron que se estremeciera.

EXAMEN DE ZOOLOGÍA

El día de su primer examen de Zoología, Manuela no solo se sabía las lecciones que entraban sino que había avanzado en el temario y lo había completado con otros libros de la biblioteca. También había tenido tiempo de ayudar a Catalina con las partes que llevaba más flojas. En el autobús fueron repasando y preguntándose la una a la otra. Cuando llegaron al aula las dos estaban confiadas y expectantes.

Entró don Gerardo y todos los alumnos se pusieron en pie. Empezó a pasar lista y a Catalina le sorprendió que no hubiera nombrado a Manuela Arias cuando ya iba por la B de Blázquez. Lo mismo ocurrió con Almudena Castañeda y con ella misma. Don Gerardo había llegado a la z de Zuloaga y no había nombrado a ninguna de las tres chicas de la clase. Catalina se giró y vio las expresiones de desconcierto de sus amigas. Se atrevió a levantar la mano y el profesor se la quedó mirando.

—Debe de haber un error en su lista, no nos ha nombrado a mis compañeras y a mí.

—Muy perspicaz, la señorita —don Gerardo aflautó la voz para responderle con un gesto de desdén.

Anselmo, el tiralevitas que se sentaba delante de ellas, soltó una estruendosa carcajada asintiendo al profesor para sumarse a su burla y algunos compañeros lo apoyaron con sus risas absurdas.

Catalina sintió la sangre ardiente palpitándole en las sienes mientras las miradas de sus compañeros le aguijoneaban la nuca. «Estos petimetres ¿se creerán que esta universidad es más suya que nuestra? ¿Pensarán que nos vamos a achantar? Cata, ni un gesto de debilidad, por lo que más quieras, ni una lágrima». Miró a Manuela, pero tenía la cabeza gacha y el pelo le tapaba la cara. José se mantenía firme a su lado y sintió su mano en la espalda.

Se hizo el silencio cuando don Gerardo volvió a abrir la boca.

—Voy a dictar las preguntas. Pero para que no haya distracciones durante el examen, ustedes, señoritas, esperarán fuera. El examen lo harán por la tarde en mi despacho. Ahora pueden recoger y salir del aula.

A Catalina le temblaban las manos de tal manera que no atinaba a meter sus cosas en el estuche. Le dio asco el perfil rosado de Anselmito, que miraba fijamente una página en blanco de su cuaderno. Salieron las tres juntas del aula y antes de cerrar la puerta las lágrimas rodaban sobre las pecas de Manuela.

Se pasaron una hora en el claustro, paseándolo de lado a lado como presas en el patio de una cárcel, mientras sus compañeros se tomaban su tiempo para hacer el examen. De vez en cuando entraban en el pasillo y echaban miradas a la puerta de su clase, esperando que se abriera, que alguien les contara qué estaba pasando dentro.

José fue el primero en salir del examen y corrieron hacia él.

—Os ha llamado intrusas.

—¿A santo de qué?

—Que vais a tener que demostrar que os merecéis estar aquí.

—¿Cómo? ¿Nos va a poner un examen más difícil que a vosotros?

—Algo así.

—No hay derecho, es que no hay derecho, José; ¿qué hacemos?

—Yo os recomiendo que os asociéis a la FUE.

—¿A la qué?

José les explicó lo que era la Federación Universitaria Escolar y les dijo que ese era el único sitio donde podrían encontrar apoyo. Manuela y Almudena no querían meterse en líos. Pero Catalina le escuchó con atención; sentir que la despreciaban seguía siendo una sensación nueva y exasperante, y no iba a dejar que la humillaran, ni por ser mujer ni por nada. Otros chicos de la clase fueron saliendo al claustro. Algunos hacían corrillos y les lanzaban miradas descaradas; otros se acercaron a ellas para darles su apoyo. Los que se acercaron también sacaron el tema de la FUE, que parecía algo bastante extendido entre los estudiantes, pero de lo que las chicas no habían oído hablar en la vida. Por lo visto estaban organizando una huelga. Manuela negó con la cabeza y cambió de tema.

—Bueno, ¿y qué tal te salió el examen? —le preguntó Catalina a José.

—Bien, ha sido fácil.

Cuando ya había salido la mayoría de sus compañeros, las tres se acercaron a la puerta del aula. Catalina fue la que entró para hablar con don Gerardo. No tardó ni un minuto en volver a salir.

—A las tres, en su despacho.

No les daba tiempo a ir a comer a Fortuny y estar de vuelta a las tres.

Por los alrededores de la calle San Bernardo había cafés y fondas, restaurantes baratos y librerías que se llenaban de bullicio cuando los estudiantes salían de la universidad. Por increíble que pareciera, para las chicas todo eso era una novedad. Las tres se iban siempre directas a comer al salir de clase, nunca se habían quedado a callejear por ese barrio. José se ofreció a llevarlas a una tasca de la calle del Pez donde preparaban los mejores bocadillos de calamares de Madrid. Pero cómo, ¿todavía no habían probado esa delicia? Pues gracias a don Gerardo iban a descubrir ese monumento de la capital. Se rieron, pero sus risas sonaron desencajadas. En la tasca pidieron sus bocadillos en la barra y se sentaron a comer a una mesa llena de migas; las chicas no podían sentarse con la espalda recta, tenían que encorvarse sobre sus platos para no mancharse de grasa. Catalina exageró la postura. «El que tiene vergüenza, ni come ni almuerza», dijo con la boca llena de calamares, masticando a dos carrillos, haciéndose la ordinaria para ver si conseguía distraer a Manuela, que acabó tosiendo de la risa. Pobre Manuela, vivir en una angustia constante por ese padre que estaba deseando mandarla de vuelta a casa al primer tropiezo.

Un chico saludó a José al pasar y se acodó en la barra. «Quedaos con su cara, que es de la FUE y a lo mejor decidís hablar con él, estudia Derecho», les informó su amigo, y ellas estiraron el cuello para verlo mejor.

—Qué guapo —dijo Almudena, y Manuela asintió.

«Estas no han visto a Álvaro», pensó Catalina y le dio el último mordisco a su bocadillo. Manuela miró su reloj de pulsera.

—Las tres menos cuarto, será mejor que vayamos al cadalso —dijo y la atmósfera se ensombreció como si hubieran vertido un cántaro de desazón sobre la mesa.

UNA DESOLACIÓN

Salieron encorvadas, despeinadas, exhaustas. Almudena tropezó con el bordillo y trastabilló en el aire sin llegar a caerse, pero igualmente se echó a llorar.

Se habían presentado en el despacho del profesor de Zoología a la hora acordada, las tres en punto, pero se encontraron la puerta abierta y la estancia vacía. Estuvieron esperando diez minutos en el pasillo —diez minutos en los que tuvieron tiempo de enfadarse por el retraso, sentirse humilladas por el desplante, angustiarse hasta el pánico por si el profesor no aparecía para examinarlas— hasta que al fin oyeron los pasos de don Gerardo, que se acercaba con un periódico debajo del brazo y un cigarro apagado entre los dientes. Pasó delante de ellas sin mirarlas, se sentó a su escritorio y las chicas lo vieron palparse todos los bolsillos de la americana, como si estuviera muy preocupado, hasta que sacó de uno de ellos un mechero y se encendió el cigarro. Solo después de dar una bocanada pareció reparar en que las tres seguían en el umbral del despacho.

—¿Van a entrar a hacer el examen o las tengo que esperar toda la tarde? —les dijo indicando con un ladeo de cabeza la mesa ovalada que había junto a la ventana.

Las chicas dijeron «con permiso» y se sentaron a la mesa mirando al profesor, que se apoyó en el respaldo de su asiento, dirigió la vista hacia el techo durante unos segundos eternos y empezó a dictar las preguntas que ellas fueron anotando en sus cuartillas.

Cuando terminó de darles los diez enunciados desplegó el periódico sobre su escritorio. Manuela se lanzó a escribir y Almudena empezó a morder la punta de su pluma mientras daba vueltas de un lado a otro a la hoja.

Catalina repasó las preguntas. La segunda no la entendía; la novena no se la sabía, estaba segura de que eso no entraba en el temario. Decidió olvidarse de ellas de momento y empezar por las que mejor llevaba. Miró su reloj, pero ¿para qué?, si ni siquiera les había dicho cuánto tiempo tenían para hacer el examen. Ninguna de sus compañeras se atrevió a levantar la voz para preguntarlo y ella, que en ese momento habría deseado ser diminuta, se encorvó sobre la mesa y se puso a escribir lo más deprisa posible con la mano crispada por los nervios, tratando de hacer la letra medianamente legible.

En el despacho solo se oía el rasgueo de las estilográficas sobre las cuartillas. De vez en cuando, una hoja del periódico de don Gerardo que crujía al dar la vuelta.

El profesor se puso de pie y salió de detrás del escritorio. Las tres levantaron la vista hacia él mientras se les acercaba, con unas caras de espanto como si esperaran que fuera a infligirles un castigo, pero se limitó a dar una vuelta parsimoniosa alrededor de la mesa. Se paró detrás de Manuela y echó una ojeada por encima de su hombro para leer lo que había escrito. Siguió paseando. Cuando Catalina sintió esa presencia amenazadora a su espalda, apretó tanto la pluma que temblaba en su mano que a punto estuvo de desgarrar el papel. No pudo evitar que se le escapara un suspiro de alivio cuando don Gerardo se fue hacia la ventana y vio que sacaba otro cigarro del bolsillo superior de su americana, que le quedaba reventona con un solo botón abrochado. Ahí se quedó fumando un buen rato. «Por favor, que no se aburra de esperar, que todavía me falta», pensó Catalina mientras intentaba descifrar el enunciado de la segunda pregunta, la que no entendía por muchas veces que la leyera. Pero cualquier cosa mejor que dejarla en blanco, se dijo, y empezó a escribir lo primero que le vino a la cabeza. El de Zoología ya se estaba retirando de la ventana y regresaba a su escritorio. «Se nos acaba el tiempo, seguro». Catalina siguió escribiendo a tal velocidad que a duras penas entendía su propia letra, y todavía le faltaba por...

—Tráiganme los exámenes, señoritas —la orden del profesor sonó como la de un juez pronunciando sentencia y ellas se levantaron obedientes—, y quédense aquí de pie las tres, que empezamos con el oral.

«¿Cómo que el oral? —pensó Catalina temblando—. Pero ¿no hemos terminado ya?, si los chicos de la clase solo han tenido examen escrito». El camafeo que llevaba debajo del jersey botaba sobre su pecho al ritmo de los latidos.

—Hábleme de la probóscide —dijo don Gerardo dirigiéndose a Manuela—, empiece por la definición etimológica.

A Manuela le tembló la voz cuando empezó a hablar —«tranquila, Manu, que eso es pan comido»—, pero a medida que avanzaba con su explicación se fue serenando. El profesor la cortó de pronto con un «es suficiente» y se dirigió a Almudena.

—¿Cómo se alimentan las larvas de los tineidos?

Un segundo, dos segundos, tres, cuatro, cinco segundos se mantuvo Almudena en silencio, apretando los puños, hasta que el profesor hizo un gesto displicente con la mano y dirigió la mirada a Catalina, que recibió sus palabras como el reo al que dictan condena.

—¿Quién desarrolló la nomenclatura binomial?

—Carlos Linneo era en realidad un poeta que se convirtió en naturalista.

Catalina citó a Strindberg para evocar al científico sueco y don Gerardo se recostó en el respaldo de su sillón mientras la escrutaba. Cuando estaba explicando que Linneo agrupó los géneros en familias, las familias en clases, las clases en tipos y los tipos en reinos, el profesor la mandó callar, le dijo que ya era suficiente.

«Pero ¿cómo se me ocurrió empezar citando a Strindberg? ¿Creerá que me las doy de intelectual, que soy poco científica, que me paso de lista?». Catalina no era capaz de escuchar lo que estaba respondiendo en ese momento Manuela, ni siquiera sabía qué era lo que le había preguntado el profesor, no se estaba enterando de nada mientras le daba vueltas en la cabeza a su propia torpeza.

Volvió en sí cuando en el despacho atronó de nuevo el silencio de Almudena después de que el profesor le lanzara otra pregunta. Un segundo, dos segundos, tres segundos —Catalina sintió las venas del cuerpo a punto de estallar, «di algo, Almudena, por lo que más quieras»—, pero los segundos pasaban sin que su amiga fuera capaz de abrir la boca, y la siguiente pregunta iba a tener que responderla ella. «Por favor, que me lo sepa, que no se me ocurra decir alguna tontería», se estaba diciendo a sí misma cuando don Gerardo se levantó de su asiento y les dijo que podían irse ya, que el examen había terminado. Pero ¿qué había pasado con esa segunda ronda de preguntas, por qué ese desgraciado no le había preguntado nada a ella?

Recogieron sus cosas de la mesa, los cuadernos, las carpetas, los abrigos, y se despidieron deprisa; recorrieron el pasillo como quien huye de un peligro y al salir a la calle, Almudena tropezó con un bordillo, trastabilló en el aire y no se cayó de bruces porque sus amigas la sujetaron, pero se echó a llorar como si se hubiera estampado contra el suelo.

—Es un canalla, un malnacido, un desgraciado —Catalina apretó el brazo de Almudena—, no llores, anda, no le des ese gusto.

—Yo no puedo con esto, de verdad, no es lo mío. —Almudena sacó un pañuelo para sonarse.

—No digas bobadas, no vamos a rendirnos a la primera de cambio, ¿a que no? —Manuela trató de animarla—. Anda, que te acompañamos hasta tu casa, que nos viene bien dar un paseo.

—Me quedé en blanco, voy a suspender.

—No es el fin del mundo, suspender un examen —dijo Manuela—. Es que mira que hacernos un oral sin avisar, normal que nos pusiéramos de los nervios. A partir de ahora, cuando estudiemos tenemos que hacernos simulacros de orales para practicar.

—Que esto no es lo mío; ya me lo decía mi madre y no le hice caso. —Almudena se pasó el pañuelo por las pestañas mojadas y lo guardó en la manga del jersey—. Lo dejo.

—Almu, ni se te ocurra decir eso, algo podremos hacer —insistió Catalina—; podemos hablar con esos de la FUE para que nos digan si es legal que nos hagan exámenes distintos.

—Que me da igual, me quiero ir a mi casa.

—Eso lo dices ahora, pero ya verás cómo mañana no lo ves tan negro.

Doblaron por Manuela Malasaña y Almudena apretó el paso, como si también quisiera librarse de ellas.

¿Qué le podía decir para animarla? Catalina desplegó todos sus argumentos: que todavía quedaba mucho curso por delante y hasta el de Zoología se acabaría dando cuenta de que ellas valían tanto como cualquiera de la clase. Que solo con estudiar más, con practicar los orales, con tener todos los flancos cubiertos para que no pudieran pillarlas por ningún lado, solo con un poquito más de esfuerzo lo conseguirían. Que a lo mejor ni siquiera suspendía.

Almudena se paró en la acera. Catalina la cogió del brazo para que siguiera andando pero ella se zafó.

—Que me quedo aquí, esta es mi casa.

FEDERICO

No quería, pero lo volvió a hacer. Bajó al vestíbulo solo para comprobar que nadie había dejado una nota en su casillero durante la última hora. Su fin de semana en suspenso, sin apuntarse a los planes de sus compañeras, esperando que Álvaro la fuera a rescatar.

Pero él... Mejor no pensar qué estaría haciendo él ese sábado por la tarde. Se arrastró escaleras arriba y al llegar a la segunda planta se encontró con Manuela, que salía del cuarto de baño.

—Cata, ¿qué haces aquí? Creí que estaba sola en la Residencia.

Ya, ¿quién era la pánfila que se quedaba sin salir el primer fin de semana de mes con la asignación mensual calentita en la billetera? ¿Quién se iba a resistir a un paseo por Fuencarral precisamente el día que no había que conformarse con mirar los escaparates?

—Quería adelantar algo de Física, pero no me está cundiendo nada —le dijo a Manuela.

—Pues si quieres vente a mi cuarto, que también estoy estudiando.

Una tarde de sábado hincando los codos con Manuela, ¿se podía ser más desgraciada en la vida? Catalina pasó por su habitación a coger el libro y lo dejó caer sobre la mesa de su amiga.

—A lo mejor te puedo ayudar, ¿qué es lo que no entiendes?

Había muchas cosas que Catalina no entendía. No le cabía en la cabeza que después del día del cine Álvaro no hubiera dado señales de vida. Si se lo habían pasado de maravilla, si la cita no había podido salir mejor. No comprendía su ausencia. Pero le dijo a Manuela que lo que no entendía era la fórmula de la refracción de la luz que estaba en esa página por la que se le había abierto el libro.

—No me extraña, a mí también me costó entenderla, pero al final me di cuenta de que es más fácil de lo que parece.

«Paciencia, Cata, haz como que te interesa eso que te está contando. A ver, te escucho». La verdad era que Manuela tenía un don para explicar; para ella todo resultaba sencillo y lo transmitía con la misma facilidad. Pues era verdad, ahora que había prestado atención, a Catalina le parecía evidente. Qué gusto daba cuando pasaba eso. La definición que venía en la página siguiente le había parecido incomprensible la primera vez que la leyó, pero ahora tenía todo el sentido. Manuela le planteó un problema y, para su asombro, lo resolvió sin mucho esfuerzo. Oye, que le estaba cogiendo el gusto a la Ampliación de Física.

Hasta se había olvidado de Álvaro durante un buen rato.

Manuela cerró su libro y se estiró.

—¿Qué te vas a poner para ir a la conferencia?

¿La conferencia? Bastante se había acordado ella de pensar en el conferenciante que tocaba ese día, ni sabía quién era. Había leído la lista de actos previstos para los sábados hasta Navidad, pero salvo Ramiro de Maeztu, imposible no recordar ese apellido, y el doctor Marañón, una conferencia a la que a su padre le habría gustado asistir, no recordaba el resto de los nombres. Se quedó mirando a Manuela mientras recogía la mesa, metía los lápices en un bote de cerámica y colocaba sus libros ordenados en la estantería. Del pasillo empezaba a llegar el ajetreo de las chicas que volvían de su paseo.

—Yo me voy a poner este vestido. —Manuela se había acercado a coger una percha del armario y le estaba mostrando un vestido azul que nunca le había visto puesto—. Pero solo tengo estos zapatos, ¿te parece que pegan?

—Pues no, Manu, ese vestido se merece unos tacones. Tengo yo unos que le van a quedar que ni pintados; espera, que te los traigo.

Cuando salió al pasillo se encontró a Esme y Pepita, que llegaban con unos paquetes primorosamente envueltos. Qué rabia no haber salido con ellas, con la falta que le hacían unas medias en condiciones.

Volvió con los zapatos para Manuela, que se los probó y se miró en el espejo con el vestido que se acababa de poner.

—Solo me quedan un poquitín grandes, les meto unos algodones en la puntera y andando.

—Muy guapa, Manu. Oye, debes de ser la única persona a la que le sienta bien estar enclaustrada todo el día, te han desaparecido todas las pecas.

Manuela se paseó con los tacones por el cuarto echándose miradas radiantes cada vez que pasaba frente al espejo. «Corre a arreglarte», la apremió, y ella se sorprendió de que tuviera tanto interés en la conferencia de ese día; todavía era temprano.

—Es que el que viene a hablar vive en la otra Residencia y seguro que vienen a verlo muchos compañeros. —Manuela se estaba pintando los labios—. El salón de actos va a estar lleno de chicos.

Catalina no tenía ganas de cambiarse de vestido. Pero se cepilló el pelo, cogió el abrigo de los domingos y el sombrero a juego. La señorita De Maeztu valoraba que las chicas se vistieran correctamente para ir a esos actos.

Salieron a la calle y dieron la vuelta a la esquina para pasar al Instituto Internacional. A esas alturas ya no debería sorprenderle el edificio de la calle Miguel Ángel, donde también estaba la biblioteca, pero siempre le producía el mismo placer estético la vista de su espléndida escalera de dos cuerpos, tan elaborada como un encaje hecho de hierro. En el vestíbulo vieron a varias de sus compañeras que charlaban con un grupo de chicos; se fijó en lo arregladas que iban todas y se arrepintió de no haberse esmerado más. Qué tonta, haber perdido las ganas de ponerse guapa solo porque Álvaro no andaba cerca.

Entraron en el salón de actos, donde ya empezaba a haber movimiento, y buscaron sitio por las primeras filas. Un chico se levantó para dejarlas pasar y continuó hablando con Juana, su compañera de comedor, que estaba sentada con otras veteranas en la fila de delante. Tenía razón Manuela, los de la Residencia de Estudiantes habían venido en masa. El ambiente era festivo, como si en lugar de estar esperando a un conferenciante todos se estuvieran preparando para un baile: las chicas con sus mejores vestidos, ellos impecables con las camisas planchadas.

En el escenario había un piano.

—Manu, ¿y eso? ¿Hoy tocaba conferencia o concierto?

—Es una lectura de poemas, creo que también toca el piano.

Al cabo de unos minutos el auditorio se había abarrotado y los últimos en llegar tuvieron que quedarse de pie junto a las paredes. Un foco iluminó el escenario y la señorita De Maeztu salió acompañando a un hombre joven al que presentó como el poeta y dramaturgo Federico García Lorca. Era el autor de *Mariana Pineda*, según la directora la obra que más elogios había recibido en la historia de esa casa. «Como dice Federico, el teatro es la poesía que se levanta del libro y se hace humana», dijo tomándolo de la mano, con la mirada de una hermana mayor orgullosa. Esa noche iban a tener el privilegio de escuchar de su propia voz los poemas de su último libro, el *Romancero gitano*.

Cuando salió al escenario, Federico era solo un hombre moreno de frente ancha y ojos alegres. Un hombre normal.

Pero cuando empezó a leer sus poemas se transformó en un hechicero de voz magnética que les puso ante los ojos trescientas rosas morenas, cuchillos tiritando bajo el polvo y un gitano que se muere de perfil. Les habló de un mundo hecho de juncos, de lunas, de noches llenas de peces.

El Sur.

Qué emoción tan extraña. Cuando terminó la lectura y el público rompió a aplaudir, Catalina estaba tan aturdida que se sintió molesta por el ruido y por que la poesía acabara. Entonces Federico se sentó al piano y sus canciones flamencas convirtieron el auditorio en una fiesta, con el público coreando y dando palmas.

La alegría.

Los que habían llevado ejemplares del *Romancero* rodearon al poeta en cuanto se bajó del escenario. Catalina no tenía el libro, claro está, pero se acercó de todos modos y se apretujó entre la gente. Tenía ganas de tocarlo, de agarrarlo del brazo y salir con él para que siguiera hablándole de esos lugares que a ella, tan del norte, le sonaban exóticos: Córdoba, Granada, el Guadalquivir.

—Cata, ¿nos vamos? —Manuela le estaba tirando del brazo.

—No quiero.

—Madre mía, te has enamorado.

—Yo tendría que haber sido una gitana andaluza, no sé qué hice naciendo en La Villa.

Salieron del salón de actos entre un barullo de personas, pero todos se iban quedando estancados en el vestíbulo, alargando las despedidas con charlas y alboroto. Vieron a Esme, Pepita y Delhy con unos chicos y hacia allí se dirigieron las dos amigas. Pero la conversación no duró mucho, un conserje levantó la voz para rogarles que fueran saliendo porque tenía que apagar las luces.

Fuera hacía frío. Caminaron en grupo los escasos metros que las separaban de su pabellón de la Residencia y los chicos que las acompañaban se entretuvieron un rato junto a la verja del jardín. Catalina miró al cielo y, aunque las nubes tapaban la luna, se sintió contenta.

—Manu, ha sido una noche increíble, ¿verdad que sí?

—Y tanto. El alto, el de las gafas doradas, ¿te fijaste en él? Está en la universidad, siempre me mira cuando nos cruzamos por los pasillos. Pues me ha preguntado que a dónde voy a misa mañana.

Catalina se paró un momento.

—¿Y a ti te gusta?

—Claro que me gusta. Pero me da miedo tener novio, no quiero que me pase como a la que compartía cuarto con Esme, que dejó la carrera para casarse.

—Pero si estuvieras muy enamorada, ¿no lo dejarías todo por él?

—Yo no dejaría de estudiar por nadie. ¿Tú no te das cuenta de la suerte que tenemos? ¡Que vamos a la universidad! —A Manuela se le llenó la boca con la palabra y la saboreó.

Se sentaron en un banco del jardín, arrebujadas en los abrigos.

—Manu, casi todas las chicas de la Residencia tienen novio. Eso de que si quieres tener una carrera has de quedarte soltera es cosa del pasado.

—Dios te oiga. Para mí el ideal de vida es Madame Curie, quiero ganar el Nobel con mi marido y tener hijos. Ese es mi sueño dorado.

—El mío es irme al Guadalquivir con Federico. Y sacar matrícula en Física.

—¡Qué boba! Anda, vamos dentro, que me congelo.

Al entrar en el vestíbulo, Catalina consiguió amarrarse la mirada para que no saltara a su casillero en busca de una nota.

—Mañana voy al sanatorio a ver cómo sigue la niña.

Angelita. Menos mal que tenía la cabeza puesta en lo que de verdad importaba. Le contó a Manuela que la niña estaba muy bien en el sanatorio, que había ido a verla y ya tenía mejor color y había engordado un poco. Seguía muy melancólica, pero con el tiempo se le iría pasando, seguro.

También le dijo que se iba a comprar el *Romancero* y se lo iba a aprender de memoria, y cuando Lorca estrenara otra obra de teatro, no se la iba a perder. Porque esas eran las cosas que la hacían a una feliz. La poesía, la física, ocuparse de una niña desvalida.

Ya estaban delante de la habitación de Manuela, le iba a dar las buenas noches, cuando su amiga le preguntó: «¿Qué tal con Álvaro, cómo os va?». Y todos los naipes que había colocado en su cabeza formando un bonito castillo se vinieron abajo.

LA LINTERNA

El aula se quedó a oscuras. Catalina le pasó la primera placa al profesor de Botánica y en la pantalla se proyectó una imagen con la leyenda *Origen del geotropismo*. Los alumnos, sentados delante de ellos, guardaban ese silencio agradecido que suelen dedicar a quienes los alejan de la monotonía de una clase magistral.

Para ella era como estar en el cine pero mejor. Se sentía un poco protagonista porque el señor Robles la había elegido como ayudante cuando los llevó a la sala donde estaba la linterna mágica. Sentía tanta responsabilidad que le temblaban las manos al sacar de la caja las delicadas placas de cristal con las ilustraciones de botánica para que el profesor las proyectara: una raíz avanzando hacia los nutrientes, las hojas desplegadas para hacer la fotosíntesis, la curvatura de un ápice.

Ahora estaban viendo la imagen de la sección de un tallo y el señor Robles empezó a irse por las ramas. Volvió con lo de su viaje de exploración a Colombia, una aventura científica que no se cansaba de relatar a sus alumnos. Era el momento de aprovechar para sentarse un rato, pensó Catalina, aunque desde ahí atrás apenas veía la pantalla, se la tapaban las cabezas de sus compañeros. Tenía delante la melena de Manuela y le pareció un ejemplar exótico rodeado del resto de las nucas recortadas; Almudena seguía sin aparecer por clase. José estaba sentado al lado de su amiga y Catalina sintió curiosidad por saber qué le estaba diciendo al oído.

El profesor les estaba contando que la expedición científica en la que había participado se había asentado en una población cercana a un bosque que era un lugar privilegiado para estudiar las especies, y que ese lugar se llamaba Mariquita. La clase estalló en una carcajada. Ahora fue Manuela la que se acercó a comentarle algo a José y los dos rieron.

En los bosques cercanos a Mariquita, continuó el profesor Robles, pudieron observar ese enigma botánico que es el árbol de la quina, cuya corteza transformada en polvo da tan buenos resultados en el tratamiento de las fiebres. José y Manuela seguían cuchicheando, Catalina vio sus perfiles cuando se giraron para hablar entre ellos, y también vio sus espaldas agitándose porque algo, alguna broma de la que ella no formaba parte les estaba haciendo mucha gracia.

Sin saber muy bien por qué, se levantó de la silla, sacó de la caja la placa siguiente y se la tendió al profesor, que dio por finalizada la digresión sobre su viaje a Colombia y continuó con la explicación donde la había dejado, en la forma en que se desarrolla un tallo.

Catalina tuvo que quedarse cuando terminó la clase para ayudar al señor Robles a guardar el equipo mientras el resto de los alumnos recogían para irse, y Manuela y José seguían muy enfrascados en su conversación. Y aunque se daba cuenta de que debería aprovechar la ocasión —a ver cuándo se repetían las circunstancias para recibir toda la atención de su profesor—, pudo más la desazón que le revoloteaba por dentro y colocó las placas en la caja a toda prisa antes de despedirse.

Cuando salió al patio, sus dos amigos estaban sentados en el borde de la fuente inclinados sobre el cuaderno en el que Manuela dibujaba. Se sentó junto a ellos, esperando que le dijeran algo sobre su colaboración estelar con el de Botánica, pero su amiga estaba concentrada en perfilar las hojas de una planta y José estaba a lo suyo, liándose un cigarrillo. Catalina se arrebujó en el chaquetón.

Esme apareció en el patio en ese momento y fue directa a sentarse a su lado.

—No te lo vas a creer —le dijo—. No sabes a quién he pillado haciendo pellas hace un rato.

—¿Dónde? ¿En el internado?

Esme no había ido con ellas esa mañana en el autobús a la universidad, había salido a primera hora a llevarle un regalo de cumpleaños a Juanito.

—Pancho, el muy bribón, estaba fumando con otro chaval en la calle tan tranquilo, justo enfrente del colegio.

—A este nos lo expulsan del internado, ¿cómo se le ocurre? —Catalina estaba indignada—. ¿Hablaste con él?

—Qué va, salió por patas en cuanto me vio aparecer. Pero cuando dejé el regalo en portería, sor Mercedes me dijo que Juanito estaba muy bien y tal, pero nada de Pancho. De momento no se habían enterado, espero que se le haya ocurrido volver a entrar por donde había salido antes de que se dieran cuenta.

—Este chaval no entiende de normas.

—Es un ácrata, nuestro Pancho.

—Pero ¿quién es ese Pancho? —preguntó José mientras hacía girar la rueda de su chisquero.

Esme le contó un poco por encima la historia de los tres niños de la buhardilla. Que la madre había muerto en el incendio del Novedades. Que antes el padre había tenido que emigrar, cuando salió de la cárcel, donde había estado los primeros años de la dictadura, por anarquista. Sí, le explicó a José, que de repente estaba muy interesado en la historia, el padre de esos niños había sido un líder destacado de la CNT, por eso el régimen se había ensañado con él. Ahora ellas lo estaban buscando, para que se llevara a sus hijos a donde fuera que estuviera, porque no sabían a ciencia cierta dónde estaría en esos momentos. Catalina dijo que le preocupaba mucho Angelita, porque cuando le dieran el alta en el sanatorio no iba a saber qué hacer con ella.

—Pero, Cata, ¿no le habías contado a José nada de Angelita? —se extrañó Esme—. La niña es su protegida, la tuvo que llevar al hospital de beneficencia —le explicó a José.

—Qué poco seso tiene Pancho, arriesgarse a que lo expulsen —Catalina seguía dando vueltas a las pellas del chico—; ¿qué quiere?, ¿acabar tirado por las calles?

José les preguntó qué sabían del padre de esos niños, dónde había trabajado, qué estaban haciendo para buscarlo. Y sobre todo quería saber a santo de qué estaban ocupándose ellas de esos niños, ¿cómo habían ido a dar a esa corrala donde vivían?

Pues sí que estaba interesado José en la historia. Catalina respondió satisfecha a todas sus preguntas, encantada de haber recuperado su atención. Le siguió contando:

—Al padre no lo acusaron de ningún delito de sangre, solo de ser cabecilla de una revuelta obrera, y ya ves.

José se había girado totalmente hacia ella, la escuchaba con atención, y Catalina sintió no haberse preocupado por saber más detalles acerca de ese hombre para seguir contándole. Esme se lamentó de que la tragedia se hubiera ensañado de esa manera con la familia.

—Pero en cuanto le conté toda la historia a Cata, se vino conmigo a la corrala, les llevó medicinas, limpió la porquería —le pasó un brazo por el hombro a su amiga—; se portó como una jabata.

—Cata, esto no te pega nada —le dijo José—. No te lo tomes a mal, pero eso de andar remangándote en una buhardilla llena de mugre es lo último que me esperaba de una chica como tú.

—Pues lo último que me esperaba de un chico como tú, majo, es que tuvieras tantos prejuicios.

No podían seguir de cháchara, tenían que volver a la última clase.

A la salida José las acompañó a la parada del autobús hablando de la manera en que el dictador había aplastado el anarcosindicalismo. Elogió a Esme y Cata por su compromiso con esa familia que, al fin y al cabo, no les tocaba de cerca; aplaudió su altruismo.

—No exageres, anda, que parece que quieres que nos canonicen —dijo Esme mientras se ponían a la cola del autobús.

La compañera de la Residencia que estaba la última se giró para preguntar qué habían hecho esas santas.

—Que soy atea, Clarita, no puedo ser santa —le dijo Esme, y la chica se dio la vuelta indignada.

—Cómo te gusta provocar —le dijo Manuela a Esme en un susurro.

José las miraba con una sonrisa complacida.

—Pero cómo se las gastan las señoritas de la Residencia, me tenéis pasmado.

Al subir al autobús, Catalina se sentía tan orgullosa como si le acabaran de poner una matrícula.

LA DUDA

Catalina y Manuela estaban a la puerta de la universidad esperando el autobús para ir a la Residencia. José se había acercado a hablar con ellas, así que él también lo vio llegar, con su estupenda sonrisa y una rosa amarilla. Catalina se quedó tan rígida, apretando los libros contra el pecho, que le costó estirar la mano para coger la flor que le ofrecía Álvaro.

—Vengo a invitarte a comer.

¿Qué se decía en esos casos?

Que lo sentía mucho pero se tenía que ir a estudiar. Que qué había estado haciendo todo ese tiempo para no molestarse ni en escribirle una nota. Que seguro que había estado muy entretenido con Matilde…

Pero todos los reproches que había estado amasando perdieron consistencia cuando él alargó la mano para colocarle un mechón de pelo que le estaba agitando el viento. Su mano le rozó el cuello. Dios santo. Si es que era tan encantador, tenía una mirada tan limpia, le quedaba tan bien ese abrigo entallado, que a Catalina se le estaba ablandando el ánimo.

—Manu, ¿avisas en la Residencia de que no llego a la comida porque… porque tengo que entregarle un trabajo al de Botánica?

Era imposible mantener el enfado si el hombre más guapo de todo Madrid la había ido a buscar a la universidad para que todos fueran testigos de cómo se iban paseando calle arriba, ella con la rosa entre los libros, él con la mano en su espalda.

—Tenía muchas ganas de verte.

—Pues si te descuidas no me encuentras. —Catalina giró la cabeza con gesto despreocupado, como si le interesaran los hilos de colores de esa mercería—. La semana que viene me voy a La Villa, ¡qué ganas de vacaciones!

Él la agarró del brazo para cruzar la calle y le preguntó qué había hecho esos días; ella le dijo que estudiar para los exámenes. Ella le preguntó qué había estado haciendo él, porque deseaba que le diera alguna explicación que alejara sus temores, pero Álvaro le contestó que luego se lo explicaba con calma. Estaban en una esquina de la Gran Vía, delante de un escaparate donde resplandecía un maniquí con un vestido de lamé plateado que Catalina se quedó mirando unos segundos, «una preciosidad», dijo antes de seguir andando y Álvaro, que había dado un paso atrás para mirarlo, le dijo que ella, hasta con el chaquetón que llevaba puesto, parecía una princesa.

En la Puerta del Sol había tanto trasiego a esa hora que Álvaro la rodeó con un brazo como si temiera que alguien la fuera a rozar. Cruzaron la plaza sorteando a los vendedores ambulantes y a los hombres anuncio que se paseaban voceando entre los viandantes. Junto a la boca del metro, un joven flaco con el pelo alborotado estaba dibujando el perfil de un niño que estaba sentado en una banqueta. Álvaro giró la cabeza hacia el pintor mientras pasaban a su lado.

—Catalina, ¿quién era ese que estaba contigo antes?

—¿Dónde? —Ella lo miró aprensiva pero enseguida sonrió—. Ah, José, un compañero de clase, parece demasiado crío para estar en la universidad, ¿verdad?

—Tiene unas pintas un poco raras, ¿andas mucho con él?

—Yo siempre ando con Manuela.

Álvaro le dio un apretón cariñoso mientras cruzaban la calle. La llevó a comer al Lhardy. Pocas veces había entrado Catalina en un restaurante tan elegante. El maître salió a recibirlos, saludó a Álvaro por su apellido, «señor Goded», y les preparó una mesa junto a la ventana. Un rincón íntimo que resultó ser el lugar perfecto para que le contara justo la historia que ella quería escuchar. Primero, sobre su prolongada ausencia, la explicación fue que había tenido que hacer un viaje de trabajo, por las obras de un embalse en Extremadura, donde en principio solo iba a tener que estar una semana, pero una complicación, no entraría en detalles aburridos, le había obligado a retrasar la vuelta. Segundo, y Catalina casi se atraganta, Álvaro le contó que al regresar del viaje se había encontrado con que su prima Matilde estaba otra vez instalada en su casa, y que él había hablado seriamente con su madre para dejarle claro que no iba a casarse con ella. No sabía si Catalina estaba al corriente de la situación con esa prima suya.

—Ayer la llevé a Soria, se la devolví a sus padres.

Catalina dio un sorbo largo a la copa de vino.

—Debió de ser un viaje muy incómodo.

—No te creas, iba pensando en ti. Pero sí que iba enfurruñada mi prima. Hay que reconocer que a veces las mujeres pueden ser muy cargantes. —Álvaro hizo un gesto para llamar al camarero.

A Catalina el comentario le supo amargo. ¿De verdad pensaba eso de las mujeres en general? No era el momento de llevarle la contraria, pero si supiera cómo eran las chicas de la Residencia cambiaría de idea. Eso es, tenía que conocerlas.

—El sábado hay una conferencia muy interesante en la Residencia, la da una filósofa joven, María Zambrano, no sé si te suena; ¿te gustaría venir?

—Zambrano, por supuesto, qué interesante. —El camarero acababa de traerles los postres y le ofreció una cucharada del suyo—. Ya verás qué bueno está, lleva helado. —Le puso la cuchara delante de la boca y esperó hasta que ella la abrió obediente para probarlo—. Pero es que yo había pensado en otro tipo de plan para el sábado: ir a bailar al Palace.

Catalina bajó la vista hacia su tarta de hojaldre sin decir nada.

—Luis va a llevar a Julieta a tomar el té y luego se quedan al baile —dijo Álvaro encendiéndose un cigarrillo—. Podemos pasar a buscarte sobre las seis, así tienes tiempo de estar con Julieta, que ya me ha contado que entre los preparativos de su boda y tus exámenes, os veis muy poco. —Sin esperar respuesta, levantó la mano y le hizo al camarero el gesto de pedir la cuenta.

—No sé, Álvaro, tendría que pedirle un permiso especial a la directora para salir por la noche.

—Claro, pídeselo hoy mismo.

La ayudó a ponerse el abrigo que les acababan de traer y al salir del restaurante cogieron uno de los taxis aparcados en la esquina.

Catalina llegó a la Residencia justo para las prácticas del laboratorio. Se fue poniendo la bata mientras iba a sentarse junto a Manuela.

—Cata, cuéntame. —Su amiga se giró en la banqueta hacia ella—. Oye, tenías razón, Álvaro es guapísimo, hasta José tuvo que reconocerlo.

Miss Foster reclamó la atención de las chicas para que cogieran el material que necesitaban para el ensayo de cristalización: el matraz, el disolvente, el embudo, la varilla de vidrio. Manuela cogió su cuaderno para tomar notas durante la explicación y al terminar lo dejó abierto sobre las rodillas. Primero tenían que echar el disolvente sobre el sólido en el matraz y llevarlo a ebullición.

Catalina le contó que Álvaro había roto definitivamente con su prima Matilde.

—¿En serio? Lo tienes en el bote. Pero sigue agitando el matraz.

Catalina continuó contándole lo del viaje, que había sido repentino y por eso no había podido avisarla.

—Claro, hija, alguna explicación tenía que haber. Ahora, el embudo y filtramos.

Mientras Manuela se ocupaba de verter la solución, Catalina le explicó cómo era el Lhardy y los platos que les habían servido.

—Qué lujo, menudo nivel tiene el muchacho. Ahora hay que dejarlo enfriar, a ver si cristaliza.

Ya, Álvaro era tan maravilloso que no podía creer que le hiciera caso a ella, porque, seamos sinceros, no era más que una cría comparada con las mujeres con las que se relacionaría él, un hombre hecho y derecho, un ingeniero, con tanto mundo. Y también tan recto, eso debía de ser porque venía de una estirpe de militares.

—¿Son militares?

—Sí. Y por lo que me han contado, no él, por supuesto, que Álvaro es muy discreto y esas cosas no las dice, su padre está en el círculo de confianza de Primo de Rivera.

—Qué desastre —Manuela se asomó al matraz—, esto no cristaliza. Voy a preguntarle a miss Foster.

Catalina se quedó pensativa dándole vueltas a la propuesta de Álvaro. ¿Cómo no iba a ir con él al Palace? ¿No era eso precisamente lo que deseaba cuando se había empeñado en venirse a estudiar a Madrid, conocer al hombre con el que poder llevar una vida sofisticada? A mundano no había quien lo ganara. Pues resultaba que ahora le parecía demasiado pronto, le estaba cogiendo el gusto a la universidad, se le daba bien, había sacado sobresaliente en Botánica. Y otra cosa, las clases de Inglés, todo lo que le había contado Juana de su beca en el Smith College; ¿y si ella fuera capaz de conseguir una de esas becas? Se veía cogiendo un barco para ir a Nueva York. Eso sí que le gustaría. Pero lo de ir a la conferencia de la Zambrano, ¿de verdad le había parecido tan buen plan para el sábado? Esa misma mañana le había dicho a Esme que no se la perdería por nada. Porque ahora le gustaba la poesía, ahora leía los periódicos en la biblioteca porque no quería seguir siendo una ignorante en política, que le habían contado que muchas señoras del Lyceum eran republicanas y ella no sabía de qué estaban hablando.

Manuela estaba de vuelta, ya sabía lo que habían hecho mal.

—Manu, la verdad es que no me cuadra que haya desaparecido semanas y no haya tenido ocasión de mandarme ni una nota; ¿no te parece raro, aunque se fuera de viaje?

—Un poco raro sí que es.

—Pues a lo mejor le digo que no salgo el sábado.

—Harías muy bien, que sepa que tú también tienes planes, que no vas a estar esperando a que él aparezca cuando le venga en gana.

Puede que Manuela tuviera razón. Igual era mejor decirle que no, a ver cómo reaccionaba. Con los hombres pasaba eso, si sabían que te tenían comiendo en la palma de la mano, perdían el interés.

—Cata, estás en la higuera. —Se había terminado la clase y la práctica les había salido de pena.

Cuando salieron del laboratorio, Catalina se iba reafirmando en su decisión. «Una no puede perder la dignidad —le iba diciendo a su amiga—, aparece como caído del cielo y ni me pregunta si me viene bien salir de fiesta el sábado. ¿No se imagina el lío que me supone pedir permiso para salir de noche solo con dos días de antelación? Es que no creo ni que me lo diera la directora con tan poco tiempo».

Entraron en el vestíbulo y al pasar por delante de secretaría Catalina oyó que la llamaban. Le acababan de dejar un paquete. Era una caja alargada atada con una cinta granate. No llevaba ninguna nota. Subió a toda prisa las escaleras y Manuela detrás. Puso la caja sobre la cama y quitó las cintas.

—Pero, Cata, ¿qué es esta preciosidad?

Era el vestido de lamé plateado que habían visto en el escaparate de la Gran Vía.

El vestido que se iba a poner el sábado para ir al Palace.

No podía ni hablar.

Madrid, 13 de diciembre de 1928

Querida hermana, ¿cómo que a lo mejor no venís a casa en Navidad? Me lo ha tenido que decir mamá, porque tú no me cuentas nada. Isa, que te escribí hace dos semanas, saca un momento para ponerme unas letras. Porque si quieres que te diga la verdad, me estoy empezando a preocupar, no me parece normal que de repente seas tan despegada de la familia. Yo entiendo que en verano no quisieras viajar embarazada, pero que no vengas ahora no tiene perdón de Dios, que llevamos un año sin veros.

Y yo con la de cosas que tengo que contarte, hermana. No sé ni por dónde empezar. Recordarás que te dije en mi última carta que lo de Álvaro no era nada, que me daba igual, que blablablá. Pues te tengo que confesar que no era verdad, era solo que como no sabía nada de él, porque se fue de viaje y no me escribía, y además la última vez que nos vimos en casa de Julieta estaba su prima, pues eso. Pero hace dos días vino a buscarme a la universidad y me llevó a comer y, no te lo vas a creer, me regaló un vestido de fiesta. No se lo digas a mamá, por favor, que me obliga a devolvérselo y es una auténtica preciosidad.

Lo que te quería comentar: él me dice que lo de Matilde es agua pasada, que no quiere saber nada de ella, pero yo no sé si creérmelo, porque las que fueron novias tiran mucho de los hombres, y ellos estaban a punto de fijar fecha para la boda cuando nos conocimos. Ay, Isa, ¿tú qué harías? ¿Debo hacerme la dura para ver si es verdad que a la que quiere es a mí o me relajo y disfruto ahora que ha vuelto? No sé qué hacer. Pero es que si lo conocieras, si vieras qué hombre, que un día que me vino a buscar a la Residencia las chicas se quedaron en el vestíbulo mirándolo como tontas, es que no me puedo creer que se haya fijado en mí. ~~Si te digo la verdad, lo de hacerme la interesante no me apetece nada, yo lo que quiero es que me lleve a donde se le antoje, que cuando estoy con él todo me parece bien.~~ Álvaro es un auténtico caballero.

Bueno, Isa, te lo pido de corazón, escríbeme pronto y dime si las cosas van bien por ahí. Si no ha pasado nada grave, por favor, venid a pasar la Navidad con la familia, que a este paso los niños no nos van a conocer. Y dime qué harías tú con Álvaro. Mira, si venís te enseño un retrato suyo para que veas que no miento cuando digo que es un hombre imponente.

Te abraza con mucho cariño tu hermana

CATALINA

P. D.: Este recorte que te mando es del vestido que me quiero hacer para la boda de Juli, lo saqué de *La Esfera*, no sé si es un poco exagerado para una boda pero creo que a mí esta hechura me favorece. Había pensado hacérmelo de color gris perla.

NAVIDAD

Se despertó tarde, con el tañido de las campanas de la colegiata. Dudó entre ponerse una bata encima del camisón y bajar a la cocina a desayunar con Demetria, que ya habría vuelto del mercado, o arreglarse y subir al torreón. Los huesos todavía le dolían de tantas horas de traqueteo que había pasado en el tren. Cinco minutos, pensó, y se volvió a arrebujar debajo de las mantas mientras decidía qué hacer. Al final optó por ponerse un vestido y subir. Antes de llegar a las escaleras se cruzó con una sirvienta nueva, casi una niña, y le pidió que le llevara arriba el desayuno.

Su madre estaba junto a la ventana sujetando la aguja con la punta de los dedos y, al ver que era ella quien subía, la clavó en la tela y apartó el bastidor. Se levantó a poner un mantel sobre la mesita redonda de la esquina, un mantel bordado con una guirnalda de flores que la habría mantenido entretenida durante muchas horas en su atalaya. Qué tristeza, por Dios, dejar que unos hilos la mantuvieran atada a esa ventana media vida. A Catalina le daban ganas de destrozarlos a tijeretazos y mandar a su madre fuera, a tomar el aire, que parecía que hasta se contenía al respirar para no hinchar el pecho que llevaba encorsetado en un vestido de luto, a la moda del siglo pasado.

Se sentó a la mesa y la miró mientras colocaba unos almohadones en su asiento. No sabía si era su madre la que había cambiado o era ella que la veía con otros ojos, pero le parecía que en su ausencia se había ablandado; ni siquiera la había criticado por ese corte de pelo que le dejaba todo el cuello al descubierto cuando la recibió en la estación, y tampoco le dio una bofetada por desvergonzada, como había imaginado, sino todo lo contrario: le dijo que la veía más alta, que le sentaba bien Madrid. A ella le parecía que su madre se había encorvado, que estaba haciéndose vieja. ¿Le estaba dando un poco de ternura?

Esperaron a que la chica del mandil recién estrenado les sirviera el desayuno y Catalina le empezó a contar a su madre cosas que sabía que la pondrían contenta. Le explicó con qué elegancia servían el té en la Residencia y la falta que les hacía aprender modales a algunas de sus compañeras, porque las había muy pueblerinas. También le habló de lo moderna que era la decoración del salón y de las vistas al jardín, con su fuente y su hermosa glicinia; esos detalles interesaban mucho a doña Inmaculada. Se esforzó en llenar su relato de colores y matices, le gustaba tener a su madre pendiente de sus palabras, atenta como la niña que escucha un cuento de princesas. O de reyes. Reyes como los que justamente habían estado al alcance de su mano el día que Julieta y su prometido la llevaron al hipódromo.

Si le pudiera hablar de Álvaro.

Se recostó sobre el respaldo del sillón y pensó en lo que le contaría sobre Álvaro cuando ya pudiera hablar de él, cuando lo hicieran oficial, y trató de contener la sonrisa mientras pensaba en lo que nunca le contaría.

No le podía hablar del fabuloso vestido que le había regalado y de cómo las cabezas se giraban a su paso cuando entró en el baile del Palace. No pudo evitar que se le dibujara una sonrisa al recordarlo.

—Cata, hija, ¿en qué estás pensando que estás tan contenta?

Al oír la voz de su madre dejó la tostada en el plato.

—Es esta mermelada de cerezas, que me llena la boca de alegría. ¿Sabes que en Madrid es imposible de conseguir?

—Hay que decirle a Demetria que te prepare unos tarros para que te lleves. Me decías que el rey se pasea por el hipódromo entre la gente como uno más. Si ya lo decía yo, que nuestra monarquía es muy humilde, no sé qué pegas le puede poner esa chusma de antimonárquicos.

Sobre la fiesta de cumpleaños de Julieta, doña Inmaculada quería saber todos los detalles y Catalina se los contó con tanta gracia que en un momento dado la madre soltó una carcajada y la hija la miró sorprendida, porque ya no recordaba a qué sonaba esa risa. Ahora que habían entrado en materia, pensó en alguna otra anécdota divertida y le empezó a contar lo que había pasado en clase el día que el profesor de Física, al que llamaban don Arrebato, lanzó una tiza que impactó de lleno en el cristal de las gafas de Anselmo, el Pelota. Ay, la de cosas que pasaban en la universidad. Se reía ella sola recordándolo, pero se quedó con la palabra en la boca porque, de repente, doña Inmaculada dijo que ya estaba bien de cháchara, que tenía que terminar un mantel para el altar mayor antes de Reyes, y volvió a su posición detrás del bastidor. Catalina le había dado un mordisco a una madalena, pero se le quitaron las ganas de seguir comiendo y apartó el plato. Ya se estaba levantando cuando oyó el tono imperativo de su madre:

—No pensarás dejar comida en el plato, termina esa madalena. —Las cejas se le juntaron mientras cortaba un hilo con los dientes.

Catalina cogió la madalena y tuvo que contenerse para no estrujarla entre los dedos. «Qué va a cambiar, esta mujer no cambia», pensó mientras le daba la espalda a su madre y se quedaba mirando por la ventana.

En la plaza, las mujeres entraban y salían de los comercios a ritmo alegre esa mañana de Nochebuena. En el atrio de la colegiata, un grupo de niños rodeaba a don Eladio, el director del coro, que les hablaba apuntándolos con el índice estirado. Y hasta podía distinguir una bata blanca de uno de los mancebos, que gesticulaba tras el escaparate de la botica de su padre. En ese momento vio que se abría la puerta y don Ernesto salió de la farmacia; se paró en el umbral a encender un cigarrillo y Catalina contuvo la respiración. Sintió una alegría feroz cuando vio que en lugar de dirigirse hacia el palacete, en lugar de regresar al hogar, con su esposa, se daba la vuelta, se alejaba por la calle Mayor y torcía a la derecha, hacia el barrio de las hilanderas. Se giró para mirar a su madre, que volvía a estar centrada en la labor con la espalda erguida dentro del vestido negro, y al pasar tras ella para salir del torreón se le encogieron las tripas como se encogen los caracoles cuando los pinchas con un palo. Deseó no heredar nunca su amargura y bajó a toda prisa las escaleras.

La cocina estaba caldeada y olía a asado. Sobre las encimeras de mármol había un despliegue de verduras de todos los colores y Demetria, sujetando un cuenco debajo de un brazo, batía huevos mientras vigilaba la olla que tenía al fuego. Catalina se le acercó por detrás y abrazó por la oronda cintura a la mujer que la había criado.

—¡Ay, mi niña! ¿Te gustaron las tostadas?

—Nadie en el mundo hace una mermelada como la tuya —le contestó y se sentó a la mesa—. ¿Qué estás preparando?

Demetria tenía en el horno un capón que se asaba a fuego lento y en la cocina hervía una olla con la sopa de pescado. Catalina miraba atenta sus movimientos, la destreza con la que manejaba el cuchillo para picar verduras, su manera de echar la sal y las especias, la forma en la que removía el guiso con una cuchara de palo; y pensaba en lo indolente que había sido todos los años en los que se había refugiado en esa cocina y no había prestado la más mínima atención a su trabajo. Ahora venía con ganas de aprender a hacer algo más elaborado que unos huevos cocidos.

Los huevos cocidos que le había preparado a Angelita. Y el día que Angelita le enseñó a pelar patatas y le dijo que untara la sartén caliente con tocino para dorar las tiras de pollo, y al final le había salido una comida decente.

Se sentía orgullosa de lo que había hecho. Pensar que entre Esme y ella habían conseguido ingresar a la niña en un sanatorio, y que en pocas semanas ya se la veía mejorada, era una satisfacción para ella casi tan grande como ver la cara de orgullo de su padre al leer su boletín de notas. Hasta había conseguido aprobar Zoología. Oh, con qué rabia recordaba ese examen. Qué impotencia recordar a Almudena, pálida y sudorosa, con las palabras atoradas en la garganta, incapaz de contestar a las preguntas del examen oral. De milagro Manuela y ella habían conseguido aprobar la asignatura.

Esa noche, en la misa del gallo, tendría ocasión de darle gracias a Dios por todo lo que le había concedido.

Demetria estaba junto a ella, apartando cacerolas y verduras para hacer sitio en la mesa.

—Mi niña, ahora nos vamos a tomar un cafecito las dos y me lo cuentas todo. Es que no me puedo creer que mi reina vaya a la universidad, si es que más lista no la hay.

—Menos mal que a ti te hace ilusión, porque lo que es a mi madre…

—Y los mozos de Madrid ¿qué tal? ¿A que ya hay alguno que bebe los vientos por ti?

—Se llama Álvaro —le contestó en un susurro con el índice cruzando sus labios.

A Demetria le brillaban los ojos.

—Cuenta, hija, cuenta.

LOS CACHORROS

—Pero ¿qué dijo mamá al verte?
   —Nada de nada. —Catalina se pasó la punta de los dedos por el flequillo—. Creo que hasta le gusta cómo me queda.

—A mi marido le gusta más el pelo largo. Pero a ti, con ese cuello —Isabel le presionó el hombro para que se girara—, te sienta de maravilla.

—Y eso que yo venía temblando, no la avisé de que me lo cortaba. Pero en general me está sorprendiendo. —Catalina ahuecó el cojín y se arrellanó en el sillón con los pies sobre el escabel—. Lo está llevando bastante bien, lo de que estudie en Madrid y todo lo demás.

Isabel ladeó la cabeza.

—¿En serio? Porque a mí no hace más que darme la lata con tu chifladura. —E inclinándose hacia su hermana y bajando la voz, añadió—: Pero a lo que vamos, ¿cuándo me vas a enseñar el retrato de Álvaro?

Las hermanas estaban a solas por primera vez desde que Isabel había llegado con su familia a La Villa a pasar la Nochevieja. Estaban solas salvo por ese bebé que había estado durmiendo plácidamente en la cuna y en ese momento se puso a llorar.

—Ni un minuto de descanso para mamá, ¿a que no? —Isabel se puso a mecer la cuna mirando a su hijo—. Ea, ea, a dormir.

Catalina saltó del sillón, abrió la puerta de la salita, asomó la cabeza a un lado y otro del pasillo y corrió a su habitación. Se metió el retrato dentro de la chaqueta y la cara le resplandecía cuando regresó con él para enseñárselo a su hermana.

—Madre del amor hermoso —Isabel miró el retrato, levantó la vista hacia ella y siguió escrutando la fotografía—, pero si parece un artista de cine, menudo hombre. Cuéntame lo del baile en el Palace.

Isabel puso un pie en el balancín de la cuna para seguirla meciendo mientras su hermana le describía todos los detalles del baile. Catalina le explicó cómo eran los vestidos de fiesta de las señoras, «la sección Elegancias de *La Esfera* se queda corta con los modelos que vi esa noche». Le habló de los temas que había tocado la orquesta, «qué van a ser indecentes esos bailes americanos, por Dios, no seas antigua». Y le contó lo delicioso que estaba el cóctel manhattan que servían en el Palace, «más vale que te lo tomes a poquitos porque con dos copas te pones piripi».

Isabel la miraba como se mira la pantalla del cinematógrafo, con la boca un poco abierta de incredulidad. Y ya puestas, en ese momento de confidencias entre hermanas, no se pudo contener y le empezó a hablar de Álvaro, de su esmero cuando elegía los sitios a donde iban, de lo atento que se mostraba con ella para que se sintiera cómoda cuando estaban con sus amigos, de su forma de mirarla cuando le hablaba.

—Es tan detallista conmigo, y no lo digo solo por el regalo que me hizo, siempre es muy tierno.

Isabel iba a decir algo, pero la cortó:

—Pero siempre me trata con respeto, eh. —Por si a su hermana se le ocurría censurarla, que la conocía—. Yo creo que le gusto de verdad.

Pero no, estaba muy complacida, recostada en su asiento con el pie arriba y abajo en el balancín.

—No, si ya le decía yo a mamá que no se desesperara contigo, que acabarías entrando en razón.

—¿Qué quieres decir con entrar en razón?

—Hija, qué va a ser, que has encontrado al hombre ideal, que a poco que juegues bien tus cartas ese te pide matrimonio.

Catalina se tensó y apuntó a su hermana con un dedo.

—Que no se te ocurra decirle nada a mamá de todo este asunto, ¿me oyes? Que ni siquiera yo sé cómo va a acabar.

—Tranquila, que yo no le digo ni pío. Pero tú no te preocupes, que a ese lo tienes en el bote, si no al tiempo.

Catalina empezó a arrepentirse de haber dejado que se le soltara la lengua de esa manera —que Isa era la digna heredera de su madre, la misma mentalidad— y cambió de tema.

—¿Sabes?, me encanta vivir en la Residencia, tengo unas amigas estupendas, Esme y Manuela, ¿no te conté? Manu es un cerebrito y es buenísima persona, si no fuera por ella no habría sacado las notas que saqué.

—Ya, qué bien.

—Papá se puso contentísimo de que aprobara todo, y con un sobresaliente en Botánica, ahora hasta me deja ayudarle a hacer píldoras. Voy con él todos los días a la farmacia. —Catalina se asomó a la cuna de su sobrino, que seguía haciendo pucheros—. Oye ¿este niño no tendrá hambre? ¿Avisamos a Pili para que le dé de mamar?

Isabel se encogió de hombros y Catalina tiró del llamador para avisar.

—Pues eso, que hasta aprobé Zoología, y eso que el profesor nos las hizo pasar canutas, a nosotras me refiero, porque con los chicos tiene más manga ancha.

—Pero bueno, ¿te extraña que ese profesor sea duro con vosotras? —Isabel se ajustó en el antebrazo la pulsera que le había regalado su marido cuando eran novios—. Si te soy sincera, yo también creo que esa ansia de meteros donde nadie os llama va contra natura.

El bebé se había puesto a gritar como si la cuna estuviera llena de alfileres; Catalina se levantó a cogerlo en brazos y lo intentó calmar con palmaditas en la espalda. Siguió hablando con Isabel cambiando su peso de un pie al otro para mecer al niño.

—Tú no sabes de lo que hablas, ¡mira que decir que va contra natura! Tendrías que conocer a la señorita De Maeztu, o a la señorita Zambrano, a todas las mujeres que andan por allí y que tienen carreras tan reputadas como la de cualquier hombre. —Se paró un momento y la miró severa—. No hay que ser una desviada para tener aspiraciones profesionales. ¿Sabes lo que dice la señorita De Maeztu? Que la mujer tiene derecho a demandar un trabajo cultural y que la sociedad tiene el deber de otorgárselo.

—Pero, Cata, si tú misma lo estás diciendo. Que si la señorita no sé qué por aquí, que si la señorita no sé cuántos por allá. ¿No te das cuenta? Son todas señoritas, unas solteronas; ¿te crees que un hombre normal quiere tener a su lado a una sabelotodo? Para ir a la tertulia igual la aceptan, pero ¿para casarse? Para casarse quieren a una chica guapa y femenina, no a una de esas feministas secas como un sarmiento.

—Isa, por lo que más quieras, déjate de tópicos, que lo de secas como un sarmiento no sé quién se lo inventó pero todos decís lo mismo. —Le pasó el bebé a su hermana porque ya no sabía qué hacer con él para que se callara—. Dios santo, que en la Residencia todas hincan los codos y las hay guapas, menos guapas y monísimas como chicas de anuncio, pero ¿qué os imagináis? ¿Que nos salen entradas y mostacho cuando estudiamos?

—Hija, cómo te pones, yo solo te lo digo por tu bien, porque de la vida sé más que tú, que como quien dice, acabas de salir del cascarón y te crees que todo el monte es orégano. Ea, ea. —Continuó meciendo a su bebé sin conseguir aplacarle el llanto.

Oyeron un trote por el pasillo, un trompazo en la puerta antes de abrirse y los dos hijos mayores de Isabel entraron en tropel con Pili. «Permiso», dijo ella estirando los brazos para que le entregaran al bebé.

Mateo corrió a abrazarse a las piernas de su madre y apoyó la cabeza de lado en su regazo; «mi mamá», dijo, e Isabel le acarició los rizos rubios. Juanín agarró a su tía de la mano y se dejó caer de lado sin soltarla; se incorporó y la cogió de las dos manos mirándola con su cuerpecito arqueado hacia atrás, «tiíta, vamos a jugar al tiovivo». Catalina lo cogió en brazos y lo sujetó por la espalda mientras daba vueltas sobre sí misma. Cuando paró, el niño gritó «otra vez, tiíta» y ella le dio un par de vueltas más. «Otra vez, tiíta».

—¡Juan! Deja en paz a tu tía. —Isabel se levantó a arrancar a su hijo mayor del regazo de Catalina—. Esta Pili..., se lleva al bebé y me deja a estos dos aquí para que me vuelvan loca. Llama a Demetria, anda, que se los lleve.

—Bastante lío tiene Deme en la cocina con la cena de esta noche. —Catalina se sentó junto a su hermana y Juanín corrió a encaramársele—. ¿Verdad que te vas a quedar tranquilo y vas a ser bueno?

El niño se quedó quieto mirando alrededor. Su hermanito seguía abrazado a las piernas de Isabel, con la cabeza apoyada en su regazo; puso cara de pillo y le dio una patada a ese culito en pompa. El pequeño se echó a llorar.

—¡Ya está bien! —Isabel se lanzó al llamador—. Si en la cocina están ocupadas, que los saquen un rato al jardín, que ahora da el sol.

Al minuto apareció una doncella e Isabel le dijo que buscara los abrigos de los niños y los sacara un rato a jugar fuera. Se dejó caer otra vez en el sillón junto a su hermana.

—Bueno, Cata, tú verás lo que haces con tu vida, yo no me meto, pero sigo sin entender ese afán por despachar en la botica.

—Estudiar Farmacia es mucho más que eso. —La miró con desdén, ¿esa hermana suya no tenía la más remota idea de lo que hacía su padre en la rebotica?—. Me encanta la botánica de toda la vida, se me da genial la física, ¿por qué no voy a aprovechar mis aptitudes?

—Que sí, Cata, que siempre fuiste una niña espabilada. Por eso no entiendo que ahora no seas lista y te centres en lo importante, en conquistar a ese hombre. O tú qué te crees, ¿que no las habrá a cientos dispuestas a quitártelo? Ándate con mucho ojo, que un partido como Álvaro no se te va a presentar dos veces. Tantos libros te confunden.

Catalina se mordió la lengua para no soltar un bufido y se acercó a mirar por la ventana. Con las ganas que tenía de ver a su hermana, que de tanto insistirle acabaron yendo esas Navidades a La Villa, y ahora de buena gana la dejaría ahí plantada y cruzaría a la botica a mirar con qué andaba su padre.

—Una pregunta —Isabel se había acercado a su lado y le hablaba mirando también por la ventana—, ¿qué te vas a poner esta noche para la cena?

Catalina la miró extrañada.

—¿Y a ti qué más te da lo que me ponga? ¿Por qué lo preguntas?

—No, por nada. —Isabel seguía mirando lo que había al otro lado del cristal—. Es que estas fiestas son religiosas, no son para llevar ropa, no sé, atrevida.

—¿Tú quieres que me case o que me meta a monja?

—No lo digo por mí, no seas tonta. Es por Juan.

—¿Cómo que por Juan? ¿Qué pasa, que tu marido también me critica? ¿Le parezco una fresca? Lo que me faltaba.

Isabel la cogió de la mano y le sonrió.

—Ya sabes cómo son los hombres, no quiero que se disguste, eso es todo.

Catalina iba a saltar, pero se contuvo. Miró con detenimiento el vestido que llevaba su hermana. Y ella que creía que se vestía así, con tan poca gracia, porque todavía no había recuperado la figura después del último embarazo, y resultaba que era porque para su marido una mujer decente no se iba a subir a la moda de las faldas cortas y el cuello a la vista. En el fondo le dio pena que siguiera defendiendo ese tipo de vida, tan temerosa, con esa ansia por complacer a su hombre. A buena hora la iban a pillar a ella —apoyó la frente en el cristal—, con tantos niños, «que son monísimos, no digo que no, pero qué necesidad hay de tener un hijo cada año…».

Se giró al oír otro golpe en la puerta que hizo que rebotara contra la pared.

—¡Mamá!, ¿a que me lo puedo quedar? Dice Deme que no. —Juanín estaba apretando un bulto que se movía dentro de su abrigo y que de un salto se lanzó maullando al suelo y corrió a esconderse debajo del aparador.

—Este niño acaba conmigo. —Isabel agarró en volandas a su hijo y lo sentó en un sillón—. ¡Ni se te ocurra moverte de aquí! Cata, llama a alguien para que se lleve a ese bicho sarnoso, por lo que más quieras.

Catalina se arrodilló en el suelo y estiró una mano para alcanzar al cachorro que estaba acurrucado en la esquina. «Mis, mis, bonito, ven conmigo», dijo cogiéndolo con delicadeza y le fue acariciando el lomo mientras salía de la habitación.

AMIGAS

Se paró un momento junto a la verja a contemplar la fachada donde resplandecían las ventanas iluminadas como en un calendario de Adviento. Habría corrido por el jardín —si no cargara con esa maleta— de las ganas que tenía de llegar a su dormitorio. Ni la cantidad de horas de traqueteo que llevaba en el cuerpo, ni el frío que le había calado hasta los huesos en el transbordo de los trenes hacían que disminuyera ni un ápice la agradable calidez de sentir que había vuelto a casa.

Entró en el vestíbulo y al pasar junto a secretaría asomó la cabeza y les lanzó un «Feliz año» a las dos chicas que estaban mirando un listado colgado en el corcho. Subió las escaleras con el cuerpo inclinado hacia el lado contrario al peso que cargaba y el corazón brincando. Cuando abrió la puerta de su habitación, se paró en el umbral y dejó la maleta en el suelo. Manuela saltó de la silla para darle un abrazo que le hundió la nariz en la dulzura de su melena y luego Esme le pasó un brazo por el hombro y la apretó con ganas mientras cerraba la puerta a su espalda. «Ya creíamos que no llegabas hoy».

Las tres hablaban a la vez, atropelladas para contarse todo lo que había pasado en las semanas que habían estado separadas. «Escucha, Cata». Manuela le quería explicar lo del regalo que había recibido en Reyes: su madre le había cosido una bata blanca y le había bordado en la solapa del bolsillo su nombre completo en letras rojas. La bata para el laboratorio. «¿A que no me podía dejar más claro lo mucho que me apoya? No se atreve a decirlo abiertamente para que mi padre no tenga más motivos para darle un coscorrón, pero ¿a que ha sido un gesto precioso? Ay, Cata, me siento como si hubiera superado el periodo de prueba, cada vez tengo más claro que de aquí no me muevo hasta que termine la carrera». Catalina no podía dejar de sonreír mirando a su amiga; lo que había echado de menos ese pelo rojo como una antorcha.

—Por cierto, mira allí. —Le indicó la estantería donde había una pequeña copa de plata—. Esme es tan poco de echarse flores que todavía no te ha dicho que ahora también es campeona de esquí.

—Pero si no me dejas meter baza, Zanahoria.

Catalina le dio la enhorabuena a su compañera y se levantó a mirar el trofeo, una copa sobre una peana con una inscripción donde se leía Chamonix-Mont Blanc. Eso debía de estar en Francia, ¿o en Suiza? Esme había colocado la copa junto al retrato de sus padres. Ella no había puesto el de su madre en esa estantería, no había mujeres más opuestas que esa señora envuelta en un sofisticado abrigo de pieles y medias de seda, y su madre, siempre de negro con las faldas tan largas que daba igual si se ponía medias o calcetines de lana.

—Mis padres se quedan a pasar el invierno en un balneario en los Alpes, en cuanto pueda, vuelvo a verlos. —Esme abrió el armario y sacó unos pantalones de lana marrón—. Mirad qué bombachos me compré para esquiar, ¿a que son feos? Seguro que estos no me los pide nadie para ir a la sierra.

Cerró el armario y miró a Cata.

—Y tus Navidades, ¿qué tal?

¿Aparte de contar los días para volver?

—No sabéis todo lo que he aprendido en la rebotica con mi padre. —Catalina se agachó sobre la maleta y la abrió para sacar dos frasquitos de cristal—. Os he hecho perfumes: Manu, toma este —le acercó uno de los tarros—, que huele a flores del campo, como tú. Esme, mira —le dijo a su compañera abriéndole el otro bote bajo la nariz—, ¿a que huele a una mata de verbena entre cedros? Atrevido, ¿eh?

El aroma de la dicha, en esa habitación. Qué a gusto estaba una con sus amigas.

—Tengo una mala noticia, Cata. —Esme se sentó en la cama y ella la miró de frente.

—No me asustes, ¿qué ha pasado?

—Pancho se escapó la mañana de Reyes. —Sacó del cajón de la mesita de noche una carta y se la tendió—. Me la mandaron del internado. Esta mañana fui a la corrala a preguntar si había pasado por allí, pero no lo ha visto nadie.

—¿Y de Juanito sabes algo?

—En la carta dicen que Juanito está muy integrado, que es un chico estupendo. Eso ya lo sabíamos nosotras.

Catalina leyó la carta hasta el final.

—Por Dios santo, espero que Angelita esté bien.

LA VIDA

Los domingos por la mañana, después de ir a misa a primera hora con Manuela, Catalina subía ligera por Serrano hasta el Asilo de San Rafael. En esas visitas siempre llevaba un pequeño regalo para Angelita: un recortable de muñecas, unos caramelos de violeta o un lacito para el pelo. Aquella mañana de enero, sin embargo, llevaba una caja de cartón bastante grande.

Al entrar en el sanatorio saludaba a la hermana Fuencisla, que estaba sentada ante un escritorio apuntando los nombres de los familiares que iban de visita, y luego se iba directa a la sala donde aguardaban los niños. Angelita la esperaba sentada en una sillita como las que tenían en el aula para los niños más pequeños, con su mandilón recién planchado y el pelo limpio, y cuando la veía entrar, saltaba de su asiento, la abrazaba por la cintura y el contacto de ese cuerpo huesudo y contento la llenaba de amor.

A Catalina y Angelita no les gustaba quedarse en el barullo que se montaba en la sala de las visitas, pero esa mañana hacía demasiado frío como para salir al jardín. La niña la cogió de la mano, la llevó hasta el fondo del pasillo y bajaron juntas a la enfermería. Se asomaron a la sala de azulejos blancos y vieron una sola cama ocupada.

—Es Carmina, sus padres no pueden venir a verla porque viven muy lejos. —Angelita se sentó en la cama con cuidado de no tocar a la niña—. La acaban de operar, pero en cuanto se ponga buena volverá al dormitorio, tenemos las camas juntas.

Carmina tenía las dos piernas escayoladas y estaba amodorrada, pero al oír hablar a Angelita junto a ella la cogió de la mano y las dos se la quedaron mirando. Catalina seguía teniendo bajo el brazo la caja con el regalo que había llevado.

—Pues mirad qué casualidad, los Reyes Magos me dejaron en casa esta caja con una nota que decía: «para las niñas más guapas del sanatorio», y aquí os la traigo.

—Eso es mentira —dijo Angelita pero saltó de la cama, cogió la caja y la puso sobre la colcha junto a Carmina.

Entre las dos arrancaron el envoltorio y la miraron incrédulas.

—¿Es para nosotras?

Catalina había comprado una muñeca con los ojos de cristal que se cerraban al tumbarla y un precioso vestido de volantes. Las niñas le levantaron la falda para admirar los pololos con puntillas y soltaban exclamaciones de asombro al ver cómo aleteaban las espesas pestañas de la muñeca cada vez que la cambiaban de postura.

A partir de ese domingo, cada vez que iba al sanatorio se encontraba a las dos niñas en sendas sillitas esperándola en la sala de visitas. Los paseos por el jardín eran más lentos porque Carmina caminaba con dos muletas, pero mucho más alegres.

Cuando salía del sanatorio, Catalina corría de vuelta a Fortuny a cambiarse de ropa. Desde el baile en el Palace antes de Navidad, la relación con Álvaro había entrado en una nueva fase. Ahora no tenía que esperar mirando con ansia el casillero en busca de alguna nota porque todos los domingos la venía a buscar y cuando no podía, cuando se iba de viaje o tenía un compromiso de trabajo, la avisaba con tiempo.

A Catalina le encantaba el momento en el que oía el timbre de su habitación que la avisaba para que bajara al vestíbulo.

Ella se tomaba su tiempo para que las chicas que entraban y salían pudieran ver bien a Álvaro. Todas se quedaban deslumbradas ante la vista de un hombre tan apuesto. Una de sus compañeras le dijo en una ocasión que se parecía a un actor de Hollywood que se llamaba Gary Cooper y ella corrió a la biblioteca a buscar revistas donde apareciera ese actor, y cuando lo encontró tuvo que reconocer que sí, que se daban un aire.

Álvaro la invitaba a comer a algún sitio elegante, o la llevaba al teatro por la tarde, o tomaban el té en casa de Julieta con otros amigos. Ella se ponía muy elegante y hablaba poco de lo que hacía el resto de la semana porque a esos amigos no les interesaba ni la zoología, ni las niñas enfermas, ni los problemas para el ejercicio de la profesión de las jóvenes abogadas. De modo que se recostaba sobre un asiento de damasco, daba sorbitos a su copa de champán y dejaba que su risa tintineara.

El resto de los días, los vestidos de raso y los de terciopelo se quedaban guardados en sus fundas en el armario y Catalina se ponía conjuntos de lana y un sombrerito discreto para ir a la universidad. Se sentía cómoda y organizada. A primera hora, tocaba a la puerta de Manuela y las dos bajaban ligeras a coger el autobús para ir a clase. Durante el trayecto iban repasando la lección del día anterior, o miraban juntas una ilustración del libro de Botánica, o se reían recordando la última broma de José.

A esas alturas del curso Manuela y Catalina habían conseguido que sus compañeros las respetaran. Lástima que Almudena hubiera decidido no volver a clase. Todavía había algunos que les daban la espalda porque consideraban que estaban ocupando un lugar que no les correspondía y hacían lo posible por mostrarles su desprecio. Las llamaban feministas, como si fuera un insulto, pero ellas se sentían muy honradas de serlo y citaban a la señorita De Maeztu cuando les respondían «soy feminista, me avergonzaría no serlo» y después añadían, como si fuese suya, alguna reflexión de la directora de la Residencia, como «las mujeres que pensamos queremos colaborar en la obra de la cultura humana». Manuela siempre llevaba en el bolsillo un papel doblado y la punta de un lápiz para tomar nota de las frases inspiradoras de la directora o de la Zambrano, a cuyas clases se había apuntado, y después las pasaba a un cuaderno de citas que Catalina leía cuando iba a la habitación de su amiga.

A veces se armaban de paciencia para hacerles entender a esos compañeros que las chicas se merecían una educación para poder llegar a ser autosuficientes, pero ellos les decían que lo que deberían estar haciendo era aprender a cocinar, que a los hombres se los gana por el estómago, y que ellas se iban a quedar para vestir santos, y cuando fueran unas solteronas se iban a acordar de esos consejos, y que se lo decían por su bien, porque las que vivían en la Residencia de Señoritas se pasaban de modernas. Ahí Catalina se ponía como un miura y Manuela se la tenía que llevar a rastras. Si le costaba aceptar que sus padres le dijeran lo que tenía que hacer, a buena hora iba a tolerárselo a alguno de esos petimetres.

Por suerte, el resto de sus compañeros de clase habían empezado a tenerlas en cuenta porque no había lección que no se supieran, sus trabajos eran minuciosos y bien presentados, y en los exámenes las dos amigas sacaban buenas notas. A Catalina esa sensación de ser admirada por su talento con la física y por su habilidad para hacer el mejor herbario de la clase la hacía olvidarse de la línea de su flequillo; a veces dejaba que le creciera tanto que se lo tenía que peinar hacia un lado y así, con una horquilla y los labios sin pintar, dejaba de parecerse a Louise Brooks. Aunque a esas alturas no parecerse a la actriz era la menor de sus preocupaciones.

Cuando terminaban las clases, volvían hambrientas a Fortuny y comían con la espalda recta y la servilleta en el regazo utilizando con pericia todos los cubiertos. En la Residencia era tan importante sacar buenas notas como comer a la mesa como auténticas damas.

Después de comer, cogían sus carpetas y daban la vuelta a la esquina hasta Miguel Ángel para ir a estudiar a la biblioteca. Ellas eran las primeras en llegar, pero al poco rato aparecían Esme y Pepita con sus códigos y sus libros de leyes y se sentaban todas juntas a una mesa del fondo, la misma en la que Catalina se ponía mirando a la pared los primeros días de curso, cuando creía que todas la criticaban por haberse emborrachado. Desde aquel día había pasado muchas noches de sábado en las reuniones que se improvisaban en algún dormitorio y había visto a más de una salir haciendo eses por el pasillo después de unas copas de licor y algún cigarrillo, y nunca había oído a las demás criticarlas por eso.

Durante las tardes de estudio, Esme y Pepita solían acalorarse con alguna conversación que empezaba en voz baja en la biblioteca y subía de volumen cuando salían a pasear por el jardín con Cata y Manuela. A veces la discusión continuaba mientras tomaban el té en el salón de Fortuny, como el día que se pusieron a hablar de Victoria Kent, una exalumna de la Residencia que había abierto un bufete de abogado —«perdonad, de abogada como yo», dijo Esme— y que daba cursos de leyes a las socias del Lyceum Club.

—Yo a la Kent la admiro mucho —continuó Esme—, pero no me gustó nada que dijera que las mujeres no deberían votar cuando se instaure la República, y está convencida de que eso va a pasar muy pronto.

—Qué dices, mujer. —Catalina recordó que a Álvaro ahora le iba muy bien, con Primo de Rivera; ¿y si cambiaran las cosas?

—Lo que oyes, Cata, dijo que las mujeres hacen lo que les mandan sus confesores y que no están preparadas para votar.

—Pues yo creo que las mujeres deben tener el mismo derecho al voto que los hombres —dijo Manuela y Esme le dio un manotazo de aprobación en la espalda—. Qué bruta eres, maja.

—Mira qué músculo —le respondió Esme tensando el bíceps—, de practicar el saque con Cata.

—Igual tiene razón la Kent, si mi madre pudiera votar haría lo que le dijera su confesor y su confesor le diría que al ángel del hogar no le tiene que preocupar quién esté en el Gobierno. —Catalina acercó la taza para que Pepita le sirviera más té.

—Cata, quién te ha visto y quién te ve. —Pepita les estaba rellenando las tazas a las demás—. Si antes parecía que habías caído en esta Residencia por equivocación, que a ti te tendrían que haber reservado habitación en el Ritz.

—Ay, Pepita, no me digas eso que me muero de vergüenza, estaba en la higuera. —Catalina estiró la mano para coger la última galleta de la bandeja pero Esme se le adelantó—. ¿Tú cómo puedes estar tan flaca con lo que comes?

—Soy pura fibra. ¿Te vienes a jugar al tenis?

—Yo ahora tengo Inglés. —Catalina miró el reloj—. Me voy pitando.

Tres días a la semana Catalina iba a clases de conversación con miss Sarah O'Keeffe, una americana que había estudiado en el Smith College, la universidad femenina donde también había estado becada Juana. Las chicas estaban muy interesadas en la vida de ese campus de Massachusetts y apuntaban en sus cuadernos palabras en inglés que en su traducción correspondían con «dormitorio», «conocimiento», «edificio de ladrillo», «confianza», «ardilla», «pradera». Catalina se aprendía esas palabras que iban dando forma a un universo del que le gustaría formar parte algún día. Si Juana lo había conseguido, a ver por qué ella no iba a llegar a ser una de las becadas que se montaran en un barco con destino a Nueva York.

Al salir de Inglés, Esme la esperaba en la pista de tenis con dos raquetas —ella no se había atrevido a pedir una de regalo de Reyes, no tenía ganas de darle más motivos a su madre para llamarla chicazo— y echaban un partido en el que siempre perdía. Pero había descubierto que las carreras por la pista la ponían de buen humor y hacían que la cena le supiera a gloria.

Los sábados por la tarde eran la libertad. A veces, después de comer se iba al Retiro con Esme y alquilaban bicicletas —si la vieran en La Villa— para dar vueltas alrededor del estanque y perderse por los caminos. Otras veces se escapaba con Manuela al Jardín Botánico y las dos paseaban observando maravilladas las especies más exóticas, o se metían en el invernadero a tomar notas y dibujar hojas en sus cuadernos. A la vuelta, las amigas hacían alguna compra o se quedaban a merendar por el centro. O volvían directas a la Residencia para echar un partido de tenis de dobles —en el que siempre ganaba la que formara pareja con Esme, así que se la rifaban—. Algunas tardes se quedaban en el salón y se turnaban para tocar al piano alguna canción de moda que se habían aprendido, mientras las demás bailaban.

Había veces en las que a Catalina solamente le apetecía quedarse tirada en la cama leyendo una novela y no salía de su habitación.

A última hora de la tarde del sábado, el cuarto de baño era una algarabía de duchas, peinados, cremas en la cara y barras de labios. Las chicas se esmeraban en ponerse guapas para ir al salón de actos. No solo porque iban a estar en presencia de algún nombre ilustre que venía a dar una conferencia o de algún músico destacado que iba a interpretar a los clásicos, sino porque a esos actos también asistían los chicos de la otra Residencia de Estudiantes.

Perfumadas y arregladas, las amigas se cogían del brazo y se iban parando a saludar a los conocidos hasta que encontraban un sitio cerca del escenario.

—Manu, no mires pero el de las gafas doradas se acaba de sentar detrás —dijo Cata, y su amiga le hizo un gesto para que se callara.

—Yo no me meto en líos hasta que termine la carrera.

—Pues está loquito por ti.

—Calla la boca y atiende a Baroja.

EURÍPIDES

—Ojalá pudiera regalarle esto a mi padre —dijo Catalina observando uno de los aparatos que había llevado a clase el profesor de Física, a quien llamaban don Arrebato.

Los alumnos se iban pasando la caja de madera donde estaba el sacabocados, la máquina que sirve para cortar la masa con la que se elaboran las pastillas y las tabletas. José sacó de la caja uno de los componentes del aparato, una pequeña pieza metálica, y se le cayó al suelo.

—Como se pierda, al de Física le da un arrebato de los gordos —dijo Manuela mirando al profesor, que en ese momento estaba enseñando a otros compañeros cómo funcionaba la máquina Derriey para el dorado de píldoras.

El componente de la máquina que José se agachó a coger del suelo y que le pasó a Catalina era una pequeña pieza metálica hexagonal que servía para hacer tabletas con esa forma. El sacabocados era un tubo metálico con forma de émbolo al que se acoplaban pequeñas piezas de formas distintas: circular, elíptica, rectangular y romboide.

A Catalina le encantaban los aparatos científicos, eso lo había heredado de su padre, que compraba para su botica los últimos adelantos que salían al mercado, pero todavía no tenía un sacabocados como el que estaban mirando, que permitía imprimir un anagrama en cada una de las pastillas. En ese momento, a Cata le hubiera gustado manejar tanto dinero como para poder sorprender a su padre con semejante regalo. Pero tenía una asignación mensual que apenas le llegaba para salir a merendar de vez en cuando y para comprarse unas medias. Su madre se vanagloriaba de educar a sus hijas en la austeridad para que aprendieran a dominar el arte de la economía doméstica.

—Vamos a meterla en la caja —le dijo Manuela mientras le cogía de la mano la pequeña forma hexagonal—, que hay más gente que quiere ver el sacabocados.

Después les tocó el turno de ver el funcionamiento de la máquina para el dorado de píldoras y Manuela y José se acercaron a los otros estudiantes que se arremolinaban alrededor del profesor. Catalina no tenía necesidad de verlo porque estaba más que acostumbrada a ayudar a su padre en la rebotica a dorar píldoras, ese proceso con el que se oculta el mal sabor y se les da un aspecto agradable.

Se asomó a la ventana del aula que daba a la calle. Dos compañeros se acercaron también a la ventana y uno le dijo al otro:

—Las cosas claras y el chocolate espeso.

El aficionado a los refranes que acababa de hablar era Anselmo. Si alguien le caía mal a Catalina era ese petulante. Iba a darse la vuelta y marcharse junto a sus amigos cuando Anselmo dijo mirándola:

—Podría molestarme en dorarte la píldora —se debió de hacer mucha gracia a sí mismo porque soltó una carcajada—, pero te lo voy a decir directamente: Eurípides tenía mucha razón.

Por la forma de decírselo, Catalina intuyó que Anselmo iba a soltarle alguna impertinencia, pero le pudo la curiosidad.

—A ver con qué filosofías me sales, ¿qué pasa con Eurípides?

—Lo que te voy a decir es una cita literal, Catalina, así que no la tomes conmigo. —Anselmo estiró la espalda y dijo de carrerilla—: *«Aborrezco a la mujer sabia. Que no viva bajo mi techo la que sepa más que yo, y más de lo que conviene a una mujer. Porque Venus hace a las doctas las más depravadas».*

Tuvo que contenerse para no darle un sopapo. Le dijo arrastrando las palabras para sonar serena:

—¿Tú sabes en qué siglo vivió Eurípides? Ah, ¿lo citas y no lo sabes? En el v antes de Cristo. Me parece que tus ideas se están quedando un poco anticuadas, Anselmo, deberías irte actualizando.

Catalina le dio la espalda y se fue —colorada de indignación como un pimiento— a donde estaban sus amigos. El profesor pidió voluntarios para ayudarle a llevar los aparatos a su despacho y los demás fueron saliendo al pasillo. Tenían unos minutos libres antes de Mineralogía y Manuela les dijo que la esperaran en el patio, que se iba a pasar por la clase de Esme y Pepita a devolverle a Pepita el lapicero que le había prestado en el autobús y luego iba a salir a comprarse uno. Era la primera vez que Manuela se olvidaba el estuche en la Residencia. La tarde anterior, Catalina y Manuela habían estado estudiando en la biblioteca para el examen de Zoología hasta la hora de la cena. Al salir del comedor, Catalina se fue al salón con las demás y todas acabaron cantando el tango *Caminito* que una de las veteranas tocó al piano. Pero Manuela no estaba; como de costumbre, se había subido a su cuarto para seguir estudiando. «Cada vez duerme menos, estudia como una obsesa», pensó Catalina mientras su amiga se iba en dirección contraria a la que llevaban ellos dos para salir al patio. Hasta su estupenda melena pelirroja se estaba quedando mustia. «Como siga a este ritmo de estudio, a ver cómo llega a junio».

Catalina se volvió a acordar del imbécil de Anselmo, de su *«aborrezco a la mujer sabia»*, y se indignó aún más por Manuela que por ella misma.

Salieron al patio y José se sentó en el poyete de la fuente; se empezó a liar un pitillo mirándola desde abajo.

—Cata, ¿qué te pasa? —dijo pasando la lengua por la goma del papel de fumar.

—¿Por qué me tiene tanta manía Anselmo? —dijo mientras se sentaba junto a su amigo—. Hoy me ha salido con una cita de Eurípides que dice no sé qué de que las mujeres doctas son las más depravadas. Me provoca para que un día explote, y como explote dirá que somos todas unas histéricas.

—Pero, Cata, ¿no te has dado cuenta? —José saboreó la primera calada del cigarrillo—. Anselmo no tolera que sepas más que él, le gustaría que fueras una cándida ignorante para darte alguna leccioncilla, pero como el pobre es un tarugo y le das cien vueltas, pues te provoca. Le gustas y por eso te odia.

—¡Qué le voy a gustar yo a ese! —Catalina dio un manotazo al aire como si apartara un insecto—. Lo que quiere es humillarme, y no lo entiendo, porque yo nunca hablo con él.

—Pues por eso mismo. El otro día cuando el de Botánica te vio ese libro que trajiste de farmacología vegetal…

—*Materia farmacéutica vegetal*, de Mallo y Sánchez, me lo dejó mi padre en Navidad.

—Ese. Y entonces el señor Robles te preguntó por los usos de la zarzaparrilla y os pusisteis a hablar… Anselmo se puso a despotricar con los de la fila de delante diciendo que eres la típica marisabidilla insoportable y que te encanta pavonearte.

—¡Pero si fue el señor Robles el que pasó por mi lado y al ver el libro me preguntó! —Catalina miró alrededor—. Dame una calada.

—Pero bueno, ¿ahora fumas? —José le pasó su pitillo.

Catalina le dio una calada y se lo devolvió enseguida. Tenía ganas de provocar, aunque no las suficientes como para no tener que volver a echar una ojeada en torno a ella para asegurarse de que no había peligro. Una no se podía fiar de nadie. Salvo de José, claro, porque con él podía actuar con tanta confianza como con las mejores amigas de la Residencia; se podría fumar un puro y seguiría teniendo la certeza de que no iba a cambiar en absoluto su forma de pensar sobre ella.

Miró el perfil de su amigo mientras apuraba el cigarrillo. Se le seguían marcando demasiado los huesos de los pómulos, pero su aspecto había cambiado desde principios de curso. Como dirían en La Villa, por fin había dejado de crecer y estaba empezando a doblar: la americana ya le quedaba estrecha por los hombros.

Manuela se asomó al patio y les hizo un gesto señalando su reloj de pulsera para indicarles que iba a empezar la clase siguiente. José pisó la colilla y se fueron los tres hacia su aula. Por el pasillo, Manuela sacó el lápiz nuevo y la libretita que llevaba siempre en el bolsillo.

—¿Os acordáis de cómo se llamaba la máquina para dorar las píldoras?

LA NIEVE

Esme le estaba ajustando una correa para fijar la bota y Catalina la miraba desde arriba apoyada en los bastones, con una mezcla de emociones que iban del orgullo de atreverse a ser tan intrépida al miedo a caer rodando por la ladera y estrellarse contra alguno de esos pinos nevados.

Los esquís eran dos tablas de madera que a Catalina le parecían larguísimos, terminados en punta. En el centro llevaban unas ataduras formadas por un cable que Esme le había colocado alrededor de la bota y unas correas de cuero que le estaba apretando en ese momento sobre el empeine.

—¿Estás cómoda? —le preguntó mientras se volvía a poner deprisa los guantes; soplaba una brisa heladora.

Catalina asintió tratando de que su sonrisa resultara convincente. Pero no entendía cómo alguien se podría sentir cómodo con los pies atados a semejantes tablones, el gorro calado hasta las cejas, los leotardos, las polainas y la falda de lana picándole por todas partes. Por si fuera poco, llevaba cruzado el morral con el almuerzo porque se lo había prestado Manuela y no quería dejarlo por ahí y perderlo o que se lo robaran. Para ser sincera, ese deporte le parecía incomodísimo.

—Pues ya estamos. —Esme se había puesto los esquís en un minuto—. Ahora mírame, tienes que flexionar las rodillas, así, un poco inclinada hacia delante; no tengas miedo, que vamos a bajar por ahí —señaló con el bastón una ladera nevada—, que apenas hay pendiente.

Catalina obedeció sus indicaciones: flexionó las rodillas, se inclinó hacia delante; no sabía qué hacer con los bastones y levantó los brazos hacia los lados.

—Los bastones pegados al cuerpo con las puntas hacia atrás, ¿ves? —Esme pasó por delante de ella trazando un elegante giro—. Hala, sígueme.

Catalina adelantó un poco un pie y después el otro, como si pretendiera bajar la ladera a pasitos, y entonces sus esquís empezaron a deslizarse. Se mantuvo inclinada hacia delante, las rodillas flexionadas, apretando los bastones contra los costados y el corazón latiéndole a lo loco. Pero consiguió mantener el equilibrio sobre esas tablas, que al final de la suave pendiente penetraron en la nieve reciente y, milagrosamente, se quedó frenada sin haberse caído.

—¡Lo has hecho muy bien, Cata! —Esme había bajado a toda velocidad y la esperaba sonriente—.Yo creo que tienes aptitudes para esto, sabes mantener el equilibrio —dijo mientras se agachaba a desabrocharle las correas de los esquís.

Catalina estaba emocionada con su proeza.

—Ahora los juntas y te los pones al hombro, que volvemos arriba. —Esme también cogió los suyos y empezó a subir la pendiente.

Las botas de Catalina se iban enterrando en la nieve blanda y le costaba caminar con esa carga, pero se sentía pletórica. Se le daba bien, se lo había dicho Esme, con lo directa que ella era y lo poco que le gustaba adular a nadie.

Se dispusieron a repetir la operación, pero esta vez Esme dejó que se apañara ella sola con el equipo. Catalina se agachó para ajustar las correas a las botas, se colocó en la posición indicada, observó cómo su amiga se daba impulso con los bastones y la imitó para deslizarse detrás de ella. Estaba tan concentrada en todo lo que le había indicado su compañera que iba con la columna y las piernas flexionadas totalmente agarrotadas, como una figura pompeyana congelada en su última postura. Bajaba tan tensa que esta vez perdió el equilibrio antes de llegar al final y se cayó de lado. Estaba esperando las risas de Esme, pero al instante apareció junto a ella dándole la mano para ayudarla a levantarse.

—Bien hecho, tú tírate de lado si ves que pierdes el equilibrio, lo peor es ponerse a hacer aspavientos y caerse de espaldas. ¿Vale? —Esme le sacudió la nieve de la culera de la falda—. Todos nos caemos esquiando, ya verás la cantidad de batacazos que ves hoy por aquí.

Catalina estaba un poco sorprendida, no se había imaginado a su amiga como una entrenadora tan alentadora. Mientras subían de nuevo la ladera, vio cómo se acercaba una mujer esquiando con un elegante conjunto de pantalones y chaqueta color berenjena, un fular ondeando al cuello y el pelo rubio agitado por la brisa: no se podía ser más moderna. Pasó junto a ellas grácil como un cisne y se perdió de vista al girar tras la loma. Catalina se sintió como cuando escuchaba en el gramófono el disco de Cortot interpretando a Chopin, que le entraba un ansia desmesurada de practicar para conseguir hacer algo parecido; ahora le estaba entrando la misma ansia por conseguir deslizarse con el donaire —y con un modelo de montaña tan elegante— como el que acababa de ver pasar. Porque si alguna vez subía con Álvaro a la montaña, no podía verla ni rodando por la nieve, ni con las pintas que llevaba en ese momento, un batiburrillo de prendas de lana sobrepuestas que ni en Carnaval se atrevería a ponerse en La Villa. Estaba tan absorta con sus propósitos que le costó entender lo que le decía Esme.

—Que te pongas a practicar, ya ves que aquí no hay ningún peligro, la nieve está estupenda. Yo vuelvo enseguida, me voy a dar una vuelta por ahí. —Levantó un bastón para indicarle la dirección, se impulsó con los bastones y desapareció por la otra ladera sin darle tiempo a protestar para que no la dejara ahí sola.

Muy Esme.

Catalina se colocó los esquís y se dispuso a bajar otra vez la ladera. Había llegado un grupito de jóvenes y un muchacho estaba deslizándose por la pendiente con los esquís muy separados, arqueando la espalda hacia atrás dando voces, y a los pocos metros se cayó de espaldas espatarrado. Sus amigos se mofaban de él a carcajadas. El chico intentó ponerse de pie sin quitarse los esquís y se volvió a caer mientras aumentaban las risas de sus compañeros. Catalina terminó de prepararse haciendo como que no los veía y rezando para que ellos la ignoraran. Por nada del mundo quería caerse delante de esos botarates, pero tenía que practicar todo lo que pudiera antes de que regresara Esme, a ver si conseguía sorprenderla con sus avances. Se puso los guantes y se quedó un momento mirando el paisaje: el sol se había asomado entre las nubes y la nieve centelleaba de blancura. Detrás de los pinos se adivinaba la silueta de piedra del albergue de Peñalara y a Catalina se le llenaron los pulmones de fresco optimismo.

Esa mañana, cuando había sonado el despertador y todavía era noche cerrada, le había dado una pereza enorme la idea de tener que dejar el calor de las mantas para subir a la sierra. Sin embargo, el dinamismo con el que su amiga saltó de la cama y empezó a trajinar por la habitación la fue animando. Además, si no aprovechaba ese domingo que Álvaro tenía un compromiso, sabe Dios cuándo podría apuntarse a otra excursión a la sierra con sus compañeras de la Residencia. Mientras salía de la cama esa mañana y se empezaba a equipar con todas esas prendas que había pedido prestadas, oía los cuchicheos y el trasiego por el pasillo de otras chicas que también habían madrugado para ir de excursión. Bajó con Esme al comedor y vio que ya les habían dejado unos paquetes con el almuerzo junto a sus servicios de desayuno. La señorita De Maeztu siempre las animaba a hacer ejercicio físico y los deportes eran una asignatura más en esa casa.

Cuando llegaron a la estación del Norte, el andén del tren a Cercedilla no podía resultar más extravagante. Si por la mañana a Catalina le había entrado la risa de las pintas que llevaban sus compañeras —Clarita con un pantalón prestado que le quedaba muy grande ajustado con el cinturón de charol rojo de un vestido—, mientras estaban esperando el tren el espectáculo era la monda: esos aficionados a los *sports* iban ataviados con todo tipo de capas, capotes, impermeables, polainas, mochilas, morrales... Un muchacho de lentes dorados llevaba puesto un extraño poncho que no pegaba nada con su aspecto de estudiante aplicado. Dos chicas llevaban faldas gruesas y por debajo asomaban unos pantalones, seguramente no se habrían atrevido a salir a la calle con ellos. Catalina no había visto semejante caos de ropajes en su vida.

En el vagón de tercera, donde el frío del amanecer hacía que les castañetearan los dientes, todo eran risas y algarabía. Catalina y sus cinco compañeras de la Residencia se sentaron apretujadas para entrar en calor. Unos chicos de la otra Residencia, a quienes conocían de vista de las conferencias en el paraninfo, buscaron sitios cerca de ellas y en cuanto se oyó el pitido que anunciaba la partida del tren empezaron a bromear de un humor excelente. Un joven llevaba un cartucho de pastas y les ofreció a las chicas, hablando en plural pero mirando solo a Esme. Llevaba un impermeable azul y a Catalina le llegaba su aroma a loción para después del afeitado. Sonreía de medio lado y eso le daba un leve aire de suficiencia. Esme estiró la mano para coger una pasta —Esme comía como una lima— y se la metió en la boca mirando por la ventanilla. Catalina también se quedó contemplando el paisaje de la sierra buscando algún parecido con sus montañas del Bierzo: por aquí no se veían sotos de castaños, pero la blancura de las cumbres era la misma.

Al llegar a Cercedilla, el grupo de excursionistas tomó el camino forestal que en una hora de paseo los llevaría hasta el albergue de Peñalara en la Fuenfría. Las seis compañeras caminaban juntas y animadas, rodeadas de chicos.

—¿Quieres la última? —El muchacho de las pastas se la ofreció a Esme.

—Están muy buenas, ¿las hiciste tú?

—¿Cómo las iba a hacer yo? —La expresión del chico pasó de la suficiencia a la irritación en un instante—. ¿A santo de qué me iba a tener que meter yo en una cocina? Ni que fuera un invertido —dijo lanzando el cartucho de papel de periódico a un lado del camino.

Catalina le dio un codazo a Esme.

—Has hecho que se enfade y es bastante guapo.

—¿Te parece normal que se sienta herido en su virilidad por semejante bobada? Ese es tonto, descartado.

—Esme, estoy deseando que aparezca el que te haga perder los sesos, a ver qué haces. —Cata echó una ojeada alrededor para ver si alguno de los que caminaban cerca de ellas merecía la pena.

Estaba mirando hacia atrás, a los de la otra Residencia que iban charlando con sus compañeras, cuando Esme la agarró del brazo para que no se quedara rezagada y cambió de tema. Le explicó que además de ese chalé de la Fuenfría a donde iban, el Club Peñalara tenía otro en La Pedriza, el refugio Giner de los Ríos. Sí, claro, el nombre venía del mismo Francisco Giner de los Ríos, el de la Institución Libre de Enseñanza, a quien tanto nombraba la señorita De Maeztu porque gracias a su legado había encontrado el apoyo para fundar la Residencia de Señoritas. Otro domingo tenían que subir a La Pedriza, el paisaje por ese lado era distinto, pero igual de espectacular. Catalina escuchaba su perorata, aunque no sabía si se iba a aficionar tanto a la montaña como para pasarse los domingos trepando por la sierra; primero tenía que comprobar cómo se le daba eso de esquiar.

Pero eso lo había pensado a primera hora de la mañana. Ahora que se disponía a bajar esquiando la pendiente una vez más, le parecía una maravilla poder estar en ese lugar. Disciplinada como era cuando le interesaba algo, Catalina ya había bajado esa ladera cuatro veces desde que su compañera la había dejado sola. La primera vez había acabado en el suelo, pero fue una caída discreta que además no tuvo testigos porque el grupo que había estado por ahí se había ido enseguida. Las siguientes veces había conseguido mantenerse sobre los esquís hasta que en la parte llana frenaban solos. Y el placer que sentía cada vez que lograba esa hazaña le iba generando más placer, convencida de que su habilidad aumentaba con cada bajada. En cuanto regresara Esme le iba a pedir que le enseñara a girar. ¡Si la viera Álvaro!

—Esme, mírame —le dijo en cuanto la vio aparecer dispuesta a impresionarla con sus avances.

A la hora de comer estaba agotada y tenía la falda empapada de las caídas. Esme le ofreció unos pantalones de repuesto que llevaba en su mochila.

—No me atrevo a ponérmelos.

—Quítate esos refajos y déjate de ñoñerías.

—No me extrañaría que Álvaro apareciera por la estación cuando lleguemos, me preguntó a qué hora bajaríamos de la sierra. —Catalina le dio un mordisco al bocadillo.

—¿Y...?

—Pues que no sé si le gustará verme con unos pantalones; le oí decir a un amigo suyo en casa de Julieta que lo único que nos faltaba a las mujeres era vestirnos por los pies, que vamos a acabar siendo unos marimachos.

Esme tragó y le dijo:

—¿Tú a qué has venido a Madrid, a aprender cosas nuevas o a dejar de hacerlas por el qué dirán?

Catalina dio otro mordisco a su bocadillo para darse unos segundos antes de responderle. A ella no le importaba el qué dirán, eso estaba más que demostrado, ¿acaso no había conseguido venir a la universidad a pesar de todas las barbaridades que había oído decir de las mujeres que estudiaban? Pero de ahí a arriesgarse a que Álvaro se molestara… Esme decía esas cosas porque aún no había encontrado a un hombre así. Un hombre que con solo rozarte con la yema de un dedo hacía que se te erizase toda la piel del cuerpo.

—¡Cata, Esme! —Clarita las estaba llamando desde la puerta del refugio—, ¿no venís a comer con nosotras?

Esme le dijo que ya iban.

Catalina no sabía si el escalofrío que acababa de sentir era de imaginarse el dedo de Álvaro o de la ráfaga de viento que hizo que le revoloteara la falda.

UN HIPÓCRITA INTACHABLE

L a mitad de los alumnos ya estaban sentados a sus pupitres cuando el bedel entró en el aula, cogió una tiza y escribió en el encerado:

El señor Robles no puede venir

Unos cuantos estudiantes saltaron de inmediato entre bravos y oles y golpes de libretas.

a impartir su clase de Botánica.

—Pero qué maravilla, una hora libre, ¿salimos a dar una vuelta? —Catalina se puso de pie y tuvo que contenerse para no dar también ella un golpe con la libreta en la mesa.

—Yo me voy a quedar a repasar lo de Mineralogía. —Manuela la miró como si le estuviera pidiendo permiso.

—Pero, mujer, ¿ni un paseíto?

Manuela se encogió de hombros quitándole el capuchón a la estilográfica. Vale, mejor no insistir, su amiga tenía clarísimo para qué estaba ahí, para ser la mejor de la clase, y eso a Catalina le venía muy bien porque así, a su rebufo, ella también destacaba. Pero el mundo era algo más que esa aula, por ahí fuera estaban ocurriendo cosas. Se puso el abrigo y su amiga le hizo sitio para que pasara por delante de ella. Cuando salió de la fila y empezó a bajar los escalones vio a José que acababa de entrar y salió a toda prisa a su encuentro.

—José, que no hay clase, el de Botánica no viene.

—¿En serio? Pues qué bien me viene ahora un café, que no he dormido nada. —El chico se dio la vuelta al instante y salió al pasillo.

Catalina se quedó mirándolo parada en la puerta, la sonrisa que llevaba puesta a punto de desdibujarse. Pero cuando había dado cuatro o cinco pasos, José se giró y la miró.

—Cata, ¿qué haces? ¿No vienes a tomar un café?

Ella dio una carrerita para ponerse a su lado, más contenta que una niña a la que sacan de paseo. Desde el examen de Zoología no había puesto un pie fuera de la universidad más allá de donde solía parar el autobús que las llevaba a la Residencia.

Cruzaron San Bernardo y torcieron por la calle Pez, José encogido de hombros como si estuviera destemplado, ella con la mirada alegre, fijándose en todo.

En el mozo que cargaba un saco de harina con la espalda doblada y entró mirando al suelo en la panadería.

En la mujer que cantaba una copla mientras colgaba una alfombra en la barandilla de su balcón.

En la chiquilla que salió del ultramarinos con una col debajo del brazo.

El barrio iba al ritmo de las mujeres que salían a hacer los recados y de los comerciantes que las esperaban colocando el género en los mostradores. Ella nunca salía a pasear una mañana de diario, hasta los sonidos de la calle le resultaban distintos.

Siguieron caminando por esa calle hasta la entrada de un café. José se hizo a un lado y le sujetó la puerta para que entrara. Era uno de esos locales con espejos en las paredes y un piano en el rincón del fondo que te podías imaginar lleno de bullicio por las noches, pero a esa hora de la mañana solo había un anciano leyendo el periódico junto a la ventana y otro cliente apurando un aguardiente en la barra. Se sentaron en un velador de mármol y un camarero con el paño blanco colgado del brazo se acercó a tomar nota.

José bostezó y se frotó las manos. Llevaba el nudo de la corbata flojo y el chaquetón arrugado.

—¿Has dormido vestido?

Se estiró las mangas con las palmas y se ajustó la corbata.

—Solo me eché un par de horas.

—Pero ¿qué estuviste haciendo por ahí toda la noche, alma de cántaro?

—No estuve de juerga, nos liamos en el local.

—¿En qué local?

—El de la FUE.

El camarero llegó con los cafés y los churros y José se quedó callado mientras les servía, hasta que vio que volvía a su lugar al fondo de la barra.

—Esto está a punto de estallar —dijo mojando un churro en el café y comiéndoselo de dos bocados.

—¿De qué estás hablando?

—Estamos organizando una huelga en la universidad, ¿no me dirás que no has oído nada por ahí? —Sopló el café y le dio un trago.

Catalina seguía con su churro en la mano sin probarlo.

—Bueno, algo sí he oído por la Residencia. Pero ¿qué es lo que pasa exactamente?

—¿Te suena lo del artículo 53 de la Ley Callejo? ¿Cómo que no?

Pues José se lo iba a explicar. Porque a ella, como estudiante de la universidad pública, le vendría bien saber que el Gobierno había decidido entregar a la Iglesia católica, a los jesuitas y los agustinos, la potestad de expedir títulos universitarios a diestro y siniestro, con el perjuicio que eso significaba para ellos, que cuando se licenciaran estaría el mercado tan saturado que de qué les iban a servir sus títulos. José también la puso al día de lo de las protestas.

—El claustro está dispuesto a secundar la huelga, pero no solo el de la Central; en Santiago, Salamanca, Oviedo, Valladolid y Sevilla, eso confirmado, se van a paralizar las universidades. Acuérdate de lo que te digo —se apoyó satisfecho en el respaldo de la silla y entrecerró los ojos—, que le quedan los días contados a esta dictadura.

Catalina lo miró —ese pelo revuelto, las mejillas hundidas— y pensó que su amigo era un romántico. Ya, acabar con la dictadura. Ay, Pepín, qué idealista, creer que los estudiantes iban a salir ganando si se enfrentaban al Ejército. Pero ¿a qué venía ahora tanto revuelo si las cosas iban bien, según Álvaro? Que todo estaba preparado para dos inauguraciones que harían que el mundo se quedara con la boca abierta mirando a España: la Exposición Internacional de Barcelona y la Exposición Iberoamericana de Sevilla. Se lo sabía de memoria de la de veces que había oído hablar del tema en casa de Julieta.

No le pareció que fuese el momento adecuado para ponerse a hablar de su novio, pero acababa de recibir una carta suya desde Barcelona contándole que todo estaba prácticamente listo para la inauguración, que iba a ser algo único en el mundo, que cuando viera las construcciones del recinto, y la fuente mágica, se iba a quedar pasmada, como se habían quedado asombrados todos los que vieron las pruebas con él. Álvaro decía —y a los amigos de su padre que se reunían en la rebotica también se lo había oído decir en más de una ocasión— que Primo de Rivera había modernizado el país, que antes de él la política era un sindiós y mira ahora, sin tanto politiqueo la nación sabía lo que era el progreso, los españoles ahora tenían carreteras, ferrocarriles, hasta los aviones españoles hacían que el resto del mundo tuviera que levantar la cabeza para admirarlos.

—Tenemos que estar preparados para cualquier cosa, porque habrá detenciones, nos mandarán al Ejército —José se quedó pensativo, como si estuviera imaginándose ya el momento—, por eso debemos tener los cabos bien atados.

Catalina asentía mientras su amigo hablaba, pero no entendía esa ansia por acabar con un sistema que había llevado la estabilidad al país solo por ese artículo de la Ley Callejo. Intentó rebatirle con los argumentos que le había explicado su novio. Estiró la espalda y levantó el churro que tenía en la mano, como la alumna aplicada que era, dispuesta a demostrar que se sabe la lección. En primer lugar, Primo de Rivera había conseguido terminar con la pesadilla que había supuesto la guerra de Marruecos y la sangría de soldados españoles. No le iba a negar su habilidad al frente del desembarco de Alhucemas.

José, que estaba manteniendo el equilibrio en las dos patas traseras de la silla mientras ella hablaba, la posó de golpe contra el suelo dando con la palma en el mármol para enfatizar, aunque bajando la voz, que, vaya casualidad, el golpe de Estado de Primo de Rivera había llegado justo cuando se iban a publicar las conclusiones del informe Picasso, que destapaba toda la corrupción del Ejército y las responsabilidades que llegaban hasta las más altas instancias, incluido el propio rey, en el Desastre de Annual con sus ¿12.000, 14.000 soldados muertos?

Catalina de eso no sabía nada, de ese informe Picasso no había oído hablar. Pero tenía otros argumentos.

Los miles de escuelas que se habían construido, no le negaría la importancia de que hubiera menos analfabetos en el país.

Catalina debería saber que el presupuesto en educación seguía siendo de los más bajos de Europa.

Pero la de dinero que se había dedicado a construir carreteras, que ahora se podía viajar en automóvil tan ricamente, y la de obreros que se ganaban la vida trabajando en esas obras.

¿Ella no se había enterado de que con todas esas obras los que de verdad sacaban tajada eran los cuatro amigos industriales del borracho, «el dictador, sí», cada vez más ricos?

—Anda, Cata, vete a ver cómo se vive en el campo, verás qué miseria. Pero claro, como aquí un periódico no te va a contar nunca la verdad del país, porque nada se publica sin pasar por la censura, pues a tragarse la versión de lo que nos quieran hacer creer —dijo mientras miraba el plato donde ya solo quedaba un churro—. ¿Te lo vas a comer?

Catalina negó. Todavía no se había comido el que tenía en la mano.

—Yo no habré dormido, pero la que está en la inopia eres tú, se te va a quedar tieso ese churro.

Catalina lo mojó en el café. Estaba hecha un lío, Álvaro le contaba cosas que igual no eran toda la verdad. De hecho, ella no se entendía con los amigos de su novio, cada vez se sentía más incómoda en ese ambiente, a veces la sacaban de quicio con sus comentarios arrogantes.

—Oye, José, que me estoy leyendo el libro de Stuart Mill que me dijiste, lo teníamos en la biblioteca.

—¿Y...?

—Me apunté una cita que me dio que pensar. Dice que «la mujer es la única persona que, después de probado que ha sido víctima de una injusticia, se queda entregada al injusto». Se la leí a unas amigas con las que estudio, me han recomendado *La malcasada* de Carmen de Burgos, ¿lo has leído? —José negó—, pero me da un poco de pereza con todo lo que tenemos que estudiar.

José sacó un billetero del bolsillo del chaquetón y lo abrió para mirar el contenido.

Catalina se palpó los bolsillos del abrigo.

—Solo tengo esto, toma. —Dejó una peseta en la mesa—. Por cierto, ¿cómo sigue tu hermana?

—Continúa a vueltas con los mapas. Lo que te dije, que esta un día coge un barco y desaparece. —Levantó la mano para pedirle la cuenta al camarero—. Pásate un día por casa y la conoces, que Conchita también tiene ganas de conocerte.

—Me encantaría, la verdad. —Catalina se tomó el café de un trago; se le había quedado frío.

—Todavía tenemos veinte minutos hasta la próxima clase, ¿me acompañas a la calle de los libreros un momento?

Catalina se levantó encantada. Aunque le daba un poco de miedo alejarse de la zona por si Álvaro, ya tenía que ser mala suerte, la pillaba caminando tan tranquila por la calle con un chico. Pero era difícil que su novio estuviese ya de vuelta; en la carta le decía lo que sufría pensando en la cantidad de días que estarían sin verse, con suerte volvería el fin de semana.

Mientras iban paseando José volvió a lo de la huelga y cuando le dijo que el Palacio Real se iba a quedar sin inquilinos en breve, Catalina pensó que era un soñador rematado. «Anda este», se giró para mirar a su amigo, flaco, imberbe y desgarbado. Casi le dio la risa al imaginárselo plantando cara nada menos que a un rey.

Todavía tenía media risa en la cara cuando se paró en seco, agarró a su amigo con fuerza de un brazo y lo arrastró dentro de un portal.

—Pero ¿qué pasa?

Catalina estiró un brazo rígido delante de él para que no se moviera del sitio. Luego se asomó un poco entre los barrotes de la puerta y se quedó mirando afuera. Relajó el brazo con el que estaba sujetando a José y él también miró lo que ocurría en la calle. No había mucho que ver, hasta donde alcanzaba la vista estaba casi vacía, salvo por el carro cargado de leña que acababa de pasar y una pareja que se había parado enfrente. La mujer, menuda y bonita, se reía mientras su acompañante, un hombre maduro con el sombrero levemente ladeado, se inclinaba sobre ella para desengancharle un pendiente que se le había quedado prendido en el fular que llevaba al cuello.

—¿Se puede saber qué pasa? —le volvió a preguntar en voz baja a Catalina.

El pendiente se liberó y la pareja siguió caminando del brazo. A la altura del cruce, el caballero le hizo un gesto a un taxi para que parara.

Cuando salió del portal, Catalina estaba más demacrada que una convaleciente. Tan lívida se había quedado que José le pasó un brazo por la espalda para animarla a seguir andando.

—Era mi padre…

—Creí que tu familia vivía en el norte.

—… pero esa mujer no sé quién es.

No podía ser verdad. Su padre, el hombre íntegro, el honesto, el intachable.

Su padre era un hipócrita intachable.

LA GRAN PEÑA

No lo eligió pensando en Álvaro, que le estaba lanzando miradas desde el grupo de oficiales, sino en su padre. Se había comprado un tocado formado por una redecilla de cristales y un penacho de plumas blancas a todas luces extravagante. Las plumas se desplegaban al menos veinte centímetros alrededor de su cabeza, retadoras. No veía el momento en que don Ernesto apareciera en el salón de baile de la Gran Peña, donde el Cuerpo de Ingenieros celebraba la fiesta.

Pasaron dos días desde que vio a su padre tonteando con aquella mujer hasta que recibió un telegrama anunciándole que viajaba a Madrid. Tres días hasta que le hizo una visita de cumplido en la Residencia que duró lo que dura una taza de té. Cinco días hasta ese momento de la noche en que Catalina paseaba sus destellos y sus plumas entre los hombres que habían venido al casino militar a apoyar al dictador.

—Estás divina, de verdad —Julieta alargó el brazo para coger un cóctel de la bandeja que le ofrecía el camarero—, pareces una actriz. Pero qué estilazo has cogido desde que estás en Madrid, me quedo tonta.

Catalina ya iba por el segundo cóctel, se los tragaba como si fueran gaseosas, cuando don Ernesto apareció en el umbral del salón y se quedó ahí parado mirando alrededor, buscando a alguien, seguramente a ella misma. Pero como era difícil que relacionara a la del lamé plateado con su Cata, al primero que vio fue al padre de Julieta, que estaba con sus amigos.

—Pero, Cata, que ha llegado tu padre, ¿qué haces que no vas a saludarlo? —le dijo Julieta.

Ella se tomó un momento para terminar su copa y cuando la dejó en la mesa, su padre ya estaba palmeando la espalda de don Nicolás y desde esa postura, de frente a ella, su cara de alegre camaradería se transformó en repentino asombro cuando la vio acercarse. Ella acentuó el taconeo y el vaivén de plumas mientras procuraba que su expresión fuera de lo más inocente.

—Papá, qué bien que has llegado, cómo me alegro de que no te hayan entretenido tus negocios —dijo dándole dos besos despreocupados.

—Pero si es mi hija. —Don Ernesto la sujetó por los brazos y se la quedó mirando—. Me ha costado reconocerte.

—Una hace lo que puede.

—¿Para llamar la atención?

—Para no quedarme anticuada, ya sabes.

Don Ernesto se volvió a acercar a darle otro beso y le susurró al oído «luego hablamos» antes de recuperar su sonrisa campechana para seguir hablando con don Nicolás y esos militares, con levitas azules y botones dorados, que habían suspendido sus conversaciones para mirarla.

«Pues claro que hablaremos», pensó ella y se dio la vuelta.

Pero ese fue todo el caso que le hizo su padre durante la velada. Porque el ambiente era totalmente viril y festivo. Y don Nicolás estaba comportándose como un anfitrión impecable con su viejo amigo de La Villa.

Le encendió un puro.

Le presentó a sus amigos.

Amigos entre los que estaba Luis, el novio de Julieta, y su padre le dio un abrazo y Catalina vio cómo hacía un gesto con la palma de la mano horizontal a un metro del suelo; no le hacía falta oír la conversación para saber que le estaba diciendo que conocía a Julieta desde que era así de pequeña. Después le tocó el turno a Álvaro. Catalina no pudo dejar de estremecerse cuando lo vio estrechando la mano de su padre, tan absolutamente espectacular vestido con ese esmoquin. Mantuvieron una conversación animada durante varios minutos en los que ella no los perdió de vista. Su padre charlando con Álvaro, no se lo podía creer.

Y qué más se podía pedir si en un momento de la velada, al círculo en el que estaba su padre se unió el propio Primo de Rivera haciendo gala de su gracia jerezana, a juzgar por las risas que soltaba el grupo que le escuchaba.

—Juli, mira, ¿has visto? —Catalina había agarrado la mano de su amiga sin separar la vista del imponente militar—. ¡Que ha venido don Miguel, que mi padre está con él!

Las amigas de Julieta se apiñaron a su alrededor con la vista fija en el grupo de hombres, asombradas como ellas de estar en el mismo salón que don Miguel Primo de Rivera.

Nadie podría creer —Catalina tembló al recordarlo— que en esos momentos se estuviera cociendo en las calles de Madrid algo que pudiera perturbar esa armonía tan sólida. Ese ambiente distendido. A lo mejor al final no era para tanto, pensó mientras volvía a unirse al grupo de chicas que charlaban y brindaban, sin dejar de mirar con el rabillo del ojo a los oficiales, a su padre y a Álvaro.

Al cabo de unos minutos vio que se producía un movimiento forzado. Uno de los militares de más graduación se acercó el dictador para decirle algo en voz baja y, al momento, abandonó el salón seguido de un grupo reducido de hombres de uniforme.

Álvaro siguió a ese grupo, pero se desvió unos segundos hacia ellas y se inclinó para decirle al oído «no te muevas de aquí hasta que vuelva, que te llevo yo a la Residencia» —mientras se pasaba una mano por el flequillo despeinado para colocarlo en su sitio— y a continuación salió del salón.

En ese momento la banda de música empezó a tocar un foxtrot.

—Hombre, por fin —dijo Catalina acompañando el ritmo con la punta del pie—, creí que no tenían más repertorio que las coplas.

—Para no molestar a don Miguel, que no le gustan las americanadas —dijo una de las amigas de Julieta.

Y a falta de novios con los que bailar, las chicas empezaron a contonearse mirando a la banda. Julieta le dijo en voz baja:

—Han subido a la biblioteca, Luis me ha dicho que tranquila, que no pasa nada.

«Ya, que no pasa nada, si esta supiera la que se está preparando en la universidad». Catalina se sintió dueña de una información privilegiada en ese círculo, una información que ahora estaba empezando a angustiarla. Si comenzaba a soltar todo lo que sabía, estaría traicionando a José. Mejor morderse la lengua, tenía que contenerse para no tener que arrepentirse de ser una bocazas, porque había llegado a su grado máximo de locuacidad por la cantidad de burbujas que llevaba en el cuerpo.

Después de unas piezas de blues, el salón se vino arriba con un charlestón y Catalina y las demás chicas lo recibieron entusiasmadas. Se lanzaron a la pista, las plumas aleteaban, los collares brincaban sobre los pechos y ellas reían mientras se esforzaban por seguir el ritmo.

Cuando más entretenida estaba, sintió la presión de una mano en el hombro.

—Bueno, hija, me tengo que ir —le dijo don Ernesto.

—¿Ya? —Catalina, que estaba haciendo crepitar el lamé a la altura de sus caderas, se quedó inmóvil delante de su padre.

—Mañana salgo temprano, ya te dije.

La expresión de Catalina, su gesto y su talante, cambiaron por completo.

—Voy contigo hasta la puerta, papá.

Mientras salían del salón se tuvo que contener para no cogerlo del brazo, porque no podía dejar de amarlo a pesar de la decepción de haber visto con sus propios ojos que estaba en Madrid «echando una cana al aire», como banalizaban sus infidelidades los tertulianos en la rebotica de su padre.

Don Ernesto se volvía a La Villa muy satisfecho después de la velada que había compartido con el mismísimo don Miguel.

—Ya verás tu madre cuando se lo cuente: que la niña se codea con lo mejor, le voy a decir. Si al final hasta se va a alegrar de que te hayas venido a estudiar a Madrid —le dijo dándole palmaditas en la cara—. Pero mejor que ella no te vea vestida como una *flapper*, que estos estilos le parecen demasiado atrevidos.

Don Ernesto le pidió al conserje que le llamara un taxi.

—Papá, te quería preguntar...

—Dime, hija.

Catalina levantó la mirada hasta los ojos de su padre.

—¿Quién era la mujer con la que paseabas el otro día por la calle de la Estrella?

Nunca se habría imaginado que los ojos de su padre pudieran cambiar de color en un instante, del verde pasaron a un gris rabioso que hizo que diera un paso atrás. Vio cómo se le tensaba la mandíbula.

—¿Cómo te atreves a pedirle explicaciones a tu propio padre? —Las palabras se arrastraron roncas entre sus dientes apretados.

Ella no podía seguir manteniéndole la mirada.

—Bueno, papá... —balbució mirando al suelo—, yo creía que tú no eras de esos que...

—Cuidado, Catalina, que como sigas por ahí te vas a arrepentir.

—Pero es que si mamá...

—¡Tu madre es sagrada, no te atrevas a mencionarla en esta conversación! ¿Me entiendes?

Catalina sintió un frío tremendo.

—Perdóname, papá, por favor.

Se atrevió a volver a levantar la mirada. La mandíbula de su padre se estaba destensando.

—Lo siento, de verdad, confío en ti —insistió.

—Te crees que lo sabes todo y no eres más que una mocosa que aún no se ha enterado de cómo funciona el mundo. —¿Por qué sus ojos seguían tan grises?

Catalina no sabía qué decir, le temblaba el mentón, sentía una necesidad intensa de volver a percibir un poco de ternura en esas pupilas de acero que le hacían daño.

—Y procura recordar cuál es tu sitio —continuó su padre—, no hagas que me arrepienta de ser tan transigente contigo.

El taxi acababa de llegar y estaba parado frente a ellos.

El conserje corrió a abrir la puerta del auto. Catalina buscaba a toda prisa las palabras adecuadas para despedirse bien, pero no las encontraba y los dos se quedaron callados un momento. El taxista se estiró hasta la ventanilla que estaba a su lado para apremiarlos.

—Anda, entra, que vas a coger un resfriado —dijo su padre, y se montó en el taxi.

Catalina se quedó mirando el auto mientras se alejaba, maldiciéndose por ser tan torpe. Su padre ni siquiera le había dado un beso en la frente para despedirse.

Cuando volvió a entrar en la Gran Peña, encogida y tiritando, oyó que la llamaban y vio a Álvaro que bajaba las escaleras a toda prisa. No había nadie en el vestíbulo y al llegar junto a ella la cogió por la cintura.

—Estás espectacular, Cata, no veía el momento de que me dejaran libre para estar contigo. —Álvaro pasó un dedo por las plumas del tocado y ella lo sintió como si estuviera recorriendo sus propias vértebras.

—Pues yo lo que quiero es que me saques de aquí —le dijo con voz firme.

—Entra y despídete discretamente de Julieta, que nos vamos.

Catalina obedeció al instante. Se acercó al grupito de Julieta y las demás, que seguían divirtiéndose al ritmo del charlestón, y le dijo en un aparte que se iba ya porque Álvaro la llevaba a la Residencia. Recibió un guiño por respuesta y salió disparada al ropero a coger su abrigo.

Cuando entraron en el auto se quitó el tocado y lanzó las plumas al asiento trasero. Se arrellanó junto a la ventanilla y miró pasar los neones de la Gran Vía. No prestó atención a que iban en dirección contraria a la Residencia hasta que ya estaban en la plaza de España.

—¿A dónde vamos?

—Todavía es pronto para ir a dormir —con la mano con la que acababa de cambiar de marcha le dio un apretón en la rodilla—, conozco un sitio que te va a gustar.

Ella miró la mano que se había quedado descansando sobre su pierna.

Dejaron atrás la plaza y Álvaro aparcó entre los árboles del parque del Oeste, en una loma desde donde había una bonita vista del Palacio Real con las estancias iluminadas. Por lo demás, la oscuridad era total esa noche sin luna.

—Cata, estoy loco por ti, lo sabes, ¿verdad? —Álvaro le pasó una mano por la nuca y la atrajo para besarla.

Ella dejó que le resbalara el abrigo por la espalda sin parar de besarlo, le puso los brazos desnudos alrededor del cuello y se sentó en sus rodillas. Él le pasó la lengua por el cuello, le mordisqueó una oreja, volvió a besarla. Cuando la mano que presionaba su cadera subió acariciando el lamé y se detuvo en un pecho, su corazón parecía un intruso demente embistiendo contra las costillas. Catalina alargó una mano buscando la cerradura, abrió la puerta del auto y arqueó la espalda con medio cuerpo fuera.

—¿Qué haces?

—Tragar aire para que no se me salga el corazón por la boca.

—¿Te encuentras mal?

—Ahora estoy mucho mejor. —Cerró la puerta, le dio un beso en los labios al pasar y se volvió a sentar en su asiento—. Pero llévame a la Residencia, que solo tengo permiso hasta la una.

LA HERIDA

—Ya está, ya no sangra. —José se guardó el pañuelo, le dio la mano y tiró para ayudarla a levantarse—. Vámonos de aquí.

Catalina abrió los ojos y le costó reconocer el lugar. Había perdido la noción del tiempo y se sintió como si la hubieran arrastrado hasta esa esquina que le resultaba ajena. ¿Dónde estaba? En el barrio de la universidad. La huelga. Habían estallado las revueltas. Sus compañeras no estaban, se habían vuelto en el autobús a la Residencia, ahora se acordaba. ¿Por qué se había bajado ella en medio del tumulto? Recordó haberse arrepentido al instante, pero ya era tarde. Una gota espesa y caliente le recorría la mejilla.

Se oían gritos a lo lejos, relinchos de caballos, suelas de zapatos restallando sobre los adoquines. Olía a pólvora y al humo de alguna hoguera.

Se echó una mano a la frente, donde le dolía como si le estuvieran clavando un estilete, y la notó muy hinchada, pegajosa, se miró los dedos y los tenía manchados de sangre. Recordó la bandera roja ondeando sobre la fachada de la universidad y a la chica sin sombrero que gesticulaba debajo. Ella tampoco llevaba sombrero, en algún momento lo había perdido. ¿Fue cuando vio a José al otro lado de la calle, tratando de cruzar hacia donde ella estaba entre blasfemias y relinchos? ¿O fue cuando levantó la vista, ovillada en una esquina, y vio las venas palpitando en el pecho de la bestia que se había encabritado encima de su cabeza? Volvió a sentir pánico.

—Dios santo, como se entere mi padre de lo que he hecho me mata, me manda de vuelta a casa.

—Tu padre no tiene por qué enterarse. —José se agachó a sacudirle una mancha de barro del vuelo del abrigo—. Anda, vamos, que te acompaño.

Ella se giró para mirarse el abrigo por detrás, tenía un desgarrón y estaba muy sucio. Se lo tendría que quitar antes de entrar en la Residencia para que nadie la viera con esa facha. Oyeron una detonación a lo lejos, se asomaron a la esquina y vieron a un tropel de estudiantes que corrían por la calle del Espíritu Santo y se desperdigaban por las bocacalles.

José la cogió del brazo y la obligó a caminar deprisa hacia la Glorieta de Bilbao. Ella seguía aturdida, no sabía ni por dónde iba, se dejó llevar por esas calles estrechas hasta que giraron hacia una plazoleta donde había una fuente. «Será mejor que te laves la cara», le dijo su amigo, y ella se agachó sobre el chorro de agua fría, que le alivió un poco la quemazón; se quedó así unos instantes, intentando que el agua le despejara el mareo. Cuando se incorporó y se secó la cara con el pañuelo, se sintió un poco mejor. Se acercó al vidrio de un escaparate para mirar su reflejo y trató de colocarse el flequillo ocultando la herida. Miró alrededor. Ahora solo faltaba que alguien del entorno de Álvaro la viera con ese chico, porque con esos pelos revueltos y manchado de sangre parecía un auténtico revolucionario. Se fueron hacia la glorieta, bajaron las escaleras del metro y se sentaron en un banco del andén a esperar al siguiente tren. Álvaro tenía auto, él no cogía el metro. Catalina trató de relajarse.

—Anoche detuvieron a Sbert, un compañero de la FUE. —José se quitó el chaquetón y se secó el sudor que le caía por las patillas con la manga del jersey—. Lo fueron a buscar a su casa. El borracho se va a defender como gato panza arriba.

—Todavía no me puedo creer lo que está pasando. Esto no puede ser cosa de don Miguel, él no ha podido ordenar que machaquen a los estudiantes de esta manera.

—Tú vives en la inopia, Cata, este va a morir matando.

—No puede ser, pero si mi novio…

José se puso de pie al oír el traqueteo del tren que iba a entrar en la estación, con el chaquetón colgado de un hombro y los faldones de la camisa asomando por debajo del jersey. Catalina se ahuecó el flequillo pegajoso y se puso a su lado.

No había mucha gente en el vagón; se dejaron caer en los asientos y en ese momento Catalina sintió cuánto le pesaba todo el cuerpo, apoyada en el respaldo sin fuerzas para moverse. El tren se puso en marcha con un chirrido y entró en el túnel. Enfrente de ellos iba un niño de unos ocho años con una cesta sobre las rodillas tapada con un paño de lana; apartó el paño con la punta de los dedos, mostrando al sonreír la encía desdentada, y pasó la mano por el lomo de un perrito que iba dormido. Catalina lo miraba con los párpados caídos.

—Le llevaría un cachorro a Angelita, pero las monjas no le van a dejar tenerlo.

José también miró al niño de la cesta.

—Ya, tu protegida. ¿Se sabe algo más del padre?

—En el Lyceum nos están echando una mano para ver si consiguen localizarlo, hasta la señorita De Maeztu ha hecho gestiones, porque su hermano está en la embajada de Buenos Aires, ya sabes. Pero nada. Ahora dudamos que siga en Argentina. —Catalina se inclinó hacia delante con los codos apoyados en los muslos y se ahuecó otra vez el flequillo para tapar la herida—. Ay, Pepín, cómo me duele la cabeza.

—Déjame ver. —Se agachó hacia ella y le separó el pelo de la frente—. Es que se te está amoratando, cuando llegues te tomas una aspirina y ya verás qué pronto se te pasa.

—En la Residencia no pueden enterarse de que me metí en este jaleo, como se lo cuenten a mis padres me vienen a buscar.

—Seguro que Esme y Manuela te echan una mano para que las demás no se enteren, ya se os ocurrirá algo. ¿Sabes con qué te puedo echar yo una mano? Con lo de buscar al hombre ese, al padre de tus protegidos, conozco a algunos de la CNT y les puedo preguntar; ¿cómo decías que se llamaba?

—Francisco Valiente.

—A ver si me entero de algo. —José se acercó a ella y habló en voz más baja—. Tranquila, que en cuanto llegue la República se hará justicia.

El niño del cachorro se levantó en esa parada y los dos se quedaron mirándolo mientras se mezclaba con la gente que se bajaba al andén.

—¿Qué crees que va a pasar ahora en la universidad? —Si cerraban la Residencia, se tendría que volver de inmediato a La Villa.

—Pues me temo que al rector le va a pasar lo mismo que a Unamuno, que lo van a destituir por apoyar la revuelta. —José cogió un periódico que alguien se había dejado en el asiento de al lado y ojeó la portada—. Bah, de qué sirve la prensa con esta mierda de censura. —Lo arrugó con repugnancia y lo dejó ahí tirado.

Catalina recordó que llevaba en el bolsillo la página doblada de *Hojas Libres* que se había encontrado en el suelo cuando se bajó del autobús.

—Mira, lo firma Unamuno.

—¿De dónde lo has sacado? —José casi se lo arranca de la mano y continuó hablando en voz baja, aunque no había nadie cerca de ellos en ese momento—: *España ve aproximarse el momento de su liberación.* ¿Qué te dije, Cata? Esto no tiene marcha atrás, después del borracho caerá el putero y con él, esta monarquía anacrónica que no tiene razón de ser en estos tiempos que corren. Por todos los santos, ¿qué hacemos manteniendo el despilfarro de la corte a estas alturas?

Catalina se encogió de hombros y recordó las ventanas iluminadas del Palacio Real desde la loma donde había aparcado Álvaro después de la fiesta en la Gran Peña.

—José, ¿qué va a pasar con nuestras clases?

—Olvídate de las clases por un tiempo. —El tren chirrió al frenar en Martínez Campos y se bajaron al andén—. Y procura no meterte en más líos, todavía no entiendo qué hacías tú sola en la puerta de la universidad sabiendo como sabías la que se iba a liar.

—Quería comprobar hasta dónde podía llegar todo esto, porque no me lo creía. Parece la guerra, pero eso no va a pasar, ¿verdad?

LA PROMESA

Sonaron unos golpes en la puerta y Manuela entró cargada de libros y cuadernos. Desde el día que Catalina llegó descalabrada, las amigas estudiaban juntas en ese dormitorio para no dar pie a miradas indiscretas y preguntas inoportunas en la biblioteca.

Durante los primeros días dijeron que Cata se había resfriado y tenía calentura, y solicitaron permiso para subirle una bandeja con la comida a la cama. Por suerte para ellas, la directora tenía cosas más urgentes en que pensar que el resfriado de una alumna. De momento nadie de la dirección había tenido tiempo para pasar a visitarla, estaban muy ocupadas tratando de convencer a los padres alarmados de que no era necesario que fueran a rescatar a sus hijas y organizando un plan de estudios para que las alumnas se prepararan para los exámenes finales sin salir de la Residencia.

El día que las fuerzas armadas tomaron al asalto la Universidad Central, los estudiantes indignados habían ido a apedrear la casa del dictador y levantaron barricadas en las calles del centro. Catalina también se sentía furiosa cuando recordaba la violencia de aquel día, cada vez que se miraba al espejo y veía la huella que le había dejado en la cara. Al principio estaba deseando que Álvaro regresara de su viaje para contarle todo lo que había visto, para hacerle entender lo equivocado que estaba con «el bueno de don Miguel», porque Álvaro vivía en el engaño. Pero con el paso de los días se estaba imbuyendo del espíritu que reinaba en la Residencia, que de manera tácita había optado por evitar los enfrentamientos ideológicos entre las alumnas a base de un programa de estudios tan exigente que les consumía toda la energía. Las horas del día eran pocas para todo el trabajo que tenían por delante.

Manuela se sentó de espaldas a la ventana detrás de su abultada pila de libros.

—¿Quieres estudiártelo todo esta tarde? Deja algo para mañana, mujer. —Esme cogió un libro de la estantería y se tumbó en la cama de espaldas a ellas, con los pies en la almohada—. Vosotras a lo vuestro, que a mí no me molesta que habléis.

No hacía falta que lo dijera, ella, que era capaz de estudiar en el salón sin desconcentrarse mientras sus compañeras tocaban el piano, cantaban y armaban alboroto.

Manuela se entretuvo colocando los libros alineados a su derecha, el estuche horizontal frente a ella, los cuadernos simétricos a su izquierda. Cuando terminó de componer su cubículo relajó los hombros y miró a Catalina con cara de satisfacción.

—¿Por dónde empezamos?

—Por la simetría de las formas cristalinas —contestó Catalina buscando un cuaderno de entre el montón de libros y carpetas que tenía junto a ella.

Cada una se puso a lo suyo, concentradas dibujando pinacoides y octaedros, hablando del polimorfismo. Cuando un dibujo les salía mal, arrancaban la hoja y la tiraban a la papelera. Así estuvieron casi una hora. Después Manuela cogió el libro de Química y durante un rato se quedaron en silencio.

Silencio que interrumpió Esme cuando se puso a hablar sola en su cama:

—A sus pies, Colombine, vaya trabajazo.

Catalina y Manuela la miraron un segundo, pero Esme seguía en la misma postura tumbada de espaldas a ellas. Volvieron a sus lecturas.

—Tendría que ser obligatorio leer este libro —continuó diciendo Esme.

—Nos dices qué estás leyendo y luego te quedas calladita y nos dejas trabajar. —Catalina permaneció girada con un brazo apoyado en el respaldo de la silla mientras Esme se incorporaba para sentarse en la cama.

—*La mujer moderna y sus derechos.*

—La mujer moderna, esa soy yo. —Catalina sacudió la melena—. A ver, dime cuáles son mis derechos.

—¿Te cuento los derechos que tienes o los que no tienes? —Esme pasó unas páginas—. Básicamente, Colombine recoge los argumentos de unos cuantos pensadores, hombres por supuesto, que quieren demostrar de las formas más variopintas la inferioridad intelectual y moral de las mujeres. De verdad, leed este libro, a ver si espabilamos; tendríamos que ser como las inglesas, que salen a la calle como leonas a luchar por sus derechos.

—Esme, tienes toda la razón, pero a nosotras si no aprobamos nos mandan de vuelta a casa, tenemos que estudiar. —Catalina se giró para volver a su libro.

—Precisamente, esa es la tesis. —Esme leyó unas líneas—: «Solo la falta de cultura en que se deja al sexo femenino es la causa de la pretendida inferioridad».

—Dios, lo que me costó poder venir a la universidad. Si ahora me mandan de vuelta a casa me tiro por un puente. —Manuela hizo un gesto con la mano para apartar la idea—. No quiero casarme y que luego me echen en cara que soy una carga, como le pasa a mi madre; lo que tiene que aguantar.

—Si un hombre te quiere de verdad, nunca pensará eso de ti. —Catalina la miró esperando que le diera la razón, pero Manuela se levantó a echar un ojo al libro de Esme.

—¿Tú no estudiaste a Schopenhauer en Filosofía? —Esme buscó una parte que tenía subrayada—. Pues dice que somos el sexo de caderas anchas, cabellos largos e ideas cortas. Ja, ¿habéis oído? Conmigo no acierta ni en lo de las caderas, la madre que lo trajo.

—Esme, no hables como un carretero —le pidió Manuela.

—Bueno, chicas, el matrimonio no siempre tiene que ser un desastre, hay gente que se casa y es muy feliz —dijo Catalina.

—Que sí, Cata, lo que tú quieras. Pero luego no te rasgues las vestiduras si resulta que Álvaro es como todos los demás.

—Oye, que me guste Álvaro no quiere decir que esté en la inopia, yo también quiero mi título, no necesito que nadie venga a salvarme. Que no me olvido de lo que me contaste de María Eugenia.

—¿Qué María Eugenia? —preguntó Manuela.

Ay, se le había escapado, pero bueno, a Manu se lo podían contar. Era un secreto, no se podía ir contando por la Residencia porque la interesada no quería que se supiera, le daba vergüenza, como era lógico. María Eugenia, la chica que había compartido habitación con Esme el año anterior, la que se había casado un año antes de terminar la carrera porque su novio le dijo que no la esperaba más, pues la pobre estaba desesperada. Su intención era presentarse a los exámenes del último curso por libre, pero su marido no la dejaba estudiar, ni la dejaba salir de casa porque era un celoso patológico, como le demostró desde el primer momento, que ya en el viaje de bodas la pobre se dio cuenta del desgraciado error que había cometido. Pero ahora era demasiado tarde para enmendar las cosas, ahora estaba embarazada y como se le ocurriera irse de esa casa, perdería los derechos sobre su propio hijo. Esme les había explicado que así lo mandaba la ley.

—Vale, yo lo tengo clarísimo, dejadme estudiar. —Manuela cogió el libro de Química.

—Vamos, hombre, que yo no dejo la carrera ni loca —añadió Catalina.

Las otras la miraron un momento pero no dijeron nada y volvieron a sus lecturas.

—Os lo juro, que parece que no me creéis —dijo muy digna.

Y abrió el manual de Zoología, aunque su vista se quedó flotando sobre las líneas. Esa María Eugenia, ¿cómo no se habría dado cuenta antes de casarse? Porque esos celos enfermizos su marido los tendría de siempre. Por suerte, Álvaro no era así, él la quería desde el respeto, le importaba su felicidad. Aunque Catalina empezaba a pensar que no era necesario esperar a que los demás le proporcionaran su propia felicidad, la que más satisfacciones se estaba dando últimamente era ella misma.

Empezó a fantasear sobre su futuro y el de sus amigas cuando hubieran terminado las carreras. Ella se veía a sí misma como una científica, nunca desaprovecharía la oportunidad de formar parte de un futuro tan estimulante.

Se pasó la yema del dedo por la ceja y notó la hendidura donde no le crecía el pelo, tenía que conseguir un lápiz de ojos para pintársela. Se ahuecó el flequillo con ese gesto que se había convertido en un tic y continuó leyendo el capítulo.

—Manu, ¿me preguntas algo de Zoología, lo que quieras, a ver si me lo sé?

Madrid, 25 de marzo de 1929

Queridos padres, espero que haya mejorado el tiempo y que mamá esté curada del resfriado. Aquí estamos teniendo unos días muy soleados, ya sabéis cómo es Madrid, que da gusto asomarse a la ventana y ver el cielo tan azul. Lo de asomarse a la ventana lo digo porque como ahora apenas salimos de la Residencia, casi no me entero del tiempo que hace.

Quiero que estéis muy tranquilos, que aquí ni nos enteramos de los disturbios que hay por el centro. ~~Salvo el día que nos topamos con todo el lío cuando llegamos a la universidad, no hemos vuelto a ver nada raro.~~ Como ahora no ponemos un pie por la zona de la universidad, a veces me cuesta creer lo que se lee en los periódicos, de lo tranquila y ordenada que sigue siendo la vida en esta Residencia.

Ya sé que hablasteis con la señorita De Maeztu, creedle cuando dice que no debemos volver a casa ahora, ya ha organizado las clases para que continuemos con nuestras asignaturas exactamente igual que si la universidad siguiera abierta. Las mías han quedado así:

Biología y Zoología con don Antonio Zulueta
Botánica con don Ricardo Pascual
Química con la Srta. Elena Felipe
Física con la Srta. Felisa Martín
Mineralogía con la Srta. María Luz Navarro

Por supuesto, seguimos con nuestras prácticas en el laboratorio. Así que, papá, ya ves que todo marcha como un reloj. Además, he oído comentar que el Gobierno hará todo lo posible por que se reanuden las clases antes de los exámenes finales.

Qué suerte tenemos las alumnas de esta Residencia, ¿no os parece?, que nos hayan organizado los cursos aquí. A ver cómo se las apañan nuestros compañeros para llevar todo el temario bien preparado para los exámenes. A mí me gustaría sacar mejores notas que el trimestre anterior, Dios mediante, y estoy aprovechando el tiempo.

Por lo demás, las cosas van estupendamente. El sábado me vino a buscar Julieta con su chófer para que la acompañara a probarse el vestido de novia. Ay, mamá, no te puedo contar muchos detalles para no estropear la sorpresa, pero va a quedar de ensueño. Tiene una hechura tan fina, y los tejidos son tan delicados, que Juli va a parecer un auténtico ángel. Aprovechando que estábamos por su barrio fuimos a ver la iglesia, que yo no la conocía, y es una divinidad. Como que los reyes se casaron en los Jerónimos, no hace falta que os diga más.

Estoy deseando que llegue el día de la boda para veros a los dos juntos en Madrid, no hay nada que me pueda hacer más ilusión. Mamá, no te confíes con el resfriado y sigue cuidándote, que una compañera cogió uno muy fuerte y no le hizo caso y ahora está con neumonía.

Recibid todo el cariño de vuestra hija que tanto os quiere,

CATALINA

P. D.: ¿Le podéis decir a Demetria que busque en mi armario la blusa color champán? Lo más probable es que me la dejara en Navidad porque no la encuentro. Y dadle un abrazo de mi parte.

ELLOS

—¡Pepín! ¿Qué haces aquí?

Cuando sonó el timbre de su habitación, Catalina bajó las escaleras a todo correr convencida de que Álvaro ya había regresado de su viaje y le quería dar una sorpresa. Pero cuando vio a José en el vestíbulo se sintió casi igual de contenta.

—Vengo a ver cómo anda esa carita desfigurada, un momento solo —le dijo él sonriendo despreocupado.

Catalina lo agarró de un brazo para atraerlo hacia sí y le dijo bajando la voz:

—Calla, que aquí nadie se ha enterado. —Y lo empujó hacia la puerta para que saliera delante de ella al jardín.

Cuando ya se habían alejado lo suficiente del edificio —aun así levantó la vista para asegurarse de que nadie se asomaba a las ventanas—, Catalina se levantó el flequillo y dejó que su amigo contemplara la calva que le partía la ceja en dos y la protuberancia que le había quedado en la sien.

—Oye, pues te queda muy bien, te ha cambiado la expresión, ahora parece que miras… no sé, con displicencia.

Ella soltó una risa y caminaron a lo largo de la pista de tenis. Le contó lo que había pasado el día que él la dejó en la puerta de la Residencia hecha unos zorros, la suerte que había tenido, porque la directora había convocado una reunión urgente en el paraninfo y pudo escabullirse hasta su habitación sin que nadie la viera ni le pidieran explicaciones sobre su estado lamentable. A duras penas había conseguido echarse un desinfectante en la herida antes de caer derrumbada en la cama.

—A este paso me hago adicta a las tabletas para el dolor de cabeza, todavía me dan unos pinchazos que me dejan tiritando.

—Pues disimulas muy bien, tienes buen aspecto, si no te despeinas. Entonces ¿no se ha enterado nadie de que casi no lo cuentas?

—Solo Esme y Manuela.

—¿Y a tu novio cómo le ha sentado que te metieras en las protestas? —José se agachó a coger una pelota y empezó a botarla.

—Calla, que mi novio no sabe nada, se fue de viaje y no se lo conté, para qué.

José le dio una patada a la pelota y se giró hacia Catalina.

—Ya, pero cuando te vea querrá saber contra quién embestiste con ese cuerno que te ha salido en la frente.

A Catalina no le hizo gracia la broma. Porque casi más que la herida, lo que le dio dolores fueron las vueltas que le estuvo dando a la cabeza buscando excusas por si Álvaro se enteraba de que había estado con los estudiantes rebeldes. ¿Cómo iba ella a contárselo, si estaban consiguiendo que se tambaleara el régimen? Menos mal que durante esas dos semanas le había crecido el flequillo lo suficiente para tapar la huella que le había dejado su atrevimiento. Apenas ahora empezaba a sentir que el peligro había pasado.

—Tengo que acordarme de pintarme la ceja antes de salir de mi cuarto —dijo como para sí y se sentó en el banco—. Y tú, ¿qué tal estos días?

—Pues feliz, qué quieres que te diga, ni en mis mejores sueños me imaginaba la repercusión que está teniendo la huelga.

—Sacó un periódico que llevaba doblado en el bolsillo—. Mira, he conseguido otro ejemplar de *Hojas Libres*.

Lo extendió entre los dos y le mostró una carta que llevaba por título *Yo, a ti, ladrón* y pasó un dedo por las últimas líneas mientras las leía:

—«Ladrón, ladrón, ladrón. Y lo que acaso es peor, majadero. A ti, Primo de Rivera, Marqués de Estella, yo, Miguel de Unamuno». ¿Cómo lo ves? —dijo entregándole el periódico—. Toma, te lo dejo para que te lo leas con calma.

Ella lo dobló rápido y lo guardó en el bolsillo del abrigo.

—¿Y qué más me cuentas? ¿Estás estudiando mucho?

—Qué voy a estudiar, si todavía no sabemos si habrá exámenes; ya me pondré las pilas cuando llegue el momento. Además, estoy muy liado con lo otro.

—¿Y cómo te va con lo otro?

José se apoyó en el respaldo del banco.

—La República ya está asomando la patita, amiga. En breve, a este país no lo va a conocer ni Dios. —Cogió la muñeca de Catalina para mirar la hora y se levantó—. Bueno, me voy a ir yendo.

—Espera un momento. —Ella lo agarró del brazo.

Había estado dándole vueltas a lo de su padre, lo que vieron juntos la tarde que salieron de la universidad y se toparon con la escena que tanto había inquietado a Catalina: su padre en una actitud tan confiada, tan íntima, con aquella mujer desconocida.

—¿Qué pasa? —José volvió a sentarse en el banco.

—Es que no me atrevo a hablar con nadie de este asunto, me da vergüenza. —Se acercó a su amigo para susurrarle—. Hace unos días estuve con mi padre y le pregunté quién era la mujer con la que paseaba tan campante por la calle, a la vista de cualquiera.

—Pero ¿cómo se te ocurre?

—Yo tengo mucha confianza con mi padre, hablamos de todo.

—¿Estás segura de que habláis de todo? ¿Te cuenta sus sentimientos, habláis de sexo?

Catalina echó la espalda hacia atrás con ojos de susto.

—Ay, José, por Dios, de sexo con mi padre, qué horror.

José se recostó en el banco y le puso una mano en el hombro soltando una risa.

—Pero qué cándida eres, parece que no te enteras de cómo funciona el mundo.

A ella no le hizo ninguna gracia, frunció el entrecejo.

—Lo mismo que me dijo él. Pero ¿qué es lo que hay que entender de que se atreva a hacer algo tan inmoral? —preguntó levantando la voz.

Al darse cuenta, miró alrededor por si alguien la había oído, pero seguían solos en el jardín.

—A ver, Cata, en tu pueblo a lo mejor los hombres son más discretos y por eso no te has enterado, pero lo de que un padre de familia, uno con posibles, le ponga un pisito a la amante es el pan nuestro de cada día. Hasta está bien visto, es símbolo de hombría y de poder.

—¡Mi padre no es así!

—No te enfades, mujer, que puede que tu padre no tenga una amante, a lo mejor solo estaba echando una cana al aire.

A Catalina se le retorcieron las tripas. No podía olvidar que un día que andaba por la farmacia y su padre tenía tertulia con los amigos en la rebotica, había oído sus bromas sobre un conocido al que la mujer lo había pillado echando una cana al aire y le había montado una zapatiesta, «y el muy calzonazos se fue para casa detrás de su señora con el rabo entre las piernas», había dicho el doctor Álvarez soltando una risotada. Pero jamás se habría podido imaginar ese comportamiento en su propio padre. Él, que tenía a su mujer en un pedestal, que no toleraba que Catalina se quejara de lo que le ordenaba, de lo estricta que era. Su padre siempre la justificaba, la respetaba muchísimo.

—José, no me puedo creer que asumas que algo así te resulta normal, tú, que dices ser el Stuart Mill de la familia por lo mucho que defiendes los derechos de tu melliza.

—No lo estoy defendiendo, ojalá existiera el divorcio y fuera el deseo lo que mantuviera juntas a las parejas. Pero cuando las cosas no funcionan, qué quieres que te diga...

—No digas barbaridades, mis padres nunca se divorciarían —dijo sintiendo terror ante la mera idea de esa posibilidad.

—Es verdad, no hace falta dramatizar, seguro que tu padre la quiere muchísimo, aunque eso no quite que se permita algún devaneo cuando viene a Madrid. —José se puso de pie—. Ahora sí me tengo que ir, Cata, que las cosas están que arden y esta tarde tenemos asamblea.

Catalina lo acompañó hasta la verja del jardín y le pidió que la volviera a visitar cuando pudiera para ponerla al día de lo que estaba pasando. Después se dirigió hacia la entrada de la Residencia pensando en lo extraña que resultaba esa situación que estaban viviendo, encerradas todo el día estudiando sin tener ni idea de cuándo volverían a la normalidad. Cuando estaba poniendo el pie en el último peldaño de la escalera, oyó que gritaban su nombre a su espalda y se giró con una sonrisa para ver qué se le había olvidado a José. Pero no era su amigo. No pudo evitar que se le abriera la boca de asombro al ver que era Álvaro el que estaba cruzando a grandes zancadas el jardín hasta las escaleras. Se quedó en el peldaño anterior y la abrazó por la cintura. En cuanto la soltó, ella bajó deprisa un par de escalones ahuecándose el flequillo y cuando comprobó que estaba en su sitio ya lo pudo mirar relajada.

¿Era posible que estuviera todavía más guapo? Era posible. El clima del sur le sentaba realmente bien, estaba más atlético y bronceado, su piel parecía de caramelo. Se lo comería entero.

—¿De dónde venías? —le preguntó él.

—De ningún sitio, no salí del jardín. —De pronto se azoró como si se sintiera culpable por algo.

—Es que me pareció ver en la esquina al muchacho ese que va contigo a clase.

—¿Te cruzaste con José? Sí, me vino a decir… —pasó una mano por la superficie del banco como si tuviera polvo y se sentó—, solo vino para decirme que ya está confirmado que no vamos a tener más clases y que van a parar otras universidades.

—¿Qué pasa, que tiene información privilegiada? ¿No será uno de los subversivos?

—Qué va, hombre —lo agarró de la mano para que se sentara a su lado—, si es un bendito. Anda, cuéntame por dónde has estado, qué has visto.

Cuando él le contó que había visitado el acueducto de Tempul, en Jerez, Catalina se mostró muy interesada en la diferencia entre un puente atirantado y un puente colgante. Cualquiera que la oyera pensaría que realmente le encantaban las grandes estructuras. Le resultó bastante fácil alejar la conversación de José, de la universidad y de lo que tenía debajo del flequillo.

Para estar todavía en abril, hacía un día espléndido. Catalina se quitó el abrigo y lo colgó en el respaldo del banco entre los dos mientras seguían charlando. Entonces se dio cuenta de que el periódico que le había dado José asomaba del bolsillo del abrigo, lo justo para que se vieran con claridad las dos palabras, *Hojas Libres*. Apoyó un brazo en el respaldo para tratar de apartar el abrigo con disimulo pero Álvaro hizo lo mismo, también apoyó un brazo en el respaldo y siguió charlando girado hacia ella con la mano descansando en el abrigo.

Ya no oía nada de lo que le estaba contando Álvaro acerca de Sevilla, de Jerez y no sabía qué sitios más. La vista se le iba hacia las dos palabras que asomaban desafiantes del bolsillo de su abrigo. Entonces él siguió su mirada y se quedó callado; casi arranca el periódico del bolsillo al leer su título.

—¿Se puede saber qué haces tú con este libelo?

A Catalina se le paró el corazón entre latido y latido.

—¿Eso? —Estiró la mano para cogerlo, pero Álvaro lo alejó—. No es nada, me lo dio una amiga de la Residencia que es muy admiradora de todo lo que escribe Unamuno.

—Pero ¿qué clase de amiga es esa que no le importa que acabes en la cárcel? Esto está prohibido —le dijo agitando las hojas delante de sus ojos.

—¿De verdad? ¿Me lo dices en serio? —No podía evitar ponerse colorada—. ¡Pues rómpelo, tíralo!

Álvaro rasgó las páginas de arriba abajo y después las volvió a partir en cuatro pedazos y al final hizo una bola con los papeles que apretó en el puño.

—Deberías elegir mejor a tus amistades. —Álvaro se puso de pie—. ¿Estás segura de que esto te lo dio una amiga? ¿O fue ese que vino a verte antes? Porque no puede disimular la clase de tipejo que es, Catalina, ten cuidado con él.

—Me lo dio una que está siempre en la biblioteca, María Eugenia; a quién se le ocurre, solo me dijo que era de Unamuno.

—Eres muy inocente. Te lo advierto, no te dejes embaucar.

«Pero ¿quién se estará dejando embaucar, si te tragas todo lo que dice ese ladrón, ese majadero, que por su culpa casi no lo cuento?», pensó Catalina, pero ni loca se lo iba a decir, no soportaba verlo enfadado. Se estiró la falda y lo que le dijo fue que se había comprado un vestido muy bonito, color lavanda, que se lo iba a poner la próxima vez que la viniera a buscar, que esperaba que le gustara. Entonces notó que se aflojaba la tensión.

—Sí, seguro que estarás preciosa.

LA BODA DE JULIETA

Catalina estaba sentada con sus padres justo detrás de la familia de su amiga. Al otro lado del pasillo, Álvaro le estaba comentando algo al novio, que llevaba un rato esperando ante el altar, cuando el órgano rompió el silencio y todas las cabezas se giraron hacia la puerta de la iglesia. Julieta apareció del brazo de su padre y en la nave central de los Jerónimos se levantó un murmullo: más bonita no podía estar, con ese vestido de satén y el velo recogido en una tiara de oro blanco parecía una cala recién cortada.

Había llegado el gran día y Catalina temblaba, ¿por el paso que estaba dando su amiga? También, pero sobre todo porque tendría que presentarles a sus padres a Álvaro y todavía no sabía cómo. Les podía decir que se habían conocido en casa de Julieta, o simplemente que eran amigos, aunque en su casa siempre había oído decir que un hombre y una mujer no pueden ser solo amigos. No les podía decir que eran novios porque eso era algo que tenía que hacer oficial Álvaro, y de momento no había dado el paso. En fin, tenía toda la ceremonia por delante para pensarlo.

Por suerte, ese día se sentía orgullosa de la pareja que hacían sus padres. Esa versión de doña Inmaculada debía de ser parecida a la que su padre había elegido para casarse, una mujer orgullosa y elegante, que para la ocasión se había puesto un precioso modelo color violeta que se alejaba mucho de su luto estricto. Su madre, peinada y enjoyada, eso sí que era un milagro.

Catalina volvió a mirar al otro lado del pasillo, al perfil de Álvaro que sobresalía por encima de las demás cabezas, tan concentrado y solemne.

Después de una sucesión de oraciones y sermones y cantos de los feligreses, el sacerdote dejó de hablar y se quedó mirando a los novios: había llegado el momento de los anillos.

Su amiga ya era una mujer casada.

Ahora Julieta podría hacer lo que quisiera, de hecho, esa noche entraría con Luis en la habitación de un hotel; podría desabrocharle la camisa y dejar que le quitara el vestido, pedir una botella de champán y beberla en la cama, y nadie podría acusarla de nada. Qué suerte la suya, ya no tendría que ir buscando rincones oscuros, por fin podría hacer lo que le diera la gana con todas las de la ley.

—Podéis ir en paz.

¿Ya? Lo corta que se le había hecho la misa. «En cuanto se nos acerque Álvaro les diré que es el mejor amigo del novio y por tanto, también es amigo mío». Y así, con un batiburrillo de pensamientos, Catalina salió de la iglesia entre su padre y su madre, echando ojeadas a su alrededor por si Álvaro se les acercaba. Pero había empezado a llover y los invitados se apresuraron a coger sus coches, o levantaban la mano para parar alguno de los taxis que aguardaban en fila, cosa que hizo don Ernesto para ir al banquete. Qué salida de la iglesia tan deslucida, ella nunca se casaría en abril.

Lo de presentarles a Álvaro tendría que ser durante la comida.

Al llegar al club, Catalina cogió una copa de la primera bandeja que pasó por su lado y se unió al grupo de amigos de los novios para tomar el aperitivo. Sus padres estaban muy entretenidos charlando con los padres de Julieta y con otros invitados. Pues sí que le sentaba bien Madrid a doña Inmaculada, si hasta se estaba riendo con una copa en la mano.

Catalina se acercó al lateral del salón a dejar su copa vacía sobre una mesa alargada. Al otro lado, un camarero agitaba con destreza una coctelera e iba rellenando unas copas cónicas donde metía aceitunas ensartadas en palillos. Cogió una y le dio un sorbo. Ese cóctel entraba ligero como el agua de un manantial.

Por fin llegaron los novios. Catalina vio cómo su amiga la buscaba con la mirada al entrar en el salón y corrió hacia ella antes de que el resto de los amigos los fueran rodeando. Julieta llegaba riéndose de la carrera que había tenido que dar para que no se le mojara el vestido. «¿Te imaginas si apareces con el raso empapado todo pegado y los pezones de punta? —le dijo al oído a su amiga—, habrías conseguido una boda de escándalo». Julieta soltó una carcajada nerviosa apretándole con fuerza una mano y Catalina apuró su copa. Luis y Julieta recibían felicitaciones, daban besos a los invitados y bromeaban con sus amigos. De Álvaro, ni rastro.

Un grupo de camareros entró en el salón con las bandejas para servir el primer plato. Las mesas para el banquete estaban colocadas formando una U; los novios y sus familiares se dirigieron a los asientos reservados en la parte central y el resto de los invitados fueron eligiendo sus sitios en los laterales. Doña Inmaculada la llamó para que fuera a sentarse con ella y Catalina se vio rodeada de mujeres en ese lado de la mesa, mientras los hombres, unos cuantos con uniformes de gala, se iban colocando en la parte opuesta, como si todos obedecieran alguna orden que nadie había dado. Tantas veces había vivido situaciones parecidas y ahora esta división por sexos le parecía el colmo del absurdo. Y del aburrimiento.

—Así que esta jovencita tan guapa es la amiga de Julieta —le estaba diciendo la señora de la estola de armiño a su madre.

—Desde niñas. A ver si mi hija toma ejemplo y se busca a un chico sensato como Luis —doña Inmaculada bajó la voz—, que le ha dado por estudiar como a un chicazo.

A Catalina se le hundieron los hombros y dejó caer la cuchara en el plato. ¿Ni un día de celebración la iba a dejar tranquila? Le indicó a un camarero que le sirviera más vino sin prestar atención al gesto negativo que le estaba haciendo su madre y desvió la vista hacia los que estaban sentados en el otro extremo. Un momento: Álvaro había llegado y se había ido a sentar justo al lado de su padre. Cogió la cuchara pero su esófago se había contorsionado formando un nudo y tuvo que volver a dejarla en el plato. «Dios mío, que sea prudente, te lo ruego, que no le diga nada del vestido que me regaló para ir al baile, que no se le escape que fuimos solos al cine, que no se le ocurra insinuarle lo que hicimos en su coche en el parque del Oeste».

Álvaro le estaba contando algo divertido a su padre, que reía despreocupado. Los camareros llegaron con nuevas fuentes plateadas y ellos seguían charlando. Pues sí que se habían caído bien el día que se conocieron en la Gran Peña; Catalina no perdía de vista a los dos hombres y se estaba preocupando porque los camareros no dejaban de rellenarles las copas de vino. «Que a Álvaro no se le suelte la lengua, por todos los santos».

Partió un pedacito muy pequeño del faisán que acababan de servir y se lo metió en la boca sin apartar la vista del otro extremo de la mesa. Ahora su padre se estaba girando hacia Álvaro y soltó los cubiertos, «¿qué le habrá dicho mi novio para que deje de comer, con lo que le gusta el faisán?». Los dos hombres hablaban muy serios y, de repente, se levantaron de la mesa y salieron juntos del comedor.

—Cata, ya decía yo que se te iba a subir el vino. —Doña Inmaculada le estaba pasando su abanico—. Estás roja como un tomate; anda, abanícate y toma agua.

—Claro, la pobrecita no estará acostumbrada y se va a achispar, que le traigan agua fresca. —La señora de la estola se giró para llamar al camarero—. Y come algo, tesoro, que estás muy flaquita.

Catalina no perdía de vista la puerta por la que habían salido Álvaro y su padre.

—Ya lo decía yo, que tanta universidad no podía ser buena para una chica tan delicada. —Catalina oía entre brumas la voz de su madre—. ¿No ve usted que parece que está pasmada?

Si no hubiera llegado Julieta en ese momento, Catalina habría cogido el sorbete que le había servido el camarero y se lo habría lanzado por encima de la mesa a las dos señoras que le estaban afilando los nervios. ¿Por qué motivo, santo cielo, habrían salido juntos del salón Álvaro y su padre?

Julieta se acercó a su mesa, la agarró suavemente del brazo e hizo que se levantara para ir con ella hasta el carrito en el que habían traído una hermosa tarta de pisos coronada por las figuritas de unos novios. Luis ya tenía un cuchillo en la mano con el que la pareja cortó un triángulo de tarta.

—Amiga, para ti —le dijo Julieta ofreciéndole el primer pedazo del pastel de boda—. Que seamos todos muy felices.

A Catalina le rodó una lágrima y empezó a moquear. Los músicos afinaban sus instrumentos, los invitados se levantaban de las mesas y ella aprovechó el barullo para salir en busca del tocador. Por el pasillo trastabilló en la alfombra pero no la vio nadie. Al llegar al lavabo se dejó caer en el asiento tapizado que había delante del espejo. Pobre, la cara que tenía, congestionada, tensa, con los ojos encharcados de ansiedad, así no podía volver al salón. Abrió un grifo y se echó agua en la cara hasta que la empezó a notar más fresca. Se volvió a sentar ante el espejo para retocarse el maquillaje y se arregló el pelo. Los músicos habían empezado a tocar un vals. Lo que le faltaba, estaba perdiéndose el primer baile de los novios. Se abrochó un botón del puño y se alisó la falda; al menos su bonito vestido de terciopelo se mantenía intacto.

Cuando regresó al salón, varias parejas se habían unido a los novios y bailaban una habanera. Sus padres y los padres de Julieta, que estaban juntos cerca de los músicos, se la quedaron mirando fijamente. Entonces apareció Álvaro y le dio la mano, como si fuera a empezar a bailar con ella, pero en lugar de eso la llevó hasta donde estaba la banda y les hizo un gesto para que dejaran de tocar.

Todos los invitados, sorprendidos ante el silencio repentino, se quedaron parados mirando hacia ellos, que estaban justo delante de la plataforma donde los músicos habían dejado a un lado sus instrumentos.

Él la tenía cogida de la mano y empezó a hablar en voz demasiado alta.

—Nunca me habría atrevido a robarle el protagonismo en un día como este —a Álvaro le temblaba un poco la voz—, si no hubiera sido mi querida amiga Julieta quien me hubiera animado a hacerlo. Tampoco lo habría hecho si don Ernesto, el padre de Catalina, no me hubiera dado su bendición.

Álvaro hincó una rodilla en el suelo y sacó de un bolsillo una cajita con un anillo.

—Catalina Fernández de León, ¿quieres ser mi esposa?

Catalina se tapó la cara con las manos. ¿Esto era real? Separó los dedos, vio que Álvaro seguía ahí arrodillado y le tiró con fuerza de una mano para que se levantara. Al ponerse de pie, él la cogió en sus brazos y todos los invitados se pusieron a aplaudir y a lanzar bravos, y cuando Álvaro la soltó la agarró su padre y le besó la cara, y cuando su padre se separó fue Julieta la que la abrazó llorando y, mientras, su madre le besaba una mano y los músicos habían empezado a tocar otra vez y las copas de champán tintineaban al entrechocar y todo a su alrededor eran bocas mostrando sus dentaduras alegres y ojos brillando.

Álvaro la agarró por la cintura cuando estaba a punto de perder el sentido. Se apoyó en su hombro y cerró los ojos un momento.

Cuando los abrió, vio frente a ella la cara de su padre.

—Hija, enhorabuena, no podrías haber elegido mejor. Estoy muy orgulloso de ti.

—Pero ¿cómo te lo tenías tan callado, hija mía? —Doña Inmaculada estaba pletórica, agarrada del brazo de la madre de Álvaro.

—Amigos nuestros de toda la vida, como te decía, en mejor familia no podía caer la niña. —El padre de Julieta le estaba encendiendo un puro a don Ernesto.

Catalina se miró la mano donde resplandecía un diamante del tamaño de un huevo de gorrión. Trató de recordar los detalles de la pedida. ¿En qué momento había dicho que sí?

Y AHORA, ¿QUÉ?

Al entrar en la Residencia, en un gesto instintivo, Catalina metió la mano izquierda en el bolsillo del abrigo cuando se encontró de frente con la señorita De Maeztu, que se paró muy atenta a hablar con ella. Después subió a su habitación y se sintió aliviada al ver que Esme todavía no había vuelto de la excursión a la sierra. Se quitó el vestido de terciopelo y los zapatos de tacón, se limpió el carmín de los labios y se tumbó en la cama mirando a la estantería. Pasó la vista por los lomos de los libros de la balda de abajo, la suya: Biología, Zoología, Ampliación de Física, Química. Junto a los manuales estaba la carpeta con el trabajo de Botánica en el que había sacado un diez.

Bajó la mirada hacia la delicadeza del diseño de su anillo de pedida; el brillante era de un tamaño excesivo, se lo tendría que quitar para ir a clase o al menos darle la vuelta.

Y ahora, ¿qué?

Ahora tenía que pasar por la habitación de Manu a contárselo todo. Quería decirle que era la chica más afortunada del mundo porque Álvaro, el hombre imponente, el que le ponía una mano en la espalda cuando paseaban por el hipódromo y la llevaba a bailar al Palace, el que le pedía perdón con una rosa amarilla y le regalaba vestidos carísimos, Álvaro, que la besaba

en los labios, en las orejas y en el cuello, el hombre de sus sueños le había puesto en el dedo un brillante porque quería pasar
el resto de su vida junto a ella.

Y eso, nadie en su sano juicio lo pondría en duda, era una
suerte.

Sí, habían tenido sus diferencias al principio, como todas las
parejas, pero ahora que lo entendía se llevaban de maravilla;
para que estuviera contento ella no tenía que hacer nada, no
necesitaba decir nada, solo tenía que sonreírle y a él le resplandecían los ojos.

Álvaro era el mejor hombre del mundo, la de veces que se
lo había demostrado. Álvaro quería protegerla y no iba a permitir que nadie la hiciera infeliz.

Pero ¿qué era lo que la hacía feliz?

Catalina volvió a mirar su anillo; los destellos le recordaron
el momento luminoso en el que el profesor de Botánica mostró
su herbario al resto de la clase para que todos vieran lo que
debían hacer si querían sacar un diez como el que había escrito con tinta roja en la portada de su trabajo. Bendito señor
Robles, que con ese gesto la había ayudado a ganar la batalla
contra los arrogantes y los descreídos que no concebían que
una chica como ella los pudiera superar. El orgullo que sintió
ese día la hizo feliz.

También la hacía feliz ver a Esme esperándola en la pista de
tenis haciéndole un gesto para que se diera prisa, porque no
quedaba mucho tiempo hasta la cena, cuando salía de hacer
una práctica en el laboratorio Foster, y ella corría desde el otro
extremo del jardín de la Residencia para coger la raqueta con
la que la esperaba su compañera.

¿Hincar los codos la hacía feliz? Nunca se lo habría imaginado, pero salir del comedor con Manu, entrar en la biblioteca
y ver que la mesa de la esquina estaba libre —el resto de las
chicas sabían que esa era su mesa porque nadie más la ocupaba—, estudiar juntas para luego, cuando estaban en la univer-

sidad, ser capaces de responder a las preguntas más enrevesadas del de Zoología que, estaba claro, iba a por ellas, era algo muy parecido a la felicidad.

Su vida en la Residencia, la de cosas que había aprendido en esos meses. Todo eso hacía que se sintiera muy orgullosa de sí misma.

Ahora podía leer un cuento sencillo en inglés.

Había aprendido a mantener el equilibrio en una bicicleta y había comprobado que el mundo no se paraba al verla sentada a horcajadas.

También sabía la diferencia entre una república y un sistema autocrático de gobierno. Había decidido apuntarse al curso de leyes de la Campoamor en el Lyceum para no ser tan ignorante en esos temas.

Y además, en la Residencia había entendido el significado más hondo de palabras como tesón, orgullo, motivación, fidelidad, amistad.

Amistad. Tenía que ir a darle la buena noticia a Manuela. Se levantó de la cama y cruzó el pasillo. Su amiga estaba tan concentrada escribiendo algo en un cuaderno, su melena recogida sobre el hombro izquierdo, que tardó unos instantes en alzar la vista hacia ella.

—¿Cómo que te vas a casar?

Manuela todavía sonreía, como si Catalina estuviera bromeando, pero perdió el color cuando bajó la vista y vio los chispazos del anillo de pedida en el dedo de su amiga.

—No sé cuándo será la boda, eso aún no lo hemos hablado, todavía falta. —Catalina la miraba con su sonrisa más amplia—. Pero hasta que me case seguiré yendo a la universidad, estamos comprometidos pero será un noviazgo largo, ya sabes que antes quiero terminar la carrera.

—¿Que te pide matrimonio ahora para estar esperando cuatro años? Eso no te lo crees ni tú. —Manuela miró la hora en el despertador y se levantó para bajar a cenar.

—Espera un momento —Catalina la sujetó por un brazo para que no abriera la puerta—, te lo digo en serio, voy a seguir estudiando, ¿por qué lo iba a dejar ahora?

—Porque te vas a casar y las mujeres casadas no van a la universidad, se quedan en su casa atendiendo a su marido y criando a sus hijos. —Manuela sacudió el brazo para que la soltara—. Será mejor que aprendas a cocinar.

Bajaron juntas las escaleras, sus brazos se iban rozando, pero se había abierto una sima entre ellas. Las dos entraron en el comedor en silencio y siguieron calladas después de saludar a sus compañeras. El desasosiego que llevaron consigo a la mesa se podía cortar con un cuchillo. Juana les sirvió la sopa.

—¿Estáis enfadadas o qué os pasa?

—Qué va, Cata tiene buenas noticias, anda, cuéntales. —Manuela estaba alisando su servilleta sin levantar la vista.

Catalina estiró la mano para que vieran el anillo.

—¿Te vas a casar? ¿Con ese hombre imponente que te viene a buscar los domingos? —Clarita había dejado la cuchara en el plato y la miraba como si se hubiera sentado un unicornio a la mesa. Se giró para avisar a las gemelas, que estaban en la mesa de al lado—. Chicas, que Cata se casa con el Gary Cooper de los domingos.

En el comedor se montó un pequeño revuelo. Desde las otras mesas le lanzaban miradas y gestos de aprobación a los que Catalina asentía. Durante la cena, las compañeras de mesa querían saber todos los detalles del momento de la pedida y ella les explicó que Álvaro había parado la música, que se había arrodillado delante de todos los invitados y que ella se sentía en una nube. Les dijo que sus padres estaban encantados con su elección y que los padres de Julieta estaban orgullosos de que hubiera conocido a Álvaro precisamente en su casa, que las cosas no podían haber salido mejor.

—Cuando éramos pequeñas, Julieta y yo fantaseábamos con casarnos con dos hermanos para no separarnos nunca y mira —Catalina se limpió con la servilleta y bebió un sorbo de agua—, parece que nuestros deseos se hacen realidad.

Todos los oídos de la mesa la estaban escuchando con atención cuando, de repente, Clarita se giró hacia Manuela.

—Por Dios, Manu, deja de rayar el plato con los cubiertos, que me da dentera —dijo con el ceño fruncido—. Anda, sigue, Cata, que lo tuyo parece de cuento.

Catalina se quedó callada. Estaba deseando que terminara la cena para decirle a Manuela que no se preocupara, que no había prisa para la boda, que el noviazgo podía durar años. Que las cosas, de momento, iban a seguir como estaban.

Pero cuando terminaron de cenar no pudo correr detrás de su amiga porque toda la Residencia se abalanzó sobre ella en el vestíbulo para ver el brillante. Dejó la mano estirada para que el enjambre de chicas lo pudieran admirar de cerca mientras ella mantenía la vista fija en la melena pelirroja que subía las escaleras con la espalda encorvada, como si estuviera soportando una carga. ¿Sería por el peso de la decepción?

—Pero qué suerte tienen algunas. —Una de las gemelas, María Ángeles o María Jesús, le estaba sujetando la mano para mirar el anillo.

—¿A qué se dedica tu novio?

A Catalina no le dio tiempo a contestar, una chica con la que nunca había hablado, una de las veteranas, les dijo a las demás que era ingeniero.

—Ingeniero y así de guapo, lo tiene todo, maja —dijo la otra de las gemelas, la que en ese momento le estaba pasando un dedo por el brillante—. Qué maravilla, tiene que estar loquito por ti para comprarte un anillo así.

—¿Cómo se llama tu novio? —le preguntó otra de las chicas, y una voz que llegaba desde el fondo del corro que la rodeaba dijo «se llama Álvaro». Esme, con las botas de montaña y el pantalón manchado de barro, se fue haciendo un hueco entre todas y se puso a su lado.

—Vamos —le dijo agarrándola de un brazo— y me cuentas qué ha pasado.

Mientras subían, Catalina oyó decir a una de sus compañeras al pie de las escaleras: «Pues sí que cazó una buena pieza, estaba claro a lo que venía esa a Madrid, ¿o no os lo dije?». Y en ese momento habría deseado tener en la mano una escopeta para darse la vuelta y acribillar a perdigonazos la boca que había pronunciado esas palabras.

Hotel Alfonso XIII
Sevilla, 1 de mayo de 1929

Mi querida Catalina, escribo tu nombre y se me olvida el resto del mundo, por muchas obligaciones que tenga en este momento todo me parece insignificante comparado con el amor que siento por ti. Fíjate cómo estaré de chalado que ahora mismo me parece que me estás mirando, porque he sacado tu retrato y lo tengo aquí en la mesa mientras escribo. Mi pequeña, tengo tantas ganas de que llegue el día en que cuando vuelva de un viaje estés esperándome en nuestra casa que me estalla el corazón cuando lo pienso. ¿Tú te lo imaginas? ¿Sientes tanta pasión como yo siento en estos momentos, que cogería el primer tren para ir a verte aunque solo pudiera estar contigo unos minutos? Quiero que seas la más dichosa de las mujeres, quiero que tiembles cuando no estés conmigo recordando lo feliz que te hago.

Pero te pido un favor, Catalina, cuando me escribas, no me hables del profesor nuevo de Botánica, ni de tu amiga Manuela, ni del hombre que te vende las revistas en el quiosco aunque sea para decirme que es tartamudo, porque tengo celos de todos los que están contigo. No puedo soportar que ellos tengan tanta suerte mientras yo sigo aquí, tan lejos de ti. Ahora mismo, que te escribo junto a la ventana, pienso en el desperdicio que es tener esta habitación si no podemos ver juntos las palmeras del jardín, si a ti no te llega el aroma de los naranjos, y lo que más siento, no poder compartir contigo esta cama. Pero te prometo que te voy a traer en nuestra luna de miel, este es el hotel donde se alojarán los reyes cuando vengan a la inauguración de la Exposición Iberoamericana y nunca te llevaré a un sitio que no sea digno de una reina.

Ahora voy a contarte una cosa muy curiosa que me pasó ayer. Nos acababan de mostrar cómo ha quedado la plaza de España, una maravilla como pocas he visto, cuando se nos acercó una gitanilla muy graciosa pero muy pesada, que no dejaba de perseguirnos con su ramito de romero para leernos la buena fortuna. Al final, no sé qué me pasó por la cabeza, me di la vuelta y le extendí la mano. Me dijo que veía a una morena muy linda, que ahora mismo está muy ocupada con unos asuntos que le consumen todas las horas del día, pero que esa muchacha es para mí y que el futuro nos traerá mucha felicidad. Me puso de tan buen humor que le di un duro y en ese momento, fíjate qué casualidad, todas las palomas de la plaza se echaron a volar.

¿Has recibido carta de Juli? Cuando le escribas dile que la vi guapísima aunque viniera agotada de tanto tren. Cuando ellos vuelvan de Tánger espero estar ya de vuelta en Madrid, pero si las cosas se complican y tengo que seguir por aquí, al menos podré disfrutar de su compañía, porque cuando vieron el hotel les pareció que sería el lugar perfecto para terminar su viaje de bodas antes de regresar a casa.

¿Estás aprovechando para estudiar mucho ahora que no estoy por ahí para distraerte? Espero que sí, que te encierres en la biblioteca y que solo desees la compañía de tus libros, dime que así lo estás haciendo y seré muy feliz.

Yo sigo contando los días para verte.

Recibe todo mi amor,

ÁLVARO

EL ÁRBOL DE LAS TROMPETAS

Hacía un rato que se habían perdido de vista, pero Catalina sabía dónde la iba a encontrar, en la Estufa de las Palmas. Caminó con la cabeza alta diciendo mentalmente los nombres de los árboles que iba reconociendo y giró hacia el invernadero del Jardín Botánico. Allí estaba su amiga, sentada en el poyete del estanque inclinada sobre su cuaderno, rodeada de musgos, enredaderas y helechos arborescentes, muy concentrada. Catalina se sentó a su lado y se quedó mirando la pericia con que dibujaba las flores del árbol de las trompetas que ondulaban sobre sus cabezas. *Brugmansia arborea, familia solanáceas*, estaba escribiendo al pie de la página con su caligrafía impecable.

—Qué arte tienes, maja.

—Pues vaya mérito, llevo toda la vida dibujando hojitas. —Manuela continuó haciendo unas anotaciones y alejó el cuaderno para mirar el resultado—. ¿A ti no te gustaba dibujar plantas de pequeña?

—¿Plantas? Como mucho, unas margaritas en la mano de una princesa o a la puerta de un castillo; siempre con cuatro pétalos, así de elaborada era. —Catalina estiró la mano para coger la hoja de un plátano y le dio la vuelta para mirar el envés—. Ahora, que a las princesas las ponía cargaditas de abalorios y piedras preciosas, en eso sí que me esmeraba.

—Bueno, cada una lo que ve en casa. Tú te criaste en un palacete y yo en la huerta de mis abuelos. —Manuela levantó la vista hacia la cúpula de cristal por la que trepaba una hiedra espesa—. Mi abuela siempre quería talar la hiedra porque se metía por las tejas y había goteras, pero mi abuelo le decía que como se le ocurriera, la talaba a ella por los pies.

—Un poco bruto. —Catalina metió un dedo en el agua del estanque—. Qué asco, está como el caldo.

—De bruto nada, todo lo contrario, era el hombre más sensible que te puedas imaginar. Tenía un bancal con plantas medicinales y todo el pueblo venía a por remedios, te curaba cualquier enfermedad.

—¿En serio? No me lo habías contado.

—Tenía saúco, tomillo, eneldo, ruda, caléndula, de todo. Además, a mí me pusieron el nombre por él, se llamaba Manuel —Manuela se echó a reír—, y era zanahorio, los dos únicos pelirrojos de la familia.

—Madre mía, un abuelo zanahorio experto en plantas y tú sin contarme nada. Por algo lo has tenido siempre tan claro. —Catalina se levantó, dio unos pasos hasta una *Monstera deliciosa* y pasó los dedos por los lóbulos de una hoja enorme y lustrosa—. Yo acabo de descubrir lo mucho que me gusta la botánica y a lo mejor llego tarde. Anda, vamos.

—Espera, ¿por qué dices eso? —Manuela cerró el cuaderno, metió el lápiz en un bolsillo y se puso en pie para seguir a su amiga.

—A veces tengo miedo de perderme cosas por pánfila.

—¿Es por Álvaro? ¿No quiere que sigas estudiando? —Estaban subiendo los escalones para salir del invernadero y Manuela se quedó parada.

—Ay, no. No tiene nada que ver con Álvaro, si es un santo. —Catalina cogió del brazo a su amiga para que siguiera andando—. El pobre se va a pasar todo el mes fuera, me escribió desde Sevilla y de ahí se va directo a Barcelona, y ¿sabes qué me dijo? —se pararon un momento—: Me dijo que aunque le da pena estar tanto tiempo sin verme, a mí me va a venir bien porque así no me molesta durante los exámenes.

—Pues está claro que quiere que sigas estudiando. Ay, Cata, y yo que pensaba que Álvaro te iba a pedir que lo dejaras todo, cualquier otro hombre lo habría hecho. Tienes mucha suerte con él. —Le dio un apretón y siguieron caminando del brazo hacia la salida del Botánico. Soplaba un aire fresco y en el cielo no había ni una nube esa tarde de primavera. Ahora iban caminando por el Paseo del Prado, a vueltas con el tema de Zoología que estaban estudiando, intentando recordar los grupos de protozoos parásitos según su localización anatómica en el hospedador. Se lo sabían bastante bien.

Lo bueno de que Álvaro tuviera tanto trabajo —aunque no sabía muy bien qué relación había entre lo de ser ingeniero y todos esos viajes, y él no le daba muchos detalles—, lo bueno de que estuviera todo el mes de viaje era que al día siguiente tenían todo el día para estudiar, después de ir a ver a Angelita. «Por cierto», se paró delante de un quiosco de prensa, «espera un momento, que voy a comprar el *TBO* para llevárselo mañana a las niñas», dijo mirando las portadas de las revistas colgadas con pinzas en el toldo del quiosco.

Siguieron andando por Recoletos. Tenían que organizarse para no perder ninguna práctica con miss Foster, que había reforzado el horario del laboratorio. Tenían que llegar las primeras a la biblioteca para no quedarse sin su sitio, porque esos días estaba abarrotada. Tenían que acordarse de comprar café para quedarse a estudiar por las noches.

Cuando ya estaban llegando a la Residencia se dieron cuenta de que iban tan enfrascadas que se les había olvidado coger el tranvía. En el jardín se cruzaron con Pepita y Delhy, que llevaba una carpeta tan grande que apenas le alcanzaba el brazo para sujetarla. Salían a toda prisa y Pepita se giró para decirles que les guardaran sitio en el paraninfo, que no se quería perder la conferencia de María Luz Morales.

—¿Esa quién es? —preguntó Manuela dándose la vuelta porque las otras ya habían pasado de largo.

—Una periodista que escribe en *El Sol* —le gritó Pepita cuando ya estaban cruzando la verja del jardín.

Al llegar al rellano de la segunda planta se abrió la puerta del cuarto de baño y salió Esme con una toalla enrollada en la cabeza. «Mira qué bien, Cata, llegas justo para ayudarme con el pelo, que tengo el flequillo que no veo; ¿me prestas una diadema o algo?».

—¿Y el prendedor que me cogiste el otro día? ¿Ya lo has perdido?

—Anda, es verdad, por ahí tiene que estar, ahora lo busco.

Manuela se sentó a la mesa de estudio de la habitación de sus amigas y abrió el cuaderno; se quedó mirando el dibujo que había hecho en el invernadero mientras se hacía una trenza. Catalina se quitó el jersey que llevaba y sacó una blusa blanca del armario. «¿Me pongo esta o la de lazada? Bah, me pongo esta», dijo sin esperar respuesta. Esme se estaba frotando el pelo con la toalla mientras daba vueltas por la habitación, agachándose para mirar debajo de las camas y moviendo libros de los estantes. «Aquí está», exclamó cuando encontró el prendedor de Catalina dentro de una taza; se pasó un peine por el pelo húmedo y se lo puso retirando el flequillo.

—Ya estoy, ¿bajamos a la conferencia? —les dijo mientras se calzaba unos zapatos—. Ah, Cata, te subí una carta del casillero, esa que está en la mesilla.

Catalina le dio la vuelta para mirar el remitente. «Es de mi padre. Id bajando, que ahora os alcanzo», dijo, y se sentó al escritorio para leerla.

La Villa, 4 de mayo de 1929

Mi querida hija, espero que te encuentres muy feliz y bien de salud. Por aquí estamos teniendo unos días espléndidos, no sé si es por el sol que lleva luciendo desde que volvimos de Madrid o por la alegría que nos diste. Tendrías que ver a tu madre, no la reconocerías de lo animada que está; ahora recibe todos los días y no se cansa de contarles a las visitas los detalles de tu pedida, a veces hasta se le pasa la hora del rosario con tanto ajetreo, ¿te lo puedes imaginar?

Todavía no me puedo hacer a la idea de que mi pequeña va a ser pronto una mujer casada, pero a la pena que me da saber que ya no te tendré alborotando por casa y por la rebotica se une la felicidad de saber que has elegido a un hombre cabal que te quiere de verdad.

¿Ha conseguido Álvaro hablar contigo? Me ha comentado que no debes de estar mucho por la Residencia porque ha telefoneado a esa casa en más de una ocasión y no te localizaron. Hija, deja de darle al tacón y quédate en tu habitación para que puedan encontrarte la próxima vez que te llame, ya sabes lo ocupado que está y las responsabilidades que tiene como para que se tome la molestia de poner una conferencia y se tenga que quedar con las ganas de hablar contigo. No olvides que ahora te debes a tu novio y que todo lo demás es secundario. Pero no te preocupes, solo es una advertencia de padre, no pienses que te lo digo porque tu novio haya mostrado el más mínimo disgusto, ya sabes lo bueno que es y lo mucho que te consiente; cuando me telefoneó apenas mencionó este tema de pasada.

Quiero que sepas que Álvaro está haciendo todo lo posible por que sintamos que con vuestro matrimonio no vamos a perder una hija, sino que estamos ganando un hijo. Tu novio es tan considerado que no ha querido concretar la fecha de la boda sin consultarme. En cuanto me lo ha comentado he ido a hablar con don Eladio, como te podrás imaginar, y me ha sugerido el domingo día 4 de agosto, porque después, con las fiestas de la patrona, es más complicado disponer de la colegiata. A él le parece una fecha de lo más conveniente para que todo esté resuelto el próximo septiembre, cuando se incorporará (os iréis) a su próximo destino. Ya suponemos lo orgullosa que debes de estar de que le nombren ingeniero jefe de una obra siendo tan joven. Tu madre ya está rezando para que no os manden muy lejos, aunque iremos a verte al fin del mundo si Dios os bendice pronto con un hijo, por eso no te preocupes.

¿Cuándo tendrás todo preparado para que vaya a buscarte? Tu madre insiste en que vengas cuanto antes para hacerte el vestido de novia, que se echa el tiempo encima. Manda un telegrama cuando puedas.

Por cierto, Álvaro nos ha invitado a pasar unos días en Biarritz con su familia a finales de agosto, cuando regreséis de la luna de miel, y por supuesto hemos aceptado encantados.

Saluda de nuestra parte a la señorita De Maeztu, le estamos muy agradecidos por lo bien que te ha cuidado todo este tiempo.

Recibe un gran abrazo de tu padre que te adora,

E. F.

P. D.: Tu madre me está diciendo que no te cortes el pelo para poder hacerte un bonito recogido el día de la boda y te manda un beso.

Con las manos aún temblando, Catalina arrugó el papel de la carta y se quedó mirando su reflejo en el cristal de la ventana contra la oscuridad de la noche. La rabia y el miedo trepaban por su columna y los sintió bajar hasta la mano en la que brillaba el anillo. Se lo quitó y lo lanzó contra el cristal, donde su reflejo se zarandeó por el impacto.

Estaba indignada y tan aturdida que dudaba si habría entendido bien. Estiró el papel con la palma de la mano y volvió a leer la carta.

La fecha de la boda.

Álvaro, consultándosela a su padre.

Álvaro, molesto porque salía de la Residencia.

Su madre pensando en un recogido y ella con una ceja deforme.

Se detuvo en el párrafo sobre ese próximo destino del que hablaba su padre. ¿Un destino muy lejos de dónde, de Madrid, de la universidad, de su vida? Apartó la vista de la carta. El cuaderno de Manuela seguía ahí, abierto por la página donde había estado dibujando en el invernadero. Su mirada se quedó atrapada en la anotación que había al pie del dibujo: *Brugmansia arborea. El árbol de las trompetas, tan bello como peligroso, muy tóxico.*

«Tan bello como peligroso».

«Maldita sea su estampa».

SIN TIEMPO

Cuando sus amigas entraron en la habitación se la encontraron sentada en el borde de la cama tapándose los ojos con fuerza, como si le estallara la cabeza o como si temiera que si separaba las manos, aunque fuera un milímetro, la realidad se le fuera a colar entre los dedos. Catalina oía sus voces preocupadas preguntando qué le pasaba, por qué no había ido a la conferencia, que les dijera si estaba enferma, cuando ella lo único que deseaba era que entrara un rayo por la ventana y la fulminara para acabar con ese tormento, porque se le destrozaba el alma al pensar que esa vida corriera peligro de terminar.

El 4 de agosto.

Esme reparó en la carta arrugada tirada en el suelo, la cogió y se sentó en la cama de enfrente a leer. Manuela se puso a su lado para ver qué decía y sus expresiones se fueron tensando a medida que pasaban las cuartillas.

—Tranquila, vamos a pensar, ahora no te puedes ir. —Esme le separó las manos para verle la cara—. Porque no te quieres ir ahora, ¿verdad?

—Pues claro que no quiero irme, pero ¿qué le digo a mi padre para que no venga a buscarme? Tendría que haber dicho algo antes, tendría que haber aclarado que yo aquí estoy muy bien y quiero seguir así, pero fue todo tan repentino, los veía a todos tan felices…

Manuela se levantó y salió de la habitación. Al minuto estaba de vuelta, venía hojeando *La Esfera* y la dejó abierta delante de los ojos de Catalina.

—Mira esto. —Era una fotografía de la condesa de Torrellano vestida de novia—. Si les dices a tus padres que el traje de novia te lo compras aquí, mira, no tienes necesidad de salir pitando para que te lo haga tu modista y ganamos tiempo.

Catalina leyó el pie de foto que decía que *«el maravilloso vestido blanco»* que llevaba la condesa había sido adquirido en Maison Sarmanton, en la calle Barquillo de Madrid. Podría valer. Podía meter el recorte en una carta y decir que ese era el vestido que quería, que se lo iba a comprar confeccionado en esa casa de modas, y así se ahorraba semanas de elección de telas, modelos y pruebas en su modista. De ese modo se daba un poco de tiempo, se podía quedar hasta final de curso.

De todas formas, ¿serviría de algo retrasar la vuelta? Después de eso, ¿iba a tener el coraje de decepcionar a su padre? ¿Sería capaz de decirle a Álvaro que no quería casarse ahora, que a lo mejor dentro de cuatro años, cuando terminara la carrera, estaría preparada? La alternativa de dejar la Residencia y renunciar a sus planes, a todas las posibilidades que tenía aunque fuera una mujer, la llenaba de una melancolía insoportable. Tenía que intentarlo, se dijo, iba a plantar cara, pensó, se lo iba a explicar a Álvaro. Lo más urgente era telefonear a su padre, al día siguiente, a primera hora. Le iba a decir…

—Cualquier cosa que les diga, pensarán que estoy loca. —Catalina se dejó caer de espaldas en la cama y se tapó la cara con un cojín.

Así no la veía, pero oyó cómo Esme se levantaba, sus pasos hasta el armario y los cierres metálicos de una maleta al abrirse. Regresó con una botella y llenó una taza de grappa.

—Bebe un trago.

Catalina se incorporó y bebió un sorbo que le sacudió el cuerpo, pero dio un trago más antes de devolverle la taza.

—Cata, no te puedes ir así, sin más —dijo Manuela—. Al menos date la oportunidad de terminar el curso. Con lo bien que vas, si sigues sacando notazas le puedes pedir ayuda a la señorita De Maeztu para que interceda por ti.

La directora las apoyaba en todo lo relacionado con su formación, la de veces que le habían oído decir que «la educación da fuerza a las mujeres para descubrir nuevos mundos», que era justo en lo que ella estaba en ese momento, descubriendo un mundo que ni en sus mejores sueños se habría podido imaginar. Pero ¿alguna vez la señorita De Maeztu había tomado partido por una hija que se enfrentaba a su propio padre? Lo dudaba.

—¿Creéis que servirá de algo?

—Habrá que intentarlo. —Esme le volvió a pasar la taza de grappa y Catalina bebió como el niño que agradece que su medicina sea un jarabe de fresa.

—Si pido una beca de la JAE para ir al Smith College, ¿me la darán como a Juana?

—Pues claro, Cata.

—Manu, nosotras somos las mejores de la clase, ¿a que ninguno nos hace sombra ni queriendo? —La grappa estaba haciendo efecto, estaba empezando a tranquilizarse.

—Ni don Gerardo puede con nosotras, se le han tenido que revolver las tripas cada vez que nos ha aprobado, pero no le ha quedado otro remedio —le recordó Manuela—. Cata, tú vales mucho, te lo digo en serio.

Era verdad, tenía talento en el laboratorio, su padre era sincero cuando se lo decía. También lo había dicho el de Botánica delante de todos: «Señorita, la felicito, el que quiera ver un herbario bien hecho que venga a mirar el de su compañera». Hasta podía decir que su fuerte era la Física, salía voluntaria en clase a explicarles a los demás los principios de la termodinámica con tanto aplomo que todos se quedaban embobados mirándola.

Entonces ¿por qué era tan torpe para manejar su vida?

Se había dejado deslumbrar, eso era todo, pero había reaccionado a tiempo. Y ahora tocaba poner las cosas en su sitio. ¿Por qué no? Tenía que intentarlo. No estaba todo perdido, tampoco era que fuera a ser fácil, pero algo se podría hacer, cualquier cosa antes que reconocer que era una pusilánime que se dejaba llevar por la mano firme y masculina que se apoyaba en su espalda y le indicaba con una suave presión la dirección que debía seguir. Porque ella no era así, ella siempre había tomado sus propias decisiones y ¿cuándo no había conseguido lo que quería, a ver? Cualquiera, hasta el más lerdo, tenía que entender que no iba a desperdiciar las aptitudes que Dios le había dado; si había sido cosa suya hacerla así, con esa facilidad para los libros y para resolver problemas, ¿quién era el soberbio que le iba a enmendar la plana al propio Dios? Apuró la grappa que quedaba en la taza hasta el final.

El dormitorio estaba perdiendo las aristas de sus líneas rectas. Los muelles del colchón le susurraban palabras amables cuando cambiaba de postura. La lámpara del techo iluminaba la senda segura por la que avanzaban sus pensamientos. Se relajó, casi había desaparecido la presión que le martilleaba la frente. Pues claro que podía hacer algo, al fin y al cabo los hombres de su vida querían que fuera feliz, ¿o no se lo había dicho Álvaro tantas veces? «Voy a hacerte feliz». ¿Y no se había puesto su padre de su lado cada vez que lo había necesitado? Cuánto los quería, a sus hombres. «Relléname la taza, Esme, haz el favor», dijo, y su compañera, qué buena era Esme, acabó de vaciar la botella que había tenido escondida en su maleta.

—Manu, ven aquí con nosotras. —Catalina la agarró de una mano y tiró de ella con fuerza para que se cambiara de cama—. Zanahorita, no sabes cuánto te quiero. Tú sí que eres una amiga verdadera, nunca nos separaremos, ¿verdad que no? Bebe un sorbito, anda.

Manuela dio un trago despreocupado, como si le acabara de ofrecer un té. «Jesús, cómo quema», dijo agarrándose la garganta y dejó la taza en la mesilla junto a Esme, que estaba tumbada con los pies apoyados en el cabecero de la cama.

Catalina se puso de lado con la cabeza en los cojines. Qué sueño le estaba entrando. Estaba tan amodorrada que no les prestaba atención, aunque sus amigas seguían dándole vueltas.

—Si se queda hasta final de curso y sigue así, sacando sobresalientes, la pueden becar el próximo curso. —Manuela se levantó a coger un chal del perchero—. Lo digo por si su padre se enfada y no le quiere pagar la Residencia. —Tapó a Catalina con el chal.

Esme bajó los pies del cabecero y se sentó en la cama junto a su amiga, que seguía acurrucada.

—No sería fácil que le dieran una beca en segundo de carrera, pero aunque se la dieran, si la becaran para irse al Smith College o a cualquier otro sitio, sin el permiso de su padre no podría ni montarse en el barco. Manu, ¿te acuerdas del día que hablamos del Código Civil en la biblioteca? Cómo que no, ¿no recuerdas que Pepita y yo os contamos que en el Lyceum redactaron una propuesta para cambiar unos artículos?

Manuela le dijo que algo le sonaba.

—Deberían cambiar el artículo que dice que «la mujer debe obediencia a su marido», ¿no lo entiendes? Si se casa tendrá que hacer lo que le salga de las narices a Álvaro. ¿Tú te fías de él?

Manuela se encogió de hombros.

—Está loca por Álvaro, no creo que sea capaz de dejarlo. Es que cómo es el muchacho, más guapo no lo encuentras ni que busques con un candil. Pobre Cata —Manuela le acarició una mano—, no me gustaría nada estar en su pellejo, pero nada.

—Ostras, Manu, mira. —Esme señaló la mano que descansaba sobre la colcha—. No sé si ella será consciente pero creo que ya ha tomado una decisión, ya no lleva el anillo.

Las dos estaban mirando los dedos vacíos cuando de pronto la mano de Catalina agarró el índice estirado que la estaba señalando y Esme dio un respingo.

—Os estoy oyendo.

—Qué susto me has dado, creí que estabas dormida.

—Qué asco de vida, no puedo hacer nada.

—¿Cómo que no? Tienes que intentarlo. —Esme se acaloró—. Parece mentira que digas eso viviendo donde vivimos. Anda que no tiene que aguantar ataques la señorita De Maeztu por empeñarse en que las mujeres tengamos tanto derecho a estudiar como los hombres. La ponen pingando, ¿y ella qué hace? ¿Tirar la toalla? De eso nada, sigue adelante.

—Ni se te ocurra derrumbarte ahora, Cata —añadió enérgica Manuela—. Habla con Álvaro, ¿qué prisa tenéis de casaros tan pronto? Que espere, anda que no hay noviazgos largos, la cantidad de chicas que tienen novio en la Residencia, y las esperan. Si de verdad te quiere, esperará.

Catalina pensó que tenía razón, ¿la quería de verdad? Pues que se lo demostrara esperándola.

—A Álvaro no le va a hacer ninguna gracia. Pero al que temo es a mi padre, cuando le diga que quiero retrasar tanto la boda, con lo emocionados que están, me agarra de una oreja y me lleva de vuelta a casa. —Catalina apretó la mano de Manuela buscando consuelo—. Ay, como se enfade y me venga a buscar. Que tengo diecinueve años, si quiere me tiene encerrada hasta los veinticinco, ¿no nos lo explicaste tú, Esme, que si no es para casarme o meterme a monja no puedo irme de casa sin el permiso de mi padre hasta los veinticinco?

Esme se había puesto de pie con los brazos en jarras delante de ella.

—Catalina, no seas derrotista, que todavía no has movido

un dedo y ya te das por vencida. ¿Que las cosas son fáciles para las mujeres? Evidentemente, no. Pero ¿no ves la cantidad de ejemplos que tenemos alrededor de chicas que están seguras de lo que quieren y van a por ello? ¿Es que no lo vas a intentar?

Claro que iba a ser difícil, pero ella era fuerte, siempre había sido decidida, y ahora tenía muy claro lo que quería.

—Mañana mismo le pongo una conferencia a mi padre y se lo digo. Y en cuanto vuelva Álvaro, hablo con él.

—No esperaba menos de ti. —Esme se sentó a su lado y la abrazó con fuerza.

LA TELEFÓNICA

Se paró un momento en la acera, miró hacia arriba, a la inmensa fachada del rascacielos de la Telefónica, se estiró los guantes y entró. Avanzó por el vestíbulo, y a pesar del trasiego, solo oía el sonido de sus propias pisadas sobre el suelo de mármol, que se extendía alrededor dibujando figuras geométricas.

Si se había molestado en ir hasta la Gran Vía a poner esa conferencia, a ese edificio de aspecto tan americano como la tecnología que albergaba —lo había leído en *La Esfera*—, era para asegurarse de que no habría interferencias o cortes en la línea mientras mantenía una conversación tan trascendental. Esa comunicación no podía fallar.

Estaba concentrada en sus pensamientos, repasando mentalmente todo lo que iba a decir.

Que era ella quien tendría que decidir la fecha de su propia boda, ¿no?

Que ahora que estaba demostrando lo bien que le iba estudiando una carrera, no era de recibo que la dejara tan pronto, ¿verdad?

Que como mujer que era, más valía que fuera capaz de valerse por sí misma, porque por muy bueno que fuese Álvaro,

¿podría confiar ciegamente en un hombre? A Catalina se le volvió a poner el estómago del revés recordando la escena de su padre con aquella desconocida y la imagen alimentó su indignación. Como se atreviera a hablarle de matrimonios intachables se iba a enterar, entonces sí que iba a ponerlo en su sitio, en ese caso claro que la iba a oír…

«Respira hondo —pensó Catalina—, que esto tiene que salir bien».

Puede que la mejor estrategia fuera empezar diciendo que ella amaba a Álvaro, que por supuesto que quería casarse con él, pero ¿hacía falta que fuese tan pronto? ¿No les parecía razonable dejarla terminar la carrera? Eso la haría feliz. Su padre siempre decía que quería lo mejor para ella.

Absorta en sus pensamientos, se había quedado parada en el centro del vestíbulo. El espacio era grandioso, los techos altísimos, dos filas de columnas sujetaban una balconada a media altura con barandilla cromada y las luces de las arañas se reflejaban en todas esas superficies pulidas. Un grupo de señoritas uniformadas se dirigía hacia las escaleras del fondo, con el paso decidido de quienes tienen un cometido, y ella también se puso en movimiento.

Caminó hacia el lateral, donde tenía que pedir que le pusieran la conferencia. Le indicaron el número de su cabina y volvió a mirar su reloj de pulsera. Si todo iba como de costumbre, y la suya era una casa de costumbres, en ese momento su madre se estaría echando la siesta y su padre aún no habría salido para la farmacia. Tenía que ser él quien cogiera el teléfono.

Esperó con el auricular tan apretado que se estaba haciendo daño en la oreja. Estaba convencida de sus argumentos, decidida a exponérselos uno a uno, porque seguía sintiéndose tan rabiosa como cuando leyó la carta. Notó un alivio fugaz cuando oyó a su padre al otro lado de la línea. Pero al escuchar esa voz, tan sorprendida y alegre, todo el cariño que sentía por él regresó de golpe. No quería decepcionarle, ni defraudarle, le daba miedo imaginarse a su padre enfadado con ella. Ahora no sabía por dónde empezar. Necesitaba un momento para organizar las ideas, trató de sonar despreocupada y le preguntó por la salud de su madre y después se interesó por Demetria.

—Todos estamos muy bien, ¿cómo estás tú?

—Bien, bien, tenemos que hablar. —Una cosa era imaginárselo y otra enfrentarse a su padre, los nervios le cerraban la garganta, la voz le salía estrangulada.

—Hija, te oigo muy lejos, ¿ha pasado algo? ¿Por qué nos pones una conferencia?

—Te quería hablar de Álvaro.

—¿Le ha pasado algo a tu novio? —El tono de la voz de su padre se elevó de golpe.

—Álvaro está muy bien. Es que ayer recibí tu carta.

Don Ernesto no decía nada, esperando que continuara con lo que fuera que ella le quería decir.

—Papá, es por lo de la fecha de la boda, de eso quería hablar contigo.

—¿Qué dices, cariño? ¿De la boda? —Catalina oyó unas voces de fondo al otro lado de la línea—. Tu madre está aquí conmigo, para las cosas de la boda será mejor que hables con ella, que es la que se está ocupando de todo.

—Espera un momento, papá, que tengo que hablar contigo.

—Dime.

Catalina sentía la mano crispada en el auricular. Cogió aire y cuando le estaba diciendo «Necesito que se retrase la...» tuvo que parar porque estaba oyendo en sordina una conversación al otro lado y a continuación, con mucha nitidez:

—¡Hija, qué alegría que se te haya ocurrido telefonearnos! —Le costó reconocer a su madre, su voz tintineaba aguda como un cascabel—. ¿Querías hablarnos de la boda? Dime, Cata, aunque no tienes por qué preocuparte porque ya lo tenemos todo encarrilado. La tía Angustias está aquí, ha venido a ayudarme con los preparativos, porque como tu novio nos ha dicho que vendrán unas ocho personas de su familia, más Julieta, su marido y sus padres, yo calculo que en total tendremos unos doce invitados esos días. Así que ya estamos preparando toditos los cuartos del ala norte, que llevan cerrados más de cinco años, desde la boda de tu hermana no se han vuelto a usar, miento, abrimos el de la cama con dosel cuando pasó el obispo por La Villa. —Catalina intercalaba algún «vale», «escucha», pero su madre parecía no oírla—. Mira, hija, solo por ocasiones como esta merece la pena mantener este caserón. Y tú ya sabes el gusto que tiene mi hermana, hemos encargado un damasco divino para hacer cortinas nuevas, tú por eso no te preocupes, que las habitaciones van a quedar preciosas para tus invitados.

—¿Me pasas con papá?

—Espera un momento, lo más importante que te quería decir: voy a encargar satén de seda para el vestido de novia, porque si Julieta llevaba uno así, tu traje no va a ser menos que el de tu amiga, que muchos invitados van a coincidir. Pero de eso justamente es de lo que te quería hablar: como no vengas pronto no vas a tener tiempo suficiente para las pruebas, el vestido ha de quedarte como un guante. Dime, ¿cuándo vas a tener las cosas preparadas para que te vaya a buscar tu padre?

—Mamá, te he mandado en una carta un recorte de *La Esfera* con el vestido de novia que quiero, es como el que llevó la condesa de Torrellano en su boda, lo venden en Maison Sarmanton. Me lo voy a comprar aquí, eso es cosa mía.

—¿Y dices que ya me has mandado el recorte? Pues no hemos recibido esa carta.

—Os la mandé esta mañana.

—¡Entonces normal que no lo hayamos recibido!

—¿Me pasas con papá, por favor? —A Catalina le ardía la cara de la tensión que estaba intentando contener.

—¿Cuándo quieres que te vaya a buscar?

—¡Mamá!

—¿Qué pasa?

—¿Me vas a pasar con mi padre sí o no?

—Pues mira, no, porque acaba de salir para la farmacia.

Catalina no pudo contener el grito:

—¡Dale una voz para que vuelva, que tengo que hablar con él!

—Pero ¿se puede saber qué es lo que te pasa? Dime qué es tan urgente, ¿has hecho algo? Ay, Dios santo, que esta niña se ha metido en algún lío. ¿Quieres hacer el favor de decirme por qué has puesto esta conferencia? No será que… Dime que no tiene nada que ver con Álvaro. ¡Porque como hayas hecho alguna tontería tu padre te mata!

A Catalina se le llenaron los ojos de lágrimas de impotencia. Le aseguró a su madre que no tenía que preocuparse, que no se había metido en ningún lío ni había cometido ninguna indecencia —si no viviera en la ignorancia, doña Inmaculada sí que tendría un buen motivo de preocupación, un motivo con pendientes y fulares—. Se despidió descorazonada y colgó.

Salió a la Gran Vía arrastrando los pies. Le costaba caminar bajo la sombra inmensa del edificio de la Telefónica. En la esquina se quedó parada con la mirada perdida. En la acera de enfrente, una cartelera anunciaba la película que estaban poniendo en el Palacio de la Música. Catalina miró a la joven actriz Imperio Argentina y leyó distraída el título de la película, *Corazones sin rumbo*.

Siguió andando hacia la parada del tranvía, donde ya esperaba un grupo de personas, pero pasó de largo y continuó caminando, abatida.

LA METAMORFOSIS

Un libro se cayó al suelo y despertó a Esme. Catalina, que estaba moviendo cuadernos y carpetas, se agachó a cogerlo y miró alrededor; gateó hasta el armario y palpó el suelo.

—Mira a dónde había ido a parar —se dijo sacando su anillo de compromiso envuelto en pelusas.

Esme miró el reloj y luego saltó de la cama. Le preguntó a dónde iba.

—Tengo un montón de cosas que hacer. —Ya se estaba poniendo el abrigo—. Me voy corriendo, luego te cuento.

En ese momento sonó la chicharra y se miraron sorprendidas.

—¿Esperas a alguien? —le preguntó Esme.

—¿No será para ti? —Catalina cogió el sombrero—. Yo me voy a ver a Angelita, ahora pregunto al bajar. Ay, que me olvidaba. —Cogió el *TBO* de la estantería y lo metió en el bolso—. Te veo en la cena.

De tanto darle vueltas a sus propios problemas, se estaba olvidando de Angelita. El domingo anterior, cuando fue a verla, la niña tenía una tos seca que no le había gustado nada. Tendría que haberse acercado esa semana al sanatorio a preguntar. Podría ser una neumonía. Podría ser algo peor. Bajó deprisa las escaleras. Se asomó a secretaría para preguntar el motivo de la llamada, pero solo le dio tiempo a ver el gesto de la chica que le indicaba que se diera la vuelta.

—¡Álvaro! ¿Qué haces aquí?

Él se agachó a darle un beso en la mejilla.

—Yo pensaba que ahora estabas en Barcelona.

—Pues he venido a verte. ¿No te dije que en cualquier momento cogía un tren aunque solo fuera para pasar unas horas contigo?

La chica de secretaría los estaba mirando, un codo en la mesa y la mejilla apoyada en la palma de la mano, embobada. Álvaro le dio las gracias muy amable antes de salir y ella se puso colorada. Catalina sintió una punzada de orgullo. Ese hombre era su prometido.

El automóvil estaba aparcado en la acera de enfrente. ¿Le iba a pedir que la acercara un momento al sanatorio para preguntar cómo seguía la niña o le sentaría mal que estuviera pensando en otras cosas cuando había hecho el esfuerzo de venir a Madrid solo para verla? Álvaro abrió la puerta de su lado para que entrara.

El auto se puso en marcha y doblaron por Rafael Calvo.

—Álvaro.

—Dime, preciosa.

—¿Podríamos pasar un momento…?

Álvaro dio un frenazo.

—¡Menudo animal, es que no miran antes de cruzar! —dijo mientras hacía sonar la bocina—. Sí, dime.

—Es que la semana pasada, cuando fui al sanatorio a ver a Angelita…

—Eres muy buena, Catalina, muy caritativa.

—No es caridad, yo a esa niña la quiero.

—No puedes involucrarte tanto con todos los desvalidos. —Álvaro le dio unas palmaditas en la pierna.

—Solo va a ser un momento, preguntar cómo está nada más, no sea que haya cogido una neumonía o algo peor y…

—Abre la guantera.

—¿Qué?

—Que te he traído una cosa de Sevilla, está en la guantera.

Catalina la abrió y sacó un paquete cuadrado envuelto en papel de seda. Quitó el envoltorio y se le escapó un «ay, Dios mío». Álvaro se giró para mirar su expresión de asombro radiante; ella no quería parpadear para no dejar de ver, ni por un segundo, la delicadeza que tenía en las manos. Era una lámina con un dibujo naturalista que representaba el ciclo de una metamorfosis: sobre un fondo verde de plantas, la oruga sobre una hoja, la crisálida suspendida en una rama y, arriba a la derecha, una mariposa de alas traslúcidas como láminas de ámbar. Una verdadera delicia.

—Álvaro, muchas gracias, es lo más bonito que me podías regalar.

Cómo la conocía, se dijo, cuánta atención le prestaba que había recordado aquella vez que comentó lo mucho que le gustaban los dibujos naturalistas. No le habría hecho más ilusión un collar de esmeraldas, eso habría sido muy fácil. Pero tener la sensibilidad de buscar ese dibujo tan exquisito en Sevilla, eso claro que demostraba lo atento que estaba a sus intereses.

De repente se dio cuenta de que llevaba puesta una falda corriente y una blusita blanca. Menos mal que se había puesto el anillo. Y ahora él, ¿no pensaría llevarla al Palace o algún sitio de esos?

—Tenemos todo el día para nosotros, ¿qué te apetece hacer? —le preguntó Álvaro como si fuera capaz de seguirle los pensamientos, lo que la incomodó.

—No sé, lo que quieras.

—Mira qué día tan espléndido, ¿qué te parece si paramos a comprar algo de comer y unos refrescos y nos vamos al campo? Podemos buscar la orilla de algún río y nos tumbamos en la hierba, ¿te parece una buena idea?

¿Cómo no le iba a parecer una idea estupenda, si todo él, desde el mechón que le caía por un lado de la frente hasta las rayas interminables de sus pantalones, era estupendo? Cuando estaba cerca de él, cuando olía ese aroma a loción y tabaco, ¿por qué su piel se empeñaba en erizarse? Cuando él la miraba se sentía radiante.

Iban a tener tiempo para hablar largo y tendido, le iba a explicar lo que deseaba y él, siempre tan dispuesto a hacerla feliz, tendría que entenderla. Álvaro no hacía otra cosa que demostrarle lo mucho que la quería. Pero ahora había que buscar una tienda para comprar pan, queso y unas cerezas, que ya había visto cerezas en las fruterías. Comerían debajo de un árbol y podrían meter los pies en el río, aunque el agua estuviera helada. No podría haberle ofrecido un plan que le apeteciera más en ese momento, después de las semanas de encierro que llevaban en la Residencia.

Salieron por la carretera de la sierra. Se pararon en el primer pueblo y entraron en una cantina donde compraron la comida. Álvaro sacó una cantimplora del maletero y la llenaron con agua de la fuente. Continuaron por un camino lleno de baches y el vaivén del asiento le daba la risa. Aparcaron cerca de un río y se besaron detrás del tronco de un árbol, aunque por ese camino no se veía a nadie. Se quitaron los zapatos y él se remangó los pantalones para meterse en el agua; empezó a hacer aspavientos, como si resbalara por las piedras y estuviera a punto de caerse a cada paso que daba, mientras ella le decía, riéndose desde la orilla, que dejara de hacer el tonto y tuviera cuidado, así que cuando él se giró de repente y dio un manotazo en el agua para salpicarla, la cogió desprevenida y no tuvo tiempo de dar un salto atrás. Le mojó toda la falda.

Después se tumbaron al sol. A los pocos minutos él dijo que le empezaban a sonar las tripas, que tenía un hambre de cavador, pero siguió ahí tumbado. Ella se incorporó y, mientras abría los paquetes de la comida, Álvaro, que seguía con la cabeza sobre un brazo que le hacía de almohada, le extendió una navaja que llevaba en el bolsillo. Se incorporó cuando ella le ofreció una rebanada de pan con queso, y él le dijo lo feliz que se sentía, que estaba en la gloria, ¿acaso ella no estaba también en la gloria? Catalina asintió. La falda mojada se le estaba pegando a las piernas y cambió de postura. Probó una cereza y lanzó el hueso a ver si acertaba en la piedra que sobresalía del agua; Álvaro hizo lo mismo y afinaron su puntería hasta que terminaron las cerezas. Después de comer Álvaro se volvió a tumbar y cerró los ojos, ¿se habría quedado dormido? Tenían que hablar, había llegado el momento de contárselo todo, a ver cómo se lo planteaba. Una mosca empezó a revolotear por los restos de comida y Catalina los envolvió en el papel de estraza.

—Tengo una noticia que te va a gustar —dijo Álvaro de pronto incorporándose sobre un codo.

—¿Qué ha pasado?

—Todavía no ha pasado, así que espero que seas discreta —le dijo dándole un apretón en la rodilla—. Van a volver a abrir la universidad.

—¿De verdad? ¿Estás seguro?

—Que sí, princesa, que vas a poder hacer los exámenes, lo sé de buena tinta.

Ahora sí que había llegado el momento de aclarar todo el asunto. A ver cómo se lo dejaba caer sin desencadenar un drama.

—Álvaro, sobre lo de la fecha de la boda…

—Será cuando tú quieras, mi vida, cuando te venga mejor. Precisamente el otro día me dijo tu padre que antes de las fiestas de La Villa es el mejor momento. Pero si necesitas más tiempo para preparar la boda, pues bien también.

Sí, por supuesto que necesitaba más tiempo. Bastante más del que él se imaginaba, para ser sincera. Cogió aire y…

—Pero a nosotros nos viene muy bien antes de las fiestas —continuó Álvaro—, ¿no te parece? Así tenemos tiempo suficiente para el viaje de novios, porque te voy a llevar a un sitio que te va a encantar, ya verás cómo no le pones pegas. —La cogió por la cintura y prolongó un poco la intriga mirándola con una sonrisa antes de decirle—: Te voy a llevar a París, dime que te hace ilusión ir a París.

—Cómo no me va a hacer ilusión, claro que sí. —Ella le retiró distraída el mechón que le caía sobre la frente—. Es por lo de los estudios, ya sabes, me gustaría seguir.

—Si es eso lo que te hace feliz, a mí no me importa que estudies. Mira, casi mejor, así no te aburres mientras yo estoy trabajando, porque al principio no conocerás a nadie en el destino que nos toque —le dijo mientras la atraía hacia sí y le daba un beso.

Y siguió besándola. La presión de sus brazos que la rodeaban y ese sabor delicioso. Cerró los ojos, se dejó caer de espaldas en la hierba y sintió el placer de su peso. Sus dientes en el lóbulo de la oreja, sus labios recorriéndole el cuello. Álvaro le dio un último beso en los labios e hizo ademán de separarse, pero ella lo abrazó con fuerza para que no se moviera de ahí. Ese deseo era más poderoso que una fiera agazapada dispuesta a hacerle perder la dignidad. Pero eso no podía ocurrir ahora, su juicio le pedía decencia, tenía que hacerse con el control.

Abrió los ojos. Se quedó mirando las hojas de los árboles que se mecían allá arriba, era una sensación parecida a flotar en una balsa y le gustaría poder dejarse llevar por la corriente.

Oyeron un traqueteo que se acercaba por el camino. Álvaro rodó hacia un lado, se quedó tumbado boca arriba en la hierba y Catalina se incorporó a toda prisa, alisándose la falda.

Era un carro cargado de jaulas de gallinas que iban cacareando y pasaron de largo. Esperaron a que el carretero se alejara detrás de los árboles. Álvaro se puso de pie y se desentumeció arqueando la espalda. ¿Se iban a ir ya? Catalina tenía algo importante que decirle, ¿dónde lo habían dejado? En lo de la fecha de la boda. Lo de decirle que quería retrasarla cuatro años le pareció una locura, pero aun así:

—Álvaro, ¿qué prisa tenemos por casarnos tan pronto? ¿No crees que es mejor esperar un tiempo?

Él la miró como si le hablara en un idioma extraño o como si le hubiera dicho un disparate que le costara entender. Cuando se volvió a mover fue para darle la espalda y echarse a andar, a pasos lentos, en dirección al auto. De golpe, se giró hacia ella.

—Tú no me quieres, ¿verdad?

Catalina corrió hacia él y lo abrazó para intentar que volviera a ser el de antes, el que no la miraba con esa ira.

—Te quiero más que a nada en el mundo.

—¿Cómo pretendes que te crea? —Le presionó los hombros para separarla.

Por primera vez fue consciente de la angustia insoportable que sentiría si lo perdía; lo agarró de un brazo que él sacudió y le volvió a dar la espalda.

—Créeme, por favor, mírame.

Él no se movió durante unos instantes eternos y al final se giró hacia ella.

—¿Y por qué no quieres estar conmigo? Piénsalo, porque parece que no tienes claro lo que deseas.

Catalina lo abrazó con fuerza, «te quiero a ti», le dijo y se lo repitió: «te quiero». Sintió que la rigidez del cuerpo que estaba apretando empezaba a ceder y notó que los dedos de Álvaro le rozaban el pelo. Levantó la vista hacia él con temor y la cara que vio la asustó todavía más.

—¿Qué pasa?

—Te veo rara.

—¿Rara por qué? —dijo y agachó la cabeza, se ahuecó el flequillo temiendo que fuera por la ceja partida que se había pintado con un lápiz, pero era posible que se le hubiera borrado.

Él no contestó. A lo mejor había dejado de verla guapa. A lo mejor se estaba dando cuenta de que no era para tanto, tan menuda, tan insegura, tan poquita cosa como la estaba haciendo sentir al mirarla así. Se agachó a recoger las cosas del pícnic con las manos temblando. Intentó hablar impostando un tono desenfadado.

—Está refrescando y no traje chaqueta.

Él le cogió la cesta de la mano y ella dobló la manta mirando al suelo. Lo siguió un paso por detrás mientras iban hacia el auto. Cuando se montaron, él encendió un cigarrillo y puso en marcha el motor.

—¿Todavía no te han dicho nada del destino al que vamos a ir? —No sabía en qué postura colocarse; apoyó un codo en el marco de la ventanilla, pero le quedaba demasiado alto.

—Podríamos ser felices en cualquier sitio, ¿no crees? —Las ruedas se hundieron en un hoyo del camino sin asfaltar y Álvaro asomó la cabeza fuera para evitar un pedrusco—. Maldito camino de cabras.

—Claro que seremos felices en cualquier lugar si estamos juntos, por supuesto. Lo decía porque, ya que nos vamos de Madrid, si nos destinan a alguna ciudad con universidad, puedo seguir con la carrera.

—Puede ser, no lo descartes. Pero no te preocupes ahora por eso, que ya encontraremos la solución para que sigas con tus libros. Yo solo quiero que mi princesa esté contenta, ya lo sabes —dijo con un tono de voz demasiado grave, un tono que no se correspondía con lo que estaba diciendo.

Catalina enrolló el dedo en el hilo que le asomaba por la bastilla de la falda y tiró para arrancarlo. Tenía que ponerle una vela a santa Rita para que les tocara una ciudad con universidad. Y si no era así, podría estudiar por su cuenta y venir a Madrid para los exámenes. Casi mejor, así podría estar unos días con sus amigas, porque en la Residencia siempre tenían una habitación disponible para las antiguas alumnas que venían a examinarse, como las dos que habían pasado unos días ese curso para presentarse a las oposiciones de profesores. Le empezaba a dar un poco igual el destino al que los mandaran, se las arreglaría para seguir estudiando.

Mientras ella le daba vueltas a la cabeza, Álvaro se terminó el cigarrillo y lanzó la colilla a la carretera.

Cuando la llevó de vuelta a la Residencia, Catalina se sentía como si tuviera la punta de los pies en el borde de un abismo y estuviera dispuesta a saltar.

LA CONFESIÓN

Esme estaba al otro lado de la red, las dos manos en la raqueta y las piernas flexionadas para recibir el saque. Catalina lanzó la pelota al aire y le dio tal golpe que a Esme no le dio tiempo a reaccionar y perdió el punto. La eufórica ganadora se puso a saltar por la pista.

—Muy bien, Cata, sigue así y a lo mejor el año que viene me ganas un partido.

Fue oír nombrar el año siguiente y a Catalina se le desinfló la euforia.

Siguieron jugando, pero ahora Catalina no daba un golpe al derecho, cada vez que conseguía alcanzar la pelota, a duras penas, la lanzaba a un lateral de la pista, o no llegaba a la red, o hacía una volea tan larga que Esme bajaba su raqueta y se giraba para verla tropezar contra el muro del fondo. Después de unos minutos de juego desastroso, Catalina dejó caer su raqueta al suelo. Esme cogió la cantimplora y se acercó a ella bebiendo un trago.

—No te desesperes, anda, que ibas muy bien. A nada que practiques un poco en verano, el año que viene serás una buena rival, en serio, que ya juegas mejor que la mayoría.

Catalina recogió la raqueta del suelo y se fue a sentar al

banco. Esme se dejó caer a su lado limpiándose el sudor con el dorso de la mano.

Ya no podía prolongarlo más. No había encontrado el momento para contarles a sus amigas el desastre de la llamada a su padre y la conversación con Álvaro, pero se ponía mala cada vez que oía mencionar el año próximo y ella sin atreverse a hablar.

—Oye, quería contarte —se agachó para subirse un calcetín— que he hablado con Álvaro.

—¿De lo de retrasar la boda? —Esme apoyó un brazo en el respaldo girada hacia ella, toda oídos—. ¿A qué esperabas para contármelo? ¿Qué te ha dicho?

—Ha sido muy comprensivo, la verdad.

—¿Te espera hasta que termines la carrera? Ay, Cata, este hombre es un sol.

—Bueno, no es eso exactamente. Yo voy a seguir estudiando, pero al final nos casamos este verano.

Esme volvió a quedarse mirando al frente y se demoró dando traguitos a la cantimplora.

—Me voy a presentar por libre —continuó Catalina—, vendré a la Residencia durante la época de exámenes.

—O sea, que no cedió con lo de retrasar la boda.

—Pero me apoya en todo. A lo mejor le destinan a alguna ciudad con universidad y sigo estudiando allí. Pero yo casi prefiero irme a cualquier sitio perdido para venir a hacer los exámenes a Madrid y así estoy con vosotras unos días.

Esme se quedó callada unos instantes y luego volvió a girarse hacia ella.

—Cuando te cases, ¿qué vas a hacer para no quedarte embarazada?

—El *coitus interruptus*.

—¿Tú de dónde has sacado eso?

—Eso es lo que hace Estrella con su novio.

—¿Le has preguntado a Estrella cómo lo hacen?

—No somos amigas, te lo pensaba preguntar a ti.

—Yo te lo puedo explicar, pero ¿Álvaro qué dice, está por la labor?

—Ay, hija, cómo voy a hablar de eso ahora con él, ya veremos cuando llegue el momento.

—O sea, que ni se lo has planteado. Tú eres tonta, de verdad, estás tarada.

—No hace falta que me insultes.

Manuela acababa de venir a buscarlas a la pista de tenis, como todas las noches, para entrar con ellas en el comedor, pero no se dieron cuenta de que la tenían detrás hasta que habló.

—¿Se puede saber por qué la insultas? —le dijo a Esme y se sentó con ellas en el banco.

—Ah, que a ti tampoco te ha contado nada.

Manuela se quedó mirando a Catalina para que hablara, pero ella se volvió a agachar para estirarse el otro calcetín.

—Que Alvarito —continuó Esme—, qué otra cosa se podía esperar, no quiere ni oír hablar de retrasar la boda y esta está convencida de que va a poder seguir estudiando.

Catalina no se atrevía a incorporarse porque se le estaban empañando los ojos. Manuela le tiró de un hombro hacia arriba.

—¿Hacía falta que la hicieras llorar? —La abrazó y Catalina dejó que le resbalaran las lágrimas por la cara—. ¿No te parece bastante lo que está teniendo que pasar, la pobre?

Esme se puso de pie, paseó por delante del banco inquieta y se volvió a sentar.

—Se está metiendo en la boca del lobo y lo sabe mejor que nadie.

—¿Y qué quieres que haga, que me tire por un barranco? —estalló Catalina.

—Si tanto te quiere, ¿por qué no te espera?

—Me quiere demasiado como para irse a vivir a otro sitio

y no poder verme, eso lo entiende cualquiera —le contestó airada.

Le había parecido una locura insistir en que la esperara cuatro años. Y ahora, le parecía una insensatez irse de ahí.

—Creí que no ibas a ceder, que tenías clarísimo que tu vocación era lo primero, pero mira, te tira más el matrimonio —siguió Esme.

—Sabes de sobra que no es así, no me atormentes.

Manuela, tan conciliadora, no era capaz de presenciar un enfrentamiento y se puso del lado de la más débil, como siempre.

—No voy a dejar que sigas machacándola. Vamos dentro —le dijo a Catalina ofreciéndole un pañuelo—, y sécate las lágrimas.

Esme se quedó un momento sentada en el banco, pero luego corrió tras ellas.

—Perdóname, anda.

Catalina no soportaba la idea de estar enfadada con su compañera de habitación, así que cuando se puso a su lado y la cogió del brazo, lo apretó suavemente para darle a entender que la perdonaba.

—A lo mejor es verdad que te deja seguir estudiando —le dijo Manuela y se giró hacia Esme—; la quiere mucho, siempre se lo está demostrando.

—Si la quisiera de verdad… —empezó a decir Esme, pero cortó la frase.

Entraron en el vestíbulo y Catalina les dijo a sus amigas que fueran yendo a cenar, que iba a pasar a adecentarse un poco. Necesitaba estar sola unos minutos. Abrió el grifo, se mojó la cara y se quedó mirándose en el espejo. Álvaro la quería y ella estaba enamorada de él. Cuando vivieran juntos, ella se pasaría las horas estudiando hasta que él volviera del trabajo, y por la noche harían el amor hasta que se cansaran, sin nada que temer, con todo el derecho. Se estaba poniendo colorada solo de pensarlo. Volvió a echarse agua.

Cuando salió del cuarto de baño, sus amigas seguían a la puerta esperándola.

—Tienes mejor cara, anda, vamos a cenar —le dijo Manuela, y Esme las siguió un paso por detrás.

SAN LORENZO

Esme y Manuela saltaron de las sillas en cuanto Catalina abrió la puerta del dormitorio.

—¿A dónde te llevó?

—¿A qué venía tanto misterio?

Se quitó el sombrero, tiró el bolso a un lado y se dejó caer en la cama.

—Estoy agotada —dijo y cerró los ojos.

—Pero, hija, cuéntanos algo. —Manuela se sentó junto a ella, pero Catalina se tapó la cara con la almohada.

—¿Te ha pasado algo? —Esme le quitó la almohada de la cara—. Me estoy empezando a preocupar.

Catalina remoloneó y luego se incorporó y se quedó con la espalda apoyada en la pared.

—Fuimos a comer a El Escorial.

—Pues vaya cosa.

—La sorpresa vino después, casi me desmayo —les dijo, volvió a cerrar los ojos y otra vez se quedó callada.

Esme le sacudió un brazo y entonces las miró con desgana y empezó a hablar.

La sorpresa fue así. Álvaro la vino a buscar a primera hora de la mañana, no hacía falta entrar en detalles porque después del desayuno las dos habían sido testigos del pequeño revuelo que se formó en el vestíbulo de chicas que se hacían las simpáticas con Álvaro, mientras Cata subía a coger sus cosas para irse.

—Es que hoy estaba más Gary Cooper que nunca con esa camisa celeste, vaya ojos tiene —dijo Manuela, y Esme le hizo un gesto para que se callara.

Catalina se había arreglado mucho porque, con tanto misterio, no sabía si la iba a llevar al Palacio Real por lo menos, era lo único que le faltaba, porque ya la había paseado por todos los sitios elegantes de Madrid. Pero no era eso. Cogieron el auto y Álvaro se puso a conducir muy tranquilo sin decirle a dónde iban. Salieron por la carretera de la sierra, curvas y más curvas sin marearse porque le iba contando anécdotas de su viaje a Barcelona y un montón de chistes que la mantuvieron entretenida hasta que llegaron a San Lorenzo de El Escorial. Aparcó en una bonita plaza con vistas al monasterio y pasearon por una calle muy animada. Cada poco, él miraba su reloj. «¿Te parece si nos tomamos aquí el aperitivo?», le había preguntado con todo su encanto pero sin darle opción a decir que no, porque al mismo tiempo estaba retirando una silla para que se sentara en la terraza del Miranda & Suizo, un hotel del pueblo. Les trajeron unos vermús.

El lugar era bonito, sin duda. Pero ella todavía no entendía por qué le había dicho que se pusiera guapa, que tenía una sorpresa, algo que no se podría imaginar por muchas vueltas que le diera. Se estaba comiendo la aceituna del vermú cuando lo entendió. Desde luego, eso no se lo habría imaginado ni en un millón de años: ahí delante, más increíble que una aparición de la Virgen, estaba su propia madre. Doña Inmaculada riéndose y dando una palmada para sacarla de su estupor, porque la aceituna se le había quedado atravesada y no podía hablar.

—Pero ¿tu madre no era la que no salía de casa más que para ir a la colegiata? ¿Qué narices estaba haciendo en El Escorial? —le preguntó Esme.

Su madre —el día anterior había recibido carta suya y no le decía ni pío— había decidido ponerse a hacer viajes a esas alturas. ¿Por qué? Pues porque en esas conversaciones que mantenía Álvaro con sus padres, que eso de telefonearles se había convertido en una costumbre, resultaba que habían organizado el viaje de su madre y su tía. Sí, su tía Angustias también apareció en la terraza. Las dos habían cogido un tren, se habían plantado en El Escorial para visitar el monasterio, estaban alojadas en ese hotel donde estaban tomando el aperitivo, y el lunes cogerían otro tren para bajar a Madrid, donde iban a aprovechar para hacer compras para la boda, porque una boda de ese nivel no se había visto en La Villa en mucho tiempo, y ya cuando todo estuviera listo, se volverían las tres juntas a casa.

—Las ideas que tiene tu novio —dijo Esme.

—Lo peor es que el pobre lo hizo con la mejor intención, de verdad, porque él adora a su madre y cree que yo necesito a la mía para comprarme el vestido. Nunca le dije que con mi madre no me entiendo, que no coincidimos en nada —dijo Catalina sin fuelle y se tumbó otra vez en la cama—. Chicas, me asfixio, abrid la ventana, por favor.

Le costó acabar de contarles la historia hasta el final, aunque lo que pasó a continuación no tenía el más mínimo interés. Comieron los cuatro juntos, Álvaro estaba simpatiquísimo con las señoras y las hizo reír durante toda la comida; su madre se quería hacer la mujer de mundo y decía unas tonterías que Catalina no sabía de dónde las sacaba; su tía no dejaba de decir que hacían la pareja más linda de todo el estado español, y ella a duras penas conseguía tragar la comida que tenía en el plato.

—Que son mis últimas semanas en Madrid, con la de cosas que quería hacer, Manu, que quería ir contigo a despedirme del Botánico; Esme, que no vamos a poder ir al Marquina. —Se apretó las sienes con los puños—. Si es que no voy a tener tiempo ni para ir a ver a Angelita.

—Ya llevas bastante sin ir al sanatorio, ¿no? —le preguntó Esme.

Catalina se levantó de golpe a mirar el calendario que tenían colgado en un lateral del armario. Pasó un dedo por las últimas semanas y se puso una mano en el pecho antes de girarse hacia sus amigas.

—Dios santo, que ya llevo tres semanas sin ir a verla.

—¿Qué dices? ¿Tanto? —se extrañó Manuela.

—Desde que volvió Álvaro ando todo el día a las carreras, ya lo habéis visto. —Abrió el armario y se puso a rebuscar entre la ropa, dejó la puerta abierta y se fue hacia la estantería, le quitó la tapa a una cajita y la volvió dejar, abrió el cajón de la mesita.

—Pero ¿qué estás buscando?

—Una aspirina, me estalla la cabeza.

LA HIJA DEL ANARQUISTA

Catalina volvió a tirar del llamador y continuó así un rato, hasta que por fin oyó unos pasos que se acercaban y se abrió la puerta. No conocía a esa monja, que seguía asomada a la puerta entornada sin dejarla pasar dentro.

—Ya le he dicho que sor Fuencisla está ocupada, no puede subir a atender a todos los que llaman a esta casa, porque usted no es la primera que llega a deshora, como se imaginará.

—Bueno, a lo mejor me puede ayudar usted. —Catalina luchaba por mantener la calma—. Vengo a ver a una niña, Angelita, será un minuto.

—Solo se pueden hacer visitas los días de visita, ¿por qué no vino ayer? —A la mujer le faltaban dos dientes delanteros y sus palabras salían por ese hueco negro como alimañas que se arrastran fuera de una cueva.

—Madre, se lo pido por favor, no habría venido si no fuera una urgencia, tengo que ver a la niña.

—Urgencia, urgencia —dijo la monja dando un paso atrás cuando Catalina se acercó a ella, como si temiera que la tocara—. Pocas urgencias estamos teniendo estos días, con la que nos ha caído.

La estaba crispando de tal manera que entró por el hueco que quedaba libre casi rozándola y cruzó el vestíbulo hacia el pasillo. Pero la monja la agarró de un brazo y la hizo parar.

—¿A dónde se cree que va? Esa zona está prohibida.

—Mire, madre, estoy cansada de pasar a esa zona.

—Pues eso se acabó. Si es que pecamos de buenas, por dejar pasar a los familiares estamos como estamos.

Catalina se acercó a ella mirándola a los ojos.

—¿Y cómo estamos?

—¿Quiere que se lo explique o se puede hacer una idea usted solita de lo que supone esta epidemia de tuberculosis?

«Si es que lo sabía, Dios me está castigando, te lo ruego, que no sea Angelita una de las contagiadas», suplicaba Catalina para sus adentros apretándose las manos.

—Madre, ¿usted no me podría decir si Angelita es una de las contagiadas?

—Lo único que le puedo decir es que está a punto de llegar la ambulancia que se va a llevar a los niños que faltan al sanatorio de tuberculosos de la sierra.

«Dios santo, por favor, que no sea mi niña una de las que van a ir en esa ambulancia, haré lo que sea, novenas, lo que haga falta».

—Solo le pido que me diga qué niños van a ir en esa ambulancia, tendrá una lista.

—De eso se encarga sor Fuencisla —le dijo presionándole la espalda con una mano para indicarle la salida—. Vuelva usted el domingo.

Catalina apenas tuvo tiempo de poner un pie fuera cuando la puerta se cerró en sus narices y oyó cómo desde el interior chirriaba el cerrojo. «Calma —pensó—. Si tienen que sacar a algún niño en camilla, lo lógico es que la ambulancia entre hasta la puerta lateral, que no tiene escaleras». Recorrió la fachada hasta la esquina y siguió por ese lado hasta las ventanas que daban a la enfermería, las mismas desde las que había visto el instrumental del quirófano que le había puesto la piel de gallina aquella vez. Se dispuso a esperar. Buscó un sitio detrás de los arbustos y se agachó en el suelo para que no la vieran desde las ventanas. Pero pasaban los minutos y ahí no se movía nada. Empezó a sentir calambres en las piernas por la postura. Arrancó unas cuartillas de la libreta que llevaba en el bolso y se sentó encima para no llenar de tierra el vestido.

Volvió a mirar el reloj.

Todo seguía en silencio, como si el sanatorio estuviera desierto. Continuó esperando, aguzando el oído, vigilando alrededor para que nadie la sorprendiera en esa posición tan difícil de excusar. Se frotó el pelo; el sol, que en ese momento caía en vertical, le estaba abrasando la cabeza.

Por fin oyó algo, las suelas de unos zapatos que bajaron la escalera principal y se dirigieron hacia el portalón, que traqueteó al abrirse. La ambulancia entró por el camino lateral, como se había imaginado, y enseguida se abrió la puerta de esa fachada del sanatorio. Sor Fuencisla salió al jardín rodeada de cuatro niños con mandilones y aparatos ortopédicos que fueron subiendo a la ambulancia. Por suerte, ninguno de esos niños era Angelita. Respiró tranquila. Un momento. De la ambulancia salieron dos enfermeros con una camilla y entraron en el sanatorio. Catalina contuvo la respiración. Unos minutos después salieron con la camilla ocupada. Desde ahí, entre las hojas del arbusto, apenas podía ver, pero la cabecita tenía el pelo demasiado claro para ser la de Angelita. Volvió a coger aire un poco más sosegada. Pero los enfermeros volvieron a salir de la ambulancia con la camilla vacía y otra vez entraron en el sanatorio. En ese instante las sienes le empezaron a bombear de tal manera que temió que le estallara una vena. Tuvo un presentimiento muy oscuro, a decir verdad, era una certeza. Se incorporó y salió de detrás de los arbustos con paso firme hacia la ambulancia mientras sor Fuencisla bajaba del vehículo a toda prisa.

—Catalina, no puedes estar aquí.

Ella hizo como que no la oía y siguió caminando hacia la puerta por la que en ese momento volvían a salir los enfermeros cargando a alguien más. El pelo negro de Angelita esparcido por la sábana blanca. Bordeó la camilla para verle la cara.

—¡No es Angelita! —dijo sorprendida dirigiéndose a sor Fuencisla.

—Qué va a ser Angelita, si esa niña se fue con su familia.

—¿Cómo que se fue con su familia? Eso es imposible.

—La vino a buscar su hermano mayor.

—¿Qué hermano mayor? ¿Pancho, el que se escapó del internado? —Catalina empezó a dudar si estaba entendiendo bien a la monja.

—Deberías saberlo, se fueron con su padre.

—¿Cómo que se fueron con su padre si nadie sabe dónde está ese hombre? —En el Lyceum habían tratado de encontrarlo y había sido imposible, las pocas pistas que pudieron seguir ni siquiera lo situaban a ciencia cierta en Argentina, también podía estar en Brasil o en cualquier otro lugar.

—No te preocupes tanto pór esa niña, había mejorado lo suficiente como para volverse una desobediente —le dijo la monja mientras vigilaba cómo metían la camilla en la ambulancia—. La hija de un anarquista, qué podías esperar, una desagradecida.

—Espere, madre, que no entiendo lo que me dice. —Catalina la agarró del brazo, pero sor Fuencisla dio un tirón y se alejó de ella.

—-Que son unos bribones, no hay mucho que entender. —Se montó y el vehículo se puso en marcha hacia la salida.

Catalina se quedó ahí quieta hasta que cerraron el portalón del jardín. ¿Qué se le habría pasado por la cabeza a su niña para inventarse semejante mentira y escaparse con Pancho? La hija de un anarquista, dijo la monja, qué culpa tendría ella. Su pobre niña, ¿creería que la había abandonado? Tenía motivos para pensarlo. ¿Y ahora dónde la buscaba? Al menos había mejorado lo suficiente como para salir de ese sitio.

¿Cabía la posibilidad de que hubiera aparecido el padre? No se habría atrevido a regresar a España, ¿o sí? Al fin y al cabo, la dictadura se estaba empezando a tambalear, los estudiantes le habían plantado cara, no era del todo imposible que llegara una república. Y si el padre de Angelita andaba por ahí escondido, ¿cómo lo iba a encontrar? El sindicato. El único hilo del que le quedaba por tirar eran los compañeros de la CNT. «Ahí José tiene contactos, seguro que se entera de algo», trató de darse ánimos Catalina.

Salió a la calle tan confundida que casi pisa la peonza que un niño estaba haciendo girar en el medio de la acera.

PEQUEÑA Y PESADA

Un pato se estaba deslizando por la superficie del estanque describiendo un elegante círculo y volvió a quedarse en la posición inicial, frente a ella. Catalina lo observó con curiosidad mientras clavaba repetidas veces la cabeza en el agua, hasta que consiguió atrapar un pez que dio los últimos estertores en su pico.

Miró el reloj. Ya llevaba esperando casi diez minutos. Si se levantaba ahora y se iba a paso ligero, llegaría a la clase de miss O'Keeffe a tiempo para poder leer su *assay* sobre los *carnations*. Le gustaría saber qué opinaba su profesora sobre ese trabajo, estaba segura de que se había quedado pasmada con la cantidad de vocabulario que había utilizado. Se puso la mano a modo de visera para protegerse del sol que la deslumbraba y el camarero debió de malinterpretar su gesto, porque se acercó diligente a preguntarle si ya quería tomar algo.

—Tráiganos dos horchatas —dijo Álvaro, que acababa de llegar apresurado y se estaba sentando a su lado.

Ella le acercó la mejilla para que le diera un beso.

—Creí que ya no venías.

—Perdona el retraso, palomita.

Se quitó la chaqueta y la colgó en el respaldo de su asiento. Unas gotas de sudor le resbalaban por las patillas, tenía el pelo alborotado y se pasó la mano por el flequillo para colocarlo hacia atrás.

—¿De dónde vienes tan acalorado?

Álvaro se repantingó en la silla.

—Se me han complicado un poco las cosas, pero ya estoy aquí. —Se acercó a ella con su encantadora sonrisa y le colocó un mechón de pelo detrás de la oreja—. Estás preciosa.

A Catalina ahora la ponía nerviosa que le tocara el pelo. Se lo colocaba ella con mucho cuidado para que no se le viera la ceja, que nunca sabía si seguía bien pintada o se le veía la calva.

—Estaba pensando que nunca nos hemos montado en esas barcas, debe de ser divertido remar —dijo ella girándose hacia el estanque.

—No te creas que es tan fácil, hay que tener fuerza en los brazos.

«Este no ha visto el bíceps que se me ha puesto de jugar al tenis», pensó Catalina e instintivamente se estiró las mangas de la blusa.

Álvaro se giró para sacar la pitillera de un bolsillo de la americana y se encendió un cigarrillo. La suave brisa llevaba las volutas del humo hacia Catalina, que agitó molesta una mano para apartarlas. El camarero se acercó con las horchatas y se quedaron mirando a los que remaban, dando sorbitos a sus refrescos.

—Por cierto, dale las gracias a tu tía por el regalo, ¿sabes qué era? —Catalina miró a su novio divertida.

—Viniendo de la tía Cuca, sabe Dios. Ya te dije que es un poco excéntrica. Pero bueno, ¿qué familia no tiene a la típica tía chalada?

—No digas eso, que es un encanto y te quiere mucho, no se cansa de repetirlo. Lo que pasa es que me costó adivinar para qué servía el regalo, una cosa de plata con forma de rana con la boca abierta: pues es un recogemigas. Me dijo que no hay nada más desagradable que un mantel lleno de migas y que los pequeños detalles son los que salvan los matrimonios. Mi madre estuvo muy de acuerdo. ¿Qué sería de nosotros sin un recogemigas? —Catalina sonrió de medio lado y cogió la cucharilla para darle unas vueltas a su bebida—. Me hace gracia el consejo viniendo de tu tía, porque nunca se casó, ¿verdad?

Álvaro había dejado de prestar atención a su charla. Estaba mirando en dirección al paseo por donde se acercaba un hombre.

—Perdona un momento —dijo, y se levantó para ir a su encuentro.

Catalina lo siguió con la mirada. Él se quedó de espaldas, así que no le veía la cara. El otro hombre hablaba deprisa, la boca enmarcada por un bigote en herradura que apenas se movía, el sombrero tapándole los ojos. En la solapa de la chaqueta llevaba la insignia redonda con la bandera de España del Somatén, ese cuerpo de voluntarios que velaban por mantener el orden y la disciplina en la dictadura contra cualquier atisbo revolucionario.

Catalina, que estaba concentrada en lo que hacía su novio, de repente dio un respingo y agarró al bribón justo cuando estaba cogiendo la pitillera que se había dejado Álvaro encima de la mesa. Lo sujetó por las muñecas y lo zarandeó, «desgraciado, que eres un ladrón», le estaba diciendo con los dientes apretados, enfadada con el chiquillo pero mirando con el rabillo del ojo a los dos hombres por si se habían dado cuenta de lo que pasaba. Prefería que no se enteraran.

—Lárgate ahora mismo, como te vuelva a ver por aquí se lo digo a ese señor del Somatén para que te meta preso —le amenazó ladeando la cabeza hacia el hombre de la insignia, y el niño lo miró con los ojos muy redondos mientras trataba de zafarse.

Catalina aflojó la presión con que lo estaba agarrando porque esas muñecas flaquísimas —un poco más de presión y harían ¡chas!— le recordaron a las de los niños de la corrala y sintió lástima por él. El granuja dio un tirón y salió corriendo a todo lo que le daban las piernas. Iba descalzo.

Cogió la pitillera que acababa de salvar y abrió la americana de Álvaro, que colgaba del respaldo de la silla, para meterla en el bolsillo interior. Al deslizarla dentro, el metal hizo un chasquido al tropezar con algo que había en el bolsillo. Sacó el objeto y se miró la mano espantada: estaba sujetando una pistola Browning, pequeña y pesada, que le quemaba los dedos como si fueran brasas, y volvió a dejarla al instante en el bolsillo, mirando alrededor por si alguien la había visto. Dios bendito, ¿qué hacía su novio con una pistola? ¿Para qué la usaba?

Se aflojó el cuello de la blusa.

Álvaro estrechó la mano del hombre con el que había estado hablando y regresó a la mesa. Ella seguía encogida sujetando la pitillera y las manos le temblaban.

—¿Qué te pasa? —Se sentó junto a ella y le pasó un brazo por los hombros. Después se echó a reír—. Oye, que si te quieres fumar un cigarrillo no se lo voy a decir a tu madre.

Catalina se miró las manos y dejó la pitillera sobre la mesa.

—No digas bobadas. —Bebió un trago de horchata que le supo especialmente amargo—. Es que acabo de pillar a un mocoso intentando robártela. Podrías tener más cuidado con tus cosas, que es de plata.

—¿Por dónde se ha ido? —dijo incorporándose para mirar alrededor—. Si lo cojo lo estrello.

Catalina temió que fuera verdad lo de estrellar al pobre granuja. Cuando consiguió hablar, la voz le salió en hilachas:

—Aquí me está dando demasiado el sol —se colgó el bolsito al hombro—, ¿te parece si nos vamos?

Álvaro levantó la mano para llamar al camarero.

—Es verdad, te veo congestionada, a ver si vas a coger una insolación. —Dejó unas monedas sobre la mesa y le apartó la silla—. Anda, vamos, preciosa.

Separó el codo para que lo cogiera del brazo y se echaron a andar hacia la salida del Retiro. A cada paso que daban, Catalina temía que su mano rozara el inquietante bulto metálico que su novio llevaba en el costado.

LA HERMANA

Esme se dejó caer en el banco al lado de Catalina.

—¿Qué haces? ¿Cómo es que no has venido a la biblioteca?

—Estoy esperando a José. —Puso un dedo sobre la línea que estaba leyendo—. Me dijo que si le daba tiempo se pasaba esta tarde.

Esme se apoyó en el respaldo y estiró el cuello hacia atrás para que le diera el sol en la cara.

—La verdad es que aquí se está mejor que en la biblioteca.

Catalina iba a retomar la lectura donde la había dejado, pero la cabeza le bullía: no sabía si contárselo a Esme o no. Si se lo contaba, ya se imaginaba lo que le iba a decir, que qué más necesitaba para convencerse de que se estaba metiendo en un lío descomunal. En una ocasión su amiga le había dicho que las intenciones de Álvaro eran más retorcidas que una serpiente en un palo, y ella había salido del cuarto dando un portazo. Ahora no podía quitarse esa imagen de la cabeza.

El dedo con el que seguía señalando la línea donde había interrumpido la lectura se quedó aplastado entre las tapas del libro cuando Esme se lo cerró de golpe.

—¡Oye!

—Si no estabas leyendo, ¿te aburre el libro o qué? —Miró la portada—. Anda, pero si estás con Carmen de Burgos, muy apropiado, *La malcasada*. ¿Estás cogiendo ideas?

Catalina bajó la vista hacia el libro que tenía en el regazo. Se quedó callada.

—Que estoy de broma, tontina. —Esme le dio un golpe alegre hombro con hombro y se volvió a quedar repantingada mirando a la verja del jardín.

Ya no podía contenerse más. Catalina miró hacia arriba, hacia las ventanas de la Residencia que daban a ese lado, para comprobar que ninguna compañera estaba asomada. Se acercó mucho a Esme y empezó a hablarle a borbotones en un susurro. Le contó lo del bolsillo interior de la americana donde su novio llevaba la Browning. ¿Qué necesidad tenía de ir armado? ¿Para qué querría una pistola? ¿La habría usado ya? ¿Esme qué creía?

—Pregúntaselo a él.

Catalina bajó la mirada hacia el libro que tenía en el regazo.

—Es que ahora me da miedo.

Esme sacó una pelota de tenis que llevaba en el bolsillo y la botó con tanta fuerza que se elevó por encima de su cabeza y la agarró antes de que volviera a tocar el suelo. Se giró hacia Catalina.

—No creo que necesites mis consejos, las cosas se están poniendo demasiado evidentes como para que sigas dudando. Me gustaría haberme equivocado, de verdad te lo digo, pero Álvaro nunca fue santo de mi devoción. Te trata como a un pajarito. Y encima esto.

Catalina se miró el dedo anular y se estremeció al recordar el día que su novio le puso el anillo de pedida hincado de rodillas e incomprensiblemente a ella, en mitad de todo ese romanticismo, le entraron ganas de salir volando. Ahora esa sensación era tan intensa como la del jockey que espera con ansia la orden para salir al galope. Estaba a punto de decirle algo a

Esme —la necesidad de compartir su angustia la estaba desbordando—, pero justo en ese momento Pepita y Delhy entraron en el jardín y caminaban risueñas hacia ellas.

—Chicas, que me han pagado —dijo Delhy agitando un billete—. Mañana os invito a merendar a Molinero. ¿No entráis a cenar?

Esme se levantó y tiró de la mano de Catalina, que las siguió con los hombros hundidos.

Al subir las escaleras, se giró para echar una última ojeada a la verja por si llegaba José en ese momento. Se desmoronó todavía más en su congoja. Si no aparecía era porque no había tenido suerte con los del sindicato, porque seguían sin ninguna información sobre el padre de Angelita.

En la cena les sirvieron naranjas de postre. Los cuchillos, pequeños y mal afilados, eran un tormento para el avance de la peladura de la fruta. A Catalina el postre se le hizo interminable. Por fin las chicas colocaron las servilletas en los servilleteros y ella se sentó en el borde de la silla, dispuesta a ponerse en pie en cuanto Juana lo hiciera para poder alejarse de las compañeras y continuar hablando con Esme. Echó una ojeada ansiosa hacia la mesa de su amiga, pero todavía quedaban naranjas enteras en algunos platos.

A la salida se quedó esperándola en el vestíbulo; estaba dando golpecitos en el suelo con la punta del zapato cuando la voz de la secretaria hizo que diera un respingo.

—¡Catalina Fernández, teléfono!

¿Una llamada a esas horas? ¿Habría pasado algo en su casa? «Será José —pensó mientras entraba en la secretaría y cogía el auricular de la repisa—, si me telefonea es que se ha enterado de algo importante».

La voz del otro lado de la línea la dejó desconcertada.

—Catalina, ¿puedes hablar? No sé si me oyes, soy Concha.

—¿Qué Concha? ¿Conchita?

—Sí, la hermana de José, él me dio tu número. Oye, será

mejor que no hables mucho, supongo que habrá gente alrededor; mejor que no te oigan, solo di sí o no.

—Sí.

—Muy bien. Pues escucha lo que te voy a decir: a mi hermano lo han pillado cuando estaba en el piso de los de la CNT. Hubo una redada. ¿Me sigues?

—Dios mío. Sí. —Catalina se estaba enroscando el cable del teléfono en un dedo.

—Ya sabes por qué se arriesgó a ir a esa madriguera de los anarquistas, ¿no? Fuiste tú quien le pidió que buscara a Francisco Valiente.

—¡Ay, Dios, no!

—Se lo llevaron. —La voz de Conchita sonaba firme, como si estuviera esperando acabar de hablar con ella para salir a impartir venganza—. Y lo que tienes que hacer tú ahora es hablar con tu novio.

—Pero ¿qué tiene que ver con esto mi…? —Catalina sentía las piernas blandas y frías y tuvo que apoyarse con un brazo en la pared.

—Limítate a decir sí o no, ¿o quieres que se enteren las que andan por ahí de que tu amigo José está preso y de que tu novio es un delator?

Catalina se quedó muda. Conchita siguió preguntándole:

—Tú sabías que mi hermano iba a ir a ese piso, ¿verdad? Y se lo comentaste a tu novio, ¿no es cierto?

—¡Claro que no!

En la línea sonó un chasquido y se cortó la comunicación.

—No, no, no. —Catalina apretó angustiada la clavija varias veces, colgó el auricular y lo volvió a levantar, pero nada, el teléfono seguía sin línea. Lo dejó colgado con la mano encima, esperando con el corazón a mil que volviera a sonar.

El silencio se estaba haciendo sofocante.

Catalina continuaba inmóvil con la mano apoyada en el teléfono, pero la secretaria entró con su manojo de llaves y le pidió que saliera, que ya iba a cerrar. Cuando reaccionó, subió corriendo las escaleras, entró en su habitación y apoyó la espalda en la puerta al cerrarla. Esme se giró en la silla.

No sabía ni por dónde empezar a contarle. A José lo habían sorprendido en una redada y Álvaro, ¿Álvaro qué tenía que ver con todo eso? El peso de la culpa le doblaba la espalda. ¿Cómo no se iba a sentir culpable si fue ella quien le rogó a José que hiciera lo posible por encontrar al padre de Angelita? ¿Y no sabía ella de sobra el peligro al que lo estaba empujando al pedirle que se metiera en un piso franco de los anarquistas?

—Coge aire, que a ti hoy te da algo. —Esme le pasó un brazo por la espalda, la llevó hasta la silla y le puso las manos en los hombros para que se sentara—. Respira hondo y empieza desde el principio, que no te he entendido nada.

Catalina trató de contarle la llamada de Conchita palabra por palabra, hasta el momento en que la maldita línea se cortó y la dejó con el corazón saliéndole por la boca. ¿Y ahora cómo se podía enterar de lo que había pasado? Si ni siquiera tenía el número de teléfono de la casa de José, ni sabía el nombre de su padre para buscarlo en el listín telefónico, y lo que se arrepentía de no haber aceptado la invitación de ir algún día a visitarle para conocer a su melliza como le había ofrecido en más de una ocasión. Era tan pánfila que no sabía exactamente dónde vivía José. Y ahora tenía que hablar con su hermana como fuera. Porque ¿qué demonios tenía que ver Álvaro con este asunto espantoso?

—Vamos a ver, Cata, lo que sí sabemos es que tu novio anda por ahí con una pistola en el bolsillo.

—Esme, no te lo había dicho, pero Álvaro me pilló con un *Hojas Libres* en el bolsillo y sabe que me lo dio José. ¿Lo habrán estado vigilando?

—¿Quiénes?

Los pensamientos de Catalina giraban como un carrusel enloquecido tratando de recordar alguna escena, alguna palabra que no había sabido interpretar, alguna imagen que le hubiera causado inquietud, y lo único que vio con nitidez fue la solapa con la insignia redonda con los colores de la bandera.

—Los del Somatén.

—Pero ¿tu novio es de esos? ¿Está metido en esa banda paramilitar de matones y delatores?

—Creo que sí —se frotó las manos heladas—, eso me temo. Aunque según ellos son hombres de bien que ayudan a mantener el orden. En casa de Julieta se habla muy bien del Somatén.

LA VIRGEN PEREGRINA

La estrecha cama de madera estaba arrinconada contra la pared para dejar sitio a una mesa cubierta con un tapete sobre el que había un globo terráqueo, un mapa de Europa desplegado y algunos rollos de cartulina. Un catalejo de latón colgaba de una punta clavada en la pared. Solo faltaba un ojo de buey y entrar en ese cuarto sería como meterse en el camarote de un capitán de navío.

Conchita dejó la bandeja del café en el suelo, les dijo que se podían sentar en la cama y le dio la vuelta a la silla para quedar frente a ellas. Catalina casi no se atrevía a levantar la mirada de lo mucho que le imponía esa chica, aunque por su aspecto no parecía más que una niña antes de desarrollarse, tan nívea y flaquita como su mellizo.

—Mi madre está de los nervios, así que vosotras ni pío cuando llegue de misa.

—¡La misa en la iglesia de la Virgen Peregrina! —saltó Esme.

—Sí, en la parroquia de aquí al lado, ¿por...? —Conchita puso cara de no entender tanto entusiasmo.

Pero es que precisamente ese dato fue el hilo del que tiraron Catalina y Esme para encontrar la dirección de esa casa, porque en una ocasión José llevó churros a clase y les dijo que eran de una churrería que había al lado de la iglesia de la Virgen Peregrina, donde su madre los compraba todas las mañanas cuando salía de comulgar.

La noche anterior, Esme y Catalina se habían quedado hasta las tantas enfrascadas en su tarea investigadora, con el listín telefónico y un plano de Madrid extendido sobre la mesa de su habitación, haciendo una lista de los señores Méndez que vivían en las casas aledañas a esa iglesia. A primerísima hora de la mañana soportaron los improperios de varios alarmados y soñolientos Méndez antes de que la propia Conchita respondiera al teléfono de su casa.

Catalina la estaba mirando con atención —los ojos ásperos como arpillera por la noche en vela— mientras Conchita les explicaba lo que había pasado durante la redada, lo poco que les había podido contar José en los escasos minutos que les permitieron verlo después de que lo detuvieran.

Cuando la Guardia Civil los sacó esposados del piso donde los anarcosindicalistas estaban imprimiendo octavillas contra el dictador, José vio, entre el grupo de hombres que aguardaba en la acera, a Álvaro. Era él, no había duda, estaba con el cabo del Somatén; se miraron a los ojos mientras un tricornio empujaba a José dentro del vehículo en el que los llevaron detenidos, y ninguno de los dos apartó la mirada hasta que el auto dobló la esquina.

—Lo sabía —Catalina dio una palmada en la cama—, se tenía que enredar con esos del Somatén, pero claro, a mí para qué me lo iba a contar, si solo soy su palomita.

—Es que el novio de Cata lo que tiene de guapo, lo tiene de necio —le explicó Esme a Conchita.

Aunque ella se permitiera criticarlo, a Catalina no le gustaba nada que Esme hablara con ese desprecio de su novio, se le partía el corazón. Porque podía ser tan adorable, era tan apuesto y le había dicho tantas veces lo mucho que la deseaba, que le temblaba la taza en la mano solo de pensarlo. La dejó tintineando sobre el plato. Y aunque eran pensamientos que siempre había querido mantener a raya, conocía de sobra sus taras: era paternalista con ella, muy ambicioso y bastante tradicional. Esas cosas las asumía, pero lo de entrar como voluntario en una institución que se dedicaba a cortar de cuajo cualquier oposición al régimen, como le había explicado José, era ir demasiado lejos. Y que se atreviera a perseguir a sus propios amigos era algo que ella no podía tolerar. Sus amigos eran sagrados, si la quería a ella tenía que respetarlos, formaban parte de la vida que había elegido. ¿Cómo había sido capaz su novio de hacer algo así? ¿Había organizado una redada para deshacerse de su amigo? ¿Le parecía una amenaza para el régimen? ¿O es que estaba celoso de su amistad?

—Mi novio es un peligro, se acabó —dijo con firmeza.

—¿Qué vas a hacer?

—Voy a telefonear a la oficina de Álvaro. —Se giró para abrir el bolso que había colgado en el cabecero de la cama y sacó una agenda—. Conchita, ¿puedo usar vuestro aparato?

—Claro. Pero antes cuéntanos qué le vas a decir.

—Que lo dejo. Si me quisiera de verdad, no le haría esto a José, sabe de sobra lo amigos que somos; debería respetar a mis amistades, llevo hablándole de lo buen compañero que es desde principios de curso. Puede que no le gusten sus ideas, o a lo mejor está celoso, aunque nunca le he dado pie para desconfiar de mí, pero de ahí a vigilarlo hasta que lo han pillado en una redada con algo que no tiene nada que ver con él —las palabras le salían a trompicones—, que lo pueden acusar de difamación, y sabe Dios qué pena le podría caer, y todo por mi culpa, por pedirle que se diera prisa para hablar con los de la CNT, porque yo me tenía que ir de Madrid para casarme con ese…

Conchita le dio un apretón en la rodilla.

—Tranquilízate, ¿quieres?

—Que yo no me caso con este desgraciado —siguió ella—, es lo primero que le voy a decir, que anulamos la boda.

Conchita se puso de pie.

—Piensa con la cabeza, Cata. Si lo primero que le dices es que anulas la boda, ¿a santo de qué se iba a molestar en interceder por mi hermano? Estará más resentido que nunca, y lo que tenemos que conseguir es que aclare que José no tiene nada que ver con las octavillas de los de la CNT, que él estaba allí de casualidad.

Claro. No era buena idea. No le iba a llamar al trabajo para decirle que anulaba el compromiso y para exigirle, qué estupidez, que moviera el culo inmediatamente para sacar a José del calabozo. Había que pensar una estrategia mejor.

En ese momento Conchita se levantó con una mano junto a la oreja —«chist, mi madre»— atenta al sonido de la llave en la cerradura y al taconeo que recorrió el pasillo hasta el fondo.

—Ya está en la cocina, tenemos media hora antes de que me dé un grito para que me ponga a recoger los cuartos de mis hermanos. —Se volvió a sentar—. Cata, yo creo que lo más sensato es que hables con Álvaro en persona. ¿Qué tal mientes?

—¿Por qué me lo preguntas? No me gustan las mentiras.

—Vale, entonces ¿qué tal se te daban las funciones de teatro del colegio?

—No es por nada, pero las monjas decían que podría hacer carrera en el teatro, si eso fuera una ocupación decente.

—Pues entonces imagínate que eres…

—Louise Brooks —la interrumpió Esme.

—Eso, además te pareces un poco —continuó Conchita—, eres Louise Brooks y tienes que hacer el papel de novia inocente que se muere de pena porque has obligado a tu amigo a meterse en la guarida de los de la CNT para conseguir información sobre el padre de esa niña con la que estabas haciendo una obra de caridad. Llórale si hace falta, pero que solucione esto cuanto antes. Luego ya tendrás tiempo de decirle que rompes el compromiso.

Catalina se ahuecó el flequillo y aleteó las pestañas; la de veces que había imitado a esa actriz delante del espejo. Cerró los ojos. Esme iba a decir algo y la mandó callar, estaba tratando de meterse en el papel.

—Creo que lo puedo hacer bien —dijo a los pocos instantes—. En realidad, creo que algunas veces represento un papel cuando estoy con Álvaro.

El taconeo de la señora que todavía no habían visto volvió a recorrer el pasillo en dirección contraria. Conchita se puso un dedo sobre los labios para que se callaran y la madre gritó al pasar por delante de la habitación:

—¡Concha, salgo un momento al mercado, cuando vuelva quiero ver las camas hechas!

Esperaron hasta que oyeron cómo se cerraba la puerta de la casa y se pusieron en pie.

—Vamos, rápido, al teléfono. Cata, ¿tienes claro lo que le vas a decir a Álvaro? Tenéis que veros hoy sin falta, ¿de acuerdo?

—Sí, tranquila. Por suerte, seguro que está en la oficina porque esperan una visita de alguien del ministerio en cualquier momento por no sé qué obra.

Conchita salió delante, les indicó que la siguieran por el pasillo y se metió en un despacho de muebles recios. Giró la manivela, descolgó el auricular y se lo pasó a Catalina, que tenía la agenda ya abierta en la otra mano.

—Señorita, con el cuatro, uno, siete, tres, por favor.

Conchita y Esme la miraban sin pestañear mientras esperaba que le pasaran la comunicación.

—Buenos días, ¿puedo hablar con don Álvaro Goded? Soy Catalina de León.

—No va a ser posible, pero puede hablar usted con el director, el señor Velázquez.

—Bien, páseme con él entonces. —Oyó unos crujidos en la línea y el chasquido del auricular al descolgarse—. Perdone que le moleste, pero necesito darle un recado urgente al señor Goded, soy su novia.

—Señorita, Álvaro no se ha presentado esta mañana en el despacho y tiene que participar en una reunión con un enviado del ministerio; ¿usted ha hablado hoy con él?

—No, señor.

Sus amigas le hacían gestos para saber qué pasaba y ella les dio la espalda irritada, tratando de entender lo que le estaba diciendo el hombre al otro lado de la línea, algo sobre una visita de dos policías.

—¿Cómo dice? Eso no puede ser. ¿Está usted seguro de que hablamos del mismo señor Goded? —A Catalina se le cayó la agenda que tenía en la mano.

—Se lo repito, se ha presentado aquí la policía preguntando por él. Es su deber informar si se pone en contacto con usted.

—Naturalmente. Descuide, eso haré.

Muy despacio, dejó el auricular sobre el aparato, como si temiera que se fuera a hacer pedazos si no andaba con extremo cuidado. Oía las voces de sus amigas incomprensibles y amortiguadas, veía sus contornos desdibujados como si las tres estuvieran sumergidas debajo del agua. Se presionó los ojos con las palmas de las manos, los sentía como ampollas a punto de reventar. Luego sintió una presión en los hombros.

—¿Quieres hacer el favor de decirnos qué pasa, Cata? —Esme la estaba zarandeando.

Ella abrió los ojos, pero seguía mirando hacia su interior.

HOMBRES DE BUENA VOLUNTAD

Si hubiera visto a un arcángel con las alas desplegadas en medio del vestíbulo, no se habría quedado tan atónita.

Habían regresado de la visita a Conchita a media mañana y acababa de subir del comedor, donde había intentado tragar lo que les sirvieron sin conseguirlo, cuando sonó la chicharra de su dormitorio y Catalina volvió a bajar en vilo, pensando qué más le podía pasar. En el último tramo de las escaleras se tuvo que agarrar a la barandilla al ver, despeinado y arrugado pero con una sonrisa que le salía por los lados de la cara, a José.

No le brotaban las palabras; se abrazaron fuerte y después él la agarró de un brazo y la arrastró hacia la puerta para hablar fuera. Ya estaban en el jardín y Catalina lo seguía mirando incrédula. José siguió tirando de ella para alejarse de las chicas que charlaban en la entrada y continuaron hasta el banco que había junto a la fuente.

—José, por Dios, ¿cómo has conseguido salir? ¿Qué ha pasado?

—Es que todavía no sé por qué estoy en la calle.

—Pero ¿cómo ha sido? —Catalina seguía mirando asombrada a su amigo—. ¿Os soltaron a todos? ¡Qué alegría verte, Dios mío! Cuéntame.

José se estaba rebuscando en los bolsillos con gesto nervioso y sacó un paquete de picadura.

—Lo único que te puedo decir es que esta mañana muy temprano, ni siquiera había amanecido todavía, alguien llegó a la DGS y se montó un jaleo del copón que se oía desde los calabozos: el hombre que había llegado levantaba la voz, los guardias del turno de noche andaban nerviosos, en fin, yo ni idea de lo que estaba pasando. Después se quedó la cosa tranquila y al cabo de, no sé, ¿un par de horas?, un guardia abrió la puerta y me dijo: andando, que de esta se ha librado. Y yo: ¿qué ha pasado? Y él: no se haga usted el loco. Y yo pensando: ¿este ahora me trata de usted, y ese respeto a qué viene? Y entonces ya me dijo que era por orden directa del comandante general del Somatén. —José levantó la vista del cigarrillo que estaba liando y miró a Catalina—. ¿Tú de esto sabes algo?

—¡Pero, Pepín, yo qué voy a saber! Si no he pegado ojo en toda la noche pensando que por mi culpa te habías desgraciado la vida, por pedirte favores. —Lo agarró fuerte de un brazo como si quisiera comprobar que era real, que no estaba delirando—. Ay, Dios, creo que no me había alegrado tanto de ver a una persona en toda mi vida, es que te miro y no acabo de creerme que estés aquí.

—Yo tampoco me lo explico. —A José le temblaban un poco las manos mientras se liaba el cigarrillo.

—Pero, ¿estás bien, no te han hecho nada?

José se puso una mano en el costado izquierdo y se encogió ligeramente.

—Poca cosa, unas magulladuras, comparado con la que les espera a los que se quedaron en el calabozo… De la que me he librado, amiga.

—Estuve en tu casa con Conchita —le dijo Catalina y José asintió—, ¿ya te lo ha contado? Pepín, no sabes cuánto siento que mi novio, bueno, el que era mi novio, tenga que ver con lo que te ha pasado. Te prometo que yo no sabía que era del

Somatén, y mucho menos que fuera capaz de ir a por ti; si llego a saber lo que te podía pasar por ir a hablar con los de la CNT, por nada del mundo dejo que corras semejante peligro. —Le dio un apretón en un brazo—. Mira, no sé cómo ha sido, pero estás libre, eso es lo que importa.

—Ya nos enteraremos, pero me hago cruces. —José pasó la lengua por el papelillo de fumar—. ¿A santo de qué el mismísimo Flórez Corradi se toma semejante molestia por mí, que soy un mindundi?

Catalina saltó del banco y se lo quedó mirando con los ojos como platos.

—¿Quién has dicho?

—Flórez Corradi, el jefazo de los somatenes.

—¡Pero si ese señor es el padre de Luis!

—¿Qué Luis?

—El marido de una amiga. —Catalina se empezó a frotar la ceja con movimientos nerviosos—. Pero ese señor es militar, que yo sepa. ¿Conque también es del Somatén? ¿Esa banda de delatores y matones, como dice Esme?

—Ellos dicen que son hombres de buena voluntad, que persiguen a los malhechores que enturbian la paz y el orden, pero el orden que quieren mantener esos señoritos se va a ir al infierno en cuanto triunfe la revolución del proletariado. —José se encendió el cigarrillo, que le había quedado torcido, y tragó con ansia el humo—. Por eso están tan agitados, porque están a punto de quedarse sin su dictador, sin su rey y sin la madre que los trajo. Cata, en cuanto llegue la República se van a enterar de lo que vale un peine, se les van a terminar sus privilegios de clase, porque esto tiene los días contados, te digo que…

Catalina sentía tal bombeo en la cabeza que no era capaz de seguir el hilo de lo que le estaba contando su amigo. Tenía que hablar con Julieta, «que me explique qué está pasando, a ver qué sabe de todo esto, de Álvaro, de lo que ha hecho, de Flórez Corradi. Tengo que ir a casa de Juli…».

—Cata, ¿me estás escuchando? Tienes cara de ida.

—Claro que te escucho —dijo volviendo en sí.

José se estaba exaltando: le parecía que este tipo de cosas era una muestra clara de debilidad del régimen, de su inconsistencia, del daño que le había hecho la movilización de los estudiantes, del bochorno que significaba para la opinión internacional el hecho de que los grandes nombres de la cultura española estuvieran en el exilio...

Pero mientras José hablaba, los pensamientos en la cabeza de Catalina giraban más deprisa que el viento en un tornado: tenía que enterarse de lo que había pasado, tenía que ir a casa de Julieta, coger un taxi enseguida y acercarse hasta el barrio del Retiro, porque algo sabría ella si el padre de Luis había dado la orden de liberar a José; pero ¿por qué la habría dado?

—Espérame aquí un momento, que voy a por el bolso y me acompañas a la parada de taxis.

—Sí, pero date prisa —José dio otra calada profunda—, que mi padre me espera.

Caminaron deprisa hasta la esquina de la Castellana y cuando Catalina ya se había metido en el taxi, José dio con los nudillos en la ventanilla para que la abriera y le dijo apurado:

—Que al final no te he contado a lo que venía: que me ha costado pasar por el calabozo pero conseguí lo que fui a buscar el piso de los sindicalistas, tengo información sobre el padre de Angelita, mañana hablamos —dijo y el auto se puso en marcha.

Santo cielo, que José sabía algo, y ahora tenía que esperar hasta el día siguiente para enterarse. La ansiedad la desbordaba. Le fue dando vueltas a la cabeza y poco antes de llegar a su destino, se le ocurrió sacar del bolso el espejito y se quedó asustada de la cara de demente que tenía: el pelo revuelto, manchas rojas en la piel descolorida, la calva de la ceja parecía que había aumentado en las últimas horas. Trató de pintársela con el lápiz negro, se peinó el flequillo, se empolvó las mejillas... Seguía teniendo ojos de enajenada.

En cuanto llamó al timbre, antes de decirle a la doncella que avisara a Julieta, esta corrió al hall a recibirla. Estaba alterada. Lástima que Catalina no hubiera llegado unos minutos antes para hablar con Luis, que acababa de salir.

—Pero, Cata, ¿tú en qué líos andas metida? —Habían entrado en el salón y Julieta se dejó caer en una butaca mirándola con cara de reproche.

—¿Líos, yo? Pero ¿de qué me estás hablando?

—De lo de tu novio, que por tu culpa anda por ahí como un desquiciado haciendo cosas incomprensibles.

—Yo sí que estoy desquiciada, no me hables, ¿tú sabes lo que hizo Álvaro? Estuvo vigilando a mi mejor amigo de la universidad y lo denunció para que lo pillaran justo cuando estaba en un piso franco de los de la CNT.

Julieta se tapó la boca con ojos de susto.

—Mira que andar mezclada con esos anarcosindicalistas, querida.

—Pero si yo no tengo nada que ver con ellos. —Catalina paseaba nerviosa por la habitación, incapaz de sentarse—. José, mi amigo, fue a ese piso porque yo se lo pedí, para conseguir una información relacionada con la niña de la que me ocupo, Angelita, que ha desaparecido.

—No, si eso de andarte mezclando con gente de los arrabales no podía traer nada bueno, ¿qué necesidad tienes de meterte en berenjenales? Al final voy a tener que darle la razón a tu madre, eso de venirte a la universidad te acabó confundiendo.

—¡Julieta, lo de estudiar es la mejor decisión que he tomado en mi vida! No lo cambio por nada, me oyes, por nada ni por nadie.

—¿Con lo de nadie te refieres a Álvaro? —Julieta se recostó en el respaldo y la miró con una sonrisa torcida—. Eres un poquito desagradecida, con todo lo que él es capaz de hacer por ti.

—¿Denunciar a mis amigos?

—Pero qué pánfila eres. Álvaro no denunció a nadie, tú no sabes lo que es capaz de hacer para tenerte contenta.

Catalina se sentó al lado de su amiga y le pidió que le contara.

Y resultaba que nada era como ella se había imaginado. El día anterior Álvaro había recibido un aviso del cabo de distrito del Somatén para que le acompañara a una acción que estaba en marcha; habían tenido el chivatazo del portero de un edificio de la calle Francisco Silvela, de donde salía un ruido constante como un traqueteo que le hizo sospechar. Vigilaron el piso, porque el movimiento de personas que entraban y salían tampoco era normal.

—A Álvaro lo llamaron para estar presente en la redada porque le correspondía por distrito, porque el Somatén está organizado por distritos —le explicó Julieta—. ¿Quién se iba a imaginar que de un piso en el barrio de Salamanca estuvieran saliendo todas esas octavillas contra Primo de Rivera y contra el rey? Porque eso era a lo que se dedicaban allí, a imprimir octavillas.

De manera que Álvaro acompañó al cabo como había hecho en alguna otra ocasión, como mero trámite. Pero cuando vio salir a José entre los anarquistas esposados se quedó de piedra. Catalina interrumpió el relato de Julieta:

—¿Estás segura de que Álvaro no sabía que mi amigo iba a estar en ese piso? Anda ya, Juli, demasiada casualidad, no me lo creo.

—Pues claro que no tenía ni idea, pero déjame que acabe de contarte, que sé exactamente cómo fueron las cosas, que Luis se ha pasado toda la mañana con él. Lo que te decía, que cuando Álvaro vio a tu amigo en la redada empezó a pensar lo que de hecho ha pasado, que tú ibas a creer que eso era idea suya, que como en alguna ocasión te había dado a entender que tu amigo no era santo de su devoción, te ibas a imaginar que había tenido algo que ver en lo de que acabara en el calabozo. Y que, conociéndote, eso no se lo ibas a perdonar. Y como está loco perdido por ti, pues mira la que ha montado.

—Pero ¿qué es lo que ha hecho? —Catalina se estaba agarrando al reposabrazos de su sillón como si temiera caerse.

—¿No lo sabes? Pues sacar a tu amigo del calabozo.

Álvaro había ido a la Dirección General de Seguridad a primera hora de la mañana para intentar que lo dejaran en libertad; pidió que le permitieran ver la declaración de José y les aseguró que era verdad, que él no tenía nada que ver con los anarcosindicalistas, que estaba allí de casualidad. Les enseñó sus credenciales del Somatén, pero el ser un mero afiliado, sin cargo alguno, no le daba derecho a semejante iniciativa como era sacar a un sospechoso de la cárcel. No le hicieron caso.

—De manera que se vino aquí directo, todavía estábamos desayunando, y le pidió a Luis que le acompañara al despacho de su padre para rogarle que interviniera en este asunto. —Julieta se levantó e hizo sonar una campanilla para llamar al servicio—. Que nos preparen un café, ¿o prefieres té?

—Un té está bien, gracias —dijo Catalina aturdida.

—Y te digo la verdad —siguió Julieta—, Luis acabó cediendo de milagro, porque lo de sacar a un bolchevique del calabozo no entraba dentro de sus planes, como te podrás imaginar, pero Álvaro está tan enamorado de ti que se sintió obligado a hacerle este favor. —Julieta le indicó a la doncella que acababa de entrar que despejara la mesita baja y que les trajera el té.

Cuando se volvieron a quedar solas, le preguntó a Catalina:

—¿Tú qué hiciste para tener a Álvaro comiendo en la palma de tu mano de esta manera? Porque mira que puede elegir a la mujer que quiera, que las tiene revoloteando a su alrededor como moscas, y no me extraña, menudo hombre. Pero es que lo que tiene contigo es admiración.

—¿Por qué me iba a admirar, qué he hecho yo?

—Le pareces muy inteligente, eso es verdad, y muy independiente, dice que tienes una ambición que no es normal en una mujer. En eso opina igual que tu padre, no me extraña que se lleven tan bien, no sé cuál de los dos te consiente más. —Julieta se ajustó las vueltas del collar de perlas que llevaba puesto—. Y también dice que es la primera vez en su vida que no siente que una chica vaya a cazarlo.

—Es que en ningún momento he tenido intención de cazarlo.

—Pues eso es lo que lo trae loco, imaginarse que te puedes ir en cualquier momento.

Catalina se hundió en el asiento y cambió de tema para que su amiga no sospechara que su intención hacía solo unas horas era romper con él.

—Yo ni siquiera sabía que Álvaro está en el Somatén, ¿cómo me voy a fiar de él si no me cuenta las cosas?

—Ni que ser somatenista fuera algo malo. Pero es que encima Álvaro se afilió porque Luis se empeñó en que se afiliara, pero todavía está esperando que participe en alguna operación por iniciativa propia. No se puede decir que tu novio sea un hombre de acción, le van más otro tipo de diversiones. Deberías conocerlo a estas alturas.

—Entonces ¿por qué va armado?

—No sé de qué te extrañas, con las revueltas que hay por todas partes. Si tus compañeros de la universidad se atrevieron a apedrear la casa de don Miguel —Julieta se inclinó hacia su amiga—, me dirás quién puede sentirse seguro hoy en día. Los somatenistas tienen permiso de armas, a ver si no cómo iban a enfrentarse contra los malhechores.

Malhechores, menuda jerga usaba Julieta. Catalina se mordió la lengua para no espetarle que al bueno de don Miguel, esa figura ejemplar, no le temblaba el pulso a la hora de ordenar que masacraran a los estudiantes. Instintivamente bajó la mirada y se ahuecó el flequillo para taparse la ceja partida. Se quedó callada y Julieta continuó:

—¿Te das cuenta de lo que tu novio es capaz de hacer por ti?

344

Esta mañana tenía una reunión con los del ministerio por una obra importante y no se presentó.

—Ya lo sé.

—Después fue al despacho de mi suegro para rogarle que telefoneara a la DGS y no se movió de allí hasta que lo consiguió. ¿Qué más quieres?

¿Qué quería Catalina? Lo quería todo, pero ya no podía más. De golpe sintió como si un alud de agotamiento la acabara de sepultar en esa butaca. Tenía ganas de escurrirse, de tumbarse en la alfombra, de que su corazón dejara de martillearle el pecho, de cerrar los ojos y dejarse llevar por el cansancio insoportable de los días que llevaba sin dormir. La doncella entró con el té y ella se agarró a la taza buscando las fuerzas que le hacían falta para regresar a la Residencia.

¿Qué podía hacer ella, tan insignificante, contra los zarandeos que le daba la vida? Por la mañana había estado buscando a Álvaro decidida a ponerlo pingando, dispuesta incluso a cancelar la boda, y ahora sentía compasión por él, porque ese hombre que siempre le había parecido tan poderoso no era más que otro ser vulnerable dispuesto a hacer cualquier cosa para no perderla.

Necesitaba urgentemente aclarar las cosas con Álvaro.

LOS FINALES

as clases se reanudaron en la Universidad Central dos meses y medio después de que el Gobierno la clausurara en respuesta a las protestas estudiantiles, justo a tiempo para que se pudieran celebrar los exámenes finales. De modo que Catalina estaba de nuevo en su aula de la universidad, feliz de volver a estar sentada entre sus dos amigos, Manuela a su izquierda y José a su derecha, aunque fuera don Gerardo el que estuviera en el estrado en ese momento haciendo un repaso de las materias que iban a entrar en el examen de Zoología.

El profesor había cambiado durante ese tiempo, ya no tenía la misma corpulencia de antes, su traje se bamboleaba como si estuviera colgado en una percha y las bolsas debajo de sus ojos parecían dos orugas a punto de explotar. Catalina estaba deseando que terminara la clase porque se moría de ganas de hablar con José. Por suerte para ella, don Gerardo recogió su carpeta y les dijo «hasta mañana» varios minutos antes de que llegara el bedel a avisar del cambio de hora. Parecía un hombre derrotado y a ella no podía importarle menos, todavía se indignaba al recordar que por su culpa Almudena había dejado de estudiar.

En cuanto el profesor salió por la puerta, Catalina y José saltaron de sus asientos. Manuela les hizo sitio para que pasaran por delante de ella y continuó concentrada escribiendo en su cuaderno.

—Qué mal le ha sentado la huelga a don Gerardo —dijo Catalina mientras recorrían el pasillo a paso ligero para salir al patio.

—De los primeritos que se pronunciaron públicamente en contra de los estudiantes y el único botarate de este claustro que no ha firmado la carta de Menéndez Pidal apoyándonos. —José se iba palpando los bolsillos—. ¿A que me dejé el tabaco en casa? Ah, no, aquí está.

Salieron al patio y José se empezó a liar un cigarrillo antes de sentarse en el borde de la fuente.

—Don Gerardo tuvo el mal gusto de pedir públicamente mano dura en cuanto fuimos a la huelga —se agachó sobre Catalina y le retiró el flequillo a un lado para mirar la cicatriz de la ceja— y se ha retratado como un energúmeno, ya quedan pocos que apoyen a un régimen que va contra la inteligencia. Y lo del telegrama que envió el ministro Martínez Anido a los gobernadores fue darle la puntilla a esta dictadura; ¿tú sabes lo que decía el telegrama?: «Reprima movimiento estudiantil a toda costa. Comuníqueme número de víctimas». Iban a matar.

Catalina estaba tan contenta de poder estar otra vez con su amigo, de verlo así, como siempre, tan entusiasta y despeinado, tan comprometido con sus ideales, que dejó que se explayara un poco más y le contara que, aprovechando que el Consejo de la Sociedad de Naciones estaba reunido en Madrid, una representación de los estudiantes les había hecho llegar sus quejas por la brutalidad que empleó el Gobierno durante la huelga. También le dijo que al dictador no le había quedado más remedio que bajarse los pantalones y abrir la universidad porque en el extranjero se estaba hablando más de esta vergüenza que de las inauguraciones de las dos grandes Exposiciones Internacionales de Sevilla y Barcelona. En ese momento a Catalina le vinieron de golpe todas las veces que Álvaro le había contado sus viajes a las dos ciudades para supervisar las obras de las dos exposiciones y cortó la entusiasmada perorata de José.

—Pepín, no me sigas teniendo en vilo con lo del padre de Angelita, cuéntame qué pasó con los de la CNT, ¿de qué te enteraste?

José le dio una calada larga a su cigarrillo y sacó un papel doblado del bolsillo trasero de su pantalón.

—Me dieron un nombre y una dirección, toma. Al hombre este lo conocen por el Cojo, fue compañero del tal Francisco Valiente en la imprenta donde trabajaban, pero aunque él también era anarcosindicalista, hicieron la vista gorda y no lo metieron en la cárcel, según me dijeron, porque sobrevivió al desastre de Annual a costa de dejarse una pierna en Marruecos. Estaba en el Regimiento de Cazadores de Alcántara, el que mandaba el hermano del dictador, así que le debían una.

La ceniza del cigarrillo de José cayó sobre la solapa de su americana mientras movía las manos gesticulando.

Los dos amigos se quedaron mirándose un instante.

—Pasé tanto miedo cuando tu hermana me contó lo de la redada —Catalina bajó la mirada—, me sentía tan culpable por haberte hecho correr semejante peligro, por ser tan inconsciente...

José le levantó la barbilla para que lo mirara.

—Deja de machacarte por eso, mientras no consigamos una república en este país, no pienso dejar la lucha, así que estoy dispuesto a acabar en otro calabozo si hace falta.

Catalina lo miró con ternura. Esa cara todavía aniñada y esa vocación de héroe. Le sacudió la ceniza que seguía en la solapa de su americana.

—José, lo de que mi novio estuviera en la redada... Me han contado una versión de lo que pasó...

Catalina le empezó a explicar todo lo que le había contado Julieta: que fue Álvaro quien intentó sacarlo de la Dirección

General de Seguridad la madrugada que tuvo que dormir en el calabozo. Que había sido una casualidad que su novio estuviera en la redada del piso donde operaban los sindicalistas en la clandestinidad, estaba allí solo porque le había tocado, porque el Somatén se organizaba por distritos y, maldita casualidad, ese piso tenía que estar precisamente en el barrio de Salamanca. Que él no había tenido nada que ver con la organización de la redada y, para demostrarlo, había conseguido apañarse para que el señor Flórez Corradi, el padre de su amigo Luis, diera la orden de que lo pusieran en libertad.

—¿A ti qué te parece esta versión, te la crees?

José le giró la muñeca para mirar el reloj y se puso de pie.

—Mira, Cata, a mí lo que me importa es que movió el culo para sacarme de allí. Las intenciones que tuviera antes no me importan mucho, la verdad. La que tiene necesidad de confiar en Álvaro eres tú, por la cuenta que te trae. —Le tiró de la mano para que se levantara—. Y ahora vámonos a clase, que tengo que hablar con el de Química.

El pasillo estaba prácticamente vacío, casi todos los alumnos estaban ya en sus aulas y tuvieron que correr al ver que la puerta de la suya estaba cerrándose en ese momento.

EL SELLO DEL LEÓN

La primera vez que había escuchado la anécdota del vagón de tren que estaba contando Álvaro, a Catalina también le había hecho mucha gracia. Ahora las que se reían eran su madre y su tía, pero ella esperaba ansiosa que se terminaran los pastelitos de la fuente y que dieran por concluida esa merienda en el café Viena, donde habían quedado en reunirse los cuatro esa tarde. No podía comentar delante de ellas nada de lo que había ocurrido los días anteriores y Álvaro se mostraba tan alegre y despreocupado como si no hubiera pasado nada.

Alejó un poco hacia el centro de la mesa su taza de chocolate porque se estaba empachando solo de verlo y se quedó mirando por la ventana mientras las risas de las señoras cascabeleaban. Cuando por fin vio que habían terminado sus bebidas y ya no quedaban pastelitos, irguió la espalda y miró el reloj. Su madre cogió el bolso —por fin iba a tener ocasión de hablar a solas con su novio—, pero después de buscar algo dentro lo volvió a dejar en el asiento y colocó una cajita de piel sobre la mesa delante de Álvaro.

—Mi marido quiere que lo tengas tú.

Álvaro sacó del pequeño estuche un anillo de oro y se lo puso. Catalina se inclinó hacia delante para comprobar que era verdad lo que estaba viendo: el sello del león que su padre no se quitaba jamás, en la mano de su novio.

—Mi padre se lo regaló a Ernesto cuando nos casamos —le explicó doña Inmaculada—. Es el escudo de la familia De León, lleva con nosotros varias generaciones y ahora mi marido quiere que lo tengas tú, el hombre que va a hacer feliz a su Cata, así me lo dijo.

Álvaro miró el anillo y extendió la mano en la que se lo había puesto para agarrar la de Catalina. A ella se le erizó la piel de la espalda al rozarlo. Sus recuerdos más antiguos estaban relacionados con ese sello en la mano que la agarraba para cruzar las calles, la mano que se posaba en su frente cuando se sentía enferma, la mano que tantas veces ella se había quedado mirando mientras manejaba certera el instrumental de la farmacia. El estómago le daba vuelcos como si navegara en una marejada.

—Doña Inmaculada, puede usted decirle a su marido que lo llevaré con orgullo y no le decepcionaré —¿Álvaro se estaba emocionando?—, y que haré todo lo que esté en mi mano para que su hija sea feliz.

—Ya lo sabemos, hijo, lo mucho que la quieres. Ea —dijo recogiendo los paquetes de las compras que habían hecho—, ahora mi hermana y yo nos vamos a ir a descansar al hotel y así dejamos que los tortolitos hablen de sus cosas. Y mañana sé puntual para la prueba, Cata, que últimamente llegas tarde a todas partes.

Álvaro se levantó para despedirse de las señoras derrochando encanto; en el último segundo posó suavemente las manos en los hombros de doña Inmaculada y se agachó a darle un beso en la frente, a lo que ella respondió con una sonrisa turbada. Cata sabía lo poco acostumbrada que estaba su madre a esos gestos de afecto y cercanía. Las señoras salieron y Álvaro paró al camarero que pasaba a su lado para pedirle un coñac. Por fin se habían quedado solos.

—Álvaro —a Catalina se le tensó todavía más la espalda—, me tienes que explicar unas cuantas cosas de lo que ha pasado estos días.

—Dime, ¿qué quieres saber? —Se acercó con la intención de cogerle las manos, pero ella las deslizó debajo de la mesa—. Aunque creo que ayer tuviste una buena conversación con Juli.

Catalina metió la cucharilla en su taza de chocolate y le dio unas vueltas mientras recordaba todo lo que le había contado Julieta.

—Juli me dio una versión que no acaba de cuadrarme, la verdad. ¿Por qué tuviste que participar en la redada en la que detuvieron a mi amigo? Yo ya sé que José no te gusta, pero ¿hasta ese extremo? ¿Era necesario mandarlo al calabozo y que lo molieran a palos?

—Pero, princesa, creí que a estas alturas nos conocíamos; ¿cómo me crees capaz de hacerle daño a una persona que aprecias? —La expresión de su cara había cambiado completamente—. Además, lo de molestarme en perseguir a muchachos insensatos no entra dentro de mis planes, te lo aseguro. Me pidieron que acompañara al cabo de distrito a la redada, se suponía que iba a ser un mero trámite y mira el follón que vino después. Te juro que para mí fue una sorpresa verlo allí.

—Es que me cuesta creer en este tipo de casualidades.

—Pero ¿a ti te parece lógico que fuera idea mía lo de que tu amigo acabara entre rejas para después tener que ir a sacarlo? ¿Tú sabes lo que tuve que hacer? Me presenté en la DGS antes de que amaneciera, a ver si convencía a los guardias del turno de noche antes de que llegaran los mandos y conseguía que lo dejaran en libertad, pero no hubo manera. —Le dio un trago largo a la copa que le acababan de servir—. Al final no me quedó más remedio que pedirle el favor al padre de Luis, pero eso ya lo sabes.

—Sí, ya me contó Juli, y te lo agradezco, pero sigue sin gustarme nada que en el bolsillo de esa chaqueta lleves un arma.

Álvaro se abrió la chaqueta y le dijo que podía tocar para cerciorarse.

—¿Ves como no llevo nada? —Se reclinó en el respaldo y se le suavizó la expresión—. Y no te preocupes más por eso: he entregado mis credenciales del Somatén.

—¿De verdad? —Catalina apoyó los codos en la mesa para acercarse a él—. ¿Por qué lo has hecho?

—Me quito una carga de encima, créeme; para decepcionar a una institución porque no estoy dispuesto a hacer lo que esperan de mí, mejor cada uno en su casa y Dios en la de todos. —Cogió la copa y agitó suavemente el coñac antes de dar otro trago—. Están las cosas demasiado revueltas últimamente como para andar por ahí metiéndose en la boca del lobo. No, Cata, tengo demasiadas cosas de las que ocuparme en estos momentos.

—¿Te refieres a tu trabajo? ¿Cómo se lo tomaron, lo de no presentarte a la reunión? Que sepas que llamé a tu oficina.

—¿Telefoneaste a mi despacho? No, no lo sabía, pero eso ya está arreglado. —Bajó el tono de voz y puso una sonrisa traviesa—. Resulto muy convincente inventando excusas y esta fue muy dramática, así que asunto arreglado.

Catalina lo miró confusa. Él se inclinó por encima de la mesa para acercarse a ella.

—Te quiero tanto, Cata —ahora sí la cogió de las manos—, que haría cualquier cosa para no perderte. —Sus ojos eran claros y limpios como hierba recién brotada—. Deja de preocuparte tanto por todo y céntrate en tus cosas, en los preparativos de la boda y lo demás, que del resto que ya me hago cargo yo, ¿de acuerdo?

Los preparativos de la boda eran algo que a Catalina no le preocupaba ni la mitad que el examen de Zoología del viernes. Apartó una miga del mantel y le dijo:

—Álvaro, cuando nos casemos voy a seguir estudiando, eso lo hemos dejado claro, ¿verdad?

—Por supuesto, cariño, le he prometido a tu padre que haré todo lo posible para que estés contenta, así que si de momento quieres seguir con tus libros, no voy a ser yo quien ponga pegas.

—¿A qué te refieres con de momento? Mi intención es terminar la carrera.

—Bueno, no sabemos cuánto tardará en llegar un niño.

—Álvaro —esa sombra otra vez nublándole el ánimo—, no tenemos ninguna prisa para ponernos a encargarlos por ahora, mejor tener tiempo para nosotros los primeros años, ¿no te parece?

—Pues tienes razón. —Álvaro la miró con interés—. Un tiempo para nosotros nos vendrá bien, pero qué lista eres. Tiempo para disfrutar juntos, para viajar… Un gran viaje en barco es algo que siempre he querido hacer, ya me lo estoy imaginando, tú y yo en el Olympic cruzando el Atlántico, ¿a ti te gustaría?

¿Que si le gustaría? Catalina recordó la exquisitez de los salones del Olympic que había visto en las fotografías de las revistas, ¿alguna vez se había atrevido a imaginar que a ella la llevarían a hacer semejante viaje? Ni en sus mejores sueños.

Iba a insistir en lo de retrasar lo posible lo de ser padres, pero Álvaro estaba apurando su copa y el león de su anillo brilló bajo la luz de la lámpara. El león que había pasado de mano en mano perpetuando su estirpe. Se sintió demasiado turbada para seguir con el tema.

EL IMPRESOR DE VALLECAS

S e habían quedado parados. José miró al otro lado del cristal.

—En este puente siempre hay atascos.

Un carro cargado de sacos se había incorporado al carril contrario y una camioneta se quedó atravesada al frenar atascando la calle en las dos direcciones. Los conductores hicieron sonar sus bocinas.

—¿Tú crees que tendremos suerte?

—Mira, Cata, después del cristo que se ha montado por este tema, espero que sí.

Ella asintió y no dijo más. Se quedó calladita durante un trecho, hasta que José le indicó que mirara al otro lado de la calle mientras se levantaba para bajar en esa parada. Saltaron del tranvía y permanecieron observando un instante el edificio de ladrillo con el rótulo que decía IMPRENTA VALLECAS. «Como no lo encontremos, Pepín, yo ya no sé qué voy a hacer», dijo Catalina, y los dos cruzaron la calle y atravesaron el portalón. El lugar era un trajín de operarios accionando máquinas que producían un traqueteo febril y desacompasado, como si varios trenes se acabaran de poner en marcha dentro de la nave.

Echaron una ojeada alrededor. Casi todos los trabajadores vestían mandilones azules, pero enseguida lo vieron: el muñón apoyado en la empuñadura de la muleta, cortando papel con una cizalla, ese tenía que ser Isidoro el Cojo.

Recorrieron el pasillo hasta esa esquina. El hombre asintió cuando le preguntaron si era Isidoro.

—Venimos de parte de Galán, del sindicato. —José había bajado la voz, aunque era difícil que alguien le oyera con el estruendo de las máquinas.

El Cojo les indicó que le siguieran al interior de una sala que había al fondo de la nave y cerró la puerta tras él. Las paredes estaban cubiertas por muebles de madera con multitud de cajones estrechos, uno de los cuales estaba abierto. El hombre pasó un paño por las filas de letras metálicas que contenía el cajón antes de cerrarlo y se dispuso a escucharlos. Le contaron que estaban buscando a Francisco Valiente, les habían dicho que eran amigos de la época en la que había trabajado en esa imprenta, antes de entrar en la cárcel.

—De eso hace mucho tiempo. —El Cojo apoyó las muletas en el escritorio y separó una silla para sentarse—. Lo último que supe es que había emigrado a Argentina, ¿para qué lo andáis buscando?

—Su mujer murió en un incendio, no sé si lo sabía —dijo Catalina.

—Algo había oído, sí.

—Y como los hijos se quedaron solos, creemos que ha vuelto a por ellos.

—Pues dudo mucho que haya vuelto —el Cojo apiló unos papeles que había encima de la mesa—, no sería muy inteligente por su parte regresar mientras siga el Gobierno que lo metió preso, ¿no os parece?

Desde luego que era arriesgado, pero dadas las circunstancias, y ojalá fuera así, cabía la posibilidad de que hubiera vuelto a por los niños, le dijo Catalina y le explicó que Angelita, de la que llevaba ocupándose meses, se había escapado del sanatorio donde la había tenido que internar.

—De hecho, fueron las monjas las que me dijeron que se iba con su padre, aunque de entrada no me lo creí, precisamente porque sé el riesgo que supondría para él volver ahora, según están las cosas. Lo primero que pensé es que se había escapado.

—Así que dejaste a esa niña con unas monjas. —Metió la pila de papeles en un cajón y se recostó en el respaldo mirándola—. ¿Sabes que a Francisco lo criaron los curas de la inclusa? Te podrás imaginar el poco cariño que les tiene a los hábitos, normal que la chica se escapara.

El Cojo tenía los ojos muy rasgados, apenas se le veían las pupilas entre los párpados casi cerrados cuando hablaba.

—Ojalá haya venido ese hombre a hacerse cargo de sus hijos, no quiero ni pensar por dónde andará la niña, si es que se ha escapado.

—No creo que haga falta que te preocupes más por ella. —El Cojo se acercó a Catalina, que estaba inclinada hacia él con las manos apoyadas en la mesa—. Será que la chica ya está curada y por eso se fue.

—¿Cómo no me voy a preocupar? Usted no la conoce, pobrecita.

—Con la caridad no se solucionan los problemas.

—Lo mío con esa niña no es caridad —a Catalina casi le rechinaron los dientes—, tengo que encontrarla como sea.

José se acercó a Catalina y le tiró suavemente del brazo para que se incorporara, porque seguía con las manos apoyadas en el escritorio y la cara cada vez más cerca del Cojo, que la miraba con una media sonrisa cínica.

—Mire usted —Catalina sacudió el brazo para apartar a su amigo—, si por casualidad se entera de algo, si en algún momento ve a ese hombre, o a la niña, por favor, deles mis señas, es muy importante. —Había sacado una pluma del bolso y las estaba escribiendo en un recorte de papel que encontró en la mesa.

El Cojo se guardó el papel en un bolsillo del pantalón.

Al salir de la imprenta el sol caía a plomo y no había una sombra a la vista donde refugiarse hasta que pasara el tranvía. José se colgó la chaqueta de un hombro mientras se remangaba la camisa.

—Qué desastre —dijo Catalina abanicándose con una libreta.

—Ese sabe algo y no nos lo ha querido decir.

Catalina lo miró incrédula.

—¿Por qué lo dices?

—Yo habría hecho lo mismo. ¿Cómo va a fiarse del primero que llegue preguntando por un hombre que no quiere que lo encuentren? Pero a mí me da que sabe más de lo que dice, yo no perdería la esperanza.

—No entiendo por qué crees eso, me pareció un cretino. ¿Tú no veías con qué cara de insolente me miraba?

—Bueno, mujer, entiéndelo, no debe de estar acostumbrado a hacer tratos con señoritas de tu estilo. Eh, no me mires con esa cara.

—No te puedes hace una idea de lo harta que estoy de que me traten como si fuera imbécil. —Se cruzó de brazos y le dio la espalda mirando hacia el lado de la calle por donde tenía que aparecer el tranvía.

—¿No te dio la impresión de que no le sorprendió nada la historia que le contamos? Para mí que estaba al tanto. Te digo yo que el tal Valiente anda por aquí.

—Dios te oiga, yo no me puedo ir sin encontrar a la niña. —Catalina miró el reloj—. Y encima llego tarde a la prueba del vestido, verás mi madre.

AQUÍ SIEMPRE TENDRÁS TU CASA

Todas las puertas de las aulas permanecían abiertas y los estudiantes vociferaban, se palmeaban las espaldas y se movían de un lado a otro como habrían hecho el último día de clase si todavía estuvieran en el colegio. Catalina estaba esperando a sus amigos y abrazaba orgullosa una carpeta. En la carpeta guardaba los trabajos del trimestre y los exámenes corregidos. Como estaba ensimismada, no se dio cuenta de que alguien llegaba corriendo por detrás hasta que la agarró por la cintura y la hizo girar sobre sí misma. «Que me ha aprobado el de Botánica», le dijo José con una sonrisa tan ancha que se le veía la encía, y los dos se echaron a andar hacia la salida.

El profesor Robles estaba cerca de la puerta rodeado de un grupo de alumnos y al ver que ellos se acercaban levantó una mano para pedir que le disculparan con la mirada puesta en Catalina.

—Pase un feliz verano, señorita Fernández, que se lo merece. Y usted —dijo a continuación dirigiéndose a José— abra bien los ojos cuando salga al campo, a ver si se le queda algo.

Catalina también deseaba que el profesor de Botánica fuera feliz ese verano, y todos los días de su vida, por los buenos momentos que había pasado en sus clases durante ese curso.

—Este parece que no se acuerda de que al final me aprobó —dijo José cuando estaban saliendo a la calle.

En la esquina donde paraba el autobús de la Residencia ya había unas cuantas chicas esperando. Al verlos acercarse, Esme y Manuela fueron hacia ellos y formaron un grupito apartado. José sacó un puro del bolsillo.

—¿Qué pasa? No me miréis así, que me lo merezco, he aprobado todas —dijo y trató de encenderlo sin dejar de sonreír.

—No, si te favorece —le dijo Manuela—, el puro te pone años.

—Sí, Pepín, así no aparentas tener trece —se rio Esme y dio un salto atrás para esquivar la palmada que le lanzó el chico.

El autobús de la Residencia se acercó avisando con el claxon y empezaron las despedidas. José les dio unos besos rápidos a Manuela y Esme y se quedó mirando a Catalina. Se inclinó para darle un beso en la mejilla y le dijo: «Ojalá te vuelva a ver el próximo curso». Ella fue la última en subir al autobús y se sentó junto a la ventanilla para seguir mirando a José, que agitó una mano cuando estaban a punto de perderse de vista.

Seguía mirando a la calle cuando un hipido de Manuela la hizo girarse hacia ella.

—Pero, Manu, ¿qué te pasa?

—Nada, que soy tonta. —Se sonó la nariz—. Estaba pensando que a lo mejor es la última vez que hacemos juntas este trayecto.

—Que no, que el año que viene voy a venir para los exámenes —le dio un apretón en la mano—, y quién sabe, a lo mejor el siguiente estamos de vuelta en Madrid.

—Cuando vengas a examinarte quédate todo el tiempo que puedas, díselo a Álvaro de mi parte, que necesitamos estudiar juntas para rendir al máximo; ¿se lo dirás?

Catalina le quitó las gomas a la carpeta que llevaba en el regazo.

—Claro, él ya sabe que si no fuera por ti yo no habría hecho tan buen curso, somos el mejor equipo, Manu. —Sacó un examen y lo giró para leer una anotación en rojo en uno de los márgenes—. Qué ganas tengo de que mi padre se lea todo esto, se va a quedar pasmado con lo que he aprendido.

Manuela también abrió su carpeta y las dos fueron mirando los trabajos y comentando las anotaciones de los profesores hasta que llegaron a Fortuny.

Entraron en el comedor; las ventanas estaban abiertas, del jardín llegaba el olor a glicinia y los manteles blancos resplandecían con la alegre luz de junio. Se fueron directas a su mesa, la número tres, donde ya estaban sentadas las demás compañeras alrededor de una sopera con gazpacho. Juana les empezó a servir mientras les contaba muy contenta que le acababan de confirmar que tenía plaza de profesora en el Instituto-Escuela el próximo curso. Le dieron la enhorabuena, sería una gran profesora, ella que había estudiado con los mejores pedagogos durante su beca en el Smith College.

Catalina recordó lo sorprendida que se había quedado el día que la conoció en esa misma mesa. Juana, la que no se cansaba de contar sus experiencias en Boston y en Nueva York. Aquel día la tachó de insustancial y arrogante, pero qué equivocada estaba.

El aspecto de Clarita había cambiado bastante desde principios de curso: se había cortado las trenzas y ya no se ponía lazos. Aunque esos hoyuelos que le salían al sonreír le seguían dando un aire tan aniñado que nadie diría que ya iba a empezar el segundo curso de Medicina.

Manuela sí que parecía otra. Los primeros días comía encorvada sobre el plato, como si siempre estuviera temerosa de que alguien viniera a quitárselo. Ahora se apoyaba en el respaldo de su silla como quien se recuesta en una tumbona un día de vacaciones, relajada y optimista. Ese era su sitio, nadie se lo iba a quitar.

Catalina las observaba a todas, saboreando el placer que significaba una comida con sus compañeras.

Al salir del comedor, Catalina cogió el tranvía para pasarse un momento por la casa de los padres de Julieta. Era una visita muy breve, pero no podía irse de Madrid sin despedirse de esa familia. La madre de su amiga le había comprado un regalo.

—No hace falta que lo abras ahora —se puso muy confidencial—, es un camisón y una bata, hija, que lo que te ha comprado tu madre para la noche de bodas no me parece lo más apropiado para una chica tan moderna como tú. Pero que no se entere, ¿me lo prometes? —le dijo con una sonrisa cómplice.

Julieta la acompañó al ascensor y le dio un abrazo muy fuerte mientras lo esperaban en el rellano, «nos vemos en La Villa».

Al regresar, cruzó deprisa el jardín de la Residencia y al entrar en el vestíbulo oyó la música del piano que llegaba desde el salón. Las chicas, las que quedaban porque unas cuantas se habían ido ya, debían de estar reunidas allí. Subió corriendo a su habitación para dejar el regalo y al abrir la puerta se le cortó el aliento ante la vista de las camas sin colchones y los estantes vacíos. Ya se habían llevado los baúles y su maleta estaba solitaria en una esquina, como una persona tímida que no quiere que se fijen en ella.

El pecho se le contrajo de la congoja.

Sacó la maleta al pasillo y bajó las escaleras. Por suerte, del salón llegaban los acordes de la *Heroica* de Chopin tan bien interpretada que levantaba el ánimo. Se paró en el umbral y vio a Esme de pie, en el centro del corro de amigas, con el vestido blanco de jugar al tenis y la tetera en la mano, mientras Manuela, Pepita y Delhy le acercaban sus tazas. Se quedó un momento mirándolas.

—Cata, ¿qué haces ahí parada? Toma una galleta. —Pepita se acercó para ofrecerle una de la fuente y ella cogió una taza y se la tendió a Esme para que le sirviera.

Se sentó en la silla que había junto a Manuela. Su amiga reanudó la historia que estaba contando, que hacía reír a las demás; al gesticular, su melena alborotada ondeaba y le rozaba un brazo. Cerró los ojos para disfrutar de esa caricia.

—¿De qué vacaciones me hablas? Si voy a trabajar en la tienda de mi padre todo el verano —estaba diciendo Manuela sin perder su gesto alegre—. Vacaciones las de Esme, que se va al lago de Como, ya sabéis lo fina que es.

—Calla, Zanahoria, que primero me voy a Arenas de San Pedro con Pepita —dijo Esme—. A ver si al final me quieren adoptar sus padres y me quedo en la sierra de Gredos.

—Una más, total —bromeó Pepita—, qué más les da tener siete hijos que ocho, igual ni se enteran de que estás.

Al otro lado del salón la pianista dejó de tocar para comerse una tostada. Una de las gemelas estaba ojeando las partituras y colocó una en el atril.

—Cata, empollona, que nos ha dicho Manu que has sacado casi tantas matrículas como ella —le dijo Esme dándole una palmada en la espalda que hizo que se tambaleara la taza en el platillo.

—No exageres, que solo he sacado la de Botánica.

—Quién lo iba a decir —continuó Esme—. La mañana que te conocí pensé: menuda botarate me ha tocado de compañera. Y mírala ahora, lo espabilada que nos salió.

—Y tú el bicho que has sido siempre —Catalina le devolvió la palmada en el culo—, bruja, que estás más flaca que tu escoba.

—A mucha honra —dijo Esme y las dos se echaron a reír.

En el piano había habido un cambio de intérprete; la que se sentó estaba tocando un charlestón y las gemelas empezaron a contonearse a su lado.

Delhy sacó unos dibujos de su carpeta y le dio uno a cada una de las amigas.

—¡Qué ilusión! —Catalina se levantó para darle un beso—. Me encanta, Delhy, algún día serás famosa y yo tendré un dibujo tuyo. Le voy a poner un marco precioso.

Todas estaban mirando sus dibujos y taconeando el suelo con los zapatos al compás de la música. La chica del piano, una de las americanas, tocaba estupendamente el *Blue Baby* de George Olsen, el tema que había estado más de moda ese año en la Residencia.

—Louise Brooks de pacotilla, échate un baile, guapa —le dijo Esme a Catalina tirándole de un brazo para que se levantara.

—Déjame en paz, petarda. —Se zafó para llevarle la contraria, conteniéndose para no levantarse a bailar con ella, aunque eso era lo que le pedía el cuerpo.

Justo entonces, cuando Esme estaba haciendo el tonto imitando a las gemelas y a Manuela le bailaban las pecas en la cara de la risa, la chica de secretaría se asomó a la puerta del salón y alzó la voz por encima de la música:

—Catalina Fernández, te esperan en el vestíbulo.

Ella se tensó y miró su reloj.

—No puede ser, si solo son las seis, hasta las nueve no sale el tren.

A Manuela se le derritió la risa en la boca y Esme se quedó inmóvil mientras ella se levantaba despacio. Delhy y Pepita se pusieron de pie para darle un abrazo.

—Amigas, me tengo que ir ya. Escribidme, por favor, contadme cómo os va el verano, lo quiero saber todo de vosotras, ¿vale? Y ya sé que lo tenéis difícil, pero sería la persona más feliz del mundo si os viera aparecer por La Villa el 4 de agosto.

Esme le pasó un brazo por el hombro y la apretó fuerte.

—No olvides nunca lo mucho que vales, Cata.

—Aunque seas atea, tú reza para que podamos repetir momentos como este.

Catalina miró a las amigas que le hacían corro y echó una última ojeada a ese querido salón, que olía a té humeante, con el piano siempre dispuesto para ponerlas contentas y el rumor

364

de las conversaciones animadas que llegaban desde todas las esquinas.

Abrazó a Manuela con la nariz hundida en su pelo, le costaba despegarse, pero estaba oyendo que la llamaban por segunda vez y no le quedó más remedio que decirles adiós a todas.

Ahora tenía que pasar por el despacho de la directora a despedirse.

La señorita De Maeztu la recibió saliendo ligera de detrás de su escritorio cuando la vio entrar. Antes de nada, le entregó una carta que habían recibido a su nombre, no fuera a ser que se traspapelara con el jaleo que tenían en esos momentos en secretaría. Catalina se la guardó en el bolsillo mientras la directora la felicitaba efusiva, ya se había enterado de las notas que había sacado. Le dijo que se sentía muy orgullosa de ella, sobre todo por la evolución que había tenido durante ese año —y a Catalina no había palabras que la pudieran hacer más dichosa—. Nadie diría que era la misma que aquella muchacha frívola de los primeros días del curso, y que la perdonara si esa era la impresión que le había causado cuando llegó a esa casa. Se había centrado, se había esforzado, ahí estaban los resultados.

La directora se sentía muy orgullosa.

Pero no entendía que decidiera dejar los estudios una alumna como ella —otra vez esa congoja—, de quien miss Foster decía que podría llegar a ser una gran científica, con la habilidad que había demostrado en el laboratorio. Precisamente ella, tan dotada para el inglés que miss O'Keeffe confiaba en que fuera candidata a una de las becas para el Smith College, porque ella misma le escribiría una carta de recomendación cuando llegara el momento, así se lo había dicho a la directora. En fin, esperaba que la entendiera, pero no había podido evitar sentirse decepcionada al ver que una de sus mejores alumnas desaprovechaba la oportunidad de entrar a formar parte de la vida cultural del país. Porque a muy pocas chicas se les brindaba la posibilidad de ir a la universidad que ella había tenido.

—Catalina, precisamente porque valoro todo el esfuerzo que has hecho, me entristece que decidas dejar ahora tus estudios para casarte, con lo joven que eres, qué prisa tenías.

¿Y qué le habría respondido si la ansiedad no le estuviera anudando la garganta de esa manera? Si le salieran las palabras gritaría que se sentía como si ahí fuera una corriente girase y girase en espiral, alrededor de esa casa, y que ella, de verdad, había buscado refugio en su cuarto, había llenado la mesa de libros y se había agarrado a ellos, como un náufrago se agarra a una tabla para que no lo engulla la marea, pero era demasiado potente y la acabó arrastrando. ¿Y que podía hacer ella, tan poca cosa, contra la tenacidad de esa presión? Dejarse llevar cuando ya no le quedaban fuerzas para seguir oponiendo resistencia. Porque lo había intentado con toda su energía, pero el mundo parecía estar empecinado en tomar las decisiones por ella.

Catalina, que mientras había escuchado las palabras de María de Maeztu se había sentido sorprendida al saber lo que decían de ella las profesoras de la Residencia, avergonzada por haber decepcionado a la directora, desvalida como la niña que necesita agradar a los demás para que la sigan queriendo, y hundida por toda esa carga, respiró hondo, se sobrepuso y enderezó la espalda.

—Directora, yo no voy a dejar de estudiar. Me caso porque... bueno, porque estoy enamorada y porque mi novio me apoya y porque a mis padres les parece que es el mejor marido que podía elegir. Pero voy a continuar con la carrera, de eso puede estar segura. Todavía no sé cómo, porque ni siquiera sé dónde vamos a vivir, pero me las apañaré.

—Bueno, Catalina, tú ya sabes que a partir de ahora tendrás que hacer lo que tu marido disponga. Pero si él te deja, sigue estudiando y preséntate a los exámenes por libre. Y si puedes venir a examinarte, ya sabes que aquí siempre tendrás tu casa.

Por supuesto, esa era su casa, y al hogar siempre se regresa.

Cuando cerró la puerta del despacho de la directora, Catalina recordó que llevaba una carta en el bolsillo, la sacó y le dio la vuelta, pero no llevaba remitente. La abrió con curiosidad y vio que dentro había una fotografía. Se le llenaron los ojos de amor al contemplar la imagen: Angelita, con una sonrisa apretada, le daba la mano a ese hombre que miraba de frente a la cámara y que sonreía apretando los labios igual que su hija. Tuvo que sentarse en los peldaños de la escalera al ver la dedicatoria escrita en el reverso en letras muy redondas: *Para mi querida Catalina. Ahora estoy con mi padre pero te quiero mucho. Angelita.*

En el sobre también había una carta abultada firmada por Isidoro. La leyó con avidez. Según le contaba, Francisco Valiente se había atrevido a regresar al país para llevarse a sus hijos aprovechando el momento de debilidad del régimen. Había leído en la prensa internacional que las calles de muchas ciudades españolas se habían levantado contra la dictadura en respuesta a la guerra abierta declarada contra la universidad y que los estudiantes se habían atrevido a apedrear la casa del mismísimo Primo de Rivera. El Cojo también le decía que, si las cosas iban según lo previsto, en esos momentos Angelita y su familia estarían en un barco rumbo a Argentina, en concreto a la provincia de Mendoza, donde Francisco Valiente había entrado en el negocio del vino —aprovechando su experiencia en muchas campañas de vendimia durante su juventud— y estaba empezando a prosperar. El Cojo le explicaba que Francisco Valiente no había tenido suerte al llegar a Argentina y se había embarcado en un carguero durante un tiempo —la época en la que le habían perdido la pista— con la idea de conseguir algunos ahorros para empezar un negocio, como así había hecho al regresar a Mendoza. Y que ahí fue donde finalmente lo pudo contactar su hijo mayor. Porque Pancho, cuando se había escapado del internado las Navidades pasadas, había ido a la Imprenta Vallecas a pedirle ayuda al viejo amigo de su padre, y él le había dado trabajo como mozo de almacén mientras le ayudaba a encontrarlo. Y que el chaval le había asegurado que Catalina era persona de fiar, por eso se había animado a escribirle.

¿Podría existir mejor regalo para Catalina que las palabras de esa carta? La apretó contra el pecho y cerró los ojos. «Que Dios te lo pague, impresor de Vallecas».

EL CORTEJO

Una camioneta llevaba aparcada en la plaza desde primera hora y dos operarios seguían descargando cestas de flores blancas. Varias doncellas con los mandiles almidonados les ayudaban con el trasiego de flores entre la colegiata y el interior del palacete, donde doña Inmaculada, tras llegar a toda prisa de la iglesia, supervisaba el adorno de los balcones.

En la casa nadie recordaba un trajín semejante. Todas las habitaciones del ala norte, las que normalmente permanecían cerradas, habían sido ventiladas, los muebles relucían recién encerados y las camas estaban vestidas con sábanas de hilo. Catalina había reservado el dormitorio de la cama con dosel para Julieta y su marido, porque de pequeñas les gustaba escabullirse de los mayores y jugar en ese cuarto.

Varios automóviles con matrículas de Madrid llevaban dos días aparcados al pie del torreón. La tarde anterior habían salido todos en fila rumbo a las colinas donde estaban los viñedos de la familia, con el auto de don Ernesto capitaneando la comitiva. Antes de nada, los condujo monte arriba hasta el mirador para que los forasteros pudieran contemplar las vistas. Al llegar, Catalina saltó del auto y se asomó a la barandilla para mirar ese paisaje que le pareció aún más bello de lo que recordaba: líneas de viñedos cubriendo las ondulaciones del amplio valle y allá al fondo, al pie de las montañas, La Villa, con el perfil del castillo y todos sus campanarios. Miró de reojo a los invitados para comprobar por sus expresiones si a ellos también les estaba pareciendo que ese paisaje era una maravilla.

Después continuaron la marcha por el camino que llevaba hacia la vieja bodega. Al llegar al cruce, Catalina le pidió a su padre que se desviara por el camino que iba junto al río, entre castaños y robles, para que los invitados pudieran ver el hermoso ejemplar de serbal de los cazadores que por esas fechas ya estaría espléndido cargado de bayas. Asomó la cabeza por la ventanilla, el bosque estaba fresco y olía a musgo y helechos.

Regresaron a los viñedos y los automóviles aparcaron junto a la bodega. Ya les habían preparado las cestas de la merienda en varias mesas de campaña a la sombra de los árboles. Doña Inmaculada repartió ufana bandejas de canapés y botellas de champán francés que se había traído de Madrid. Don Ernesto sirvió sus mejores mencías.

Para esa romería improvisada las señoras de la capital se habían puesto vestidos blancos, igual que si fueran a pasar un día en la playa. Algunas dijeron que se iban a dar un paseo. A Catalina le pareció que los zapatos de tacón no eran muy apropiados para andar entre las viñas. Las vio caminar junto a la línea de las vides con la misma poca soltura con la que avanzarían por la arena de una playa con esos tacones. Al oír el estallido del tapón de la primera botella, las señoras se dieron la vuelta y regresaron más ligeras. La madre de Álvaro fue a sentarse en la silla que estaba junto a la de doña Inmaculada. Catalina, que estaba muy cerca con Álvaro y los amigos, aguzó el oído para enterarse de lo que hablaban.

—Ay, señora, qué bien se está en el campo, qué gloria de día —dijo la madre de Álvaro espantando una mosca con el abanico—. Quién me iba a decir que mi niño se iba a casar con una chica de un sitio así —doña Inmaculada se giró para mirarla—, así de tranquilo, quiero decir.

—No es porque sea mi hija, pero Catalina es muy madura y muy sensata —respondió doña Inmaculada ofreciéndole una copa de champán.

—Gracias, pero solo un par de deditos, que me achispo. —La señora cogió la copa y se mojó los labios—. Pues la niña sí que es sensata, que se ha olvidado de todo ese lío de los estudios para centrarse en lo importante. Porque, claro, con un marido tan bien situado no le hace ninguna falta dejarse las pestañas con tanto libro.

—Catalina no tenía ninguna necesidad de estudiar, señora mía, con el patrimonio que le va a quedar. —Doña Inmaculada le dio un sorbo a su copa mirando al frente—. Es que vivimos unos tiempos muy locos, que a las muchachas les meten unas ideas en la cabeza que no sé a dónde vamos a parar.

—Bueno, bueno, todo eso ya pasó. —Se abanicó con brío—. Álvaro está muy ilusionado.

—Es que hacen una pareja divina, parece que Dios los hizo el uno para el otro. —Doña Inmaculada le ofreció un canapé de la bandeja a su invitada.

—Gracias. —Le dio un mordisco—. Delicioso. Pero le digo una cosa, el primer bautizo tiene que ser en Madrid, que luego ya habrá más ocasiones, pero el primero nos gustaría que fuera en la parroquia de Santa Bárbara, que fue donde bautizamos a Álvaro. —La señora suspiró—. Ojalá Catalina en eso se parezca a su hermana, que trae al mundo niños tan hermosos.

Catalina se quedó tiesa. ¿Cómo que parecerse a su hermana, la cadañera, que iba a hijo por año desde que se había casado? Las cosas que tenía su suegra, pensó Catalina y trató de saber qué más decían, por si metían a Álvaro en la conversación, aunque ese tema ya estaba hablado… Se colocó un poco más cerca de ellas dando sorbitos a su copa.

—Y usted, para las compras, ¿cómo lo hace? Porque en La Villa no habrá mucho donde elegir —dijo la madre de Álvaro cogiendo otro canapé de la bandeja.

—Tenemos dos comercios de telas muy bien surtidos.

—La Villa es encantadora, pero yo no podría vivir en un sitio tan pequeño. —La madre de Álvaro cerró el abanico—. Tienen ustedes que venir más a la capital. Es que en Madrid tenemos tantas diversiones, entre cinemas y teatros y almacenes para ir de compras, que una nunca se aburre.

Catalina se terminó el champán de un trago.

—Aquí tenemos cuatro iglesias —dijo doña Inmaculada.

«Y un montón de cascadas y manantiales —pensó Catalina airada—, y ejemplares centenarios de castaños y bosques que parecen de cuento. ¿Alguna vez en su vida habrá subido esta señora a una montaña para ver algo tan interesante como una manada de rebecos en libertad? Claro que no. ¿Será posible que después de todo el paseo que acabamos de dar alguien esté tan ciego como para no darse cuenta de todas las maravillas que nos rodean?».

—Cata, hija, que solo faltas tú. —Don Ernesto la sacó de su ensimismamiento para rellenarle la copa de champán.

Julieta, Luis, Álvaro, su hermana Isabel y las amigas del colegio que habían invitado a la excursión la estaban mirando con sus copas levantadas y Catalina también alzó la suya para brindar.

Más tarde, durante la cena, los forasteros se deshicieron en halagos hacia sus anfitriones por la excursión tan encantadora que habían organizado.

Esta mañana, mientras las doncellas corrían de un lado a otro llevando los vestidos recién planchados de las invitadas, Catalina estaba sentada delante del tocador de su dormitorio poniéndose nerviosa al ver a su hermana dando vueltas a su alrededor. Isabel le intentaba sujetar el velo a la tiara de la abuela, pero no conseguía dejarlo sin frunces.

—Deja que me lo ponga Deme, anda —dijo Catalina estirando una mano hacia el rincón donde Demetria descansaba en una butaca; se había levantado al alba para controlar a las dos cocineras extra que habían contratado para esos días y el jaleo que se había montado entre los repartidores y las sirvientas, que estaban muy excitadas, la había dejado para el arrastre.

—Ay, mi niña, que pareces una princesa con corona y todo —le dijo ajustándole el velo, y con tres o cuatro toques consiguió una caída sin mácula—. Ahora ponte de pie, que te vamos a poner el vestido. ¿Sabes que tu novio bajó a la cocina a primera hora para que le hiciera un café? Es muy madrugador, salió a pasear fresco como una lechuga antes del desayuno.

Así que Álvaro era muy madrugador. Estaba apañada.

—No veas cómo se pusieron de loquitas en la cocina en cuanto salió por la puerta. Las chicas dicen que ni en el cine han visto un hombre tan guapo. Y tan simpático y tan campechano.

—Si levanto los brazos, me tira en la sisa —dijo Catalina gesticulando mientras su hermana la abrochaba por detrás.

—Para quieta, a santo de qué te vas a poner a levantar los brazos un día como hoy. —La sujetó por los hombros un momento y siguió con los botones.

Cuando terminaron de vestirla, Catalina se acercó al espejo de pie y se quedó contemplando su imagen. Detrás de ella, Demetria se estaba santiguando.

—Que Dios traiga a este matrimonio mucha felicidad, porque la hermosura la pones tú, corazón mío —le dijo y se acercó a colocarle el velo simétrico sobre los hombros.

Se oyeron unos golpes en la puerta y antes de que les diera tiempo a contestar, doña Inmaculada la abrió y se quedó parada en el umbral; se echó las manos a las mejillas mientras la miraba embelesada.

—Mamá, entra. —Isa corrió hacia ella y cerró la puerta de un golpe—. ¿No ves que puede pasar Álvaro? Con la mala suerte que trae eso.

—Tranquila, que el novio está con tu padre en el despacho. —Doña Inmaculada dio una vuelta alrededor de Catalina con los ojos vidriosos, ¿se iba a echar a llorar otra vez?—. Tus amigas del colegio vinieron hace un rato a traerte un regalo y se quedaron de palique con Julieta, pobrecita, que casi no le dejan tiempo ni para vestirse, y han dicho que se iban directas a coger sitio. —Miró detrás de las orejas de su hija para comprobar que los pendientes estaban bien abrochados—. No te puedes imaginar cómo ha quedado la colegiata con las flores, parece que entras en el mismísimo edén, está divina.

Las campanas empezaron a repicar con todo su júbilo y de la plaza llegó el alboroto de la gente que aguardaba para ver pasar a la comitiva.

—Dejadme sola un momento, por favor —pidió Catalina y las demás salieron de la habitación.

Se sentó delante del tocador y sacó una carpeta del cajón de abajo. Abrió los sobres de las cartas que le habían escrito Esme y Manuela y las volvió a leer. Cogió la carta de José, pero solo pasó una mano con suavidad por el sobre, no necesitaba releerla porque se la sabía de memoria: le deseaba que fuera feliz, y estaba seguro de que así sería porque no le iba a faltar de nada, pero si algún día las cosas cambiaban, si en algún momento necesitaba cualquier tipo de ayuda, que no le cupiera duda, él cruzaría el país si fuera preciso para estar a su lado. Porque su amistad para él era sagrada.

Antes de guardar los sobres de nuevo en la carpeta, extendió el recorte de la revista donde había conocido la existencia de la Residencia de Señoritas, el mismo que había convencido a su padre para enviarla a estudiar a Madrid. Miró con cariño a las chicas que aparecían en las fotografías, ahora conocía a la que llevaba el brazalete en forma de serpiente que le había parecido tan atrevido hacía solo un año. El año en el que había vivido en el mejor de los mundos. «Qué suerte la mía», pensó, pocas chicas en todo el país podrían recordar, ni aunque vivieran cien años, experiencias como las que había vivido ella, que le habían enseñado tanto.

Llamaron a la puerta y una doncella se asomó para decirle que el señorito ya había salido para la colegiata, que la esperaban en el vestíbulo. Las campanas volvieron a repicar y sintió el tañido metálico retumbando en el interior de su cabeza. Guardó la carpeta en el cajón y lo cerró muy despacio, prolongando unos pocos segundos esa despedida.

Catalina salió del palacete del brazo de su padre y la marea de curiosos se abrió como las aguas del mar Rojo para dejar paso al cortejo. Tres niñas con vestidos blancos y guirnaldas en el pelo iban sujetando la cola de la novia mientras otros niños lanzaban pétalos que llevaban en unos cestillos. Detrás de ellos iban los familiares y los forasteros.

La novia avanzaba por la plaza sonriendo a todos sus vecinos, que le gritaban «guapa», «que Dios te bendiga», «vivan los novios». Caminaba apretando el brazo de su padre con la misma fuerza con la que se agarraría para no caerse por un precipicio.

—Tranquila, hija, que ya no queda nada —le dijo don Ernesto poniendo una mano sobre la suya.

Todos los balcones de la plaza estaban atestados y los ocupantes parecían haberse engalanado como si se sintieran parte de esa boda. Catalina levantó la vista hacia ellos agitando la mano.

Apenas quedaban unos cuantos pasos para llegar al atrio de la colegiata.

—¿Sabes una cosa? —le dijo don Ernesto saludando a un conocido con una inclinación de cabeza—. Te vas a reír, pero hubo un momento en que creí que me ibas a decir que no querías casarte.

Catalina se quedó parada de golpe y una de las niñas que llevaban la cola chocó contra ella y volvió de inmediato a su sitio.

—¿Qué habrías hecho si te hubiera dicho algo así? —le preguntó y continuó andando a pasitos muy cortos.

—Qué crees que habría hecho, hija, resignarme y apoyarte, como de costumbre.

Catalina siguió andando a ciegas hacia la iglesia. No veía los contornos de los muros de piedra, se desdibujaban como si delante de ella hubieran puesto un cristal empañado por la lluvia.

AGRADECIMIENTOS

A mi madre, Práxedes, porque siempre decía que el mejor patrimonio que les podía dejar a sus hijos era la educación y crecimos en una casa llena de libros.

A mis amigos, empezando por Carmen Perpiñá, que me lee y me anima, y porque me presentó a Javier «Chavi» Azpeitia, mi maestro. Y gracias a Chavi, porque me habló de Juan Gómez Bárcena, que tiene tanto talento de escritor como enseñando a escribir, y porque alrededor de su mesa surgió nuestra versión castiza del Círculo Vicioso del Algonquin. Marta, Alejandro y Mónica saben lo que me gusta hacerme la Dorothy.

A mis amigas lectoras: Rosa, Ana, Mari, Nuria, Mariam y Esther.

Y a Palmira Márquez, porque ni en sueños me habría podido imaginar una agente mejor.

«Para viajar lejos no hay mejor nave que un libro».

EMILY DICKINSON

Gracias por tu lectura de este libro.

En **penguinlibros.club** encontrarás las mejores recomendaciones de lectura.

Únete a nuestra comunidad y viaja con nosotros.

penguinlibros.club

 penguinlibros